청소년을 위한 삼국유사

청소년을 위한 삼국유사

초판 1쇄 발행 2006년 2월 1일
초판 20쇄 발행 2024년 6월 10일

지은이   일연
엮어옮긴이 김혜경
펴낸이   이영선

편집   이일규 김선정 김문정 김종훈 이민재 이현정
디자인   김회량 위수연
독자본부   김일신 손미경 정혜영 김연수 김민수 박정래 김인환

펴낸곳 서해문집 | 출판등록 1989년 3월 16일(제406-2005-000047호)
주소 경기도 파주시 광인사길 217(파주출판도시)
전화 (031)955-7470 | 팩스 (031)955-7469
홈페이지 www.booksea.co.kr | 이메일 shmj21@hanmail.net

ISBN 978-89-7483-274-2 43810

이 도서의 국립중앙도서관 출판예정도서목록(CIP)은 서지정보유통지원시스템 홈페이지(http://
seoji.nl.go.kr)와 국가자료공동목록시스템(http://www.nl.go.kr/kolisnet)에서 이용하실 수
있습니다.(CIP제어번호: CIP2010000146)

05

청소년을 위한

삼국유사

일연 지음 • **김혜경** 엮어 옮김

서해문집

머리말

　어느 날 문득 자신이 믿어 온 것들에 대해 회의가 들거나 너무도 낯익은 일상이 힘들다 못해 허무해질 때, 사람들은 여행을 꿈꾸곤 한다. 목적지가 어디든 우리가 꿈꾸는 그 여행은 쉼 없이 계속되는 일상으로부터의 탈출이고, 기실 그것은 자신을 찾아나서는 긴 여행의 한 토막에 다름 아니다.

　나는 누구인가, 나는 왜 사는가, 나는 어떻게 살고 있는가? 오랫동안 잊었던 질문들이 창 밖의 풍경과 함께 스쳐 지나갈 때 가을걷이를 끝낸 풀기 없는 언 땅은 나이 드신 어머님과 답답한 조국의 한구석을 떠올리게 하고, 순간 '나' 라는 존재의 인연을 실감하게 된다.

　고전을 읽는 행위 또한 그런 여행에 다름 아니다. 수천 수백 년을 견디고 살아남은 글이란 수백 년 된 아름드리 정자 나무가 주는 장엄함과 넉넉함처럼 어떤 시대, 어떤 나라, 어떤 사람이든지 다 아우르는 크기와 깊이를 갖기

마련이다.

흔히 고전에는 수백 종의 해석서와 논쟁서들이 따라붙는다. 그러다 보면 급기야 이 구절은 어떤 뜻이네 아니네 하는 자구 해석학이 나오게 마련이고, 결국 고전은 소수 전문가들만의 책, 가까이 하기엔 너무 먼 옛날 책이 되고 만다.

그러나 고전에 이런저런 해석서나 논쟁이 많은 이유는 사실 훌륭한 고전이란 인생의 변화무쌍함만큼이나 다양하게 읽혀질 수 있는 '열린' 글이기 때문이다. 그러니 십대에 읽었을 때는 몰랐는데 오십이 되어 보니 알겠더라는 말씀이 다른 게 아니요, 한 권의 책이 만 사람의 삶의 연륜을 스스로 감당해 낸다면 그게 바로 고전인 것이다.

《삼국유사(三國遺事)》라는, 번역서만도 십여 가지가 넘는 이 옛 책을 다시 펴내는 까닭 또한 그것이 오늘을 향해 '열려 있는' 책이기 때문이다.

《삼국유사》는 고려 말의 큰스님 일연이 고대 우리 나라의 역사를 기록한 책이다. 그 이전의 대표적인 역사책 《삼국사기(三國史記)》는 인종의 명에 따라 김부식을 비롯한 11명의 집필자가 공동 저술한 정사(正史)이다. 반면에 《삼국유사》는 일연이 절과 민간에서 전해 내려오는 고대의 설화와 야사(野史), 향가 등을 십수 년 동안 모으고 정리해서 엮은 것으로 그 책이 우리 역사에서 지니는 가치는 헤아릴 수 없을 정도이다.

《삼국유사》는 무엇보다도 단군신화가 최초로 수록되어 있는 역사책으로 유명하며, 고구려 · 백제 · 신라 외에도 고조선과 삼한 · 사군 · 부여 · 가야 · 발해 · 후삼국에 대한 기록이 단편적이기는 하지만 빠짐없이 실려 있다.

이런 점 때문에 《삼국유사》는 똑같이 삼국시대를 다룬 정사 《삼국사기》보다 자주적이고 민족적 색채가 강하다고 평가된다. 뿐만 아니라 국문학사에서 중요한 장을 차지하는 신라의 향가를 읽고 배울 수 있는 것도 《삼국유사》가 있었기에 가능한 일이니, 그 가치가 얼마나 큰가를 미루어 짐작할 수 있다.

　일연이 《삼국유사》를 집필한 시기는 고려 말 충렬왕(1274~1308) 때로 무신란과 몽고의 침략으로 나라 안팎이 참으로 혼란스럽기 그지없는 시대였다. 칼이 지배하던 그 시절 일연은 십수 년의 세월을 오직 붓 하나에 모든 것을 걸고 옛 선인들의 행적을 기록해 간다. 무엇 때문이었을까?

　《삼국유사》에는 울고 웃고 싸우고 시기하고 절망하고 그래도 인내하며 살아가는 살아 움직이는 사람들이 등장한다. 말먹이나 주던 주몽이 나라를 세우고 종살이 하는 천한 여자가 부처가 되는가 하면, 천하의 큰스님이 자만에 빠져 눈앞에서 부처님을 놓치고 마는 실수를 저지른다.

　《삼국유사》는 큰 목소리로 '이것이 진리다!' 라고 외치는 그런 종류의 책은 아니다. 일연스님은 될 수 있는 한 자기 모습을 감추고서 하나씩 실타래를 풀듯 얘기를 풀어 간다. 그 이야기들을 어떻게 읽고 받아들일 것인가는 온전히 독자의 몫이다. 허무맹랑하다고 여길 수도 있고 고리타분하다고 지워 버릴 수도 있다. 그러나 이따금 책장을 덮고 자기 나름의 생각을 돌아보며 한 줄 한 줄 읽어 간다면 일연스님을 따라나선 이번 여행이 주는 기쁨과 깨달음은 결코 적지 않을 것이다.

　끝으로 이 편역서는 우리의 고전에 누구나 쉽게 접근할 수 있도록 문장을 다듬고 이야기에 첨삭을 가하였다. 그러나 편역자의 의견이나 사실의 정정 등은 가하지 않았으며 이해를 돕기 위해 필요한 경우에 한해 주석을 달았다.

독자들의 이번 여행이 즐겁고 뜻 깊은 시간이 되길 바란다.

1994년 초판 서문

이 책을 처음 펴낸 날로부터 어느 새 13년이 흘렀다. 그 때만 해도 다양한 버전의 고전이 개발되기 전이라, 《삼국유사》를 쉽고 재미있게 소개한다는 것이 자칫 고전의 훼손은 아닌지 두려운 마음이 컸다. 고민 끝에, 원전의 뜻을 최대한 살리면서 편하게 읽을 수 있도록 '일연스님과 함께 떠나는 삼국여행'이란 주제로 장을 나누고 내용을 구성하였다. 그것이 성공했는지 실패했는지는 책을 읽은 분들이 판단하실 것이다.

다만, 이렇게 세상에 나와서 여러 가지 부족한 점이 있음에도 많은 독자들을 만나는 행운을 얻었으니 감사한 일이다. 특히 청소년들이 이 책을 그리 어렵지 않게 읽는 모습에서 큰 기쁨을 느꼈다. 청소년들의 고전 읽기가 활발해지는 시대 분위기에 맞춰 이 책도 새롭게 옷을 갈아입었다. 꼼꼼한 손길로 더 알차고 예쁜 책을 만들어 주신 편집자와 디자이너 분께 감사드린다.

처음 책을 쓸 때는 상상하지 못한 긴 세월 동안 《청소년을 위한 삼국유사》가 살아남을 수 있도록 도와 주신 많은 분들께 감사하며, 앞으로 더욱 오래 많은 독자들을 만날 수 있기를 감히 바라 본다.

2006년 새해 첫 달 옮긴이 김혜경

《삼국유사》에 대하여

《삼국유사》는 고려 충렬왕 때 보각국사 일연(普覺國師 一然)이 쓴 역사책이다. 일연은 청년 시절부터 이 책의 저술을 목적으로 자료를 수집하였는데 원고 집필은 나이 일흔이 넘어서 시작, 여든네 살로 죽을 때까지 주로 만년에 이루어졌다. 정확히 편찬 연대는 알 수 없지만 대체로 1281년(충렬왕 7)에 완성된 것으로 추정된다. 일연이 입적한 후 제자 무극에 의해 1310년대에 간행되었으며, 이 때 두 곳에 기록을 첨가하고 '무극기(無極記)'라고 표시했다.

《삼국유사》는 총 5권 2책으로 되어 있으며 왕력(王曆)·기이(紀異)·흥법(興法)·탑상(塔像)·의해(義解)·신주(神呪)·감통(感通)·피은(避隱)·효선(孝善)의 9편목으로 구성되어 있다.

〈왕력〉은 삼국과 가락, 후삼국의 연표로서 역대 왕의 출생·즉위·치세에 관한 이야기를 간단히 기록하고 간간이 저자의 의견도 덧붙여 놓았다.

〈기이 1〉 편은 고조선·삼한·부여·고구려·신라 등 고대 국가의 흥망과 그에 얽힌 설화, 전설 등을 기록하고 있으며, 〈기이 2〉 편은 문무왕 이후부터 경순왕까지 신라 왕들의 신기한 이야기와 백제·가락·후백제에 관한 사실을 다루고 있다.

〈흥법〉 편은 삼국의 불교 전래에 얽힌 이야기와 고승들의 행적을 서술하고 있으며, 〈탑상〉 편은 절과 탑, 불상에 전해 오는 전설들을 실은 것이다.

〈의해〉 편 역시 신라 고승들의 행적을 적은 것이며, 〈신주〉 편에는 밀교의 신기한 이적이, 〈감통〉 편에는 부처와의 영적 감응을 이룬 신도들의 이야기가 소개되고 있다.

〈피은〉 편은 속세를 떠나 은둔한 고승들을 다루고 있으며, 〈효선〉 편에는

빛바랜 한지에 빽빽이 새겨진 한자가 옛 선조들의 손길과 우리가 읽어 나갈 책의 깊은 '역사'를 느끼게 한다. 위의 사진은 《삼국유사》 〈권 4-5〉와 〈권 1-5〉이고 아래는 《삼국사기》 〈권 50〉이다.

남다른 효행을 보여 준 사람들의 이야기가 수록되어 있다.

《삼국유사》는 삼국의 역사를 총괄한 역사책도 아니요, 불교사 전반을 포괄하고 있지도 않다. '유사(遺事)'라는 제목에서 알 수 있듯이, 역사가의 기록에서 빠졌거나 간과된 것을 새롭게 드러내고 부각시킨 자유로운 형식의 역사책이다. 때문에 이 책이 신라 중심, 불교 중심으로 쓰여 있고 북방 지역이 소홀히 취급되고 있으며 간혹 인용한 책의 기록과 일치하지 않는다는 결점을 갖고 있음에도, 그로 인해 그 의의가 감소하지는 않는다.

단군신화를 비롯한 숱한 설화와 전설들, 여기에 실린 지명, 성씨, 민속, 신앙 등은 역사학뿐 아니라 민속학, 금석학, 고문학 연구의 귀중한 원천이 되고 있다. 특히 이 책에 실린 14수의 향가는 《삼국유사》가 없었다면 결코 세상에 알려지지 못했을 고대 문학 연구의 값진 자료이다. 또한 〈탑상〉 편에 실린 탑, 불상, 사원 건축에 관한 기록은 한국 고대 미술의 주류를 이루는 불교 미술 연구에 빼놓을 수 없는 자원이다.

이러한 가치 때문에 일찍이 최남선은 "《삼국사기》와 《삼국유사》 중에서 하나를 택하라면 나는 서슴지 않고 후자를 택하리라." 하고 공언하기도 했다. 이는 물론 양자를 비교해서 우열을 논한 것이라기보다는 그만큼 《삼국유사》의 독창성을 높이 평가한 것이요, 눈 밝은 독자들에게 이 책은 아직도 무궁한 보고로 남아 있다.

일연에 대하여

일연은 장산군, 즉 지금의 경북 경산 사람으로 고려 희종 2년(1206) 6월 11일에 출생했다. 속성(출가 전 쓰던 성)은 김(金), 이름은 견명(見明), 호는 목암(睦庵), 자는 회연(晦然)으로 후에 일연으로 고쳤다. 그의 아버지 김언필은 학문하는 선비였는데 벼슬은 하지 못했다.

일연은 아홉 살 때 지금의 광주인 해양 무량사에 가서 학문을 배우기 시작했고 5년 후인 1219년 설악산 진전사에서 머리를 깎고 승려가 되었다. 진전사는 신라 9산[통일신라 이후 유명한 스님들이 중국에서 선종(禪宗)을 수입해서 차례로 종풍(宗風, 종파)을 일으킨 9개의 산문(山門, 종단의 한 종파 혹은 사원)]의 하나인 가지산파(迦智山派)의 사원으로, 후에 일연이 머물렀던 운제산의 오어사, 비슬산의 인홍사, 운문사 등도 모두 가지산파에 속한 사원이었다.

1227년 스물두 살의 나이로 승과(僧科)에 장원급제한 후 비슬산 보당 앞에

"즐겁던 한 시절이 자취 없이 가 버리고 시름에 묻힌 몸이 덧없이 늙었어라. 한 끼 밥 짓는 동안 더 기다려 무엇하리. 인간사 꿈결인줄 내 이제 알았노라." 인각사 입구 시비에 새겨 있는 일연스님의 시는 세속에 얽매이지 않은 노스님의 고매한 인품을 전해 준다. 일연스님은 말년에 인각사(위의 사진)에 머물면서 《삼국유사》를 저술하였으며 후학의 교육에도 힘썼다. 인각사보각국사탑(아래 사진)은 국존이라는 지위에 있던 스님의 사리탑치고는 다소 초라한 느낌이다. 서민적인 소박함을 좋아하던 스님의 삶의 태도를 보여주기라도 하는 걸까?

머물며 참선하였다. 1236년 몽고군이 침입해 오자 문수보살의 계시에 따라 무주암으로 거처를 옮겼다. 그곳에서 항상 '현상적인 세계는 줄지 않고 본질적인 세계는 늘지 않는다[생계불감불계부증(生界不減佛界不增)].' 라는 구절을 궁리하던 중 마침내 깨달음을 얻고 "오늘에야 번뇌로 가득 찬 중생의 생존 세계가 꿈과 같음을 알았고, 저 대지에 작은 털끝만큼의 거리낌도 없음을 보았다."라고 했다. 이 때 그의 나이 서른둘 이었다.

1259년 대선사의 승계를 제수받았으며, 1261년 원종의 부름을 받고 강화도로 가서 선월사에 머물며 조계선(曹溪禪)을 설법했다.

1264년 왕에게 간청하여 경북 운제산의 오어사로 옮겨 수도했는데, 이 때 인홍사의 만희가 자리를 양보하매 인홍사 주지가 되어 후학들을 지도했다.

1277년(충렬왕 3)부터는 왕의 명에 따라 청도 운문사에서 1281년까지 살며 선풍(禪風)을 크게 일으켰다. 이 무렵 《삼국유사》를 집필하기 시작한 것으로 추정된다. 1282년 3월 국존(國尊, 덕행이 높은 스님에게 주던 최고의 승직으로 신라 때는 국통(國統), 후에는 국사(國師)라고 함]으로 책봉되었고, 4월에는 문무백관을 거느린 왕의 구의례(옷의 뒷자락을 걷어 올리고 절하는 예)를 받을 만큼 왕실 상하의 존경을 받았다.

그러나 일연은 번거로운 생활을 꺼렸을 뿐 아니라 늙은 어머니가 마음에 걸려 왕의 만류를 뿌리치고 고향으로 돌아갔다. 1284년 어머니가 돌아가시자 나라에서는 그의 고향에서 멀지 않은 인각사를 수리하고 30만 평의 땅을 주어 머물게 했다.

1289년 병이 나자 그는 여생이 얼마 남지 않았음을 알고서 7월 7일 왕에게 글을 남기고 다음 날 평소처럼 제자들과 문답을 나눈 후 손으로 금강인을 맺고 입적했다. 그의 나이 여든넷이었다.

경북 군위군 인각사에는 그의 이름을 기리려고 충렬왕 21년에 세운 사리탑과 비석이 남아 있다.

차례

여섯 번째 여행　**탑과 불상 이야기 1**

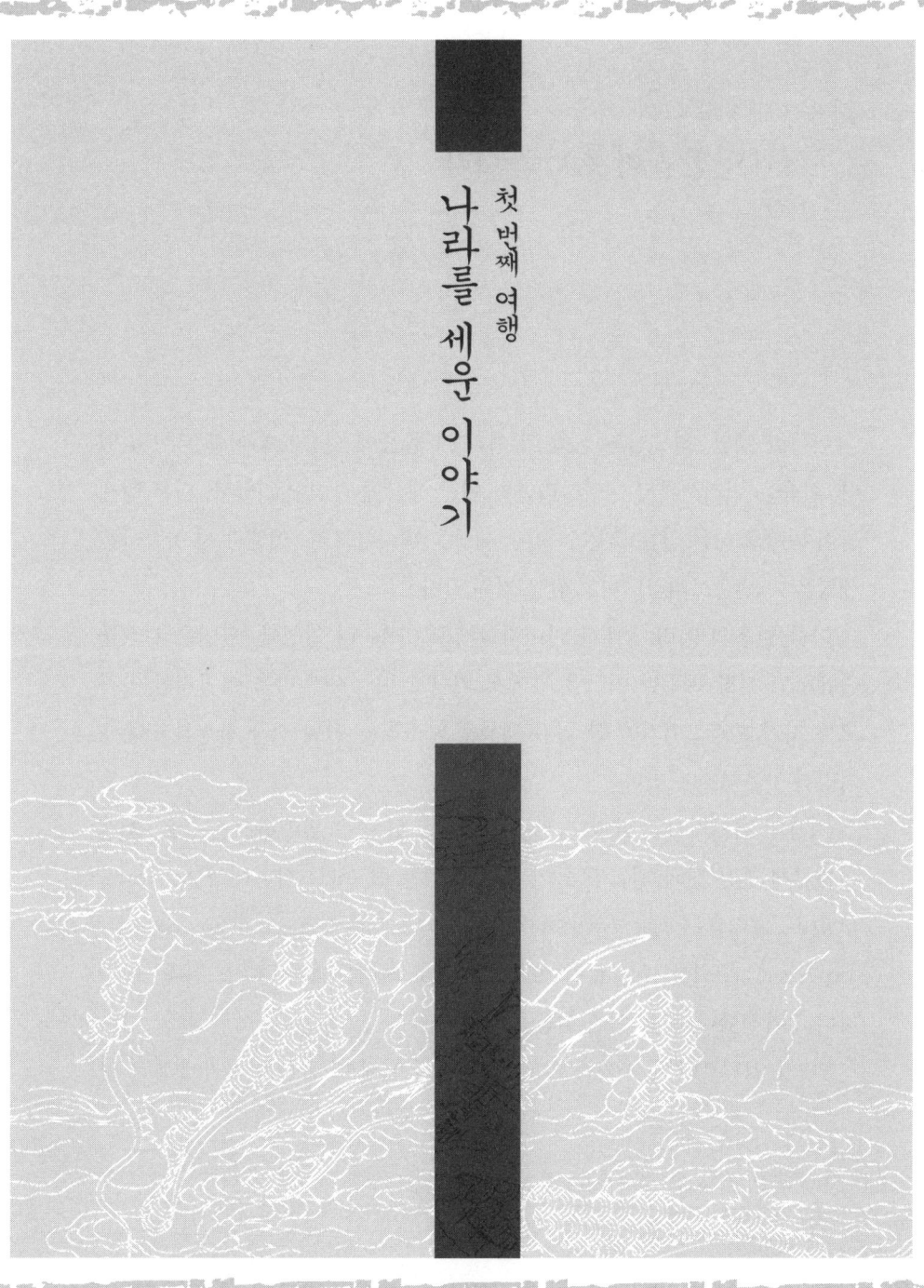

첫 번째 여행

나라를 세운 이야기

환웅,
널리 인간을 이롭게 하리라

아득한 옛날, 하느님[환인(桓因)]의 여러 아들 중에 환웅(桓雄)이란 분이 있었다. 환웅은 어려서부터 이상하리만치 인간 세상에 관심이 많았다. 다른 형제들이 뭐라고 하든 말든 그는 늘 인간 세상을 내려다보며 '언젠가 저 아름다운 세상을 다스려 보리라.' 하고 꿈을 키워 갔다.

아들 환웅의 이런 속내를 아버지 환인이 모를 리 없었다. 환인은 자식들 중에서도 가장 똑똑한 아들을 곁에서 떠나보내는 것이 마음 아팠지만 아직 모든 것이 혼란스럽기만 한 인간 세상을 다스리는 일에 적극 찬성하고 손수 마땅한 곳을 찾아보았다.

지상의 여기저기를 살펴보던 환인은 이내 한 곳을 발견하고 무릎을 쳤다. 아름답게 뻗은 산과 기름진 들이 펼쳐져 있는 땅, 바로 삼위태백산(三危太白山, 삼위란 세 개의 높은 산. 일연은 태백산을 평안도의 묘향산으로 보았지만, 조선 후기 실학자들은 백두산이라고 보았다.) 주위를 보는 순간 이 곳이야말로 사람들에게 큰 이로움을 줄 만하다고 확신했다. 그는 아들 환웅을 불렀다.

"내가 일찍부터 네 소망을 알고 있던 터에 이제 네 꿈을 펼치기에 좋은 곳

을 찾았노라. 여기 **천부인**(天符印) 세
개를 주노니 이는 하늘이 임금된 자
에게 주는 표적이니라. 너는 이것을
가지고 내려가 널리 인간을 다스려
이롭게 하라[홍익인간(弘益人間)]."

환웅은 아버지께 작별인사를 올
리고 그렇게도 꿈꾸던 인간 세상으
로 내려갔다. 환웅이 하늘나라의 무
리 3,000명을 이끌고 도착한 곳은
태백산 꼭대기에 있는 신단수라는
나무 아래였다. 그는 이 곳을 도읍으로 하

여 신시(神市)라 이름 짓고 자신은 환웅천왕(桓雄天王)이라
했다. 환웅천왕은 바람의 신, 비의 신, 구름의 신을 거느리고 인간의 생명과
질병, 농사일과 형벌, 선악 등 삼백 예순 가지나 되는 일을 주관하며 인간 세
상을 다스렸다.

환웅천왕이 세상을 다스리던 시절, 깊은 산 속 어느 동굴 속에 곰 한 마리
와 범 한 마리가 살고 있었다. 그런데 곰과 범은 사람이 되려는 뜻을 품고 날
이면 날마다 환웅천왕에게 사람이 되게 해 달라고 빌었다. 어찌나 열심히 빌
던지 마침내 환웅도 감동하여 이들에게 신령한 쑥 한 심지와 마늘 스무 개를
주면서 말했다.

부인이란 조정에서 신표로 삼는 물
건을 뜻하며, 천부인은 하늘의 영
험함을 표시하는 것이라
할 수 있다. 여기서는
고대 사회 초기의
주술 도구이자 권
위의 상징인 청동단
검 · 청동거울 · 청동구슬로서,
청동구슬은 8개의 방
울이 달려서 팔
주령이라고 부
른다.

나라를
세운
이야기

"너희들이 이것을 먹고 100일 동안 햇빛을 보지 않는다면 소원대로 사람이 되리라."

이 날부터 곰과 범은 햇빛이 들지 않는 동굴 속에서 쑥과 마늘만을 먹으며 인내했다. 그러나 성미 급한 범은 얼마 견디지 못하고 동굴을 뛰쳐나가고, 곰만이 홀로 남아 어두운 동굴 속에서 쑥과 마늘을 먹으며 100일이 되기를 기다렸다.

그렇게 인내한 지 21일째 되는 날, 드디어 시커먼 곰의 몸뚱이는 아름다운 여인의 몸으로 탈바꿈했다. 웅녀(熊女)가 탄생한 것이다. 그러나 곰에서 탈바꿈한 웅녀에게는 혼인할 상대가 없었다. 웅녀는 자식을 낳고 싶은 간절한 소망으로 매일 신단수 밑에서 부디 아이를 배게 해 달라고 기원했다. 하루도 끊이지 않는 웅녀의 간절한 기원에 마음이 움직인 환웅은 잠시 사람으로 변하여 그녀와 혼인했다. 이렇게 해서 낳은 이가 바로 단군왕검(檀君王儉)이다.

단군왕검은 왕위에 오른 뒤 평양성에 도읍을 정하고 나라 이름을 조선(朝鮮)이라 했다. 이 때는 중국의 요임금이 즉위한 지 50년째 되는 경인년이라 하는데 사실은 그 해는 정사년이라야 맞으므로 정확한 연도는 아니라고 봐야 한다. 후에 단군왕검은 도읍을 백악산 아사달로 옮겼는데 그 곳은 궁홀산(弓忽山) 또는 금미달(今彌達)이라고도 한다. 그는 여기서 1500년 동안이나 나라를 다스렸다.

중국 주(周)나라의 무왕은 은(殷)나라를 멸하고 왕위에 오르자 은 왕조의 후예인 기자(箕子)를 조선의 제후로 봉하였다. 이에 단군은 황해도 구월산 아래 장당경(藏唐京)으로 옮겼다가 나중에 다시 아사달로 돌아가 은거하여 산신이

되었는데, 이 때 나이가 천구백여덟 살이었다고 한다.

　이상은 《고기(古記)》(단군에 관한 가장 오랜 기록인 《단군고기》를 가리킨다고 보지만, 단순히
옛 기록이란 의미라고 주장하는 이들도 있다.)에 전해져 오는 이야기이다. 중국의 역사서
인 《위서(魏書)》에는 "지금으로부터 2000년 전에 단군왕검이 아사달에 도읍을
정하고 새로 나라를 세워 조선이라 부르니 요임금과 같은 시대였다."라고 기
록되어 있다.

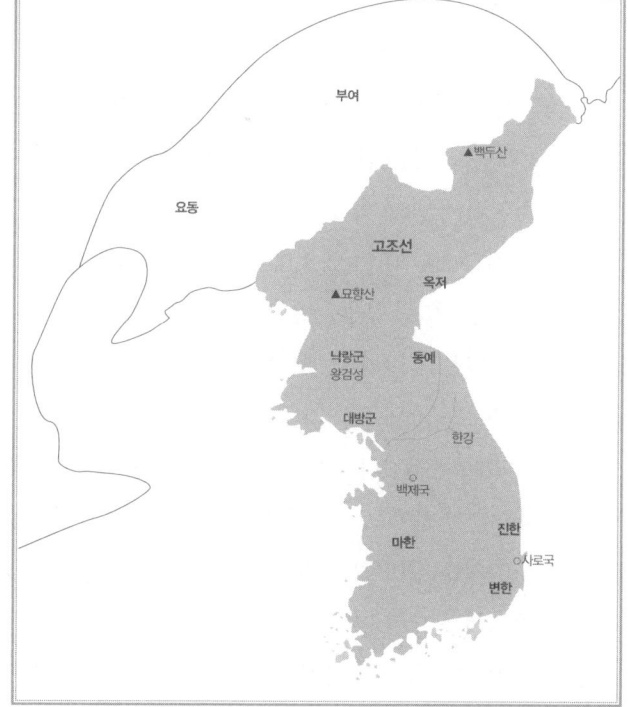

한반도에 성립한 고대 국가들

위만조선, 중국에 대항하다

진(秦)나라가 망한 후 오랜 전쟁 끝에 다시 중국을 통일한 한(漢) 고조 유방은 같은 고향 출신인 노관을 연(燕)나라 왕에 봉했다. 그러나 진희의 반란으로 의심을 받게 된 노관은 한나라를 배반하고 흉노의 나라로 도망하였다.

이런 정치적 사변이 계속되면서 많은 유민들이 고조선으로 들어왔는데 연나라 사람 위만(衛滿)도 이 때 1,000여 명의 무리를 이끌고 망명했다. 당시 고조선을 다스리고 있던 준왕은 위만을 신임하여 관직을 주고 우대하였다.

그러나 위만은 진나라의 옛 빈터인 변방의 요새에 자리를 잡고 진번(眞番)과 조선 땅의 오랑캐와 연나라와 제(齊)나라에서 망명해 온 사람들을 모아 점차 세력을 확대해 나갔다. 그리하여 마침내 위만은 자신을 중용한 준왕을 배반하고 나라를 빼앗아 스스로 왕을 칭하고 도읍을 왕검에 정했다. 이에 준왕은 궁인과 가까운 신하 몇 명만을 거느린 채 바다를 건너 도망하여 남쪽 한나라 땅에 자리를 잡으니 이것이 바로 마한(馬韓)이다.

한편 새로 조선을 지배하게 된 위만은 막강한 군사력으로 진번과 임둔(臨屯) 등 주변 세력을 복속시켰다. 이리하여 그 세력은 사방 수천 리에 미치게

되었다.

　위만의 손자 우거왕 때에
이르러 위만조선은 강성해진 세
력을 이용하여 진번과 **진국**(辰國)
이 한나라와 직접 통교하지 못하도록
가로막았다. 한나라의 무제는 사신 섭하
를 보내어 우거와 타협하도록 했다. 그러
나 섭하의 회유에도 불구하고 우거왕은 끝내
고집을 꺾지 않았다.

기원전 2세기경 한반도의 한강 이남 지역에서 성장한 정치 세력이다. 위만을 피해 도망한 준왕의 세력 이 합류하면서 진국은 더욱 발 전하여, 지역에 따라 마한 · 진한 · 변한 등의 연맹체 들이 나타났다.

　아무 소득도 없이 귀국길에 오르게 된 섭하는 어
떻게 하면 황제의 문책을 피할 수 있을까 궁리하다가 모험을 하기로 결심했
다. 섭하 일행이 국경 근처 패수(浿水)에 이르렀을 때였다. 그는 마부를 시켜
자기를 호송하던 조선의 비왕(裨王) 장(長)을 찔러 죽였다. 그러고는 얼른 패수
를 건너 변경의 요새 너머로 들어가 무제에게 이 사실을 보고했다.

　이에 무제는 섭하를 요동군 동부도위에 임명하였다. 한편 우거왕은 비왕
장을 죽인 원수를 갚고자 호시탐탐 기회를 노리다가 어느 날 불시에 쳐들어
가 그를 죽였다. 이렇게 되자 평소부터 조선의 세력 확장을 못마땅해하던 한
나라는 기다렸다는 듯이 군사를 일으켜 조선 정벌에 나섰다. 무제는 누선장
군 양복에게 군사 5만을 주고 발해(황해)를 건너 조선을 공격케 하는 한편, 좌
장군 순체로 하여금 요동으로 나와 우거를 치게 하였다. 즉, 수륙 양면에서
협공하는 작전을 편 것이다.

누선장군은 선발대 7,000명을 거느리고 왕검성에 이르렀다. 성을 지키고 있던 우거왕은 몰래 정탐을 내보내 누선의 군사가 얼마 되지 않음을 알아 내고는 곧 군사를 이끌고 나가서 누선을 공격하였다. 기습을 당한 누선의 군대는 대패하여 뿔뿔이 흩어져 달아났다. 누선장군 양복은 군사를 잃은 채 홀로 산 속으로 도망하여 간신히 죽음을 모면했다. 좌장군 순체도 요동 전투에서 패한 후 재차 패수에 있던 서군을 쳤지만 깨뜨리지 못했다.

한 무제는 두 장수가 고전하는 것을 보고 대규모 병력과 함께 위산을 보내 군사의 위력으로 우거왕을 회유하게 했다. 우거왕은 도저히 이길 수 없음을 알고 항복을 청하면서 태자를 보내 말을 바치겠다고 약속했다. 태자는 곧 1만이 넘는 무장한 군사를 이끌고 말을 바치기 위해 패수를 건너려 했다. 그런데 이 광경을 지켜보던 위산과 순체는 혹시 태자의 군사가 병변을 일으키지나 않을까 의심이 들어 태자에게 말했다.

"태자는 이미 항복했으니 무기를 버리시오."

이 말을 들은 태자 또한 위산이 자신을 속이려는 게 아닐까 부쩍 의심이 생겨서 패수를 건너지 않고 그대로 군사를 데리고 되돌아가 버렸다. 보고를 받은 무제는 불같이 화를 내며 그 자리에서 위산의 목을 베어 버리고 공격을 명령했다.

좌장군은 패수 상류에 있던 조선군을 깨뜨리고 계속 전진하여 마침내 왕검성 아래 이르러 성의 서북쪽을 포위했다. 또 누선장군도 군사를 수습하여 왕검성으로 합류, 성 남쪽에 주둔했다. 그러나 우거왕이 성문을 닫고 굳게 지키니 포위한 지 몇 달이 지나도 함락시킬 수 없었다.

전쟁이 오래도록 끝나지 않자 한나라 왕은 제남태수(濟南太守, 제남은 지금의 산동성 중부 역성현을 중심으로 한 지역을, 태수는 한나라 때 지방장관을 말한다.)를 지낸 공손수에게 조선 정벌을 명하고 모든 권한을 그에게 주었다. 공손수는 조선에 도착한 즉시 누선장군을 묶어 본국으로 송환하고 그의 군사를 합쳐서 좌장군과 함께 급히 조선을 공격했다.

사태가 불리하게 돌아가자 조선의 국상(國相)인 노인과 한도, 그리고 이계지방의 상(相)인 삼과 장군 왕협은 하루빨리 항복해서 목숨이라도 보존하자고 모의했다. 그러나 우거왕이 전혀 항복할 뜻을 보이지 않자 한도와 왕협, 노인은 왕을 설득할 생각을 포기하고 그대로 왕검성에서 도망쳐 한나라 진영으로 투항했다. 그러나 노인은 도망가는 길에 도중에서 죽었다.

이듬해(기원전 110년) 여름, 삼은 자객을 보내 우거왕을 죽이고 항복했다. 그러나 우거왕이 죽은 뒤에도 대신 성기(成己)가 성 안 사람들을 지휘하며 왕검성을 지켰기 때문에 성은 함락되지 않았다. 이에 좌장군은 우거의 아들인 왕자 장과 노인의 아들 최를 꾀어 성 안 백성들을 선동해서 성기를 죽이게 하고 마침내 왕검성을 손에 넣었다.

이렇게 하여 한나라는 조선을 평정하고 여기에 진번, 임둔, 낙랑(樂浪), 현도(玄菟)의 4군(郡)을 설치하였다.

위만조선이 멸망한 후 조선의 유민들은 각각 '나라'로 불리는 70여 개의 작은 읍으로 나누어졌는데 서쪽의 마한이 54개의 읍을 차지하여 가장 컸고, 동쪽의 진한(辰韓)이 12개 읍을, 남쪽에는 변한(卞韓)이 역시 12개의 읍을 차지

나라를
세운
이야기

27

하고 있었다.

《후한서(後漢書)》에 따르면 진나라에서 망명한 사람들이 바다를 건너 한국(韓國)으로 모여들자 단군조선의 후예인 마한이 동쪽 땅을 떼어 이들에게 주었는데 이렇게 해서 생긴 나라가 진한이라 한다. 최치원은 마한은 고구려고 진한은 신라라 했는데, 이는 진한의 사로국이 후에 신라로 발전한 데서 기인한다.

변한은 남부여라고도 하니 곧 사비성을 말한다. 《후한서》에는 변한이 남쪽에 있었다고 했고 《신당서(新唐書)》와 《구당서(舊唐書)》에는 변한의 후손들이 낙랑 땅, 즉 평양성에 살았다고 했으며 최치원은 변한이 곧 백제라고 했다. 《백제본기(百濟本紀)》를 보면 온조왕이 나라를 세운 때가 기원전 17년으로 신라의 혁거세와 고구려의 동명 시대보다 40여 년 뒤의 일이다.

이로 미루어 볼 때 《당서》에 변한의 후예가 낙랑에 있었다고 한 것은 온조왕이 고구려 동명왕의 혈통임을 말한 것이다. 혹자는 구룡산(평양의 대성산)을 변나산으로 잘못 알고 고구려가 변한이라고 주장하는데 이는 잘못이다. 백제땅에 변산이 있어서 변한이라 한 것이다. 백제는 한창 때 그 가구 수가 15만 2,300호에 달할 만큼 번성하였다.

해모수왕, 하늘에서 내려와 부여를 세우다

《단군고기》에 전하는 이야기이다. 기원전 59년 4월 9일 아침, 하늘이 열리면서 천제의 아들이 다섯 마리의 용이 끄는 수레를 타고 흘승골성으로 내려와 나라를 세웠다. 도읍을 정하여 국호를 북부여(北夫餘)라 하고 스스로 이름을 해모수(解慕漱)라 일컬었다. 그 뒤 해모수왕은 아들을 낳아 이름을 부루(夫婁)라 하고 '해'를 성으로 삼았다.

해모수왕을 이어 해부루왕이 북부여를 다스릴 때였다. 어느 날 해부루의 대신 아란불의 꿈에 천제가 나타나 말했다.

"장차 내 자손으로 하여금 이 곳에 나라를 세우려 하니 너희는 다른 곳으로 피해 가거라."

놀란 아란불은 "피해 간다면 어디로 가리이까?" 하고 하소연했다. 천제는 불쌍히 여기어 이렇게 일러 주었다.

"동해 바닷가에 가면 가섭원이라는 곳이 있다. 가섭원은 땅이 기름지고 살기에 좋으니 그 곳에 왕도를 정하면 되리라."

말을 마치자마자 천제는 홀연히 사라졌다. 깜짝 놀라 잠을 깬 아란불은 꿈

나라를
세운
이야기

이 예사롭지 않음을 알고 서둘러 해부루왕에게 고했다. 꿈 이야기를 들은 해부루왕은 탄식하며 "천제께서 정하신 일이니 따르지 않으면 어쩌겠는가!" 하고 곧 수도를 가섭원으로 옮기고 국호를 바꿔 동부여(東夫餘)라 했다. 그 뒤 북부여에서 동명성제(東明聖帝)가 일어나 졸본주에 서울을 정하고 졸본부여(卒本夫餘)라 하니 이것이 곧 고구려 왕조의 시작이다.

그런데 해부루왕은 늙도록 아들을 얻지 못했다. 이러다 왕조의 대가 끊기고 마는 것은 아닌가 노심초사하던 왕은 어느 날 신하들을 거느리고 나가 산천에 제사를 올리며 아들 얻기를 기원하였다. 왕은 종일토록 기도를 하고 해질 무렵이 되어서야 귀로에 올랐다. 그런데 왕이 탄 말이 곤연(鯤淵)이라는 큰 못 앞에 이르자 커다란 돌을 마주 보고 뚝뚝 눈물을 흘리며 움직이지 않았다.

이를 본 해부루왕은 신하들에게 명했다.

"괴이한 일이로구나. 여봐라, 저 돌을 들추어 보아라."

신하들이 간신히 돌을 굴려 치우니 그 곳에는 개구리처럼 생긴 황금빛 사내아이가 있는 게 아닌가! 왕은 너무나 기뻐 소리쳤다.

"하늘이 나의 기도를 들으시고 아들을 주셨구나!"

왕은 그의 모습이 금개구리와 같다 하여 금와(金蛙)라 이름 짓고, 그 날부터 곁에 두고 길렀다. 금와가 자라 청년이 되자 해부루는 그를 태자로 삼아 자신의 뒤를 잇게 하였다.

몇 해 뒤 해부루왕이 세상을 뜨자 금와가 왕위를 계승하였다. 금와왕 이후에는 태자 대소가 그 뒤를 이었으나 고구려의 무휼왕이 쳐들어와 대소왕을 죽이고 동부여를 정복했다(서기 22년). 그로써 동부여는 멸망하게 되었다.

말먹이꾼 주몽이 고구려를 세우다

북부여가 천제의 명령으로 동쪽으로 옮겨 간 뒤 꿈의 계시대로 요동 땅 졸본주에서 졸본부여, 즉 고구려가 일어나니 이를 세운 이가 동명성제이다. 《고려본기(高麗本記)》에는 다음과 같이 고구려 건국에 얽힌 신이(神異)한 이야기가 전해 온다.

고구려의 시조 동명성제는 성은 고(高)씨요 이름은 주몽(朱蒙)이다.

해부루왕의 뒤를 이어 금와왕이 즉위했을 때의 일이다. 어느 날, 금와왕은 태백산 남쪽 우발수를 지나다가 눈부시게 아름다운 젊은 여인을 만나게 되었다. 뜻밖의 장소에서 미인을 만난 왕은 호기심이 일어 가까이 다가가 물었다.

"여인의 몸으로 어찌 이런 곳에 있는가?"

왕의 물음에 그 묘령의 여인은 자신의 사연을 털어놓았다.

"저는 본시 물의 신 하백(河伯)의 딸로 이름은 유화라고 합니다. 어느 날 동생들과 함께 나들이를 갔다가 한 남자를 만났지요. 그는 천제의 아들 해모수라고 하면서 저를 꾀었습니다. 저는 그가 이끄는 대로 웅신산 밑 압록강 가의

외딴 집으로 따라가 정을 통하였답니다.

그러나 그는 그 길로 떠나더니 영영 돌아오지 않는 것이었어요. 부모님은 중매도 없이 낯선 사내를 따라가 함부로 몸을 맡겼으니 이렇게 부끄러운 일이 어디 있느냐며 노발대발하셨죠. 그래서 결국 이 곳으로 귀양살이를 오게 된 것이랍니다."

유화의 사연을 들은 금와왕은 보통 여인네가 아니다 싶어 그녀를 궁궐로 데려왔다. 그러고는 빛이 들지 않는 으슥한 방에 가두었다. 그런데 신기하게 도 그 방으로 햇빛이 들어오더니 유화의 몸을 비추는 것이었다. 유화가 햇빛을 피해 몸을 이리저리 움직였지만 햇빛은 계속 따라다니며 비추었다. 더욱이 놀라운 것은 햇빛이 그녀의 몸을 비추면서 점점 배가 불러 오더니 마침내 잉태하게 된 것이었다.

그런데 막상 아이를 낳고 보니 그것은 크기가 닷 되나 되는 커다란 알이었다. 금와왕은 사람이 알을 낳은 것이 못내 꺼림칙해서 그 알을 내다 버리게 했다. 시종들이 유화에게서 알을 빼앗아 개와 돼지에게 던져 먹게 했지만 어느 놈도 먹으려 들지 않았다. 다시 말과 소들이 다니는 길바닥에 버려 깨뜨리려 하였지만 말과 소들은 오히려 조심스럽게 알을 피해 가는 것이었다. 할 수 없이 다시 들판에 갖다 버렸더니 이번에는 새와 짐승들이 와서 알을 덮어 보호했다. 화가 난 왕이 알을 가져다 깨뜨려 보려 했지만 어찌나 단단한지 도저히 깨뜨릴 수가 없었다. 그제야 사람의 힘으로 안 되는 것을 알고 어미 유화에게 돌려주었다.

유화가 알을 잘 감싸서 따뜻한 곳에 두었더니 드디어 사내아이 하나가 껍

질을 깨고 나왔다. 아이는 그 골격이나 외양부터가 남달리 장대하고 영특해서 비범하게 보였다. 겨우 일곱 살에 제 손으로 활과 화살을 만들어 쏘는데 그것이 백발백중이었다. 동부여에서는 활 잘 쏘는 사람을 주몽이라 부르는 풍속이 있어 자연히 주몽이라 불리게 되었다.

금와왕에게는 아들 일곱이 있었는데 언제나 주몽과 함께 활도 쏘고 말도 타며 놀았다. 그러나 무엇을 해도 주몽을 따를 수가 없었다. 주몽의 재주를 시기한 맏아들 대소는 왕에게 "주몽은 사람이 낳은 것이 아니니 빨리 처치하지 않는다면 후환이 있을 것입니다." 하며 죽이기를 재촉했다. 그러나 금와왕은 대소의 말을 물리치고 대신 주몽을 마굿간에서 일하게 했다.

주몽은 자신을 시기하는 대소의 무리가 있는 한 자신의 신상이 안전하지 못함을 알고 차근차근 앞날을 대비해 갔다. 주몽은 말을 볼 줄 아는지라 일부러 품종이 좋은 날쌘 말에게는 먹이를 조금 먹여 볼품 없이 야위게 만들고 굼뜬 놈은 오히려 잘 먹여서 살찌게 만들었다. 아나나 다를까 왕은 보기 좋게 살찐 말은 자신이 타고 여윈 놈을 주몽에게 주었다. 주몽은 말먹이꾼으로 있으면서도 오이, 마리, 협부 등 충실한 벗을 사귀고 기예를 연마하며 부지런히 앞날을 준비해 갔다.

시간이 지날수록 여러 왕자들과 그 신하들은 주몽의 성장을 두려워하여 주몽을 해칠 모의를 하였다. 이를 눈치챈 주몽의 어머니 유화부인은 몰래 주몽을 불러 일렀다.

"이 나라 사람들이 너를 해치려고 하니 빨리 손을 쓰는 것이 좋겠구나. 너의 재주와 계략이라면 어디를 간들 못 살겠느냐. 어서 몸을 피해 후일을 도모

하거라."

어머니와 눈물로 작별한 주몽은 길들여 둔 준마(몸이 날쌔고 잘 달리는 말)를 타
고 세 사람의 친구와 함께 서둘러 동부여 땅을 떠났다. 이들이 탈출한 것을
안 일곱 왕자는 정예병을 이끌고 곧바로 말을 달려 추격해 왔다.

숨가쁘게 말을 달리던 주몽 일행은 엄수(淹水)에 이르러 길이 막히고 말았
다. 추적자들의 말발굽 소리는 가까워 오건만 앞을 가로막은 시퍼런 강물을
건널 길은 묘연했다. 주몽은 앞으로 나서며 강물을 향해 큰 소리로 호소했다.

"나는 천제의 아들이요, 물의 신 하백의 외손이다. 오늘 화를 피해 도망하
는 길에 뒤따르는 자가 쫓아 닥치니 이 일을 어찌하면 좋겠는가?"

주몽의 말이 끝나기가 무섭게 강물 속에서 물고기와 자라들이 새까맣게
떠오르더니 순식간에 다리를 만들기 시작했다. 주몽 일행이 그 다리를 달려
강을 건너자 물고기와 자라들은 곧 물 속으로 흩어져 버렸고, 추적자들은 시
퍼런 강물을 보며 발만 동동 구를 뿐이었다. 이렇게 해서 간신히 추격을 따돌
린 주몽 일행은 마침내 현도군이 자리했던 졸본주에 당도했다. 주몽은 그 곳
을 도읍으로 정하고 미처 궁실을 지을 사이도 없이 비류수 근처에 초막을 지
어 거처로 삼았다. 그러고는 나라 이름을 고구려라 하고 자신의 성을 고씨로
정했다.

이 때가 기원전 37년으로 주몽의 나이 열두 살이었다(《삼국사기》에는 스물두 살이
라고 전함).

이와는 약간 다른 고구려 건국신화가 당나라 때 도세가 펴낸 《주림전(珠琳

傳)》에 실려 있는데 그 내용은 대략 다음과 같다.

옛날 영품리왕(해부루왕의 다른 이름)의 몸종이 태기가 있어 점을 치니 점쟁이가 말하기를 "아이를 낳으면 귀히 되어 반드시 왕이 되리라."라고 했다. 이 말을 들은 왕은 크게 노하면서 "이 아이는 내 자식이 아니니 죽여 마땅하다." 하고 죽이려 들었다. 몸종은 "하늘로부터 기운이 뻗쳐 내려와 아이를 밴 것입니다."라며 살려 줄 것을 애원했다.

마침내 몸종이 아들을 낳자 왕은 상서롭지 못하다 하여 돼지우리에 버렸다. 그러나 돼지는 입김을 불어 아이의 몸을 덥혀 주었다. 다시 마구간에 버린즉 말이 젖을 먹여 키우니 결국 죽지 않고 부여왕(동명성제가 졸본부여왕이 된 것을 말함)이 되었다.

박혁거세, 세상을 밝게 다스리다

옛날 진한 땅에는 여섯 마을이 있었다. 기원전 69년 3월 초하룻날의 일이었다. 여섯 촌의 우두머리들이 각각 자제들을 데리고 다 함께 알천 뚝 위에 모여 의논했다.

"지금 우리에게는 위에서 백성들을 다스릴 임금이 없어 백성들이 모두 법도를 모르고 제멋대로 놀고 있으니 큰일이 아닐 수 없소. 하루바삐 덕이 있는 사람을 찾아 임금으로 모시고 나라를 창건하여 도읍을 세우도록 합시다."

이에 높은 산에 올라 사방을 둘러보니 남쪽 양산(楊山) 기슭 나정(蘿井) 우물가에서 이상한 기운이 번개처럼 땅에 드리워 있는 것이 눈에 띄었다. 그 모양은 마치 흰 말 한 마리가 무릎을 꿇고 절하는 것과 같았다. 사람들이 그리로 달려가 보니 자줏빛의 큰 알 하나가 놓여져 있었다. 그 옆에 있던 말은 사람을 보자 울음소리를 길게 뽑으면서 하늘로 올라갔다.

사람들은 깜짝 놀라 그 알을 조심스럽게 쪼개 보았다. 알 속에는 생김새가 단정하고 아름다운 사내아이가 있었다. 모두 놀랍고 신기해하며 아이를 동천(東泉)에 데려가 목욕시켰다. 목욕을 하고 난 아이의 몸에서는 광채가 나며 임

금의 위용을 드러내었다. 새와 짐승들이 모여 춤을 추고 천지가 진동하며 해와 달이 맑고 밝게 빛났다. 그래서 그 아이의 이름을 혁거세왕(赫居世王)이라 했는데, 이는 세상을 밝게 다스린다는 말이다.

혁거세왕은 맨 처음 입을 열어 스스로를 '알지 거서간'이라 했다. 그 때부터 임금의 존칭을 '거슬한' 혹은 '거서간'이라 하게 되었다.

여섯 촌의 사람들은 하늘이 자신들의 소원을 듣고 임금님을 내려 준 것을 소리 높여 칭송하며 "이제 천자님이 세상에 내려왔으니 덕 있는 여군을 찾아 배필을 정할 일만 남았구나." 하고 환호했다.

바로 이 날 정오 무렵이었다. 사량리라는 마을의 알영 우물가에 계룡 한 마리가 나타나 왼쪽 겨드랑이 밑으로 여자아이를 낳았는데 그 자태가 매우 고왔다. 그러나 오직 입술만은 닭의 부리처럼 생겨서 보기가 흉했다. 사람들은 신기해하기도 하고 애석해하기도 하면서 그 아이를 데리고 월성 북쪽 시내로 데리고 가서 목욕을 시켰다. 그런데 목욕을 끝내고 보니 어느 샌가 부리는 떨어지고 앵두같이 예쁜 사람의 입술이 드러나는 것이 아닌가. 사람들의 놀라움은 이루 말할 수가 없었다. 그리하여 이 때부터 그 시내를 부리가 빠졌다 해서 발천(撥川)이라 부르게 되었다.

사람들은 남산 서쪽 기슭에 궁궐을 짓고 하늘이 내려 준 신령한 두 아이를

신라 시대 왕의 칭호는 1대 거서간(연맹체장), 2대 차차웅(제사장), 3~18대 이사금(연장자), 19~22대 마립간(대수장)이었으며, 23대부터 왕(중국식 호칭)이라 불렸다. 그 변화를 보면 점차 통치 체제가 정비되고 왕권이 강화되어 갔음을 알 수 있다.

나라를
세운
이야기

길렀다. 사내아이는 알에서 나왔고 그 알이 마치 바가지처럼 생겼는지라 성을 '박'이라 했다. 또 여자아이는 그가 나온 우물 이름을 따서 알영이라 했다.

두 성인이 자라 열세 살이 되었을 때, 혁거세는 왕으로 추대되고 알영은 왕후가 되니 기원전 57년의 일이다. 그리고 나라 이름을 서라벌 또는 서벌이라 하였는데 더러는 사라 또는 사로라고도 했다. 또 처음 왕후가 계정(鷄井)에서 났으므로 계림국이라고도 불렀는데 이는 계룡이 상서로움을 나타내기 때문이다. 일설에는 탈해왕 때에 김알지를 얻으면서 숲 속에서 닭이 울었으므로 나라 이름을 계림으로 고쳤다고도 한다. 신라라는 이름이 정해진 것은 후대의 일이다.

나라를 다스린 지 61년째 되는 어느 날, 왕은 홀연히 하늘로 올라갔다. 이레 뒤에 왕의 유체(죽은 사람의 몸)가 땅에 흩어져 떨어졌으며 이 때 왕후도 따라 죽었다. 백성들이 유체를 수습하여 합장을 하려 했더니 커다란 구렁이가 나와 못하도록 방해했다. 하는 수 없이 다섯 부분으로 흩어진 그대로 각각 다섯 능에 장사 지내고 사릉(蛇陵)이라 했다. 담엄사 북쪽에 있는 왕릉이 바로 이것이다.

혁거세왕이 하늘로 올라간 뒤 그 뒤를 이어 남해왕(남해차차웅)이 즉위했다.

경주 시내 평지 서남쪽에 위치한 4기의 봉토무덤과 1기의 원형무덤이다. 《삼국유사》의 설명과 달리, 《삼국사기》에 따르면 신라 시조 박혁거세와 2대 남해왕, 3대 유리왕, 5대 파사왕 등 신라 초기 4명의 박씨 임금과 혁거세의 왕후인 알영왕비의 무덤이라 한다. 다섯 부분의 유체가 묻혔다 하여 오릉이라고도 부른다.

용왕의 아들 탈해왕, 계략으로 집을 빼앗다

　남해왕 때의 일이다. 어느 날, 가락국 앞바다에 웬 배 한 척이 와서 정박하였다. 그러자 그 나라의 수로왕이 신하와 백성들을 이끌고 북을 울리면서 맞이하였다. 그러나 수로왕이 그 배를 자기 나라에 머물게 하려 하자 배는 나는 듯이 달아나서 신라 동쪽 하서지촌 아진포에 닿았다.

　아진포 갯가에는 아진의선이라는 노파가 살고 있었는데 그녀는 혁거세왕에게 해산물을 바치던 어부의 어미였다. 어느 날 갑자기 바다 쪽에서 까치들이 지저귀는 소리가 들려오자 노파는 깜짝 놀랐다.

　"이 바다에는 원래 바위라고는 없는데 웬일로 까치들이 모여서 울꼬?"

　노파는 이상하다 싶어 얼른 배를 저어 가까이 가 보았다. 까치들은 어떤 배 한 척 위에 모여들어 지저귀고 있었다. 노파가 그 배 안을 살펴보니 한가운데 궤짝 한 개가 놓여 있었다. 길이가 스무 자에 넓이가 열석 자나 되는 큼직한 궤짝이었다. 노파는 배를 끌어다가 갯가 수풀 아래 매어 놓았다. 궤짝 안에 무엇이 들어 있는지 궁금하기 짝이 없었지만 혹시나 흉한 일이 일어날까 싶어 열까 말까 잠시 망설였다. 마침내 호기심을 참을 수 없게 된 노파는

나라를
세운
이야기

하늘에 기도하고 조금 있다가 궤짝을 열어 보았다.

　궤짝 안에는 놀랍게도 단정하게 생긴 사내아이가 일곱 가지 보배를 품에
안고 노예들을 거느린 채 앉아 있었다. 노파는 예사 아이가 아니구나 싶어 그
들을 집으로 데려와 정성껏 대접하였다. 그러나 노파가 아무리 상냥하게 대
해도 사내아이는 좀처럼 자신이 누구이며 어디에서 왔는지, 입을 떼지 않았
다. 이레째 되는 날 아침, 비로소 아이는 자신의 기구한 운명을 노파에게 얘
기하기 시작하였다.

　"저는 본래 바다 건너 용성국의 왕자입니다. 우리 나라는 대대로 28명의
용왕님들이 온 백성들을 아무 걱정 없이 정직하게 살도록 교화하고 다스려
왔답니다. 이 용왕님들은 모두 사람의 형상으로 태어나서 다섯, 여섯 살이 되
면 왕위를 이어받아 나라를 다스리셨지요.

　제 아버지는 바로 용성국을 다스리시
던 함달파왕이고 어머니는 적녀국
의 공주였습니다. 어머니는 시
집와서 오래도록 왕자를 낳지
못하셨지요. 나라의 대가 끊
길까 걱정하시던 어머니는 7
년 동안이나 왕자를 낳게 해
달라고 기도를 드렸답니다. 드
디어 7년 기도 끝에 수태하셨지
만 낳은 것은 사람이 아닌 커다란 **알**

건국신화에 등장하는 많은 왕들은 어머니
뱃속이 아닌 '알'에서 태어난다. 이를 '난생설화'라 한
다. 사람이 새도 아닌데 왜 이러한 이야기가 전해지는
걸까? 당시 사람들은 알의 둥근 모양 때문에 알이 곧
태양을 상징한다고 보았다. 또 태양은 곧 하늘과 같다
고 생각하였다. 즉 '알에서 태어났다는 것'은 '태양의
자손' '하늘의 자손'을 의미했다. 한편 껍질을 깨고 새
생명이 탄생한다는 것은 새로운 질서를 세운다는 의미
로도 볼 수 있다. 왕들은 왕권에 정당성을 부여함으로
써 많은 백성들의 지지를 받아야 했기 때문에, 이처럼
왕을 신성시하는 설화가 탄생한 것으로 보인다.

하나였답니다.

　아버지 함달파왕은 이 괴이한 일을 놓고 신하들과 의논을 했지만 모두들 사람이 알을 낳는 것은 고금에 없는 일로 좋은 징조가 아니라는 의견이었지요. 이렇게 되니 아버지로서도 어쩔 수 없고, 커다란 궤짝을 만들고 그 속에 아직 알에서 깨어나지 못했던 나와 나를 모실 노예들, 그리고 일곱 가지 보배를 넣어 배에 띄워 보냈답니다. 아버지와 어머니는 나를 바다에 띄우면서 부디 인연 있는 땅에 닿아 나라를 세우고 가문을 일으키라고 하늘에 기원하였지요. 그리하여 배가 용성국을 떠날 때부터 붉은 용 한 마리가 나타나 여기까지 배를 호위해 왔답니다."

　말을 마친 어린 왕자는 비로소 자리를 털고 일어나 2명의 노예를 데리고 토함산으로 올라갔다. 그는 산마루터기에 돌집을 짓고 이레 동안 머물면서 성 안에 자기가 살 만한 곳이 있는지 살펴보았다. 그 중 초승달처럼 생긴 언덕이 지세가 좋은지라 서둘러 서라벌 성 안으로 들어가 그 곳을 찾아갔으나 이미 그 터에는 호공이라는 사람이 살고 있었다. 왕자는 어떻게 해서든 그 터를 차지할 마음으로 꾀를 내었다.

　그 날 밤 노예를 시켜 호공 집 주위에 몰래 숫돌과 숯 부스러기를 묻어 둔 왕자는 다음 날 아침 일찍 호공을 찾아갔다. 왕자는 호공을 보자마자 대뜸 "이 집은 우리 조상이 살던 집이니 내가 살아야 하오." 하고 우겼다. 호공은 펄쩍 뛰며 그럴 리가 없다고 부인했다. 서로 자기 집이라며 한참을 옥신각신하였지만 결론이 안 나자 결국 관청에 판결을 맡기기로 했다.

　전부터 호공이 그 집에서 살던 것을 아는 재판관은 왕자에게 물었다.

나라를
세운
이야기

41

"무슨 근거로 이 집을 네 집이라 하느냐?"

왕자는 일이 뜻대로 되자 회심의 미소를 지으며 답했다.

"우리 집은 대대로 대장장이었습니다. 얼마 동안 다른 지방에서 살다 와보니 저 사람이 제 집인 양 살고 있지 않겠어요. 이제 집 주위를 파 보면 제말이 사실임을 알 것입니다."

재판관이 왕자의 말을 듣고 집 주변을 파헤쳐 보니 과연 숫돌과 숯 부스러기가 나오는지라 대장간 터였음이 분명해 보였다. 그리하여 마침내 왕자는호공의 집을 차지하고 살게 되었다.

계략으로 호공의 집을 차지한 이 어린아이가 바로 탈해이다. 당시 신라를다스리던 남해왕은 탈해가 호공의 집을 차지한 이야기를 듣고는 그의 슬기로움이 출중함을 알고 맏공주를 시집 보내어 사위로 삼았다.

탈해의 비범함을 전하는 또 다른 이야기가 있다.

하루는 탈해가 토함산에 올랐다가 돌아오는 길에 목이 몹시 말라 시종 백의를 시켜 물을 떠 오게 했다. 백의는 물을 떠 오다가 갈증이 나서 먼저 몰래한 모금을 마셨다. 그런데 잔에서 입을 떼려 하니 뿔로 만든 잔이 입술에 딱붙어서 떨어지질 않는 것이었다. 하는 수 없이 잔이 붙은 채로 탈해 앞에 나아가 "앞으로는 멀건 가깝건 절대로 먼저 입을 대지 않겠습니다." 하고 맹세하니 그제야 잔이 떨어졌다.

이 때부터 백의는 물론 주위 사람들 모두가 탈해를 두려워하여 감히 속이려 하지 못했다. 토함산에 있는 요내정(遙乃井)이라는 우물이 바로 당시 백의

가 물을 길었던 그 우물이라 한다.

남해왕이 세상을 떠나자 왕의 아들 노례는 지략이 뛰어난 매부 탈해에게 왕위를 넘겨주려 했다. 그러나 탈해는 극구 사양했다. 한참 동안 실랑이를 벌이던 끝에 탈해가 한 가지 방법을 내놓았다.

"옛부터 덕이 있고 지혜로운 사람은 이(齒)가 많다고 했소. 그러니 우리 두 사람 중 이가 더 많은 사람이 왕위에 오르기로 하는 게 어떻겠소?"

노례도 좋다고 하여 두 사람은 곧 떡 한 덩이씩을 가져다 한 입씩 물었다가 내놓았다. 떡에 찍힌 잇자국을 세어 보니 노례의 이가 더 많았으므로 그가 남해왕의 뒤를 이어 왕위에 올랐다. 여기서 유래하여 왕의 칭호를 잇금[이사금(尼師今)]이라 했다.

노례이사금, 일명 유리왕은 6부의 이름을 개정하고 여섯 가지 성을 내렸으며 처음으로 〈도솔가〉를 지었다. 또 얼음을 넣어 두는 곳간[장빙고(藏氷庫)]을 지었는가 하면 수레를 만들기도 했다.

이 노례왕이 승하한 후 탈해가 왕위에 오르게 되었다. 그러고는 '이것이 옛날 우리 집이오.' 하면서 남의 집을 빼앗았다 하여 성을 석[옛날 석(昔)]이라 했다. 혹은 까치 때문에 궤짝을 열었다 하여 까치 작(鵲)에서 새 조(鳥) 자를 떼어 버리고 석씨라 했다고도 전한다.

탈해왕이 23년 동안 왕위에 있다가 돌아가매 소천의 언덕에 장사 지냈다. 그 두개골의 둘레가 석 자 두 치이고 몸의 뼈 길이는 아홉 자 일곱 치였으며, 이는 붙어서 하나였고 뼈마디가 모두 이어져 있었으니, 가히 천하에 적수가

없을 장사의 뼈였다. 그 뼈를 부수어 그의 형상을 빚어 대궐 안에 모시니 어느 날 혼령이 나타나 "내 뼈를 동악(토함산)에 두라." 하였으므로 그대로 따랐다. 이후로 이를 동악신이라 하여 나라에서 제사를 끊이지 않고 지냈다.

김알지,
황금궤짝에서 나온 신라 김씨의 시조

탈해왕 때 일이다. 8월 초나흘날 밤, 월성 서쪽 동리를 찾아가던 호공은 마을 옆에 우거진 **시림**(始林)이라는 숲에서 환하게 밝은 빛이 나는 것을 보았다. 보랏빛 구름이 하늘에서 땅까지 드리워져 있고 구름 속에는 황금궤짝 하나가

알지가 태어날 때 숲에서 닭이 울었다 하여 그 후부터 계림(鷄林)으로 불리게 되었다. 오랜 세월을 버텨 온 왕버들, 느티나무 등의 고목이 숲의 '신성함'을 더해 주는 듯하다. 첨성대와 월성 사이에 있다.

나뭇가지에 걸려 있었다. 숲을 밝히는 빛은 그 궤짝에서 나오는 것이었으며, 나무 아래에서 눈처럼 새하얀 닭 한 마리가 소리 높여 울고 있었다.

깜짝 놀란 호공은 서둘러 궁궐로 달려가 탈해왕에게 이 사실을 고했다. 왕이 숲으로 거동하여 궤짝을 열어 보니 사내아이 하나가 누워 있다가 벌떡 일어났다. 그 모양이 옛날 혁거세왕이 "알지거서간 한 번 일어나다."라고 한 말을 연상케 했으므로 그 말을 따라 '알지'라고 이름을 지었다.

나라를
세운
이야기

탈해왕이 알지를 안고 궁궐로 돌아오는데 그 뒤를 새와 짐승들이 기뻐 날
뛰며 너울너울 춤을 추면서 따랐다. 탈해왕은 알지를 하늘이 내린 사람이라
생각하고 좋은 날을 택하여 태자로 봉했다. 그러나 탈해왕이 승하한 뒤 알지
는 파사에게 왕위를 양보하고 오르지 않았다.

알지는 금궤짝에서 나왔다 해서 성을 김(金)씨라 하였는데, 신라 김씨가 알
지로부터 시작되었다. 김알지의 7대 손(孫)이 바로 신라의 13대 왕인 미추왕
이다.

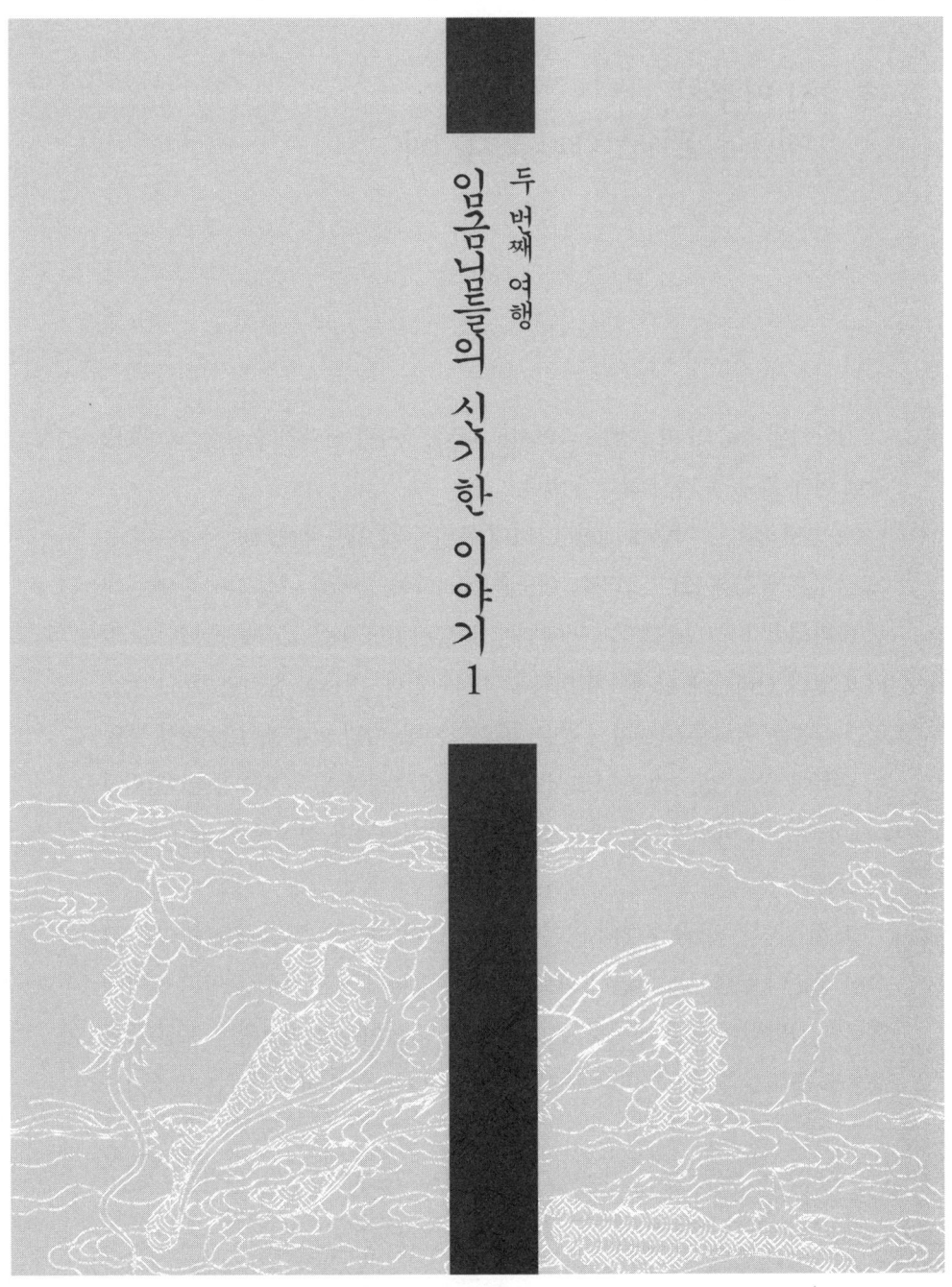

두 번째 여행

임금님들의 신기한 이야기

1

호국신 미추왕,
대나무 군사로 나라를 지키다

　김알지의 후손인 미추왕은 죽어서도 나라를 지킨 신라의 호국신으로 유명한데 이에 관한 두 가지 설화가 있다.

　첫 번째 설화는 이렇게 전한다. 14대 유리왕 때 이서국(伊西國) 사람들이 수도 금성을 공격해 왔다. 신라는 대군을 동원하여 방어에 나섰으나 전세는 점점 불리해졌다. 그 때 갑자기 귀에 대나무 잎사귀를 꽂은 군사들이 나타나 밀리고 있던 신라군에 합세하여 적군을 격파하였다. 적군이 물러간 후 그 이상한 군사들은 어디론가 사라져 찾을 수 없었는데, 다만 미추왕의 능 앞에 댓잎이 수북이 쌓여 있는 것을 보고서야 미추왕의 혼령이 도운 것임을 알게 되었다. 이 때부터 미추왕릉을 댓잎 꽂은 병사가 나타났다 하여 죽현릉(竹現陵)이라 불렀다.

　또 한 가지는 훨씬 후대의 일이다. 신라 37대 혜공왕 15년 4월 어느 날, 김유신 장군의 무덤에서 홀연히 회오리바람이 일더니 장군 차림을 하고 준마에 올라탄 사람이 갑옷과 병기로 무장한 40여 명을 이끌고 미추왕이 계신 죽현릉으로 들어갔다. 잠시 후 능 속에서 울음소리와 함께 하소연하는 말소리가

들렸다.

"제가 살아서는 정사를 돕고 환난을 구제하고 나라를 통일한 공로를 세웠으며 지금 넋이 되어서도 나라를 수호하며 재앙을 물리치고 환난을 구원하고자 하는 마음에는 변함이 없습니다. 그런데 지난 경술년에 제 자손이 죄 없이 죽음을 당했습니다. 지금 임금이나 신하들이 저의 공적을 생각하지 않으므로 저는 멀리 다른 곳으로 옮겨 가서 다시는 나랏일에 힘쓰지 않겠으니, 원컨대 대왕께서는 허락하여 주소서."

하소연하는 이는 다름 아닌 김유신 장군의 혼령이었다. 미추왕은 김유신의 호소에도 "나와 그대가 이 나라를 수호하지 않는다면 이 백성들은 어찌하란 말인가? 부디 그대는 이전처럼 힘쓰도록 하오." 하며 허락하지 않았다.

장군이 세 번을 간청하였으나 왕이 끝내 허락하지 않으니 회오리바람은 김유신 장군의 무덤으로 되돌아갔다.

이 이야기를 들은 혜공왕은 두려운 마음에 즉시 대신 김경신을 보내어 김유신 장군의 무덤에 가서 사과하게 하고, 장군과 연고가 있던 취선사에 공덕보전(功德寶田, 누군가의 공덕을 위하여 제사 밑천으로 절에 바치는 밭) 30결을 주어 장군의 명복을 빌었다.

미추왕의 영혼이 아니었다면 김유신의 노여움을 막을 수 없었을 것이니 왕의 호국이야말로 크다 하지 않을 수 없다. 이에 나라 사람들은 제사의 직위를 오릉(혁거세왕릉)의 위에 두어 대묘(大廟)라 하고 제사를 끊이지 않고 지내며 그 덕을 기렸다.

일본의 왕이 된
연오랑과 세오녀

　　신라 8대 임금인 아달라왕이 즉위한 지 4년째 되던 해의 일이다. 동해 바닷가 마을에 연오랑(延烏郎)과 세오녀(細烏女)라는 부부가 살고 있었다. 어느 날, 연오랑이 바다에 나가 미역을 따는 데 갑자기 웬 바위 하나가 나타나 연오랑을 태우고 바다 건너 일본으로 데려갔다. 바위를 타고 나타난 연오랑을 본 일본 사람들은 필경 예사 사람이 아니라 여겨 왕으로 추대하였다(일연은 이 부분에서 '왕이라 하지만 《일본본기》에 신라 사람으로 왕이 된 자가 없으니 아마 어느 조그마한 변방의 왕이었던 듯하다.'라고 덧붙였다).

　　이런 사실을 알 리 없는 세오녀는 남편이 돌아오지 않자 남편을 찾아 바닷가로 나갔다. 바닷가를 헤매던 세오녀는 어느 바위 위에 남편의 신발이 놓여져 있는 것을 발견했다. 세오녀가 바위 위로 뛰어오르자 바위는 다시 그녀를 업고 바다를 건너 연오랑이 있는 일본으로 흘러갔다. 바위에 실려 온 세오녀를 본 그 나라 사람들은 놀랍고 이상하여 왕이 된 연오랑에게 이 사실을 아뢰었고, 이리하여 연오랑과 세오녀는 다시 만나 함께 나라를 다스렸다.

　　그런데 연오랑과 세오녀 부부가 일본으로 떠난 후, 신라에서는 해와 달이

갑자기 빛을 잃어 온 나라 안이 어둠에 잠기는 괴변이 일어났다. 왕이 점성관에게 까닭을 물으니 "우리 나라에 와 있던 해와 달의 정기(精氣)가 이제 일본으로 가는 바람에 이런 변괴가 생긴 것입니다." 하고 아뢰었다. 자초지종을 알게 된 임금은 사신을 보내어 두 사람에게 돌아오기를 청하였다.

연오랑은 "내가 여기에 온 것은 하늘의 뜻이니 어찌 돌아갈 수 있겠는가. 그러나 짐의 왕비가 가는 비단을 새로 짜 놓았으니 이것을 가져가 하늘에 제사 지내면 좋으리라." 하고 비단을 내주었다.

사신이 돌아와 아뢰어 그 말대로 제사를 지냈더니 해와 달이 예전처럼 빛을 발하였다. 그리하여 그 비단을 임금의 곳간에 소중히 보관하여 국보로 삼고 하늘에 제사를 지냈으며, 그 제사 지낸 곳을 영일현(迎日縣) 또는 도기야(都祈野)라 했다.

김제상,
죽고 사는 것을 따져 행한다면 용기가 없음이라

17대 내물왕이 즉위한 지 36년(391)째 되던 해, 왜왕이 사신을 보내 양국의 화친을 제의하면서 왕자 한 명을 보내 성의를 표해 달라고 하였다. 내물왕은 고민 끝에 넷째 왕자 미해(美海)를 왜국으로 보냈다. 미해는 그 때 나이가 열 살이라 말과 행동이 미숙했기 때문에 박사람을 부사로 삼아 딸려 보냈는데 왜왕은 아들을 붙잡아 두고 30년이 지나도록 돌려보내지 않았다.

내물왕을 이어 눌지왕이 즉위한 지 3년째 되던 해(419), 이번에는 고구려의 장수왕이 사신을 보내 왔다.

"저희 임금께서 대왕의 아우 되시는 보해(寶海)왕자가 지혜와 재주가 뛰어나다는 말을 듣고 서로 친히 지내기를 원하시어 일부러 소신을 보내 간청하는 바입니다."

눌지왕은 노상 국경을 침범해 오던 고구려와 화친을 강구하던 참이라 다행으로 여기고 곧 김무알을 보좌로 삼아 아우 보해를 고구려로 보냈다. 그러나 고구려 장수왕도 보해왕자를 억류하고 돌려보내지 않았다.

세월이 흘러 눌지왕이 즉위한 지도 10년이 되어 갔다. 어느 날 왕은 여러

신하들과 천하의 호걸들을 불러 친히 주연(酒宴)을 베풀었다. 술이 세 순배(술잔을 차례로 돌림)를 돌고 음악이 연주될 무렵 왕은 눈물을 흘리며 신하들에게 말했다.

"돌아가신 선왕께서는 백성들을 위하여 사랑하는 아들을 왜국에 보냈다가 다시 만나 보지도 못하고 돌아가셨소. 또 내가 즉위한 이래로 이웃 나라와의 전쟁이 쉴 틈이 없었는데 유독 고구려가 친교를 맺자 하여 그 말을 믿고 친아우를 사절로 보냈더니 고구려 역시 붙잡아 놓고 보내지 않고 있소. 내가 비록 부귀는 누린다지마는 하루도 잊지 못하고 눈물로 지샌다오. 만약 두 아우를 다시 만나 돌아가신 선왕의 사당에 함께 참례할 수만 있다면 나라 사람들에게 은혜를 갚을 터이니 누가 이 일을 도모할 수 있겠소?"

모든 관리들은 입을 모아 김제상(金堤上)을 추천했다(삼국사기에는 박제상으로 되어 있다).

"이 일은 반드시 지혜와 용기가 있어야만 될 것입니다. 저희들 생각에는 삽라군 태수 제상이 적임인 줄로 아뢰오."

왕이 제상을 불러 물으니 제상이 공손히 절하고 대답했다.

"제가 듣건대 임금이 걱정을 하면 신하가 욕을 보는 법이요, 임금이 욕을 보게 되면 신하는 죽어야만 하는 것입니다. 어렵고 쉬움을 따진 뒤에 행한다면 이는 불충이라 할 것이요, 죽고 사는 것을 따져 움직인다면 용기가 없다고 일러야 할 것입니다. 제가 비록 똑똑하지는 못하오나 명을 받들어 실행하겠나이다."

왕은 매우 가상히 여겨 술잔을 나누어 마시며 격려했다. 제상은 즉시 뱃길

을 따라 고구려로 떠났다. 고구려에 당도한 제상은 변장을 하고 보해왕자의 처소로 숨어 들어갔다. 제상으로부터 자초지종을 들은 보해는 그의 손을 마주 잡고서 기뻐 어쩔 줄 몰라 했다. 보해와 제상은 머리를 맞대고 빠져 나갈 방도를 의논한 끝에 제상이 5월 15일 날 먼저 고성(高城) 포구에 배를 대고 기다리기로 하였다.

약속한 날이 가까워 오자 보해는 아프다는 핑계를 대고 며칠 동안 조회에 나가지 않다가 한밤중에 도망하여 고성 바닷가로 내달렸다. 뒤늦게 이 사실을 안 장수왕은 수십 명의 군사를 시켜 그를 쫓게 했다. 보해가 허둥지둥 준비해 둔 배에 오르려 할 때, 이미 추격군은 등 뒤에 바짝 다가와 있었다. 그러나 보해가 평소 주위 사람들에게 항상 은혜를 베풀어 왔던 터라 군사들은 모두 그를 동정하여 활촉을 빼 버리고 활을 쏘아 무사히 도망가게 도와 주었다.

제상이 보해왕자를 모시고 무사히 돌아오자 왕은 눈물을 흘리며 기뻐했다. 그러나 보해를 만나고 보니 30년이 넘도록 왜국에 붙잡혀 있는 아우 미해 생각이 더욱 간절해졌다. 왕은 한편으로는 기쁘고 한편으로는 슬픈 마음에 눈물을 흘리며 말했다.

"마치 한 몸뚱이에 팔이 하나뿐인 것 같고 한 얼굴에 눈이 한 짝뿐인 것 같구려. 비록 하나는 찾았으나 다른 하나가 없으니 어찌 마음이 아프지 않겠소?"

왕의 탄식을 들은 제상은 아무 말 없이 공손히 절하고 물러나와 누구에게도 알리지 않고 그대로 길을 떠났다.

한편 제상이 무사히 돌아왔다는 소식에 가족들은 잔칫상을 마련하고 눈이 빠져라 기다리고 있었지만, 제상은 집에도 들르지 않은 채 곧장 율포(지금의 경

남 울산) 바닷가로 내달렸다. 제상이 왜국으로 떠나기 위해 궁궐에서 나오는 길로 율포로 향했다는 소식을 들은 그의 아내가 뒤따라 쫓아갔지만 이미 제상이 탄 배는 바다 위를 떠 가고 있었다. 제상의 아내가 목이 터져라 애타게 불러도 제상은 손만 흔들어 보일 뿐, 배는 곧 가물가물 멀어져 갔다.

배가 왜국에 닿자 제상은 일단 왜왕의 의심을 벗기 위해 거짓말을 했다.

"저는 신라에서 왔습니다. 신라왕이 아무 죄도 없는 저의 부형을 죽였으므로 이 곳으로 도망하여 왔습니다."

왜왕은 이 말을 믿고 그에게 집을 주어 편히 살게 했다. 이렇게 해서 왜국에 머물게 된 제상은 타국에서 외롭게 지내던 미해왕자를 곁에서 모시며 기회를 엿보았다. 제상이 미해왕자와 함께 낚시질과 사냥으로 소일해서 잡은 고기와 새들을 매번 왜왕에게 바치니, 왜왕은 매우 기뻐하며 전혀 의심을 두지 않았다.

드디어 새벽 안개가 자욱하게 껴서 사방을 분간하기도 어려운 어느 날 아침, 제상은 은밀히 미해에게 말했다.

"떠나시기에 좋은 날이 왔습니다."

"그러면 공도 채비를 하시오."

그러나 제상은 고개를 가로저었다.

"만일 신이 함께 간다면 왜인들이 알아채고 쫓아올 것입니다. 그러니 저는 여기 머물면서 저들의 추격을 막겠습니다."

미해는 제상의 충절에 목이 메어 눈물로 만류했다.

"그 동안 내가 공을 부형이나 다름없이 여기며 의지해 왔는데 어찌 이제

와서 공을 사지에 버려 두고 혼자 돌아가겠소?"

제상은 조용히 말했다.

"왕자님의 생명을 구해서 고국에 계신 대왕님의 마음을 편하게 해 드릴 수만 있다면 제게는 더 이상 바랄 것이 없나이다. 어찌 살기까지 바라겠습니까?"

제상은 슬퍼하는 미해에게 마지막 술잔을 바치고는, 마침 그 때 일본에 와 있던 신라 사람 강구려를 딸려서 미해왕자를 떠나보냈다. 미해를 도주시킨 뒤 제상은 미해의 방으로 들어갔다. 날이 밝자 시중 드는 자들이 미해왕자를 살피러 처소로 들어왔다. 제상은 방을 기웃거리는 그들을 말리면서 말했다.

"어제 왕자님이 사냥을 하느라 무리를 하셔서 몹시 고단하신 모양이오. 아직 일어나시지 못했으니 좀더 쉬시도록 좌우를 물리쳐 주시오."

이럭저럭 한낮이 지나고 해가 기울 무렵이 되어도 미해가 방에서 나오지 않으니 시종들은 수상한 생각이 들었다. 그제야 제상이 "미해왕자는 이미 떠나신 지 오래 되었다." 하며 웃었다.

왜왕이 기마병들을 시켜 미해를 뒤쫓았지만 떠난 지 오래라 잡을 수가 없었다. 화가 머리끝까지 오른 왜왕은 제상을 가두어 놓고 문초하였다.

"너는 어째서 왕자를 몰래 내보냈느냐?"

제상은 태연히 말했다.

"나는 신라의 신하이지 왜국의 신하가 아니다. 신라의 신하로서 우리 임금의 뜻을 이루고자 할 뿐이니 구태여 그대에게 말해 무엇하랴."

왜왕은 화가 뻗쳐 소리쳤다.

"네가 이미 내 신하가 된 마당에 신라의 신하라고? 신라의 신하라고 우긴

다면 오형(五刑, 중국 고대의 다섯 가지 형벌로 살갗에 먹물 넣기, 코 베기, 발뒤꿈치 베기, 불알 없애기, 목 베기를 말함)을 갖추어 벌 줄 것이요, 지금이라도 왜국의 신하라고 말한다면 반드시 높은 벼슬로 상을 주리라."

그러나 제상은 비웃음을 띠며 대답했다.

"차라리 신라의 개, 돼지가 될지언정 왜국의 신하가 될 수는 없다. 내 차라리 신라의 매를 맞을지언정 너희 왜국의 벼슬과 녹을 받아먹겠는가?"

왜왕이 노하여 제상의 발바닥 가죽을 벗기고 갈대를 베어 그 위를 걷게 하니 피가 강물처럼 흘렀다(지금도 세간에서는 갈대 위에 핏자국이 있는 것을 제상의 피라고 한다). 그러고는 다시 물었다.

"너는 어느 나라 신하이냐?"

제상은 여전히 의연하게 대답했다.

"신라의 신하다."

왜왕은 다시 뜨겁게 달군 쇠 위에 올라서게 하고는 물었다.

"어느 나라 신하이냐?"

그러나 살가죽이 타 들어가는 고통 속에서도 제상은 눈 하나 깜짝하지 않고 답하였다.

"나는 신라의 신하이다."

왜왕은 그를 굴복시킬 수 없음을 알고 목도(木島)에서 불태워 죽였다. 한편 미해는 무사히 바다를 건너 신라로 돌아갔다. 왕은 뛸 듯이 기뻐하며 큰 잔치를 베풀고 나라 안의 모든 죄수들을 사면하였다. 그리고 제상의 아내에겐 '국대부인(國大夫人)'이란 작위를 내리고 그 딸을 미해왕자의 부인으로 삼았다.

사람들은 제상의 충절을 중국 한나라의 협객 주가(周苛)에 견주어 말하곤 한다. 옛날 한 고조 유방의 신하 주가가 영양 땅에서 초나라 군사의 포로가 되었다. 초왕 항우는 주가에게 "네가 내 신하가 된다면 1만 호를 가진 제후에 봉하겠다." 하고 회유했지만, 주가는 오히려 욕을 퍼부으며 굴복하지 않다가 끝내 항우의 손에 죽음을 당하였다. 세상 사람들은 제상의 열렬한 충절이 주가에 못지않다고들 한다.

앞서 제상이 왜국으로 떠날 때 그 부인이 뒤쫓아가다가 지금의 경주시 배반리에 있는 망덕사 절 문 남쪽 모래밭에 쓰러져 울었는데 이 때부터 그 모래밭을 장사(長沙, 긴 모래밭)라고 부르게 되었다. 또 친척 두 사람이 부인을 양쪽에서 부축하여 데려오려는데 부인이 다리를 뻗고 주저앉아 일어나지 않았다 하여 벌지지(伐知旨, '뻗치다'의 음을 한자로 적어 만들어진 지명)라고도 한다.

세월이 흘러도 남편에 대한 그리움을 이기지 못한 부인은 세 딸을 데리고 치술령 고개로 올라갔다. 아득히 바다 건너 왜국을 바라보며 통곡을 하던 부인은 어느 날 그대로 쓰러져 세상을 떠나고 말았다. 죽은 부인은 치술령의 신모(神母)가 되었으니 지금도 이 곳에는 그를 기리는 (사당) 이 남아 있다.

《삼국사기》에는 박제상으로 되어 있고 부분부분 그 내용이 다르지만, 신라와 일본의 대립 속에서 장렬한 죽음을 맞는 충신의 이야기라는 점에서는 같다. 사진은 박제상과 그의 아내를 기리기 위해 세운 사당으로 울산 울주군 두동 마을에 있다.

거문고 집을 쏘아라

21대 비처왕(소지왕이라고도 함) 즉위 10년 때의 일이다. 어느 날 왕이 천천정이라는 정자에서 쉬고 있는데 갑자기 까마귀와 쥐가 와서 울었다. 기분이 상한 왕이 자리를 털고 일어나려 하자 놀랍게도 쥐가 사람의 말로 지껄였다.

"이 까마귀가 가는 곳으로 따라가 보소서."

왕은 심상치 않은 일이라 여겨 옆에 있던 군사에게 말을 타고 까마귀를 쫓아가게 했다. 쫓아가던 군사가 경주 남산 동쪽 기슭에 있는 피촌(避村)에 이르렀을 때였다. 돼지 두 마리가 씩씩거리며 싸움을 하는데 자못 볼 만하였다. 군사는 돼지 싸움에 정신이 팔려 한참 구경을 하다가 그만 까마귀가 간 곳을 놓치고 말았다. 어찌할 바를 모르고 왔다 갔다 하고 있을 때였다. 길가 연못 한가운데서 웬 노인이 나타나 편지 한 통을 건네주었다. 편지 겉봉에는 이렇게 쓰여 있었다.

"이 편지를 뜯어 보면 두 사람이 죽고 뜯어 보지 않으면 한 사람이 죽는다."

편지를 받아 본 비처왕은 "두 사람이 죽을 바에는 뜯어 보지 않고 한 사람

이 죽는 편이 낫겠구나." 하고 그대로 없애려 했다. 그 때 점치는 관리가 옆에 있다가 아뢰었다.

"두 사람이란 보통 서민을 가리키는 것이요, 한 사람이란 임금님을 말함이니 뜯어 보심이 좋을 줄 압니다."

이 말을 들은 왕은 그럴 듯하다 싶어 편지를 보기로 하였다. 편지를 뜯어 보니 그 안에는 "거문고를 담아 둔 거문고 집을 쏘아라."라는 한 마디가 적혀 있을 뿐이었다.

대궐로 돌아온 왕은 즉시 거문고 집을 향해 화살을 쏘았다. 그런데 화살이 꽂힌 거문고 집 안에서 사람의 비명 소리가 들리는 것이 아닌가! 놀라서 열어 보니 내전의 불공을 맡고 있는 중이 그 속에서 왕비와 몰래 간통을 하고 있었다. 왕은 너무나 어이가 없어 망연자실해 있다가 둘을 그 자리에서 당장 처형해 버렸다.

이 때부터 우리 나라에서는 매년 정월 첫째 돼지날[해일(亥日)]과 첫째 쥐날[자일(子日)], 그리고 첫째 말날[오일(午日)]에는 모든 일을 조심하며 함부로 출입을 하지 않는 풍속이 생겼다. 또 정월 보름날을 까마귀 제삿날이라 하여 찰밥을 지어 제사 지내는 일도 여기서 나왔다. 이런 풍속들을 방언으로 '달도(怛忉)'라 하는데, 이는 곧 구슬프고 근심이 되어 모든 일을 조심하고 금한다는 뜻이다. 또 편지가 나온 못은 서출지(書出池)라고 이름 지었다.

지증왕의
신부감 구하기

　신라 22대 지증왕에게는 남에게 말하기 어려운 고민이 있었다. 왕의 음경이 그 길이가 무려 한 자 다섯 치나 될 만큼 컸던 것이다. 왕비로 간택된 처녀들마다 첫날밤을 넘기지 못하고 울며불며 돌아가니 자연 이 사실이 신하들에게도 알려지게 되었다. 왕도 혼자 끙끙 앓다가 신하들과 함께 왕비감을 찾게 되니 마음이 한결 홀가분해졌지만 정작 신부감은 좀체로 나타나지 않았다.

　마침내 전국 방방곡곡에 사람을 보내어 왕후가 될 처녀를 구해 오도록 하였다. 왕비감을 찾아 돌아다니던 사자(使者, 심부름하는 사람)가 모량부 지방에 이르렀을 때였다. 커다란 나무 아래서 개 두 마리가 크기가 북만 한 똥덩이를 놓고는 서로 잡아당기며 으르렁거리고 있는 것이었다. 사자는 그 똥덩이가 너무나 큰 데 놀라서 "만약 저것이 여자 것이라면 왕의 짝이 될 만할 텐데……." 하고 마을 사람들에게 물어 보았다. 그 때 여자아이 하나가 나서서 일러 주었다.

　"이 마을 재상 댁 따님이 여기 와서 빨래를 하다가 숲 속에 들어가 눈 것이랍니다."

사자는 이제야 찾았구나 싶어 서둘러 그 딸을 만나러 갔다. 자초지종을 들은 재상이 딸을 부르니 키가 무려 일곱 자 다섯 치나 되는 거구의 처녀가 나왔다.

이 사실을 보고받은 왕은 너무나 기뻐서 손수 수레를 보내 그 재상의 딸을 궁중으로 맞아들였다. 천생배필을 찾은 지증왕이 좋은 날을 잡아 혼례를 올리니 모든 신하들이 오랜 근심에서 벗어나 왕의 경사를 기뻐하였다.

지증왕 때의 또 한 가지 빼놓을 수 없는 이야기가 바로 울릉도 정벌이다. 당시 아슬라주(지금의 강릉) 동쪽 바다에는 뱃길로 이틀쯤 걸리는 곳에 우릉도(지금의 울릉도)라는 섬이 있었다. 그 섬의 둘레는 2만 6,730보나 되었다. 섬에 사는 오랑캐들은 섬 주변의 바다가 깊고 파도가 높아 쉽게 접근할 수 없다는 점을 이용해서 신라에 신하의 예를 다하지 않았다.

'골품제'라는 엄격한 신분 제도가 존재했던 신라 시대에는 각 계층별로 오를 수 있는 관등에 제한이 있었다. 또 관복의 색과 집의 크기에도 차이가 있었다. 관등은 이벌찬→ 이찬→ 잡찬→ 파진찬→ 대아찬→ 아찬→ 일길찬→ 사찬→ 급벌찬→ 대나마→ 나마→ 대사→ 사지→ 길사→ 대오→ 소오→ 조위의 17등급으로 나뉘었다.

섬 오랑캐들이 날로 교만해지자 지증왕은 드디어 **이찬** 박이종에게 군사를 주어 토벌하게 하였다. 박이종은 익숙지 못한 바다에서 큰 싸움을 해 보아야 승산이 적다고 생각하고 꾀를 내었다. 그리하여 나무를 깎아 그럴 듯한 허수아비 사자를 만들어 큰 배에 싣고 떠났다. 배가 섬 가까이 다가갔을 때 이

종은 큰 소리로 위협하였다.

"네 놈들이 항복하지 않는다면 당장 이 짐승을 풀어 쑥대밭을 만들어 버리겠다."

오랑캐들이 살펴보니 배 위에는 보기에도 험상궂은 짐승이 당장이라도 뛰어오를 듯이 노려보고 있었다. 겁을 집어먹은 오랑캐들은 너도나도 무기를 버리고 무릎을 꿇었다.

지증왕은 아무 피해도 입지 않고 울릉도를 복속시킨 이종에게 상을 주고 아슬라주의 지사로 삼았다. 지증왕은 '지철로왕'이라고도 하며 성은 김씨요, 이름은 '지대로' 또는 '지도로'라 했다. '지증'이란 시호(諡號, 왕이나 대신, 유학자들의 공적을 칭송하여 죽은 뒤에 바치는 칭호)로서 신라에서 왕에게 시호를 바치기는 이때가 처음이다. 또한 우리말로 왕을 가리켜 '마립간'이라고 한 것도 이 임금 때부터 시작되었다.

귀신의 아들 비형랑

25대 사륜왕은 시호를 진지대왕이라 하며 576년에 즉위하였다. 그러나 진지왕은 왕위에 있으면서 국사는 돌보지 않고 날이면 날마다 주색에 빠져 국고를 탕진할 뿐이었다. 다스린 지 4년 만에 정치는 문란해지고 나라의 기강이 흔들리니 참다 못한 백성들이 들고 일어나 임금 자리에서 몰아 내었다.

그런 진지왕인 만큼 여자와 관계된 이야기 한 토막이 전해진다. 진지왕이 왕위에 있을 때였다. 사량부에 '도화랑(桃花娘, 복사꽃 처녀)'이라는 어느 백성의 딸이 있었다. 그 이름처럼 화사하고 아름다운 그녀의 자태를 한번 본 사람이라면 누구나 입에 침이 마르게 칭찬하므로 신라 안에 모르는 이가 없었다. 이런 소문에 평소부터 미인이라면 사족을 못 쓰는 진지왕이 가만 있을 리 없었다. 왕은 도화랑을 궁중으로 불러들여 정을 통하려 했다. 그러나 도화랑은 완강히 거부하며 말했다.

"여자의 도리는 두 남편을 섬기지 않는 것이라 하였습니다. 남편이 있으면서 어찌 다른 남자에게 가오리까. 임금의 위엄으로도 아녀자의 지조를 빼앗지는 못하오리다."

왕은 화가 나서 위협했다.

"죽어도 좋단 말이냐?"

도화랑은 결연한 어조로 대답했다.

"차라리 거리에서 목을 베어 주소서. 다른 소원은 없습니다."

도화랑의 태도가 굳은 것을 알고 왕은 슬쩍 농지거리로 바꿔 물었다.

"만약 남편이 없으면 괜찮겠지?"

그러자 도화랑도 웃으며 말했다.

"그렇다면 괜찮겠습니다."

왕은 도화랑을 그대로 돌려보냈다.

바로 그 해에 진지왕은 임금 자리에서 쫓겨나 죽고 말았다. 그리고 3년 만에 도화랑의 남편도 죽었다.

남편이 죽은 지 10여 일이 지난 어느 날, 한밤중에 갑자기 도화랑이 자고 있는 방으로 생시와 같은 모습의 진지왕이 들어왔다. 도화랑이 깜짝 놀라 일어나니 왕이 말했다.

"네가 예전에 남편이 없다면 허락한다고 했으니 이제는 내 말을 듣겠느냐?"

도화랑은 경솔히 허락할 수가 없어 부모에게 이 사실을 알렸다. 그녀의 부모는 고민 끝에 "임금님의 말씀인데 어떻게 피하겠느냐." 하고 딸을 방으로 들여보냈다.

왕은 7일 동안을 도화랑과 함께 지냈다. 그 동안 내내 오색구름이 도화랑의 집을 덮고 향기가 방에 가득하였다. 7일이 지나자 왕은 홀연히 자취를 감

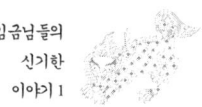

추었다. 그 후 곧바로 도화랑은 임신을 하게 되었다. 달이 차서 해산날이 되니 천지가 진동하면서 사내아이가 태어났다. 이름을 비형(鼻荊)이라 지었다.

이 때 나라를 다스리던 진평왕이 소문을 듣고 비형을 궁중으로 데려와 길렀다. 비형은 어려서부터 재주가 뛰어나서 열다섯 살이 되었을 때는 집사 벼슬에 올랐다.

그런데 밤만 되면 비형이 궁궐을 빠져 나가 어딘가 먼 곳에서 놀다 오곤 하였다. 왕은 의심스러워서 용맹한 군사 50명을 뽑아 비형을 감시하게 했다. 알고 보니 비형은 매번 월성(月城)을 날아 넘어 경주 서쪽에 있는 황천 냇가 언덕으로 가서 귀신들과 함께 노는 것이었다. 군사들이 숲 속에 숨어 엿보았더니, 귀신들은 밤새 놀다가 여기저기서 새벽 종소리가 나면 제각기 흩어졌고 그러면 비형도 궁중으로 돌아오는 것이었다.

군사들의 보고를 받은 진평왕은 비형을 불러 물었다.

"네가 귀신들을 데리고 논다던데 참말이냐?"

"예, 그렇습니다."

"그렇다면 귀신들을 시켜서 신원사 북쪽 개천에 다리를 놓도록 하라."

왕의 명을 받은 비형은 그 날 밤으로 귀신들을 부려서 커다란 돌다리를 놓았다. 이 때문에 그 다리를 귀신다리, 즉 귀교(鬼橋)라 불렀다.

왕은 다시 비형에게 물었다.

"귀신들 중에 인간 세상에 와서 나랏일을 도울 만한 자가 있느냐?"

그러자 비형이 대답하였다.

"길달이란 자가 국정을 도울 만합니다."

왕은 즉시 그를 궁궐로 데려오도록 하였다. 이튿날 비형이 길달을 데려오자 왕은 집사 벼슬을 주고 일하게 했다. 길달은 과연 충직하기 짝이 없었다. 그 때 각간 임종이 아들이 없었으므로 진평왕은 길달을 아들로 삼게 했다. 임종이 길달에게 흥륜사 남쪽에 다락문을 세우게 했더니 길달은 매일 밤 그 문 위에 올라가 자는 것이었다. 그래서 그 문을 '길달문' 이라고 한다.

　　그러던 어느 날, 인간 세상에 진력이 난 길달은 여우로 변해서 달아났다. 이 사실을 안 비형은 귀신을 시켜 길달을 잡아 죽였다. 이 때문에 귀신들은 비형이라는 이름만 들어도 겁을 먹고 달아났다. 당시 사람들이 이를 두고 노래를 지었다.

　　　　임금의 혼이 낳으신 아들
　　　　비형랑이 있는 방이 여기라오.
　　　　날고 뛰는 온갖 귀신들아
　　　　아예 이 곳엔 머물지 마라.

　　이 때부터 시골에서는 이 가사를 집 밖에 써 붙여 귀신을 쫓는 풍속이 생겼다.

하늘이 내린 옥띠

신라 26대 임금 진평왕은 키가 열 한 자나 되는 거인이었다. 진평왕이 얼마나 거구였는지를 보여 주는 일화가 있다.

하루는 진평왕이 자신이 세운 내제석궁(內帝釋宮)이라는 절로 나들이를 갔다. 왕이 돌 계단을 오르려고 밟는 순간 댓돌 3개가 한꺼번에 무너져 내렸다. 왕은 놀라서 입을 다물지 못하는 좌우의 신하들을 돌아보며 명령했다.

"이 돌을 옮기지 말고 후대의 사람들에게 보여 주어라."

물론 자신의 남다른 힘과 기골을 과시하기 위함이었다. 지금도 성 안에 사람의 힘으로는 움직일 수 없는 5개의 돌덩이가 있는데, 그 중 하나가 바로 이 돌이다.

그 진평왕이 즉위한 첫해였다. 어느 날 하늘이 열리면서 궁궐 뜰 아래로 천사가 내려왔다. 천사는 진평왕에게 "하늘에 계신 상제께서 이 옥띠를 전해 주라 하셨으니, 왕은 예를 갖추고 이 옥띠를 받으시오."라고 하였다. 왕은 무릎을 꿇고 앉아 공손히 하늘의 선물을 받았다. 하늘이 내린 옥띠[천사옥대(天賜玉

帶)는 길이가 열 뼘에, 금과 옥으로 새긴 예순 두 개의 장식이 박혀 있어 찬란하고 아름답기가 비할 데가 없었다. 그 때부터 교외에서 교제(郊祭, 하늘과 땅의 신에게 지내는 제사)를 올릴 때나 종묘에서 묘제(廟祭, 조상에게 지내는 제사)를 지낼 때는 언제나 이 옥띠를 매었다.

후에 고구려왕이 신라를 칠 계획을 세우다가 좌우 신하들에게 물었다.

"신라에는 세 가지 보물이 있어 침범할 수 없다고 하니 도대체 그 세 가지가 무엇이냐?"

"세 가지 보물이란 첫째가 황룡사의 장륙존상이라는 거대한 좌불상이요, 둘째는 그 절의 구층탑이고, 셋째는 진평왕이 하늘에서 받은 옥띠라 합니다."

이 말을 들은 왕은 즉각 침략 계획을 중단하였다. 그리하여 신라 사람들은 노래를 지어 이 옥띠를 찬미했다.

> 저 구름 위 하느님이 옥띠를 내리시니
> 임금님의 곤룡포에 어울리누나.
> 우리 임금 이로부터 몸 더 무거워져
> 내일 아침엔 무쇠 섬돌을 만들어야 하리.

선덕여왕이
미리 알아 낸 세 가지 일

진평왕에게는 아들이 없었다. 그리하여 그 따님이 왕위를 계승하니 이분이 바로 신라 최초의 여자 임금인 27대 선덕여왕이다. 처음엔 신하들이나 백성들도 여자라 하여 미심쩍어 했지만 곧 여왕의 지혜와 혜안에 탄복해서 마음으로 따르게 되었다. 선덕여왕의 선견지명이 어느 정도인가는 다음 세 가지 이야기로 알 수 있다.

한번은 당나라 태종이 붉은색, 자주색, 흰색의 세 가지 색깔로 그린 모란꽃 그림과 그 꽃씨 석 되를 신라에 보내 왔다. 찬찬히 그 모란꽃 그림을 보고 난 여왕은 단정짓듯 말하였다.

"이 꽃은 틀림없이 향기가 없을 것이다."

옆에 있던 신하들은 왕이 왜 저런 말을 하는가 의심하며 수군거렸다. 선덕여왕은 그 낌새를 알고도 아무 말 없이 꽃씨를 궁궐 뜰에 심으라고만 하였다. 마침내 꽃이 피었다. 그러나 꽃잎이 하나 둘 떨어질 때까지도 과연 향기라고는 없었다. 신하들이 여왕의 선견지명에 놀라 물었다.

"어떻게 향기가 없을 줄 아셨습니까?"

여왕은 빙그레 웃으며 답했다.

"향기 있는 꽃에는 나비가 모이는 법. 헌데 꽃을 그린 그림에 나비가 없으니 이는 꽃에 향기가 없음을 말함이 아니겠느냐. 당나라 임금은 이것을 보내 내가 여자로서 짝 없이 혼자 지낸다고 업신여긴 것이다."

추운 겨울날이었다. 경주의 영묘사라는 절 마당에는 옥문지(玉門池)라는 연못이 있었다. 그 연못에 어느 날인가부터 난데없이 개구리 떼가 몰려와 삼사 일을 계속해서 울어 댔다. 한겨울에 개구리 떼가 울어 대니 사람들은 불길한 조짐이 아닐까 하여 여왕에게 물었다. 왕은 얘기를 듣더니 서둘러 각간 알천과 필탄을 불러서 명하였다.

"경들은 어서 빨리 정예 군사 2,000명을 뽑아 서쪽 교외로 떠나시오. 거기서 **여근곡**(女根谷)을 찾아가면 틀림없이 적병이 숨어 있을 것이니 기습하여 죽이도록 하오."

두 각간은 왕명을 받고서 긴가민가하며 각각 군사 1,000명씩을 거느리고 서쪽 교외로 향했다. 가서 물으니 과연 부산(富山) 아래에 그 모양이 여인의 생식기를 닮은 여근곡이라는 골짜기가 있었

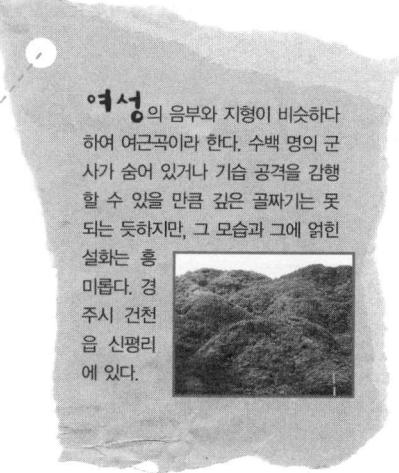

여성의 음부와 지형이 비슷하다 하여 여근곡이라 한다. 수백 명의 군사가 숨어 있거나 기습 공격을 감행할 수 있을 만큼 깊은 골짜기는 못되는 듯하지만, 그 모습과 그에 얽힌 설화는 흥미롭다. 경주시 건천읍 신평리에 있다.

다. 그 골짜기에는 여왕의 말대로 백제 군사 500명이 숨어 있었다. 알천과 필탄은 좌우에서 기습하여 한 명도 남김없이 모두 잡아 죽였다. 그리고 남산 고개 바위 위에 숨어 있던 백제의 장군 우소를 포위하여 사살하고, 뒤미처 당도한 백제의 원군 1,300명도 습격하여 몰살시켰다.

여왕의 혜안으로 위기를 모면한 뒤 신하들은 모두 궁금해하며 물었다. 그러자 선덕여왕은 이렇게 설명했다.

"개구리가 성난 꼴을 하고 있는 것은 곧 군사를 상징함이요, 옥문지의 옥문이란 여근을 말한다. 여자는 음양으로 따지면 음에 속하며 그 빛은 희니, 흰 빛깔은 서쪽을 상징한다. 그래서 적의 군대가 서쪽에 있겠구나 하고 생각한 것이다. 또한 남근이 여근에 들어가면 반드시 죽는 법, 이래서 적병을 쉽게 잡을 수 있음을 알았다."

이 말을 들은 신하들은 비길 수 없는 왕의 지혜에 오직 탄복할 뿐이었다.

옥계 (욕망이 강한 사람들이 머무는 경계) 6천(六天) 가운데 제2천 석가모니의 어머니인 마야 부인이 죽은 뒤 이 곳에 다시 태어났으며, 석가모니는 어머니를 위해 이 곳에서 3개월 동안 설법했다고 한다.

선덕여왕의 예견력은 자신의 죽음을 예언할 정도였다. 왕이 아무 병도 없이 건강할 때였다. 하루는 여러 신하들을 앞에 놓고 말했다.

"내가 아무 해 아무 달 아무 날에 죽을 것이니, 그 때는 나를 도리천에 장사 지내도록 하시오."

신하들은 건강한 왕이 죽는다는 얘기를 하

는 데다, 도리천이란 불교에서 말하는 옥황상제가 있는 하늘이라 그런 곳이 어딘가 어리둥절해하였다. 그러나 왕은 "도리천이란, 낭산의 남쪽 비탈이니라." 하고 일러 주었다. 왕이 예언한 그 날이 오자 과연 왕이 죽고 말았다. 신하들은 다시 한 번 놀랐다. 신하들은 왕이 일러 준 대로 낭산 남쪽 비탈에 장사 지냈다.

그로부터 10여 년의 세월이 흐른 뒤 문무왕이 즉위하여 낭산 남쪽 선덕여왕의 능 아래 사천왕사(四天王寺)를 세웠다. 불경에 이르기를 "사천왕 하늘 위에 도리천이 있다."라고 하였으니, 바로 선덕여왕이 예언한 대로였다. 그제야 여왕이 도리천에 장사 지내라고 한 선견지명을 깨닫고 모두들 그가 신령스런 성인이었음을 알았다. 또한 선덕여왕 때에 돌을 다듬어 첨성대를 쌓았다고 한다.

당나라에 태평가를 바친 진덕여왕

선덕여왕을 이어 즉위한 진덕여왕은 손수 다음과 같은 태평가를 짓고 이
것을 비단에 수놓아서 당나라 임금에게 바쳤다.

위대한 당나라가 왕업을 여시니
황제의 높은 뜻이 창성하도다.
전쟁이 그치니 군사들은 시름을 놓고
문치(文治)를 닦아 대대로 이을새라.
천하를 통일하여 은혜를 베푸시고
만물을 다스려서 모든 것이 빛을 낸다.
깊고 깊은 덕행은 해와 달 같고
세상을 태평성대로 이끄는도다.
깃발은 어찌 저리 찬란히 나부끼며
북소리 어찌 저리 우렁찬가.
황제의 영을 어기는 오랑캐는

멸망하여 천벌을 받으리라.
순박한 풍속은 곳곳에 퍼지니
가깝고 먼 곳에서 다투어 축하하네.
사시사철 기후도 조화를 이루고
해와 달과 별들은 만방을 두루 돈다.
오악의 신령은 어진 재상을 내리시고
황제는 충신에게 맡기게 되네.
삼황오제의 덕이 하나가 되어
우리 당나라 황실을 비추리.

혹자는 진덕여왕이 보낸 이 태평가를 읽고 만족한 당 태종이 소정방의 군대를 파견했다고 하나 이는 틀린 말이다. 당나라 군대가 온 때는 당 고종 11년(660)의 일로 그 때는 이미 김춘추가 왕위에 오른 뒤였다. 그러므로 태평가를 보낸 것은 진덕여왕이 당에 억류되어 있던 김유신의 동생 김흠순을 석방해 달라고 청원하던 때의 일일 것이다.

호국신의 도움으로
살아난 김유신

　김유신은 각간 서현의 맏아들로 진평왕 17년(595)에 태어났다. 그의 형제로
는 보희라는 누나와 남동생 흠순, 여동생 문희가 있었다. 김유신은 해와 달과
별들의 정기를 타고나서 날 때부터 등에는 7개의 별 무늬가 뚜렷했다. 김유
신에게는 신기한 일화가 많은데 호국신의 가호로 고구려 첩자를 잡은 이야기
도 그 중 하나이다.

　김유신은 검술이 뛰어나서 열여덟 살에 벌써 화랑을 지휘하는 국선(國仙)
이 되었다. 그 때 유신이 지휘하는 화랑도 중에 백석이라는 자가 있었다. 그
가 어디에서 온 누구 집 자식인지 아는 사람은 없었다. 하지만 유신의 화랑도
에서 여러 해를 동고동락하며 성실히 임했기 때문에 신임을 받고 있었다.

　그 무렵 유신은 자나깨나, 어떻게 하면 고구려와 백제를 쳐서 난세를 평정
할 수 있을까 고심하고 있었다. 백석이 이를 눈치채고 하루는 조용히 김유신
을 찾아왔다.

　"공께서 무엇 때문에 고민하고 계신지 아오나 방 안에서 궁리만 하고 있다
고 될 일이 아닌 줄 압니다. 직접 적국으로 잠행하여 먼저 저들의 내정을 탐

문한 뒤에 일을 꾀하심이 좋을 것입니다. 공께서 허락하신다면 제가 공을 모시고 가겠나이다."

유신이 듣고 보니 과연 그럴 듯했다. 그리하여 유신은 아무에게도 알리지 않은 채 백석과 함께 밤을 틈타서 먼저 고구려로 출발했다. 두 사람이 골화천(지금의 영천)에 이르러 유숙하는데 세 여자가 따라와 말을 붙였다. 백석은 여인들을 떨쳐 버리려 했지만 유신은 오히려 함께 얘기를 나누며 즐거워했다. 세 여인이 내놓은 맛좋은 과일을 먹으며 얘기를 하던 김유신은 경계심이 사라져 솔직히 자기 생각을 털어놓았다. 얘기를 듣던 여인들은 낮은 목소리로 말했다.

"공의 말씀은 잘 들었습니다. 꼭 드려야 할 말씀이 있으니 백석이란 자를 따돌리고 잠시 저희를 따라오십시오."

유신은 여인들의 심상치 않은 기색을 눈치채고 백석 몰래 여자들을 따라 숲 속으로 들어갔다. 수풀 속으로 들어가자 세 여인은 별안간 신령으로 변하였다. 그러고는 어리둥절해진 유신을 보고 준엄한 어조로 꾸짖었다.

"우리는 나라를 지키는 나림(奈林, 경주의 낭산) 혈례(穴禮, 경북 청도의 부산), 골화(骨火, 영천의 금강산)의 호국신이다. 지금 적국의 첩자가 유인하는데도 그것을 모르고 따라가기에 우리가 사실을 알려 주려고 여기까지 왔다."

유신은 너무나 놀라 그대로 쓰러졌다. 정신을 차려 보니 이미 세 신령은 사라지고 없었다. 김유신은 호국신의 가호에 감격하여 두 번 절하고 숲을 나왔다.

숙소로 돌아온 유신은 갑자기 생각난 듯 "아! 큰일났구나. 다른 나라로 가면서 꼭 필요한 문서를 잊고 오다니. 백석아, 다시 집으로 되돌아가서 가지고 가도록 하자." 하며 돌아갈 채비를 하기 시작했다. 백석이 무슨 문서이기에 그러느냐, 웬만하면 그냥 가자고 아무리 얘기해도 유신은 막무가내였다. 할 수 없이 백석은 유신을 따라 집으로 돌아왔다.

집에 도착하자마자 유신은 백석을 결박하고 문초하기 시작했다. 일이 틀어진 것을 안 백석은 한숨을 내쉬며 사실을 털어놓았다.

"나는 본래 고구려 사람이다. 우리 나라 대신들이 말하기를 김유신, 그대는 전생에 우리 고구려의 점쟁이 추남(楸南)이었다고 한다. 추남이 살아 있을 때, 한번은 국경에서 물이 거꾸로 흐르는 일이 있었다. 왕이 점을 쳐 보게 했더니 추남이 한동안 망설이다가 '이는 왕비께서 남녀의 성교를 거꾸로 하기 때문에 나타난 것입니다.' 하고 아뢰었다.

왕비는 노발대발하여 이 요사스러운 여우가 함부로 지껄이니 시험을 해서 맞히지 못하면 죽여 버려야 한다고 왕을 부추겼다. 왕은 상자 속에 쥐 한 마리를 감추고서 추남에게 이 속에 무엇이 들었느냐고 물었다. 추남은 서슴없이 그 속에는 쥐 여덟 마리가 들어 있다고 대답했다. 왕은 한 마리를 여덟 마리라 했으니 틀린 것이라 하여 처형을 명하였다.

형장에 끌려나온 추남은 큰 소리로 '맹세하노니 내 죽어서 적국의 대장으로 다시 태어나 이 고구려를 반드시 멸망시키고 말리라.' 하고 죽었다. 죽은 뒤에 상자 속에 있던 쥐를 꺼내 배를 갈라 보니 새끼 일곱 마리가 들어 있었다. 그제야 추남이 제대로 맞혔음을 알았지만 이미 때는 늦은 뒤였다.

그 날 밤, 왕은 추남이 신라 서현공 부인의 품속으로 들어가는 꿈을 꾸었

다. 그 꿈이 너무도 생생하여 신하들에게 얘기하자 모두들 추남이 맹세하고 죽더니만 그대로 되려나 보다고 걱정하였다. 그래서 나를 여기 보내 추남의 환생인 당신을 유인하기로 한 것이다."

유신은 백석을 처형하고 자신에게 계시를 주었던 세 신령에게 성대히 제사 드렸다. 세 신령들은 모두 현신하여 제사 음식을 즐기고 돌아갔다.

후에 54대 경명왕 때 김유신을 흥무대왕으로 추봉하여 그 호국의 공을 기렸다. 김유신의 무덤은 서산 모지사 북동쪽으로 뻗은 봉우리에 있다.

삼국을 통일한 태종 김춘추

29대 태종대왕은 삼국 통일의 위업을 달성한 왕으로, 김춘추라는 이름으로 더욱 유명하다. 각간 용수의 아드님으로, 어머니 천명부인은 진평왕의 세 따님 중 한 분이었다.

태종이 즉위했을 때 한 백성이 머리는 하나인데 몸뚱이는 둘이고 다리는 여덟 개나 달린 돼지를 바쳤다. 점쟁이가 이것을 보고 말했다.

"천하를 통일할 상서로운 징조입니다."

태종대왕의 부인은 바로 김유신의 누이동생 문희로, 두 사람의 결혼에는 김유신의 꾀가 크게 작용했다.

김유신의 누나 보희가 하루는 서악에 올라가 오줌을 누었더니 서울 장안에 오줌이 가득 차는 꿈을 꾸었다. 아침에 일어나 동생 문희에게 꿈 얘기를 했더니 문희는 대뜸 그 꿈을 팔라고 하였다. 보희는 우스웠지만 문희가 비단 치마를 내겠다며 졸라 대니 별 생각 없이 꿈을 동생에게 팔았다.

그런 일이 있고서 열흘쯤 지난 정월 보름날이었다. 집에 놀러온 김춘추와

공차기를 하던 유신은 일부러 춘추의 옷을 밟아 옷고름을 떨어뜨렸다. 유신은 옷을 꿰매 주겠다며 춘추를 데리고 안채로 들어갔다. 물론 이것은 자신의 누이들 중 하나를 춘추와 맺어 주려는 속셈이었다. 유신이 누나에게 춘추의 옷고름을 달아 달라고 하니 보희는 "어떻게 그런 하찮은 일로 처음 보는 귀공자 옆에 가겠는가?" 하고 거절하였다. 그러나 동생 문희는 선뜻 나서서 옷고름을 달아 주었다.

춘추는 동생과 인연을 맺어 주려는 유신의 속내를 알아채고 그 날부터 거리낌없이 집으로 찾아와 문희를 만났다. 얼마 후 유신은 문희가 춘추의 아이를 가졌음을 알게 되었다. 유신은 있는 대로 화를 내며 이웃에 들릴 만큼 큰 소리로 떠들어 댔다.

"네가 부모님의 허락도 없이 임신을 하다니, 이 무슨 망측한 짓이냐? 집안을 욕되게 한 너 같은 계집은 태워 죽임이 마땅하다."

소문은 순식간에 퍼져 나가 서라벌에 모르는 사람이 없게 되었다. 하루는 선덕여왕이 궁궐 밖으로 나와 남산으로 행차하였다. 유신은 미리 알고 일부러 그 날을 잡아 문희를 화형하겠다며 마당에 장작을 쌓아 놓고 불을 질렀다. 여왕이 남산에 올라 이곳 저곳을 둘러보다가 이 연기를 보았다. 좌우의 신하들에게 무슨 연기냐고 물었다. 신하들은 소문에 들은 대로 말했다.

"김유신이 그 누이동생을 태워 죽이려나 봅니다."

여왕이 이 말을 듣고 깜짝 놀라서 까닭을 물었다.

"그 누이동생이 시집도 가지 않고서 임신을 하였다고 합니다."

"그래, 그것이 누구의 소행이라더냐?"

그 때 앞에 있던 김춘추가 낯빛이 달라지며 고개를 돌렸다. 여왕은 눈치를 채고 힐책했다.

"바로 네 소행이로구나. 그런데 빨리 달려가 구하지 않고 어째서 여기 있단 말이냐?"

그제야 춘추는 황급히 달려가 말렸다. 이 일이 있은 지 얼마 안 되어 두 사람은 곧 혼례를 올렸다. 이래서 동생을 춘추와 혼인시키려 한 김유신의 계획은 성공하였고, 문희는 언니에게서 꿈을 산 효험을 보았다.

진덕여왕이 돌아가신 뒤 왕의 이질뻘 되는 김춘추가 왕위에 오르니 이분이 태종대왕이다. 왕이 김유신과 더불어 삼국을 통일하여 신라에 더없는 공을 세웠으므로 태종대왕이라 했다. 태종대왕은 문희부인과의 사이에 여섯 아들을 두었고 그 외에도 다른 부인에게서 난 네 아들과 딸 하나가 있었다.

또한 태종은 한 끼에 쌀 세 말과 장끼 아홉 마리씩을 먹는 대식가로 유명하다. 백제를 멸망시킨 후부터는 점심은 거르고 아침, 저녁만 먹는데도 하루에 쌀 여섯 말과 술 여섯 말, 꿩 열 마리를 들었다.

태종이 다스릴 때 서울의 물가가 베 한 필에 벼 삼십 석 혹은 오십 석으로 백성들은 태평성대를 노래하였다.

그 후 신문왕 때의 일이다. 한번은 당나라 고종이 사신을 보내 요구해 왔다.

"돌아가신 나의 아버지께서는 위징, 이순풍 등 어진 신하와 마음을 합하여 천하를 통일하였으므로 태종황제라 한 것이다. 그런데 너희 신라는 작은 나라이면서 감히 태종이란 왕호를 사용하여 천자의 이름을 참칭하니 이는 도리

에 어긋난 것이다. 속히 그 왕호를 고치도록 하라."

이 요구를 받고 신문왕은 고종에게 편지를 보냈다.

"신라가 비록 작은 나라이지만 성스러운 신하 김유신을 얻어 삼국을 통일했기에 태종이라 한 것입니다."

고종이 신라왕의 글을 읽고 예전 자기가 태자였을 때 일이 생각났다. 그당시 하늘에서 "하늘나라의 서른세 분 중 한 분이 신라에 태어나서 유신이 되었도다."라는 이상한 외침이 들려와 이를 기록해 둔 일이 있었던 것이다. 혹시나 하여 기록을 찾아보니 '유신'이 틀림없었다. 당나라 왕은 놀랍기도 하고 두렵기도 해서 다시 사신을 보내어 태종의 왕호를 고치지 않아도 좋다고하였다.

신라,
삼국을 통일하다

백제는 보름달이요, 신라는 초승달이다

　백제의 마지막 임금 의자왕은 무왕의 맏아들로 용맹과 담력이 뛰어날 뿐
아니라 효성스럽고 우애가 있어서 동방의 증자(曾子, 효성으로 유명했던 공자의 제자),
즉 '해동증자'로 불렸다. 그러나 641년 무왕의 뒤를 이어 왕위에 오른 뒤로
는 술과 여자에 빠져 나라를 돌보지 않았다. 좌평 성충(成忠)이 잘못을 지적하
며 직언을 서슴지 않자 왕은 그를 옥에 가두어 버렸다. 얼마 후 성충은 오랜
감옥살이로 병이 들어 죽게 되었다. 죽음이 가까웠음을 알고 성충은 마지막
충언을 올렸다.

　"충신은 죽어도 임금을 잊지 못한다고 합니다. 원컨대 한 말씀만 드리고
죽고자 합니다. 신이 일찍이 시국의 움직임을 살펴보니 머지않아 반드시 전
쟁이 일어날 것입니다. 무릇 전쟁을 할 때는 지형을 잘 살펴서 상류에 진을
치고 싸워야만 나라를 지킬 수가 있습니다. 만일 적이 쳐들어온다면 육로로
는 탄현을 넘지 못하게 하고 바다로는 기벌포(위치에 대한 이견이 있으나 대체로 금강

84

하구로 본다. 사비성을 지키는 관문이었다.)에 들어오지 못하게 할 것이며, 험한 요새지에 의지하여 막아야 될 것입니다."

하지만 의자왕은 충신 성충의 마지막 간언에도 불구하고 정신을 차리지 않았다. 왕이 즉위한 지 19년째 되던 해(659), 즉 백제가 망하기 1년 전부터 나라 곳곳에서 멸망의 조짐이 보이기 시작했다. 그 해에 오회사라는 절에 커다란 붉은 말이 나타나 밤낮으로 여섯 시간 동안 탑돌이 공덕을 닦고 사라졌다. 2월에는 여우 떼가 궁궐에 들어왔는데, 그 중 흰 여우 한 마리가 좌평이 쓰는 책상 위에 올라앉았다. 4월이 되자 태자궁에서 암탉이 참새와 교미를 하였다. 5월에는 사비수(지금의 백마강) 강둑에 큰 고기가 나와 죽었는데 길이가 세 길이나 되는 그 고기를 먹은 사람들은 다 죽는 변고가 일어났다. 9월에는 궁궐 안에 있는 홰나무가 사람처럼 곡을 하였고 밤에는 귀신이 대궐 남쪽 길 위에서 울었다.

백제의 마지막 해인 이듬해 2월, 서울의 우물물이 전부 핏빛으로 변했고 사비수도 역시 핏빛으로 물들었다. 또 서해 바닷가에 작은 물고기들이 떼죽음을 당하였는데 백성들이 다 먹을 수 없을 만큼 많았다. 4월에 들어 왕머구리 수만 마리가 나무 위에 몰려드는 변이 일어났고, 서울 장안의 사람들이 공연히 놀라 달아나다가 엎어져 죽은 자가 100여 명이 넘었다.

6월에는 큰 물결을 따라 배 한 척이 절 문으로 들어오는 것을 보고 부여 왕흥사의 중들이 소동을 일으켰다. 또 사슴만한 큰 개가 서쪽으로부터 사비수 강변에 와서는 왕궁을 향해 짖다가 어디론가 사라져 버렸고, 성 안 길바닥에 개들이 모여 시끄럽게 울고 짖어 댄 일도 있었다.

같은 달에 귀신 하나가 대궐 안으로 들어와 "백제가 망한다! 백제가 망한다!"라고 큰 소리로 외치고는 곧 땅 속으로 들어갔다. 왕이 귀신 들어간 자리를 파 보게 하니 석 자 정도의 깊은 땅 속에 거북이 한 마리가 있었다. 거북이의 등에는 이런 글이 쓰여 있었다.

"백제는 보름달이요, 신라는 초승달과 같다."

왕이 무당에게 물으니 무당이 한숨을 내쉬며 설명했다.

"보름달이란 달이 다 찼음을 말함이니 차면 이지러지는 법이요, 초승달과 같다 함은 아직 차지 못했다는 것이니 점점 차오르는 법입니다."

이 말을 들은 의자왕은 크게 노하여 그 무당을 죽여 버렸다. 다시 다른 무당을 불러 묻자 겁이 난 무당은 듣기 좋게 말했다.

"보름달이면 융성하다는 뜻이요, 초승달과 같다는 것은 미약하다는 것입니다. 아마도 우리 나라는 융성해지고 신라는 미약해진다는 뜻인가 합니다."

왕은 원하던 대답을 듣고 기뻐하며 큰 상을 내렸다.

백제, 마침내 멸망하다

신라의 태종은 백제에서 이상한 일이 끊이지 않는다는 얘기를 듣고 때가 왔구나 생각했다. 그리하여 태종은 660년 아들 김인문을 당나라에 보내 군사를 청했다. 당나라 고종은 소정방을 총사령관으로 하여 13만 대군을 주고 백제를 치게 했다. 소정방은 군사를 이끌고 산동성을 출발, 서해안의 덕적도에

도착했다. 태종은 김유신 장군에게 정예부대 5만을 거느리고 합세하게 했다.

의자왕은 이 소식을 듣고 급히 대신들을 소집했다. 먼저 좌평 의직이 아뢰었다.

"당나라 군사들은 멀리 바다를 건너왔지만 물에 익숙하지는 못하므로 승산이 있습니다. 반면에 신라군은 큰 나라의 원조를 믿고 상대를 업신여기는 마음이 있으니, 당나라 군사가 불리해지는 것을 본다면 겁이 나서 감히 달려들지 못할 것입니다. 그러므로 먼저 당나라 군대와 결전하는 것이 옳을 줄 압니다."

이 말을 들은 달솔(達率) 상영이 반대하고 나섰다.

"그렇지 않습니다. 당나라 군대는 멀리서 왔기 때문에 싸움을 빨리 끝내려 들 것이니 당하기가 쉽지 않습니다. 하지만 신라군은 여러 차례 우리 군대에게 패해서 우리 군의 기세를 보면 겁을 먹을 것입니다. 그러므로 당나라 군대의 길을 막아 그들이 지치기를 기다리면서, 다른 군대를 시켜 신라군을 공격하는 전술을 펴야 합니다. 그리고 기회를 보아 당나라 군대와 싸우면 나라를 지킬 수 있을 것입니다."

의자왕은 결정을 내리지 못하고 조정의 오랜 중신인 좌평 흥수의 의견을 묻기로 했다. 흥수는 직언을 서슴지 않다가 왕의 미움을 받아 고마며지(지금의 전남 장흥)에서 귀양살이를 하고 있었다. 왕이 사람을 보내어 물으니 흥수는 죽은 성충과 같은 생각이었다. 평소 성품이 곧은 흥수와 성충을 시기하던 대신들은 극력히 반대하였다.

"흥수는 유배를 당했다고 임금을 원망하고 나라를 사랑하지 않습니다. 그

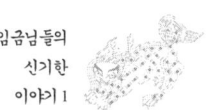

런 자의 말을 들어서는 안 됩니다. 당나라 군사가 백마강으로 들어오면 한 번에 배 두 척이 빠지지 못할 것이고, 신라군이 탄현 고개로 올라오면 길이 좁아 군대가 한꺼번에 나갈 수 없을 것입니다. 그 때를 이용하여 공격하면 이야말로 새장 속에 든 새요, 그물에 걸린 고기일 것입니다."

의자왕이 듣고 보니 그럴 듯했다. 이 때 나당연합군이 벌써 백마강과 탄현을 지났다는 기별이 왔다. 왕은 곧 계백장군에게 결사대 5,000명을 이끌고 황산벌로 출동해서 신라군을 막도록 명했다. 죽음을 각오하고 나선 계백의 군대는 신라군을 맞아 네 번의 접전을 모두 승리로 이끌었다. 그러나 거듭된 전투로 지칠 대로 지친 군사들은 마침내 신라군의 대공세 앞에 무릎을 꿇고 말았다. 중과부적(衆寡不敵, 적은 수효로 많은 수효를 당하지 못함)임을 알면서도 최선을 다한 용장 계백은 여기서 전사하였다.

계백의 결사대를 물리친 신라군은 당군에 합세하여 강가에 진을 치고 결전태세를 갖추었다. 그런데 갑자기 새 한 마리가 나타나더니 소정방의 군영 위를 빙빙 돌았다. 소정방은 기분이 꺼림칙해서 점쟁이를 불렀다. 점쟁이는 점괘를 보더니 말했다.

"이는 원수님이 다치실 징조이옵니다."

소정방은 이 말을 듣고 겁이 바싹 나서 군대를 물리고 공격을 그만두려 하였다. 김유신이 이 꼴을 보고 화가 나서 외쳤다.

"나는 새 한 마리가 요망하게 군다 해서 하늘이 준 기회를 놓칠 것인가? 하늘의 뜻으로 받들고 인심을 따라서 죄악을 벌하는 마당에 무슨 나쁜 일이 있겠는가?"

김유신은 신검을 뽑아 단칼에 새를 베어 죽였다. 그제야 소정방은 군사를 이끌고 나가 백제군을 쳤다. 백제군을 대파한 당나라 군대는 밀물을 타고 파죽지세로 밀고 들어왔다. 소정방은 보병과 기병을 거느리고 곧장 수도 30리 밖까지 와서 진을 쳤다. 성 안에서는 군사를 총동원하여 저항하였지만 만여 명의 전사자를 낸 채 또 패하고 말았다. 당군은 그 여세를 몰아 성 바로 아래까지 육박해 왔다. 의자왕은 비로소 최후의 날이 왔음을 깨닫고 하늘을 우러러보며 탄식했다.

"내 일찍이 성충의 말을 듣지 않았다가 이 지경을 당하는구나!"

의자왕은 태자 융(隆)을 데리고 북쪽의 웅진성으로 달아났다. 도성에 남아 있던 왕의 둘째 아들 태(泰)는 스스로 왕이 되어 백성들과 함께 성을 지켰다. 그러자 태자 융의 아들 문사(文思)가 말했다.

"임금님과 태자이신 아버님이 안 계신데 아저씨께서 마음대로 왕이 되셨으니 만약 당나라 군대가 물러가면 우리가 어떻게 목숨을 부지하겠습니까?"

그러고는 측근들을 데리고 성 밖으로 나갔다. 백성들도 모두 문사를 따라나갔다. 소정방은 성이 빈 것을 알고 부하들을 시켜 성채(성과 요새)에 올라가 당나라 깃발을 꽂게 했다. 궁지에 몰린 태는 할 수 없이 성문을 열고 목숨을 빌었다. 도성이 함락되자 의자왕과 태자 융도 전국의 모든 성문을 열고 항복하였다.

당은 백제를 웅진, 마한, 동명, 금련, 덕안 등으로 나누고 다섯 도독부(당나라가 백제 지역을 지배하고자 설치한 5개의 지방통치기구. 지금의 공주에 있던 웅진도독부 외에는 위치를 알 수 없다.)를 설치했다. 그리고 장수 유인원에게 도성을 지키게 하고, 왕문

도를 웅진도독에 임명하여 백제의 유민들을 무마하게 했다. 소정방은 포로로 잡은 의자왕과 태자 융, 왕자 태와 연(演), 그리고 대신과 장사 88명, 1만 2,807명의 백성을 당나라의 서울 장안으로 보냈다. 당 고종은 일단 꾸짖고 나서 모두 사면했다. 의자왕이 당나라에서 병들어 죽자 고종은 작위를 내리고 삼국 시대 오나라 왕 손호의 무덤 옆에 장사 지내고 비석을 세워 주었다.

이상은 당나라 역사서에 나온 이야기이다. 신라의 기록 《신라별기(新羅別記)》에는 다음과 같이 전해진다.

태종대왕을 이어 왕위에 오른 문무왕은 즉위 5년째 되던 해(665년) 8월, 친히 대(大) 부대를 거느리고 웅진성으로 행차하였다. 문무왕은 임시로 백제 유민의 왕 노릇을 하고 있던 부여융(扶餘隆)과 만나 제단을 만들고 백마를 잡아 맹약하였다. 먼저 천신과 산천의 신령들에게 제사 드리고 난 후에 백마의 피를 입에 바르고 글로써 맹세하였다.

"지난날 백제의 전 임금은 순리를 모르고 이웃 나라와 좋게 지내지 않고 친척과도 화목하지 못하였다. 고구려와 결탁하고 왜나라와 내통하여 함께 잔인무도한 짓을 일삼으며 신라의 고을을 파괴하고 성을 짓밟아 편안한 날이 없었다. 이에 (중국의) 황제께서 죄 없는 백성들을 불쌍히 여겨 여러 차례 사신을 보내 화친하도록 일깨우셨다. 그러나 지세가 험하고 거리가 먼 것만을 믿고 하늘의 도를 업신여기니 황제는 크게 노하여 군대를 일으키셨다. 군사들의 깃발이 향하는 곳은 한 칼에 씻은 듯이 평정되었다.

마땅히 궁궐을 없애고 연못을 만들어 후손들의 경계를 삼을 것이며 아주

뿌리를 뽑아 교훈을 보여 줄 일이다. 그러나 유순한 자는 품고 배반하는 자는 치는 것이 돌아가신 임금들의 아름다운 법이요, 망한 것을 일으키고 끊어진 것을 이어 주는 것이 성인들의 규범이다. 그러므로 전(前) 백제왕 부여융을 웅진도독으로 삼아 옛 땅을 보존하게 하고 조상의 제사를 모시게 하노니, 길이 신라의 우방으로 화친을 맺어 황제의 명령을 받들며 복종할 것이다. 이에 황제께서 사자를 보내어, 신라와 백제 두 나라는 혼인으로 약속하고 언제나 도우며 형제처럼 가까이 지내기를 맹약하라고 권유하셨다.

이제 황제의 말씀을 받들어 피로써 맹세했으니 절의를 지킬 것이다. 만일 맹세를 저버리고 군사를 일으키거나 침범한다면 천지신명께서 재앙을 내려 나라와 종족이 보존되지 못할 것이다. 여기 금으로 새겨 종묘에 간직하노니 자손 만대 영원하리라. 신이여, 제물을 받으시고 복을 베푸소서."

의식이 끝나고 맹세문을 신라의 종묘에 간직하였다. 이 맹세문은 대방도독 유인궤가 지은 것이다.

앞서 당나라 기록에는 태자 융이 아버지 의자왕과 함께 당의 수도로 잡혀 갔다고 되어 있다. 그런데 여기에 부여왕 융을 만났다고 하였은즉, 당 황제가 융을 돌려보내 도독으로 임명하여 백제 유민을 다스리게 했음을 알 수 있다.

《백제고기(百濟古記)》에 따르면, 백제가 함락될 때 의자왕과 궁녀들이 최후가 가까웠음을 알고 "남의 손에 죽느니 차라리 자결하고 말리라." 하고 부여성 북쪽 모퉁이에 있는 절벽 위에서 강물에 몸을 던졌다고 한다. 그래서 이 절벽을 타사암(墮死岩, 떨어져서 죽은 바위)이라 부른다고 전한다. 그러나 이것은 잘못된 이야기로, 궁녀들은 여기서 떨어져 죽었으나 의자왕은 당나라에 가서 죽었다.

백제 멸망 그 후의 이야기

668년 고구려 정벌을 위해 파견된 당나라 군대는 평양 교외에 주둔해 있으면서 신라왕에게 군량을 보내라고 재촉하였다. 문무왕은 대신들을 모아 놓고 상의했다.

"우리가 청해 온 당나라 군대의 군량이 부족하다니 보내야 마땅하지만, 적국 고구려에 있는 당나라 진영까지 간다는 것은 위험한 일이 아닐 수 없다. 이를 어찌하면 좋겠는가?"

이 때 김유신이 일어나 군량을 수송할 수 있으니 걱정 말라고 장담했다. 김유신은 김인문과 함께 수만 명의 군사를 거느리고 고구려 국경을 넘어서 군량 2만 석을 수송하고 무사히 돌아왔다. 왕은 크게 기뻐하였다. 김유신은 다시 당나라 군대와 합세하여 군사를 일으킬 생각으로 먼저 당군 진영에 사람을 보내 만날 날짜를 물었다. 소정방은 종이에 난새(봉황의 새끼)와 송아지를 그려 보내 왔다. 아무도 그 뜻을 몰라 애태우다가 결국 원효대사를 찾아가 물었다. 대사는 그 그림을 들여다보더니 이렇게 풀이했다.

"빨리 군사를 돌려 회군하라는 뜻이오. 송아지와 난새를 그린 것을 한자음으로 반 음절씩 읽으면 '속한'이 되므로 속히 돌아가라는 뜻의 '속환(速還)'을

비유한 것이오."

이 말을 전해 들은 김유신은 급히 군사를 돌렸다. 유신은 패강을 건너면서 "꽁무니에 건너는 자는 목을 벨 것이다." 하고 명령을 내렸다. 군사들은 앞을 다투어 강을 건넜다. 절반쯤 건넜을 때 고구려 군대가 덮쳐서 미처 건너지 못한 자들을 죽였다. 이튿날 김유신은 전열을 정비하고 고구려 군사를 추격하여 수만 명을 베었다.

또 하나의 이야기가 있다.

당나라 군대가 백제를 평정하고 돌아간 후에 신라왕은 백제의 남은 적을 추격하여 사로잡도록 명하였다. 신라군이 한산성(지금의 경기도 광주 지방)에 주둔하고 있는데 고구려와 말갈의 군사가 와서 포위했다. 서로 공방전을 계속하였으나 한 달이 넘도록 포위를 풀지 못하고 오히려 신라군이 위험해지기에 이르렀다. 그러자 서울에 남아 있던 김유신이 왕에게 말했다.

"일이 급합니다. 사람의 힘으로는 미칠 수 없고 오직 귀신의 술법이라야 구할 수 있을 것입니다."

왕의 허락을 받은 그는 경주 성부산에 제단을 쌓고 신술을 행하였다. 그러자 갑자기 큰 항아리만한 불빛이 번쩍거리면서 제단 위에서 나오더니 별처럼 북쪽으로 날아갔다.

한산성에 있던 병사들은 구원병이 오지 않음을 원망하면서 서로 바라보고 눈물만 흘리고 있었다. 이 때 적이 기습 공격을 하려고 하는데 갑자기 휘황한 광채가 남쪽 하늘 끝에서 날아오더니 벼락이 되어 서른 곳이 넘는 대포를 쳐

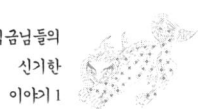

부수었다. 고구려군의 활과 창은 산산이 부서지고 모두들 혼비백산하여 달아나기에 바빴다.

성부산에 대해서는 다음과 같은 이야기도 전해 온다.

서라벌에 살던 어떤 사람이 벼슬을 얻을 생각으로 아들을 시켜 횃불을 들고 밤에 이 산에 올라가 들고 있게 했다. 서라벌 사람들은 이 불을 보고 모두들 괴상한 별이 나타났다고 걱정하였다. 왕이 이 말을 듣고 푸닥거리를 하려고 사람을 구했더니 그 아버지가 얼른 나섰다.

그런데 천문을 담당하는 관리가 이를 보고 아뢰었다.

"이것은 그리 걱정하실 일이 아닙니다. 다만 어느 집에서 아들이 죽고 아버지는 울 징조일 뿐입니다."

왕은 천문관의 말을 좇아서 푸닥거리를 그만두고 그 아버지는 돌려보냈다. 아버지가 낙심해서 집으로 돌아와 보니 동이 틀 무렵이 되었건만 아들은 돌아오지 않고 있었다. 그 때 대문 밖이 소란스러워지더니 마을 사람들이 아들의 시체를 업고 들어왔다. 바로 그 날 밤, 아들이 산에서 내려오다가 범에게 물려 죽은 것이었다. 그제야 아버지는 천문관의 말이 맞았음을 깨닫고 땅을 치며 후회했지만 이미 엎질러진 물이었다.

죽어서도 나라를 지킨 장춘랑과 파랑

장춘랑과 파랑은 신라의 화랑이었다. 둘은 황산전투에서 계백장군의 결사대를 맞아 싸우다가 전사했다. 얼마 후 백제의 수도를 공략할 때였다. 태종(김춘추)이 언뜻 잠이 들었는데 꿈에 두 화랑이 나타났다.

"저희는 장춘랑과 파랑이라는 화랑이올습니다. 황산전투에서 나라를 위하여 목숨을 바쳐 싸우다 백골이 되었으나, 끝까지 나라를 지키고자 부지런히 군대를 따라다녔습니다. 그런데 지금 당나라 장수 소정방이 신라군을 지휘하며 위세를 부리니 저희들은 당군의 뒤꽁무니만 쫓게 되었습니다. 대왕께서 저희들에게 얼마의 군사를 주시어 마음껏 싸울 수 있게 도와 주시옵소서."

태종은 깜짝 놀라 잠에서 깨었다. 왕은 죽음을 초월한 두 화랑의 나라 사랑에 깊은 감동을 받았다. 이에 왕은 두 사람의 극락왕생을 위해 하루 종일 모산정(牟山亭)에서 불경을 설법하게 했다. 또 한산주에 장의사(壯義寺)라는 절을 세워 명복을 빌었다.

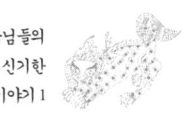

동해의 용이 된 문무왕

당나라를 물리친 사천왕사

문무왕은 즉위 8년째 되던 668년 김인문, 김흠순 등과 함께 군사를 거느리고 고구려 정벌에 나섰다. 그리고 평양에서 당나라 군대와 연합하여 고구려를 멸망시키고 드디어 삼국을 통일했다.

당나라의 장수 이적은 이 때 고구려의 보장왕을 사로잡아 본국으로 압송했다. 그런데 고구려 정벌이 끝난 후에도 당나라의 유격부대는 돌아갈 생각을 않고 신라를 칠 기회만을 엿보며 남아 있었다. 문무왕은 이를 알아채고 군사를 동원해 방비했다. 이에 당의 고종은 당나라에 와 있던 김인문을 불러 문책했다.

"너희들이 우리 군사를 청하여 고구려를 토벌하고도 이제 와서 우리를 해치다니 이런 경우가 어디 있느냐?"

고종은 인문을 옥에 가두고 설방을 대장으로 삼아 50만 대군을 일으켰다. 그런데 당시 당나라에는 의상법사가 불법(佛法) 공부를 위해 와 있었다. 의상

법사가 옥에 갇힌 김인문을 찾아가자 인문은 당의 침략 위협이 심각하다고 일러 주었다. 의상은 곧바로 귀국해서 문무왕에게 이 사실을 고했다.

자초지종을 들은 왕은 대신들을 불러 회의를 열었다. 그 때 각간 김천존이 나서서 한 가지 방안을 내놓았다.

"요사이 명랑법사라는 이가 용궁에서 비법을 받아 가지고 왔다고 합니다. 한번 불러서 물어 보소서."

이에 왕은 명랑을 궁궐로 불러 대책을 물었다. 명랑은 잠시 생각해 보더니 대답했다.

"낭산 남쪽에 신유림이라는 곳이 있습니다. 그 곳에 사천왕사(四天王寺)를 창건하고 교리를 연구할 도량(道場, 부처가 머무는 곳. 도를 얻으려고 수행하는 곳)을 열면 될 것입니다."

이 때 정주(지금의 경기도 개풍 지방)에서 수많은 당군이 해안 가까이 다가와 바다 위를 돌아다니고 있다는 급보가 왔다. 왕은 일이 급하게 되었으니 다른 방법이 없겠느냐고 물었다. 명랑은 우선 임시로 채색 비단을 가지고 절을 만들면 될 것이라고 말했다. 왕은 채색 비단으로 절을 짓고 동서남북과 한복판, 다섯 방위를 맡은 신의 신상을 풀로 엮어 모셨다. 그리고 명랑은 12명의 밀교(7세기에 흥성했던 불교의 한 유파로 비밀불교, 진언(眞言)밀교라고도 한다. 인도교의 영향을 받아 성립되었다.) 승려들과 '문두루'라는 비법을 행하였다.

이 때는 아직 당나라 군대가 신라군과 싸우기도 전이었다. 그런데 갑자기 당군이 배회하던 바다 한가운데에서 풍랑이 크게 일어나 당나라 군함이 모두 뒤집혀 침몰하고 말았다. 이렇게 당의 군대를 물리친 신라에서는 명랑의 말

대로 다시 절을 고쳐 짓고 사천왕사라 하였다.

671년에 당나라는 다시 조헌이 이끄는 5만 군사를 보내어 신라를 치게 했다. 이 때에도 똑같은 술법으로 배들을 침몰시켰다. 이 당시 당나라에는 박문준이 김인문과 함께 옥중에 있었다. 당 고종은 두 차례나 배만 잃고 신라 공격에 실패하자 박문준을 불러 물었다.

"너희 나라에는 무슨 비법이 있기에 두 번이나 대군을 보냈는데 살아 돌아온 자가 없는가?"

박문준은 고종이 듣기 좋게 말하였다.

"저희들이 이 곳에 온 지 이미 10년이 넘었으므로 국내 사정을 자세히 알지는 못합니다. 다만 한 가지 들은 바가 있습니다. 저희 나라가 대국의 은혜로 삼국을 통일하였으매 그 은덕에 보답하기 위하여 새로 낭산 남쪽에 천왕사를 짓고 황제의 만수무강을 축원하였다고 합니다."

고종은 이 말을 듣고 크게 기뻐하면서 악붕귀를 신라에 보내 그 절을 보고 오게 하였다. 신라에서는 당나라 사신이 온다는 소식을 듣고서 서둘러 새 절을 지었다. 사신 악붕귀는 오자마자 "황제를 위하여 축수했다는 천왕사에 먼저 가서 분향하고 싶소." 하고 재촉했다. 신라 조정에서는 계획대로 사신을 사천왕사 남쪽에 새로 지은 절로 인도했다. 그러나 사신 악붕귀는 절 대문 앞에 버티고 선 채 큰 소리로 말했다.

"이것은 사천왕사가 아니요, 망덕요산의 절이요."

아무리 좋은 말로 구슬려도 그는 끝내 들어가지 않았다. 도저히 어쩔 수 없게 되자 신라 조정은 그에게 황금 1,000냥을 뇌물로 주면서 황제에게 잘 말

해 달라고 부탁했다. 악붕귀는 돌아가서 황제에게 이렇게 얼버무렸다.

"신라가 천왕사를 세운 것은 사실이며, 그 옆에 새로 절을 짓고 황제의 만수무강을 빌고 있었습니다."

이 때부터 새 절을 악붕귀의 말에서 따와 '망덕사(望德寺)'라고 불렀다.

문무왕은 박문준이 당 황제에게 대답을 잘 하여 잘하면 풀려날 수도 있다는 말을 듣고 곧 강수(强首, 신라 때 유학자로 외교문서를 능숙하게 다루어 왕의 신임을 받았다.)에게 김인문의 석방을 청원하는 글을 쓰게 하였다. 이 글을 당 고종에게 바치니 고종은 그 문장에 감동하여 눈물을 흘렸다. 그리고 김인문을 고국으로 돌려보냈다. 그러나 김인문은 오랜 억류생활에서 풀려나 돌아오는 길에 그만 배에서 죽고 말았다.

인문이 당나라 감옥에 있을 때 신라에서는 그를 위하여 '인용사(仁容寺)'라는 절을 짓고 관음도량을 열었는데 그가 귀국길에 죽자 이름을 미타도량이라고 고쳤다. 이 절은 지금도 남아 있다.

문무왕의 유언

즉위한 지 21년째 되던 681년, 문무왕이 돌아가시니 유언에 따라 동해 한가운데 커다란 바위 위에 장사 지냈다. 생전에 문무왕은 늘 지의법사에게 말하였다.

"짐은 죽은 뒤에 나라를 지키는 큰 용이 되어 불교를 받들고 국가를 수호하는 것이 소원이라오."

법사가 이 말을 듣고 놀라서 반문했다.

"용이란 짐승으로 태어나는 것인데 그래도 좋으시겠습니까?"

왕은 빙긋이 웃으며 대답했다.

"나는 인간 세상의 영화에 싫증난 지가 오래 되었다오. 비록 추한 업보를 입어 짐승으로 태어난다 해도 바로 그것이 내가 바라는 바요."

문무왕이 죽어 **동해**에 장사 지내니 평소 그의 뜻에 따른 것이다.

문무왕은 동해의 용이 되었을까? 죽어서도 나라를 지키겠다는 왕의 유언에 따라 세계에 유례가 없는 '수중릉'이 생겨났다. 수면 아래에는 넓적한 거북 모양의 큰 돌이 있는데, 이 안에 유골을 봉안하였을 것이라고 추정한다. 동서남북 사방으로 물길을 내어 바닷물이 동쪽에서 들어와 서쪽으로 나감으로써 항상 수면이 잔잔하게 유지되게 되어 있다. 이러한 형태는 백제의 미륵사지 석탑과 같이 사방으로 통로를 마련하는 사리탑의 형식을 따른 것으로 보인다.

문무왕은 즉위하자마자 쌀과 병기를 보관하는 창고를 경주 남산과 천은사 서북쪽 산 위에 지었는데 앞의 것을 우창, 뒤의 것을 좌창이라 하였다. 591년 에는 남산성을 증수하고 부산성을 쌓았으며 또 안북하 강가에 철성을 쌓았 다. 그러고는 또 서울에 성곽을 쌓으려 했다. 의상대사가 이 소식을 듣고 글을 올렸다.

"임금의 정치와 교화가 밝으면 비록 풀 언덕에 금을 그어 놓고 성이라 하여도 백성들이 감히 타고 넘지를 못할 것입니다. 그러나 정치와 교화가 밝지 못하면 비록 만리장성을 쌓는다 해도 재앙을 없앨 수 없을 것입니다."

왕이 이 글을 읽고 깊이 깨달아 곧 계획을 취소했다.

손님에게 아내를 내주다

왕이 하루는 그의 배다른 동생 거득공을 불러 말했다.

"이제부터 네가 재상이 되어 관리들을 감독하고 나랏일을 처리하도록 해라."

거득공은 명을 받고 이렇게 청했다.

"폐하께서 소인을 재상으로 삼으신다니 소인은 직책을 맡기 전에 먼저 나라 안을 두루 다녀 보고자 합니다. 몰래 다니면서 백성들의 부역이 얼마나 힘들고 무거운지, 세금은 적당한지, 또 관리들이 청렴한지를 살펴본다면 임무에 도움이 될 것입니다."

왕은 옳은 일이라 하고 쾌히 승낙했다. 거득공은 승복을 입고 손에는 비파를 들고서 거사(居士, 숨어 살며 벼슬을 하지 않는 선비) 차림을 하고는 서울을 떠났다. 아슬라주(지금의 강릉), 우수주(지금의 춘천), 복원경(지금의 충주)을 거쳐 무진주(지금의 광주)에 이르러 이곳 저곳을 돌아다니며 백성들의 생활을 살폈다.

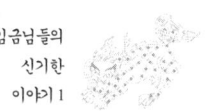

그 때 고을 관리인 안길이 그를 보고는 보통 사람이 아니라고 여겨 자기 집으로 초대해서 정성껏 대접했다. 밤이 깊어지자 안길은 그의 세 처첩을 불러 말하였다.

"오늘밤 우리 집에 묵고 계신 거사를 모시는 사람과 죽을 때까지 함께 살겠소."

그러자 두 부인은 한 마디로 거절했다.

"차라리 당신과 함께 못 살면 못 살았지, 어떻게 다른 남자와 동침한단 말입니까."

그러나 다른 한 여자는 조용히 대답했다.

"당신이 죽을 때까지 저와 해로하신다면 시키는 대로 하겠습니다."

그리고는 남편의 말을 따라 거사의 처소로 들어갔다.

이튿날 아침 거사가 작별을 하고 떠나면서 말했다.

"나는 서울 사람이외다. 내 집은 황룡사와 황성사 두 절 사이에 있고 내 이름은 단오라고 합니다. 주인께서 혹 서울에 오실 일이 있거든 내 집을 찾아 주면 고맙겠소."

당시 신라에는 지방 각 주의 관리들이 한 사람씩 돌아가면서 서울로 올라와 중앙 부서에서 일하는 제도가 있었다. 안길이 자기 차례가 되어 서울에 오게 되었다. 그는 두 절 사이에 있는 단오거사의 집을 찾았지만 아무도 아는 사람이 없었다. 길가에서 헤매고 있는데 한 노인이 지나다가 안길의 말을 듣고 한참 생각하더니 말했다.

"두 절 사이에 있는 집이란 아마도 대궐일 것이고 단오란 거득공일 것이

오. 그가 몰래 지방으로 다닐 때 그대와 인연이 있었던 모양이구려."

안길은 노인에게 예전의 사연을 늘어놓았다. 노인은 가만히 듣고 나서 말했다.

"궁성 서쪽 귀정문으로 가서 드나드는 궁녀를 기다려 말하시오."

그러고는 서둘러 그 자리를 떠났다. 안길이 그 말대로 가서, 무진주에 사는 안길이 왔다고 전하니 거득공이 달려 나왔다. 공은 그를 대궐로 데리고 들어가 수십 가지 음식으로 잔칫상을 차려 대접했다.

이 일들이 있고 난 후에 임금이 자초지종을 듣고서 성부산 아래에 무진주에서 오는 관리들의 땔감을 대는 소목전(燒木田, 궁이나 관청에 연료를 바치기 위한 밭)을 설치하여 함부로 나무를 베지 못하게 하니 모두가 부러워하였다. 산 밑에는 밭 30무(畝, 논밭의 넓이를 재는 단위. 약 30평에 해당함)가 있었는데, 이 밭의 곡식이 잘되면 무진주도 풍년이 들고 이 밭이 잘못되면 무진주도 잘못되었다고 한다.

만파식적,
거센 물결을 재우는 마술피리

31대 신문왕은 681년 즉위하자마자 동해 바닷가에 감은사를 창건하였다. 일설에 의하면 이 절의 금당 섬돌 아래 동쪽으로 구멍이 하나 있었다고 한다. 이 구멍은 동해의 용이 된 아버지 문무왕을 절로 들어오도록 하기 위한 것이었다. 문무왕을 모신 바위를 대왕암이라 하고, 이 절 이름을 감은사라 했으며, 용이 나타난 곳을 이견대(利見臺)라 했다고 한다.

나라를 지킨다는 의미의 진국사(鎭國寺)였으나, 신문왕이 부왕의 호국충정에 감사해 감은사(感恩寺)로 고쳐 불렀다고 한다. 왜병을 진압하기 위해 문무왕 대에 짓기 시작했으나 아들인 신문왕 대에 완성하였다. 지금은 감은사 터의 동쪽과 서쪽에 3층석탑이 남아 있다.

이듬해 5월 초하룻날, 해안을 관장하는 관리 파진찬 박숙청이 대궐에 알려 왔다.

"동해 바다 가운데에 조그만 산이 생기더니 물결을 따라 감은사를 왔다 갔다 합니다."

왕이 이상해서 천문관 김춘길에게 점을 쳐 보게 하였다.

"일찍이 김유신 장군께서는 하늘의 서른세 분 중 한 분으로 세상에 내려와 우리 나라의 대신이 되었습니다. 또 돌아가신 아버님께서는 바다의 용이 되어 삼한을 보호하고 계십니다. 지금 두 성인께서 나라를 지킬 보배를 내려 주시려 하시니 폐하께서 해변으로 나가 보시면 커다란 보물을 얻으실 것입니다."

왕은 그 달 7일 이건대로 나가 바다 위에 떠 있는 섬을 살펴보았다. 거북이의 머리처럼 생긴 그 산 위에는 대나무 한 그루가 서 있었다. 신기하게도 대나무는 낮에는 둘로 떨어져 있다가 밤이 되면 하나로 합해졌다.

왕은 일단 그 날 밤을 감은사에서 묵기로 했다. 그런데 이튿날 정오, 갑자기 갈라졌던 대나무가 하나로 합쳐지면서 천지가 진동하고 비바람이 일며 사방이 캄캄해지는 것이 아닌가.

그렇게 일주일이 지나서 16일이 되었을 때에야 날이 개고 물결이 잔잔해졌다. 왕은 배를 타고 바다 가운데의 산으로 갔다. 왕이 산에 도착했을 때 홀연히 용 한 마리가 나타나 검정색 옥띠를 바쳤다. 왕이 궁금한 것을 물었다.

"이 산과 대나무가 갈라졌다 합쳐졌다 하는데 왜 그런 것인가?"

"이는 비유하자면 손바닥도 부딪혀야 소리가 나는 것과 같습니다. 이 대나무도 마주 합쳐져야 소리가 납니다. 이것은 훌륭한 임금께서 소리로 천하를 다스리게 될 좋은 징조입니다. 왕께서는 이 대나무를 가져다가 피리를 만들어 보십시오. 그러면 천하가 화평해질 것입니다. 바다의 큰 용이 되신 왕의 아버님과 다시 하늘의 신이 되신 김유신, 이 두 분 성인이 마음을 합하여 이 보물을 내리시는 것입니다."

왕은 너무나 놀랍고 기뻐서 오색 비단과 금과 옥으로 보답하였다. 왕 일행이 대나무를 베어 나올 때 산과 용은 갑자기 사라져 버리고 다시는 나타나지 않았다.

이튿날인 17일, 왕이 지림사(경주 함월산에 있는 기림사로 추정된다.) 서쪽 냇가에서 잠시 수레를 멈추고 점심을 먹고 있을 때였다. 소식을 들은 태자 이공이 대궐에서 달려 나와 축하했다. 태자는 옥띠를 찬찬히 살펴보더니 "이 띠에 달린 장식들은 모두 진짜 용들입니다." 하고 감탄했다. 왕은 의아해서 어떻게 아느냐고 물었다. 태자는 옥 장식 한 개를 떼더니 시냇물에 담갔다. 그러자 장식은 곧 용으로 변해 하늘로 올라가고 시내는 그대로 못이 되었다. 그래서 이 못을 용연(龍淵)이라고 불렀다.

궁궐로 돌아온 신문왕은 그 대나무로 피리를 만들어 월성의 천존고(天尊庫, 신라 때 나라의 보물을 보관하던 창고)에 간직하였다. 그 후 이 피리를 불면 적군이 물러가고 병이 나았다. 또 가뭄에는 비를 내리고 장마가 질 때는 비를 멈추게 하였으며 바람을 가라앉히고 파도를 잠재웠다. 그래서 이름을 '거센 물결을 잠재우는 피리', 즉 만파식적(萬波息笛)이라 하고 국보로 삼았다.

효소왕 때 적국의 포로가 되었던 부례랑이 살아 돌아오는 기적이 있어서 다시 이름을 '수없이 거센 물결들을 가라앉히는 피리', 곧 만만파파식적(萬萬波波息笛)이라고 고쳐 붙였다. 이에 대해서는 뒤의 백률사 이야기에 자세히 나온다.

죽지랑을
사모하는 노래

효소왕 때에 죽지랑이라는 화랑이 있었다. 죽지랑이 지휘하는 무리 중에 득오실이라는 한 낭도가 있었는데 아주 열심이었다. 그런데 매일매일 빠지지 않고 나오던 그가 어느 날부터 안 보이더니 열흘이 지나도록 나오지 않았다.

죽지랑이 궁금해서 득오실의 어머니를 찾아가 물었다. 그 어머니 말이 "모량부의 관리 익선이 아들아이를 부산성 창고지기로 임명해서 급히 가느라고 미처 낭에게 하직 인사를 드리지 못했나 봅니다." 하였다.

죽지랑은 "부인의 아들이 사사로운 일로 갔다면 모르겠지만 공무를 수행하느라고 갔다는데 찾아보고 음식이라도 대접해야겠습니다." 하고 화랑 137명과 함께 떡과 술을 가지고 득오실을 찾아갔다. 부산성에 도착해서 득오실을 찾으니 익선의 밭에서 일하고 있었다. 죽지랑은 밭에서 일하고 있던 득오실을 만나 가져간 음식을 먹으며 회포를 풀었다.

죽지랑은 익선을 찾아가 득오실에게 휴가를 주어 함께 돌아갈 수 있도록 해 달라고 청하였다. 그러나 익선은 한 마디로 거절했다. 때마침 간진이라는 관리가 벼 서른 섬을 성 안으로 운반하다가 이 모습을 보았다. 그는 부하를

생각하는 죽지랑의 마음 씀씀이에 감동하는 한편, 익선의 옹졸함을 더럽게 여겼다. 간진은 운반하던 벼 서른 섬을 익선에게 주면서 청을 들어주라고 부탁했다. 그래도 익선은 막무가내였다. 사지 벼슬을 하고 있던 진절의 말 안장까지 얹어 주자 그제야 익선은 마지못해하며 허락했다.

화랑을 관장하는 관리 화주가 이 얘기를 듣고 그 더러운 때를 씻기겠다며 익선을 잡아 오라 하였다. 익선은 겁이 나서 도망가고 대신 그의 큰아들이 잡혀 왔다. 화주는 익선의 아들에게 성 안의 연못에서 목욕하는 벌을 주었다. 때는 바로 동짓달이라 매우 추웠다. 결국 익선의 아들은 얼어 죽고 말았다.

효소왕은 자초지종을 듣고는 모량리 출신으로 벼슬하는 사람들을 모두 내쫓고 다시는 관직에 발을 못 붙이게 했다. 또 승려가 되는 것도 금지하고, 승려가 되었다 해도 절에는 들어오지 못하도록 명했다. 원측법사는 동방에서도 큰스님으로 이름이 나 있었지만 모량리 사람이라 하여 승직을 주지 않았다. 왕은 또 간진을 칭찬하여 그 자손을 한 마을을 통괄하는 호장(戶長)으로 삼아 표창하였다.

죽지랑의 탄생에는 다음과 같은 얘기가 전해 온다. 죽지랑의 아버지는 진덕여왕 때의 술종공이었다. 그가 삭주(지금의 춘천 지방. 우수주에서 경덕왕 때 삭주로 고쳐 불렀다.) 도독사로 임명되어 가게 되었다. 그 때 나라에 난리가 나서 기마병 3,000명이 그를 호위하였다. 일행이 죽지령이라는 고개에 이르렀을 때 한 거사가 나와 고갯길을 닦고 있었다. 술종공은 이를 보고 매우 감탄하였다. 그 거사 역시 술종공의 혁혁한 위세에 반하여 서로 잊지 못할 인상을 받았다.

108

술종공이 부임한 지 한 달쯤 된 어느 날, 꿈에 그 거사가 자기 방으로 들어왔다. 그런데 놀랍게도 부인도 똑같은 꿈을 꾼 것이 아닌가? 술종공이 이상해서 거사의 안부를 알아보도록 했다. 그랬더니 바로 그 꿈을 꾼 날 그가 죽었다는 것이었다. 술종공은 "아마도 그가 우리 집안에 태어나려나 보다." 하고 군사를 보내어 죽지령 고개 북쪽 봉우리에 장사 지내고 돌미륵 하나를 무덤 앞에 세워 주었다. 술종공 부인은 그 꿈을 꾼 날부터 태기가 있더니 아들을 낳았다. 아이 이름은 고개에서 따와 죽지라고 하였다. 죽지랑은 자라나 4대에 걸쳐 재상을 역임하며 나라를 안정시켰다.

화랑 득오실은 죽지랑을 기리며 노래를 지었는데 이 노래를 〈모죽지랑가(慕竹旨郎歌)〉라고 한다.

간 봄 그리매
모든 것이 울어 시름이로다.
아름다운 얼굴 주름살 지니려 하옵네라.
눈 돌릴 사이에
그분을 다시 만나게 되리라.
낭이여, 그리운 마음의
가올 길은
다북쑥 우거진 마을에
잘 밤이 있으리이까.

수로부인과 헌화가

성덕왕 때에 순정공이라는 벼슬아치가 있었다. 그에게는 수로(水路)라는 절세미인의 아내가 있었다. 수로부인의 미모는 너무나 빼어나서 사람뿐 아니라 산천의 귀신이나 영혼들까지도 탐을 내곤 했다. 그의 아름다움을 보여 주는 이야기 두 편이 있다.

한번은 순전공이 강릉 태수로 부임해 갈 때였다. 도중에 바닷가 한쪽에 자리를 잡고 점심을 먹었다. 옆에는 깎아지른 듯 천 길이 넘는 절벽이 병풍처럼 바다를 둘러 있는데, 그 꼭대기에는 철쭉꽃이 흐드러지게 피어 있었다. 수로부인이 그 꽃을 갖고 싶어서 시종들에게 말했다.

"누가 저 꽃을 꺾어다 줄 수 없겠느냐?"

모두들 사람이 올라갈 수 없는 곳이라며 고개를 저었다.

그 때 웬 노인이 암소를 끌고 지나다가 이 말을 듣더니 절벽을 타고 올라가 꽃을 꺾어 왔다. 노인은 수로부인에게 꽃을 바치며 이런 노래를 지어 불렀다.

자줏빛 바위 끝에서
손에 잡은 어미소 놓게 하시니
날 부끄러워 아니 하시면
꽃을 꺾어 바치오리다.

〈헌화가(獻花歌)〉와 함께 꽃을 바친 노인은 자기가 누구인지 밝히지도 않고 그대로 떠났다.

다시 이틀을 더 가서 역시 바닷가 정자에 여장을 풀고 점심을 먹을 때였다. 갑자기 바다에서 용이 나타나 부인을 데려가 버렸다. 순정공은 발을 동동 구르며 어쩔 줄 몰라 했다. 그 때 어떤 노인이 옆을 지나다가 일러 주었다.

"옛 말에 여러 사람의 입김은 쇠라도 녹인다고 했으니 그까짓 바다의 미물이 어찌 여러 사람의 입을 두려워하지 않겠소. 이 지방의 백성들을 불러 모아 노래를 부르며 막대기로 언덕을 두드리게 하면 부인을 찾을 수 있을 것이오."

순정공은 다급한 나머지 그 노인의 말대로 했다.

거북아 거북아 수로를 내놓아라.
남의 아내 훔쳐 간 죄 그 얼마나 크랴.
네 만일 거역하고 버놓지 않는다면
그물로 잡아 버어 구워 먹고 말 테다.

사람들이 이 〈해가(海歌)〉를 부르며 막대기로 땅을 쳤더니 용이 바닷속에서 나와 부인을 내놓고 갔다. 순정공이 바닷속이 어떤지 궁금해하자 부인이 말하였다.

"궁전은 칠보로 꾸며져 있고, 음식은 달고도 연하며 향기롭고 깨끗해서 인간 세상에서는 맛볼 수 없는 것이었습니다."

부인의 옷에서도 이 세상에서는 맡아 보지 못한 이상 야릇한 향내가 풍겼다.

수로부인은 그 미모 때문에 산골이나 큰 못을 지날 때면 번번이 이처럼 납치 소동이 일어나곤 했다 한다.

향가를 잘 지은 충담 스님, 찬기파랑가와 안민가

경덕왕이 다스리던 시절이었다. 어느 해 삼월 삼짇날(음력 삼월 초사흗날), 왕은 여러 신하들을 둘러보며 "누가 길에 나가서 훌륭하게 차린 스님 한 분을 모셔 오겠느냐?" 하고 말했다. 마침 깨끗하게 차려입은 큰스님 한 분이 지나가는 것을 보고 신하들이 왕 앞에 데려왔다. 왕은 "내가 말한 훌륭하게 차린 스님이란 저런 이가 아니다." 하며 돌려보냈다.

그 때 한 스님이 남쪽으로부터 걸어오는데 헤어져 누빈 옷에 벗나무로 만든 삼태기를 지고 있었다. 왕이 그를 보고 기뻐하며 맞아들였다. 왕이 삼태기 속을 들여다보니 차(茶) 달이는 도구만 들어 있었다.

"대사는 누구인가?"

"충담(忠談)이라고 합니다."

"지금 어디서 오는 길인가?"

"소승은 매년 3월 3일과 9월 9일에는 남산 삼화령에 있는 미륵세존님께 차를 달

충담 스님이 차를 공양했다는 삼화령미륵삼존불. 지금은 경주국립박물관에 보관되어 있는데 본존불 양옆의 협시보살은 미소 띤 귀여운 얼굴과 작은 크기 때문인지 애기부처라 불린다.

여 드립니다. 지금도 차를 올리고 막 돌아오는 길이옵니다."

이 말을 들은 왕은 말했다.

"과인에게도 차 한 잔 나누어 줄 수 있겠는가?"

스님이 차를 끓여 바치는데 맛이 희한하고 찻잔에서도 묘한 향기가 풍겼다. 왕이 다시 물었다.

"대사가 기파랑을 찬양하는 사뇌가[詞腦歌, 향가(鄕歌)를 달리 이르는 말]를 지었다는데 그러한가?"

"그러하옵니다."

"그러면 짐을 위해 백성들을 다스려 편안하게 살도록 하는 노래를 지어 주오."

충담이 명을 받들어 곧 노래를 지어 바쳤으니 이것이 이른바 〈안민가(安民歌)〉이다.

> 임금은 아버지요
> 신하는 자애로운 어머니라.
> 백성을 어린아이라 여기시면
> 백성이 사랑받음을 알리다.
> 구물거리며 사는 갓난이
> 이를 먹여 다스리니
> 이 땅을 버리고 어디로 가랴 할지면
> 나라를 보존할 길 알리이다.

아아,
임금답게 신하답게
백성답게 한다면
나라가 태평하오리다.

왕이 이 노래를 칭찬하고 충담을 왕사(王師, 왕의 스승. 왕의 불교 고문에 해당한다.)에
봉했으나 스님은 굳이 사양하며 받지 않았다.
충담이 지은 〈찬기파랑가(讚耆婆郎歌)〉는 이러하다.

열어젖히매 나타난 저 달은
흰 구름 좇아서 떠나는 것 아니냐.
새파란 시냇물에
기파랑의 모습이 있구나.
일로 시냇가에
님의 지니신 마음 끝을 좇노라.
아아,
잣가지 드높아
서리 모르는 화판이여!

선조들의
발자취,
나라 이야기

《삼국유사》에서는 우리 선조들이 세웠던
여러 나라들을 만날 수 있다.
고구려, 백제, 신라, 가야……
물론 한국사 시간에 익히 들어왔던 이름들이지만,
800여 년 전 쓰여진 책에서
그 이름들을 만나니 감회가 새롭다.
이래서 역사를 살아 숨쉬는 것이라고 하는 걸까?
우리가 살고 있는 이 땅에
수많은 선조들의 발자취가 서려 있음을 새삼 느끼며,
서로 다른 환경 속에서
저마다 다른 모습의 문화를 일구어 낸
고대 국가들의 이야기를 살짝 들여다보자.

고구려는 압록강 중류의 동가강 일대를 중심으로 일어섰다. 이 지역은 깊은 계곡과 산이 많고 하천 주변에만 좁은 평야가 있어 농경 문화가 발달하기 힘든 곳이었다. 그러나 이러한 환경은 고구려인들을 강인하게 단련시켰고, 그들은 동북 아시아 일대의 농경 지대를 확보하기 위해 밖으로 밖으로 뻗어 나가 5세기 동북 아시아의 최대 강국을 이루었다. 고구려의 대표적 문화유산으로는 고분벽화를 꼽을 수 있다. 고구려인들은 죽어서도 삶이 이어진다고 생각했기 때문에, 거대한 무덤을 만들고 여러 가지 껴묻거리를 묻고 다양한 생활 모습을 담은 아름다운 벽화를 그려 넣었다.

중국 지린성 지안현에 있는 고구려 고분 무용총의 수렵도. 고구려인의 힘찬 기상을 생생히 전해 준다.

평안남도 온천군 화도리에 있는 쌍영총의 우차행렬도.

백제는 기름진 평야가 펼쳐져 있는 한강 유역에서 일어섰다. 풍요로운 환경을 바탕으로 특유의 여유로움과 자유로움이 돋보이는 문화를 이룩하였으며, 4세기 중반에는 남하정책을 추진하던 고구려에 대항하여 한반도 중남부의 승자로 우뚝 서기도 했다. 백제는 '박사'라고 불리는 최고의 기술자들을 두어 기와 한 장까지도 정성을 다해 만들고 꼼꼼한 검사 과정을 거쳤다. 또 서남의 바다를 통해 중국의 선진 문물을 주체적·진취적으로 받아들였다. 때문에 백제의 미술은 건축·조각·공예 모든 부분에서 특유의 아름다움을 지니게 되었고, 일본 문화에도 큰 영향을 끼쳤다.

백제 공예의 걸작이라 손꼽히는 백제금동대향로. 생동감이 넘치면서도 부드러운 선의 흐름이 느껴지는데, 이러한 아름다움을 백제적인 특징으로 꼽는다.

일본의 옛 수도 나라의 호류지에 있는 백제관음. 이름도 그러하고 부드러운 미소와 우아한 자태가 백제인의 손길이 빚은 솜씨로 보이지만, 이에 대해서는 의견이 분분하다. 어찌되었든 백제인들의 자취는 아직도 일본 곳곳에 남아 그 깊은 숨결을 뽐내고 있다.

신라는 경주 평야에 자리 잡고 있던 여섯 개 씨족집단에서 출발했다. 선진 세력과의 경쟁이나 문물 교류가 적었기 때문에 초기에는 삼국 중 발전이 가장 더뎠고 소박한 문화를 형성하였다. 그러나 5, 6세기 왕권을 강화하고 중국 문물을 받아들이면서 점차 강력한 국가로 성장하였고, 7세기에는 삼국 통일을 이루었다. '토우의 나라' '황금의 나라' 모두 신라를 일컫는 말이다. 질박한 서민의 삶이 배어 있는 토우와 화려한 기교가 녹아 있는 황금, 신라인들은 소박한 전통 문화와 함께 찬란한 장식 문화를 일구었다.

춤추고 노래하고, 사랑을 나누고…… 신라 시대 토우는 울고 웃는 우리네 삶의 모습을 담아 내고 있다. 경주 황남동 출토 토우.

신라의 고분들에서 출토된 금관과 금모자, 금동신발 등은 드높은 신라의 금세공 기술을 보여 준다. 경주 금관총 출토 금관의 새 날개 장식.

가야의 여러 나라들은 경남과 부산을 중심으로 경북과 전북의 약간을 포함하는 지역에 위치했다. 산과 강으로 나누어진 분지들은 각 나라들의 독립적 형성과 발전에 적합했지만 힘을 하나로 모아 통일된 왕국을 이루는 것을 어렵게 했다. 이 때문일까? 가야는 약 600년 동안이나 삼국과 나란히 독립성을 유지하며 존재했지만, 우리 나라 고대 국가의 역사는 삼국의 역사로만 알려져 있다. 그래서 《삼국유사》에 짧게 언급되어 있는 가야의 역사는 더욱 소중하고 아쉽다. 한편 철 생산이 활발하였던 가야는 '철의 나라'로 불리운다. 가야의 철은 일본과 중국을 비롯한 주변 여러 나라에 수출되었다고 한다.

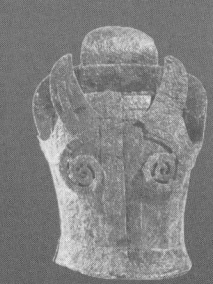

가야 지역에서 출토된 철갑옷은 70여 벌에 달하는데, 한반도 전역에서 출토된 철갑옷의 90퍼센트를 차지한다고 한다. 세련되고 정교한 가야의 철 기술을 보여 주는 김해 퇴래리 출토 철제 판갑옷.

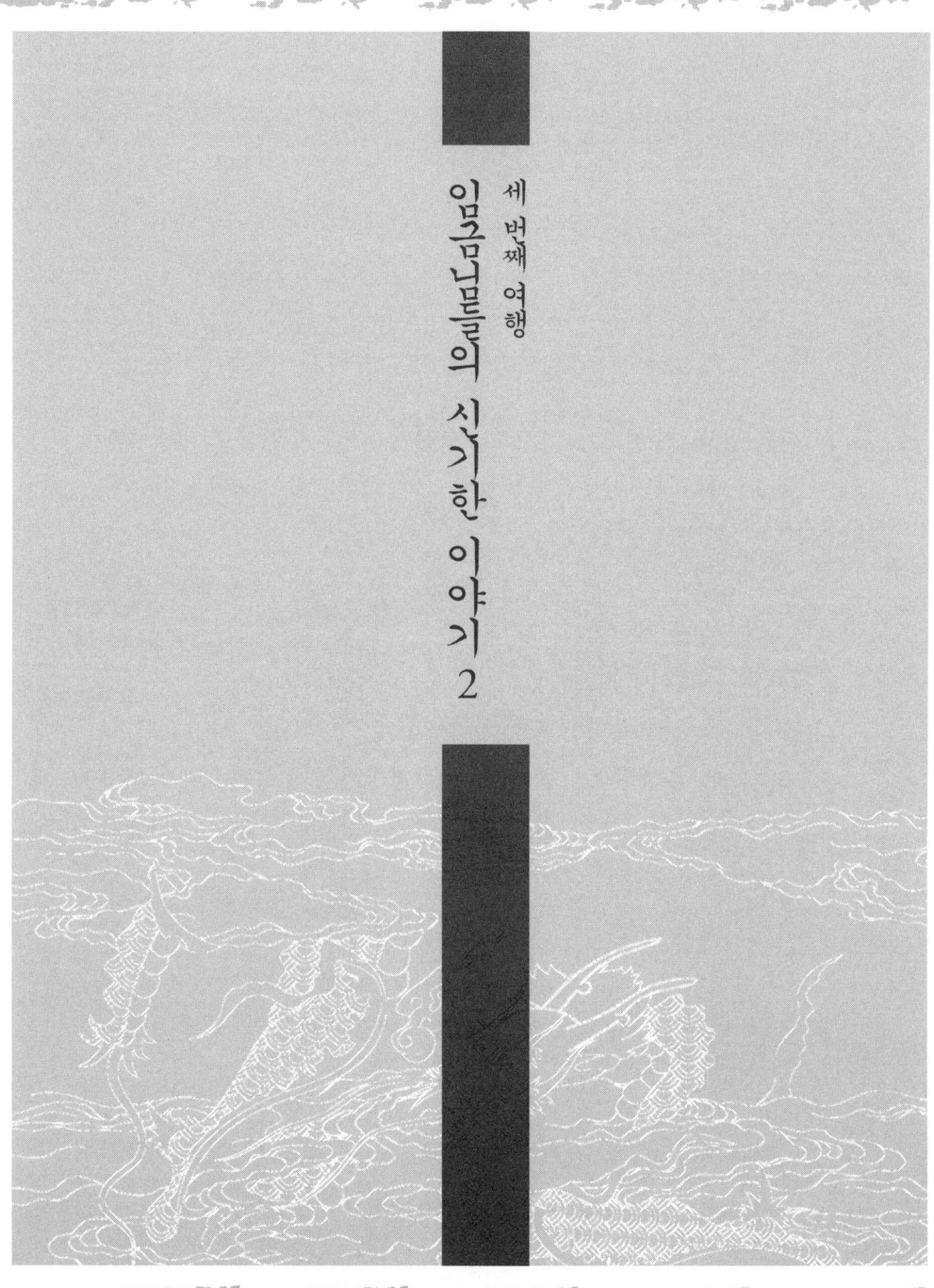

세 번째 여행

임금님들의 신기한 이야기 2

여자에서 남자로 바뀐 혜공왕

　경덕왕은 생식기의 길이가 8촌으로 오랫동안 아이가 없었다. 잉태를 못한 왕비를 내쫓고 새로 만월부인을 왕비로 맞았다. 하루는 왕이 덕이 높기로 유명한 표훈스님을 불러 부탁하였다.

　"짐이 복이 없어 아직 자식을 얻지 못했소. 부디 스님께서 상제(上帝, 하늘을 다스리는 신)에게 청하여 아들을 점지해 주시오."

　표훈이 하늘로 올라가 상제에게 아뢰고 돌아와 말했다.

　"상제의 말씀이 딸이라면 곧 될 수 있지만 아들은 안 된다고 하십니다."

　경덕왕은 딸을 아들로 바꿔 주십사고 애원했다. 표훈이 다시 하늘로 올라가 청하자, 상제는 "그렇게 할 수는 있지만 그리되어 아들을 두면 결국 나라가 위태로워질 것이다." 하고 경고하였다. 표훈이 인간 세상으로 돌아가려 할 때 상제가 다시 불러 말했다.

　"하늘과 인간 세상은 서로 다른 것으로 그 경계를 어지럽힐 수는 없다. 지금 네가 이웃 마을 다니듯 오르내리며 하늘의 비밀을 누설하고 있으니 앞으로 다시는 왕래하지 말라."

120

표훈이 내려와 상제의 말씀을 아뢰자, 경덕왕은 나라가 위태로워진다 해도 아들을 얻어 뒤를 이으면 그만이라며 좋아하였다. 이 일이 있은 뒤 만월왕비가 태자를 낳았다. 왕은 기뻐서 어쩔 줄 몰라 했다.

태자가 여덟 살이 되었을 때, 경덕왕이 죽고 태자가 즉위하니 바로 혜공왕이다. 왕의 나이가 어려서 왕비가 섭정을 하였지만 정치는 제대로 되지 않아 문란하기만 하였다. 각지에서 도적이 벌 떼처럼 일어나 다 막아 낼 수도 없을 지경이었다. 표훈대사의 말이 맞은 것이다.

혜공왕은 원래 여자였으나 사내로 태어났기 때문에 첫돌이 되면서부터 항상 여자들처럼 놀기를 좋아했다. 왕이 된 뒤에도 마찬가지여서 언제나 비단 주머니를 차고 도사들과 어울리기를 좋아해서 나라가 크게 어지러워졌다. 마침내 김양상과 김경신의 손에 죽임을 당했다.

혜공왕 2년(766)이었다. 진주 관청의 동쪽 땅이 점점 꺼지더니 큰 못이 되었다. 그 못에 어느 날 갑자기 잉어 대여섯 마리가 생겼다. 잉어의 몸이 점점 커지면서 못도 따라서 커졌다.

이듬해에는 동쪽 누각 근처에서 유성(流星)이 천지가 진동하는 굉음을 내며 떨어졌다. 그 모양이 머리 부분은 항아리처럼 생겼고 꼬리는 석 자나 되었으며 이글이글 타오르는 불빛과 같았다.

그 해 7월, 다시 3개의 별이 북쪽 대궐 뜰에 떨어져 모두 땅 속으로 빠져 들어갔다. 이보다 앞서 대궐 북쪽 변소에서 두 줄기 연꽃이 솟아 나온 일이 있었다. 또 봉성사의 논에서도 연꽃이 피어났다.

한번은 범 한 마리가 궁성 안에 뛰어들어와서 잡으려고 따라갔지만 어디론지 사라져 버린 일도 있었다. 또 각간 대공의 집에 있는 배나무 위에 수없이 많은 참새 떼가 몰려와 시끄럽게 울어 대기도 하였다.

《안국병법(安國兵法)》(병서의 일종으로 우리 나라 문헌으로 추정되나 전해 내려오지 않는다.) 하권에는 이런 일이 잦으면 전국에 큰 난리가 일어난다고 하였다. 그래서 왕은 죄수들을 크게 사면하고 스스로 반성하며 조심했다.

마침내 7월, 각간 대공이 반란을 일으켰다. 이를 신호로 서울과 5도, 주와 군을 합해 96명의 각간들이 모두 군사를 일으켜 서로 싸우기 시작했다. 이 와중에 각간 대공의 집은 풍비박산이 나고 남산성의 창고도 불타 버렸다.

난리는 석 달이나 계속되었다. 이 난리에서 공을 세워 상을 받은 자도 많았지만, 죽임을 당한 자의 수는 셀 수도 없을 정도였다. 혜공왕조차 이 난리 속에서 목숨을 잃고 말았으니, 표훈대사가 일찍이 왕자가 태어나면 나라가 위태로워진다고 한 말이 그대로 맞은 것이다.

원성왕,
임금이 되는 꿈을 꾸다

감옥에서 대궐로

원성왕의 이름은 김경신으로 원래 이찬 김주원 밑에서 각간 벼슬을 했다. 하루는 김경신이 잠을 자다가, 머리에 쓴 두건을 벗고 흰 갓을 쓰고 손에는 가야금을 들고 천관사(天官寺) 우물 속으로 들어가는 꿈을 꿨다.

꿈이 이상해서 점을 쳤더니 불길한 풀이가 나왔다.

"두건을 벗는 것은 관직에서 쫓겨나는 것이요, 가야금을 든 것은 칼을 쓸 징조입니다. 또 우물에 들어간 것은 감옥에 들어가는 것을 나타냅니다."

경신은 걱정이 되어서 그 때부터 문 밖 출입을 삼갔다. 이즈음 아찬 여삼이 찾아왔다. 경신은 아프다는 핑계를 대고 돌려보냈다. 그러나 여삼은 다시, 꼭 한 번 만나야 한다고 간곡히 청해 왔다. 경신도 더 거절할 수가 없어 들어오게 하였다. 여삼은 무슨 걱정이 있어서 두문불출이냐고 물었다. 경신은 꿈꾼 일과 해몽 이야기를 솔직히 털어놓았다. 그런데 여삼은 이야기를 듣자마자 자리에서 벌떡 일어나 큰절을 하고는 말했다.

임금님들의
신기한
이야기 2

123

"이 꿈은 정말 좋은 꿈입니다. 공께서 만약 왕위에 올라도 저를 버리지 않으신다면 공을 위해 해몽을 하겠습니다."

경신은 옆에 있던 자들을 물리치고 단 둘만 남게 되자 여삼에게 그 꿈이 어떤 꿈이냐고 물었다.

"두건을 벗는 것은 위로 사람이 없다는 것을 가리키며 흰 갓을 쓴 것은 면류관을 쓸 징조입니다. 또 가야금을 든 것은 12대 손자에게 왕위를 전한다는 뜻입니다. 그리고 천관사 우물에 들어간 것은 대궐에 들어갈 좋은 징조입니다. 한 마디로 그 꿈은 왕이 될 꿈이옵니다."

경신은 한편으로는 기쁘고 한편으로는 놀라워서 다시 물었다.

"내 위에는 이찬 김주원이 있는데 어떻게 그런 높은 자리에 오를 수 있겠소?"

여삼은 비밀리에 북천신(北川神)에게 제사를 지내라고 일러 주었다. 경신은 그 말대로 했다. 얼마 안 지나 선덕왕이 죽었다. 그러자 조정에서는 김주원을 왕으로 세우려 하였다. 그 때 주원의 집은 북쪽 개천 너머에 있었는데 갑자기 개천의 물이 불어서 도저히 건너갈 수가 없었다. 이러고 있는 틈에 김경신은 얼른 대궐로 들어가 스스로 왕위에 올랐다. 주원을 추대했던 중신들도 태도를 바꿔 새 임금에게 충성을 맹세했다. 이렇게 해서 김경신이 왕이 되니 바로 신라 38대 원성왕이다.

김경신이 왕이 되었을 때는 이미 여삼은 죽고 없었다. 원성왕은 그 자손들에게 작위를 주어 고마움을 표했다.

만파식적을 탐낸 일본

786년 10월 11일 일본왕 문경이 신라를 치려고 군사를 일으켰다. 그러나 신라에는 만파식적이라는 마술피리가 있어서 정벌하기 어렵다는 얘기를 듣고 마음을 바꿨다. 그는 사신을 보내 금 50냥을 줄 테니 그 피리를 팔라고 청해 왔다.

원성왕은 "옛날 진평왕 때에 그 피리가 있었다는 얘기는 들었지만 지금은 어디 있는지도 모르오." 하고 일본 사신을 돌려보냈다.

이듬해 7월 7일 날 다시 사신이 금 1,000냥을 들고 왔다. 사신은 한 번 보기만 하고 돌려주겠다는 일본왕의 말을 전하며 왕을 설득했다. 그러나 원성왕은 역시 전처럼 답하고 거절했다. 왕은 사신에게 은 3,000냥을 내리고 금 1,000냥은 그대로 돌려보냈다. 이런 일이 있은 뒤 왕은 그 피리를 내황전에 두고 소중히 간직했다.

호국용을 훔친 당나라 사신

원성왕이 다스린 지 11년째 되는 795년의 일이다. 그 해 당나라에서 사신이 와서 한 달을 머물다 돌아갔다. 사신이 돌아간 바로 다음 날, 웬 여자 2명이 대궐 안뜰에 나타났다. 신하들이 내쫓으려 해도 막무가내로 왕을 뵙겠다고 버텼다. 그 소동을 듣고 원성왕이 나와 무슨 일이냐고 물었다.

"저희들은 이 나라를 지키는 동지와 청지, 두 연못에 사는 용의 아내입니다. 며칠 전 일입니다. 당나라 사신이 하서국 사람 둘을 데리고 와서는 저희 남편들과 (분황사 우물)에 사는 용에게 마술을 걸어 작은 물고기로 만든 다음 통에 담아 갔답니다. 세 용들은 이 신라를 지키는 호국신이니 그대로 빼앗긴다면 큰일이 아닐 수 없습니다. 더 멀리 가기 전에 붙잡아서 저희 남편들을 두고 가게 해 주소서."

분황사 석정은 나라를 지키는 용이 사는 우물이라 하여 '호국룡변어정'이라고도 불린다. 통일신라 시대에 설치되었는데, 조선 시대에는 불교 억압 정책에 따라 사찰 내 모든 돌부처의 목을 잘라 이 우물에 넣었다는 아픈 역사가 전해지고 있다.

이 말을 들은 원성왕은 서둘러 뒤쫓아갔다. 마침내 영천 근처 하양관에서 그들 일행을 따라잡을 수 있었다. 왕은 친히 잔치를 베풀어 주면서 그들의 마음을 누그러뜨린 후 은근히 위협했다.

"너희들이 얕은 술수를 써서 우리 나라의 용 세 마리를 몰래 잡아 온 것을 이미 내가 알고 있다. 지금이라도 사실대로 고하고 내놓는다면 덮어 주겠지만 계속 속이려든다면 사형에 처하고 말리라."

사신들은 속속들이 알고 있는 데 놀라서 더 감출 엄두를 못 내고 물고기를 꺼내 바쳤다. 왕은 세 마리의 물고기를 원래 자리에 놓아 주었다. 그랬더니 놓아 준 곳마다 물이 치솟으면서 용이 힘찬 용틀임을 하고는 사라졌다.

이 일이 있은 뒤 당나라 사람들은 원성왕의 밝은 지혜에 감탄하여 함부로 넘보지 못했다.

요술 여의주와 묘정

원성왕이 하루는 황룡사의 승려 지해를 궁궐로 불러들여 《화엄경(華嚴經)》을 강의하게 했다. 지해는 50일 동안 강론을 하기로 하고 심부름을 할 묘정이라는 어린 중과 함께 궁궐에 들어왔다. 묘정은 귀염성 없이 생긴 탓에 대궐 안 누구와도 어울리지 못했다.

그는 식사가 끝나면 언제나 혼자 금광정이라는 우물가에서 그릇을 씻었다. 그런데 그 때마다 우물에서 자라 한 마리가 떠올랐다 잠겼다 하였다. 얘기할 사람도 없이 심심했던 묘정은 그 자라에게 밥찌꺼기를 주며 장난을 치곤 했다. 약속한 50일도 다 되어 갈 무렵이었다. 묘정은 밥찌꺼기를 받아 먹으러 나온 자라에게 말했다.

"내가 오랫동안 너에게 은혜를 베풀었는데 무엇으로 갚겠느냐?"

며칠이 지난 어느 날이었다. 우물 속에서 나온 자라가 갑자기 작은 구슬 하나를 토해 냈다. 묘정이 어리둥절해서 쳐다보자 자라는 고개를 끄덕이며 가지라는 시늉을 했다. 묘정은 그 구슬을 허리띠 끝에 매달아 간직했다.

그런데 묘정이 구슬을 찬 다음부터는 보는 이마다 웃으며 반가워하는 것이었다. 마침내 하직 인사를 올리려 나아가니, 왕이 첫눈에 들어 하며 떠나지 못하게 했다. 그 때부터 묘정은 항상 왕 옆을 지키며 시중을 들게 되었다.

하루는 잡간 한 사람이 당나라에 사신으로 가게 되었다. 그도 묘정을 무척 귀여워해서 꼭 데리고 가고 싶어 했다. 왕도 이번 기회에 큰 나라 구경이나 하고 오라고 딸려 보냈다.

묘정이 당나라 황실에 나가 인사를 하자 당 황제도 몹시 기뻐하며 총애했다. 뿐만 아니라 재상부터 궁녀까지 묘정을 보는 사람은 누구나 그를 좋아하고 신임했다. 그 때 한 관상쟁이가 이 모습을 보고 임금에게 말했다.

"제가 관상을 조금 볼 줄 압니다. 지금 이 중의 관상을 보니 얼굴의 어디 한 군데도 좋게 생긴 구석이 없습니다. 그런데도 사람들이 좋아하고 존경하는 것을 보면 필시 뭔가 특별한 물건을 갖고 있기 때문입니다. 폐하께서 한번 살펴보십시오."

왕이 혹시나 싶어 묘정의 몸을 뒤져 보니 허리띠 끝에서 작은 구슬이 영롱한 빛을 내며 반짝이고 있었다. 가만히 살펴보던 왕이 물었다.

"작년에 내가 갖고 있던 여의주 4개 중에 하나를 잃어버린 일이 있다. 지금 이 구슬을 보니 내가 잃은 것과 똑같구나. 어디서 이 여의주를 얻었느냐?"

묘정은 깜짝 놀라 자초지종을 사실대로 말했다. 왕이 듣고 보니 자기가 구슬을 잃어버린 날이 묘정이 자라에게서 구슬을 얻은 바로 그 날이었다. 결국 묘정은 왕에게 구슬을 돌려주고 고국으로 돌아왔다. 묘정이 구슬을 잃고 돌아온 뒤 누구도 전처럼 그를 가까이하며 사랑하지 않았다.

예부터 여의주는 몸에 지니면 마음먹은 대로 된다는 신비의 구슬이라 했으니 이 얘기가 그렇다.

흥덕왕의 앵무새

흥덕왕은 신라 42대 임금으로 826년에 즉위했다. 바로 그즈음이다. 당나라에 사신으로 갔던 이가 귀국길에 새 임금에게 드릴 선물로 앵무새 한 쌍을 가져왔다. 흥덕왕은 처음 보는 새가 이상한 재주까지 부리는 데 매우 신기해하고 즐거워했다.

그런데 정성껏 보살폈건만 얼마 지나지 않아서 암놈이 죽고 말았다. 홀로 남은 수놈은 아무것도 먹지 않고 아침 저녁으로 애처로이 울기만 했다. 왕이 이 꼴을 보고 가여워서 한 가지 꾀를 냈다. 수놈 앞에 거울을 걸어 제 모습이 비치게 한 것이다.

숫앵무새가 울다가 쳐다보니 저와 비슷하게 생긴 앵무새 한 마리가 슬픈 얼굴로 마주 보고 있는 것이 아닌가. 숫앵무새는 반가운 나머지 마주 보이는 앵무새를 향해 부리를 쪼았다. 그러나 부리에 닿는 것은 딱딱하고 차가운 거울뿐이었다. 그제야 그것이 제 그림자인 줄을 안 수놈은 몇 날 며칠을 구슬피 울다가 끝내 죽고 말았다. 흥덕왕은 이 불쌍한 앵무새를 위해 노래를 지었다. 허나 지금은 전해지지 않으니 노래의 내용을 알 수는 없다.

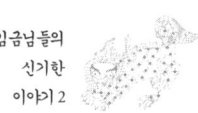

장보고를 배신한 신무왕

45대 신무왕이 왕이 되기 전이었다. 그는 자기 아버지를 죽이고 왕위에 오른 민애왕 김명에게 칼을 갈고 있었다. 그러던 어느 날 당대의 협객 장보고를 알게 되었다. 신무왕은 야심만만한 장보고야말로 그 일의 적임자라고 판단하고 어떻게 해서든지 그를 끌어들이려 했다.

"내게는 불구대천의 원수가 있다. 만일 그대가 나를 위해 그 자를 없애 준다면 내 반드시 그대의 딸을 왕비로 삼으리라."

왕의 장인이 된다는 말에 솔깃해진 장보고는, 함께 민애왕을 제거하기로 승낙했다. 마침내 신무

해상왕, 무역왕, 해신, 모두 장보고를 일컫는 말이다. 그는 청해진대사로 있으면서 해적을 소탕하여 서남 해안의 해상권을 장악하였다. 또 당·신라·일본의 해상 무역을 주도하였다. 이렇듯 장보고는 바다를 통해 해외 진출을 시도한 국제적 인물이었지만, 그를 시기하고 한낱 미천한 자로 업신여긴 신라 귀족들의 모함에 의해 암살당하고 말았다.

왕과 장보고는 군사를 일으켜 민애왕을 죽이고 왕위를 찬탈하였다. 일이 성공하자 신무왕은 약속대로 장보고의 딸을 데려와 왕비로 삼으려 했다. 그러자 조정의 신하들이 가만 있지 않았다.

"장보고는 미천한 자입니다. 그런 자의 딸을 왕비로 삼다니 안 될 일입니다."

신하들의 반대에 부딪혀서 결국 그 약속은 없던 일로 되고 말았다. 청해진(지금의 완도)에 진을 치고 있던 장보고는 왕이 약속을 어긴 데 화가 나서 난을 일으키려 하였다. 장군 염장이 이 소식을 듣고 신무왕에게 아뢰었다.

"장보고가 난을 일으키려 하고 있습니다. 제가 가서 그를 제거하고 오겠습니다."

왕의 허락을 받은 염장은 곧 청해진으로 들어갔다. 염장은 장보고에게 사람을 보내 전했다.

"내가 임금에게 원한진 일이 있습니다. 당신의 도움으로 목숨을 보호하고자 왔습니다."

이 말을 들은 장보고는 불같이 화를 냈다.

"너희들이 임금을 충동질해서 내 딸을 버리게 해 놓고서 이제 와서 무슨 수작이냐?"

그러나 염장은 다시 변명했다.

"그것은 다른 중신들이 한 짓이지 나는 전혀 모르는 일입니다. 나를 의심하지 마소서."

장보고는 그제야 화가 풀려 그를 맞아들였다. 염장은 장보고를 만나자마자 "왕의 뜻을 어긴 일이 있어 위험에 빠졌습니다. 당신에게 의지하고자 합니다." 하고 거짓말로 안심시켰다. 장보고는 잘 되었다며 술상을 차리게 했다. 술이 여러 순배 돌며 좌석이 무르익어 갈 무렵, 갑자기 염장이 장보고의 칼을 집어 목을 베었다. 장보고는 무방비 상태로 칼을 맞고 그대로 죽었다. 그 자리에 있던 장보고의 부하들은 급작스런 변에 놀라서 모두들 벌벌 떨며 엎드렸다. 염장은 그들을 이끌고 서울로 돌아왔다.

장보고를 죽였다는 보고를 받은 신무왕은 한시름을 덜었다며 매우 기뻐했다. 왕은 염장에게 아간 벼슬을 내려 치하했다.

경문왕,
임금님 귀는 당나귀 귀

하나를 버리고 셋을 취하다

48대 경문왕은 원래 왕실의 혈통이 아니었다. 그의 이름은 응렴이요, 열여덟 살 때 화랑의 국선이 되었다. 한번은 헌안왕(47대 왕)이 궁중으로 그를 불러 잔치를 베풀면서 물었다.

"그대가 국선이 되어 사방을 두루 돌아다니면서 어떤 일들을 보았는가?"

"소인은 행실이 아름다운 세 사람을 보았습니다."

"그래? 그 얘기를 좀 들어 보자."

"남의 위에 있을 만한데도 사람이 겸손해서 남의 아랫자리에 앉은 이가 있었는데 이것이 첫째입니다. 또 큰 부자이면서도 검소한 옷차림을 하는 사람을 봤습니다. 이것이 둘째입니다. 마지막으로 존귀하고 세력이 있으면서도 위세를 부리지 않는 사람이 있었습니다. 이 세 사람에게서 많은 것을 배웠습니다."

왕은 이 말을 듣고 감동한 나머지 눈물을 흘리면서 응렴에게 말했다.

"내게 두 딸이 있으니 그대의 아내로 맞아 주면 좋겠구나."

응렴은 뜻밖의 말에 황송해서 머리를 조아려 절하고 물러났다. 부모는 이 소식을 듣고 기뻐 어쩔 줄 몰라 했다. 응렴의 가족들은 둘러앉아 어느 공주와 혼인할까를 의논했다. 모두들 용모가 변변치 못한 맏공주보다는 아름답기로 소문난 둘째 공주에게 장가가는 것이 좋겠다고 결론을 내렸다. 그런데 응렴이 이끄는 화랑들 중의 우두머리인 범교사가 소식을 듣고 집으로 찾아왔다.

"임금님께서 공주를 아내로 삼으라 하셨다는데 사실입니까?"

"그렇습니다."

"그래, 어느 분을 맞으실 생각입니까?"

"부모님께서는 아우 되시는 분이 좋겠다고 하십니다."

"공께서 아우에게 장가든다면 저는 공이 보는 앞에서 죽을 것입니다. 그러나 만약 맏공주에게 장가드신다면 반드시 세 가지 좋은 일이 생길 테니 깊이 생각하십시오."

응렴은 범교사의 충고를 새겨들었다. 며칠 후 왕이 사람을 보내 의향을 물었다. 응렴은 맏공주를 맞겠다고 했다. 응렴의 대답을 듣고 왕은 '역시 훌륭한 젊은이로구나.' 하고 감탄했다.

석 달 후 헌안왕은 병석에 눕게 되었다. 병은 점점 깊어졌다. 왕은 일어날 수 없음을 알고 신하들을 불러 유언했다.

"내게는 아들도 손자도 없이 딸뿐이니, 내가 죽은 뒤에는 맏딸의 남편 응렴에게 왕위를 잇게 하시오."

이튿날 마침내 헌안왕은 세상을 떴다. 그리하여 유언에 따라 응렴이 왕위

에 오르니 이가 경문왕이다. 경문왕이 즉위한 뒤 범교사가 말했다.

"이제 제가 말한 세 가지 좋은 일이 다 이루어졌습니다. 첫째로 맏공주를 맞으셔서 왕위에 오르셨고, 둘째로 아름다운 둘째 공주도 쉽사리 얻을 수 있게 되었습니다. 또 언니를 맞으셨기 때문에 돌아가신 임금께서 무척 기뻐하셨으니 그것이 셋째로 좋은 일입니다."

왕은 범교사에게 대덕이라는 벼슬과 함께 황금 130냥을 내려 고마움을 표했다.

임금님 귀는 당나귀 귀

경문왕에게는 이상한 일이 많았다. 왕이 자는 방에는 날마다 해만 저물면 엄청나게 많은 뱀들이 모여들었다. 궁인들이 놀랍고 끔찍해서 쫓아내려 하면 왕은 "나는 뱀들이 없으면 편히 잘 수가 없으니 그냥 두어라." 하고 말렸다. 뱀들은 혀를 날름거리며 잠자는 왕의 가슴을 뒤덮곤 하였다.

또 한 가지는 유명한 당나귀 귀 이야기이다. 경문왕은 왕이 된 뒤부터 귀가 커지기 시작해서 마침내 당나귀 귀처럼 되었다. 이 사실은 왕비도 궁인도 아무도 모르는 비밀이었다. 단 한 사람, 왕의 관을 만드는 복두장만이 알고 있었다.

복두장은 비밀을 발설하는 순간 자기 목숨은 끝이라는 것을 알고 있었으므로 왕의 비밀을 간직한 채 누구에게도 말하지 않았다. 그러나 하루 이틀도 아니고 평생을 품고 있자니 답답해서 미칠 것만 같았다. 죽을 때가 가까워 오니 한 번만이라도 시원하게 털어놓고 싶은 마음이 더욱 간절했다.

마침내 그는 도림사(경북 월성군 내동면 구황리에 있던 절) 옆 대나무 숲을 찾아갔다. 아무도 없는 대나무 숲 속에서 그는 큰 소리로 외쳤다.

"임금님 귀는 당나귀 귀, 임금님 귀는 당나귀 귀."

그 뒤 바람만 불면 도림사 대나무 숲에서 "임금님 귀는 당나귀 귀, 임금님 귀는 당나귀 귀." 하는 소리가 들려왔다. 왕은 화가 나서 그 대나무들을 모두 베고 대신 산수유를 심게 했다. 그 후에는 바람이 불 때마다 단지 이런 소리가 들렸다.

"임금님 귀는 길기도 하다."

역신을 감화시킨 처용

49대 헌강왕 때 신라의 영화는 극에 달했다. 서라벌에 초가집은 한 채도 없었고 거리에는 항상 음악이 흘렀다. 기후도 좋아서 사시사철 큰 비바람 없이 순조롭기만 했다. 나라가 태평하다 보니 왕도 풍류와 유람으로 소일하였다.

하루는 왕이 개운포(지금의 울주) 바닷가로 놀러 갔다. 돌아오는 길에 물가에서 잠시 쉬고 있는데, 갑자기 하늘이 온통 구름과 안개로 뒤덮히는 것이었다. 환하던 대낮이 졸지에 캄캄한 어둠으로 바뀌고, 한 치 앞도 분간할 수가 없었다. 천문(천체와 기상 현상)을 살피는 일관(日官)이 아뢰었다.

"이것은 동해의 용이 조화를 부린 것입니다. 왕께서 뭔가 좋은 일을 베푸시면 풀어질 것이옵니다."

왕이 이 말을 듣고는 즉석에서 용을 위해 이 근처에 절을 지으라고 명했다. 명령을 내리자마자 구름과 안개는 씻은 듯이 걷혔다. 그래서 그 곳을 개운포(開雲浦)라고 부르게 되었다.

동해의 용은 자기를 위해 절을 짓는다는 데 기분이 좋아져서 일곱 아들을 데리고 나와 춤을 추며 임금의 덕을 칭송하였다. 또 한 아들을 딸려 보내 왕

을 보좌하게 했는데, 그가
유명한 처용(處容)이다.

헌강왕은 고향을 그리워
하는 처용의 마음을 붙잡아
두려고 미녀를 뽑아 짝지어
주었다. 그리고 급간 벼슬
을 주어 자기 옆에 두었다.
그런데 처용의 아내는 너무
나 아름다웠다. 우연히 그
녀를 본 역신(疫神, 민간풍속에서
전염병, 특히 천연두를 퍼뜨린다고
믿었던 신)은 그 미모에 반한
나머지 사람으로 변해서 그
녀를 찾아갔다. 처용의 아내는 사람
으로 꾸민 역신의 꼬임에 넘어가 잠자리를 같이 하고
말았다.

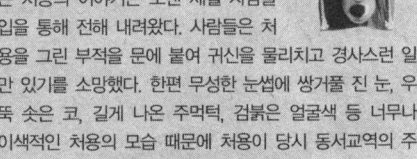

아내를 범한 역신에게도 화를 내지
않고 춤과 노래로 승화시킴으로써, 오
히려 역신이 잘못을 뉘우치고 물러났다
는 처용의 이야기는 오랜 세월 사람들
입을 통해 전해 내려왔다. 사람들은 처
용을 그린 부적을 문에 붙여 귀신을 물리치고 경사스런 일
만 있기를 소망했다. 한편 무성한 눈썹에 쌍거풀 진 눈, 우
뚝 솟은 코, 길게 나온 주먹턱, 검붉은 얼굴색 등 너무나
이색적인 처용의 모습 때문에 처용이 당시 동서교역의 주
역이었던 아라비아 상인이라는 설도 있다.

처용이 추었다는 춤, '처용무'는 궁중에
서 귀신을 쫓기 위한 의식이나 특별 행
사 때 나라의 안녕을 빌기 위해 공연되
었다. 처용이라는 가면을 쓰고 춤을 추
는 사람이 역신의 가면을 쓰고 춤을 추
는 사람을 물리치는 과정을 담고 있다.

처용이 밤늦게 집에 돌아와 보니 혼자 있어야 할 아내가 다른 남자와 함께
있는 것이 아닌가. 기가 막힐 노릇이었지만 그는 오히려 춤을 추면서 노래했다.

동경 달 밝은 밤에 밤 깊도록 노닐다가
들어와 자리 보매 가랑이 넷이로다.

둘은 내 것이지마는 둘은 뉘 것인고

본디 내 것이었지만 달아남을 어찌할꼬.

역신이 이 모습을 보고 그 도량에 감복하여 처용 앞에 무릎을 꿇었다.

"제가 공의 아내를 사모해 오다가 오늘 밤 죄를 범했습니다. 그런데도 공은 성난 기색 하나 없으시니 오직 감복할 따름입니다. 이제부터는 공의 얼굴을 그린 것만 보아도 그 집에 들어가지 않겠습니다."

그 때부터 세간에는 처용의 얼굴을 문에 그려 붙여서 귀신을 쫓고 복을 기원하는 풍습이 생겼다.

헌강왕은 개운포에서 돌아온 뒤 영취산 기슭에 절을 세웠다. 이 절이 바로 용을 위해 지은 망해사(望海寺)이다.

헌강왕이 잔치를 벌이고 이곳 저곳 유람하기를 좋아했다는 얘기를 앞서도 했지만, 왕이 그렇게 놀 때 산신이나 지신들이 나타나 춤을 추는 일이 많았다. 포석정에서는 남산의 신이 나타나 춤을 추었고[이 춤을 어무산신(御舞山神)이라고 부른다.] 금강령에 올랐을 때는 북악의 신이 나타나 춤을 추었다.

전하는 말에는 산신이 춤을 추면서 '지리다도파(智理多都波)'라는 노래를 불렀는데, 그것은 지혜로운 자들이 미리 알고 많이 도망갔으니 나라가 장차 망하리라는 뜻이라 한다. 즉, 지신이나 산신이 나타나 춤을 춘 것은 나라가 망하겠구나 하고 경고한 것이다. 그러나 왕이나 신하들은 오히려 좋은 징조라고 여겨 갈수록 환락적인 생활에 빠져들었고, 결국 나라는 망하고 말았다.

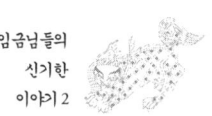

진성여왕 때에 있었던 신기한 일

하늘에 호소한 왕거인

51대 진성여왕이 나라를 다스리면서 신라는 점점 쇠망의 길로 들어섰다. 여왕의 총애를 받은 유모 박호부인과 그 남편 잡찬 위홍 등 서너 명이 정치를 좌지우지하면서 부패와 타락은 극에 달했다.

왕실이 문란해지자 자연히 나라의 기강이 흔들리게 되었다. 전국 각지에서 도적 떼가 극성을 부렸으며 어느 날인가부터는 서라벌 곳곳에서 왕실을 비판하는 글이 돌기 시작했다. 다라니라는 불교식 은어로 쓰여진 그 글은 "나무망국(南無亡國) **찰니나제**(刹尼那帝) 판니판니소판니(判尼判尼蘇判尼) 우우삼아간(于于三阿干) 부이사바하(鳧伊娑婆訶)"라 하여, 여왕과 여왕의 총애

'찰니나제'란 여왕을 가리키며, '판니판니소판니'에서 '소판(제3관등 잡찬의 다른 이름)'이란 벼슬아치 둘을 말한다. 또 '우우삼아간'이란 세 아간을, '부이'란 부호를 뜻한다.

를 받아 권세를 누리는 벼슬아치들을 나열한 것이었다.

마침내 왕실에서도 이 글을 보게 되었다. 그리고 왕실에 있던 모든 사람들은 다라니를 이용해서 이처럼 글을 지을 수 있는 것은 당시의 대학자 왕거인 (王居仁)뿐이라고 생각했다.

그리하여 왕거인은 영문도 모르는 채 끌려와 옥에 갇히고 말았다. 그로서는 생각하면 할수록 억울한 일이었지만, 아무리 아니라고 해도 이미 판단력을 잃은 여왕이나 신하들은 왕거인의 말을 들으려고도 하지 않았다.

감옥에 갇힌 거인은 시를 지어 하늘에 억울함을 호소하였다.

연단이 피눈물로 우니
무지개가 하늘을 꿰뚫었고
추연이 슬픔을 머금으니
여름에 서리가 내렸다.
지금 길을 잃은 내 처지가
마치 그 옛일과 같건마는
하늘은 어이하여
징표를 내리지 않으실까.

연나라 태자 단은 전국 시대 진나라가 제후국을 차례로 멸망시키자 자객을 보내어 진나라 왕을 암살하려다 실패한다. 이에 진나라 왕이 연나라를 치자, 연나라 왕은 태자 단의 목을 베어 진나라에 보냈다.
제나라 사상가 추연은 연나라 혜왕을 섬길 때 주위의 참소로 옥에 갇히게 된다. 이에 여름철에 서리가 내렸다는 일화가 전해 오고 있다.

왕거인의 절절한 호소는 하늘에 닿았다. 하늘은 벼락으로 감옥문을 부수어 거인을 풀려나게 해 주었다.

임금님들의
신기한
이야기 2

거타지, 여우를 죽이고 아내를 얻다

여왕의 막내아들 아찬 양패가 당나라에 사신으로 가게 되었다. 그는 후백제의 해적들이 진도(津島)에서 뱃길을 막고 있다는 소식을 듣고 특별히 활을 잘 쏜다는 병사 50명을 뽑아 데려갔다. 그런데 배가 곡도(鵠島)에 닿았을 때 갑자기 풍랑이 심해져 발이 묶이고 말았다. 10여 일이 지나도 좀체 파도가 잦아질 기미를 보이지 않았다.

답답한 나머지 양패는 점쟁이를 불렀다. 점쟁이는 한동안 점괘를 들여다보더니 "이 섬에 신비의 연못이 있습니다. 거기에 제사 지내는 것이 좋겠습니다." 하고 말했다. 섬 여기저기를 찾아보니 과연 이상한 기운이 감도는 연못 하나가 있었다. 양패는 연못 앞에 제물을 잔뜩 차려 놓고 정중히 제사를 올렸다.

그 날 밤 양패의 꿈에 한 노인이 나타났다. 노인은 "활 잘 쏘는 군사 하나만 이 곳에 남겨 두면 곧 풍랑이 멈출 것이다."라는 한 마디만 남기고 사라졌다. 잠에서 깬 양패는 군사 50명을 불러 노인이 한 말을 전했다. 모두들 두런거리기만 할 뿐 선뜻 남겠다고 나서는 자가 없었다.

궁리 끝에 각자의 이름을 쓴 50개의 나뭇조각을 물에 넣고 그 중에서 물에 잠기는 이름을 뽑기로 했다. 50명의 군사들은 되도록 가벼운 나뭇조각을 구해 자기 이름을 써서 물에 띄웠다. 다른 나뭇조각들은 다 둥실둥실 떠오르는데 오직 하나, 거타지(居陀知)라는 군사의 것만이 물 속으로 잠겨 들었다. 결국 거타지만을 섬에 남겨 두고 양패 일행은 배에 올랐다. 바다는 언제 그랬느냐는 듯 잔잔했고 배는 순풍을 타고 미끄러져 나갔다.

혼자 남겨진 거타지는 떠나는 동료들을 바라보며 시름에 잠겨 있었다. 그 때 갑자기 그 신비한 연못에서 한 노인이 나타났다. 거타지는 두려움에 떨며 노인을 바라보았다.

"놀라지 마시오. 나는 서해를 지키는 바다의 신이오. 그대에게 부탁이 있소. 얼마 전부터 날마다 아침 해뜰 무렵이면 어떤 중이 하늘에서 내려와 이 연못을 세 번 돌면서 주문을 외운다오. 우리 부부와 자식들은 이 주문만 들리면 저절로 물 위로 떠오르게 되오. 그러면 그 중놈은 우리 자식들을 붙잡아 하나씩 하나씩 간과 창자를 빼 먹어 죽였소. 이렇게 해서 내 가족은 다 죽고 이제 남은 것은 우리 늙은 부부와 딸아이뿐이오. 내일 아침에도 분명 그 중놈이 올 것이오. 부탁이니 그대가 활로 그 놈을 없애 주시오."

거타지는 활을 움켜쥐며 반드시 그 놈을 죽여 버리겠노라고 장담했다. 이 튿날, 아니나 다를까! 동쪽 바다가 붉게 물들며 해가 둥실 떠오르자 과연 한 중이 나타났다. 거타지가 몰래 숨어서 보고 있노라니 노인의 말대로 중은 주문을 외워 바다 신을 떠오르게 하고는 간을 빼 먹으려 했다. 그 순간, 거타지는 중의 심장을 향해 화살을 날렸다. 화살을 정통으로 맞은 중은 꽥 소리를 지르며 땅에 떨어졌다. 그런데 땅바닥에 엎어져 있는 것은 놀랍게도 한 마리 늙은 여우였다. 노인은 고마워 어쩔 줄 모르며 말했다.

"그대 덕에 목숨을 건졌으니 이 은혜를 무엇으로 갚겠소. 내 딸을 줄 테니 부디 그대의 아내로 삼아 주오."

거타지는 아름다운 딸을 준다는 말에 너무나 기뻐서 거듭거듭 머리를 조

아리며 말했다.

"진실로 바라는 일이옵니다. 주신다면 백년해로 하겠습니다."

노인은 탈없이 데려갈 수 있도록 도술을 부려 딸을 꽃가지로 변신시켰다. 거타지는 꽃가지로 변한 노인의 딸을 품에 넣고, 노인이 붙여 준 두 마리 용의 호위를 받으며 양패 일행을 따라가 당나라로 갔다.

당나라 사람들은 신라 사신의 배가 두 용에게 업혀 오는 것을 보고 놀라서 곧바로 대궐에 알렸다. 당나라 황제는 "그 신라의 사신은 틀림없이 보통 사람이 아닐 것이다." 하고 극진히 대접했다. 덕분에 양패 일행은 잔치에서도 제일 윗자리에 앉아 대접을 받았고, 돌아갈 때도 푸짐한 선물을 받았다.

거타지는 고국에 돌아오자마자 품 안의 꽃가지를 꺼내 여자로 변하게 했다. 둘은 그 후로 오래오래 행복하게 살았다고 한다.

멸망을 알리는 징조들

52대 효공왕 때였다. 봉성사라는 절 바깥문에 까치가 집을 짓더니, 다음 신덕왕 때는 영묘사에 (까치) 집이 34개, 까마귀 집이 자그만치 40개나 되었다. 또 3월 봄날에 서리가 두 번이나 내렸다.

"까치가 나무에 집을 짓지 않고 땅에 집을 지으면 그 땅을 잃어버린다."는 중국 사서 《신당서》의 기록을 근거로, 신라가 다른 나라에게 멸망당할 것을 나타낸다고 보는 견해가 있다. 또 "까마귀와 까치가 황제의 휘장에 집을 지었다. 그 뒤 황제가 시해당했다."는 《수서》의 기록으로 보아 효공왕이 대신 은영에 의해 피살당한 것을 상징한다고 보는 견해도 있다.

54대 경명왕 시절엔 사천왕사 벽화에 그려진 개가 울며 짖어 대고 그림에서 튀어나와 뜰 안을 뛰어다니다가 벽 속으로 다시 들어가는 이상한 일이 있었다. 또 사천왕사에 있는 다섯 방위의 신이 들고 있던 활시위가 모두 끊어지는가 하면 황룡사의 탑 그림자가 금모사지의 집 뜰에 한 달이나 거꾸로 서 있는 일도 일어났다.

신라, 망하다

55대 경애왕 때였다. 이 때는 이미 후백제의 견훤(甄萱)과 왕건(王建)의 세력이 신라를 압도할 때였다. 경애왕이 즉위한 지 4년째 되던 해, 견훤이 신라를 침범해 파죽지세의 기세로 밀고 들어왔다. 왕은 신라의 힘으로는 막을 수 없다고 생각하고 왕건에게 구원을 요청했다. 그러나 왕건의 군사가 도착하기도 전에 견훤의 군대는 서울을 습격했다.

견훤은 곧장 **포석정**으로 군대를 몰았다. 경애왕은 그 와중에도 포석정에서 잔치판을 벌이며 놀고 있었던 것이다. 졸지에 견훤의 습격을 받은 연회장은 난장판이 되고 말았다. 왕과 왕비는 후궁으로

신라 멸망의 현장으로 알려진 포석정. 《삼국사기》와 《삼국유사》 모두 경애왕이 포석정에서 잔치를 벌이다 후백제 견훤의 손에 죽었다고 기록하고 있다. 이 때문에 포석정은 왕들의 놀이터로 알려졌고 신라 멸망의 현장으로 얘기되어 왔다. 그러나 최근에는 경애왕이 고려에게 도움을 구하고 자신은 포석정에서 호국신(남산신)께 나라의 안위를 빌며 견훤에게 끝까지 저항하다 죽었다는 해석도 제시되고 있다.

달아나 숨고, 왕실 인척들과 고관대작들은 정신없이 사방으로 흩어져 도망쳤다. 적에게 잡히기라도 하면 신분의 높고 낮음에 상관없이, 모두들 땅바닥을 기면서 노예라도 좋으니 목숨만 살려 달라고 애걸했다.

견훤은 궁궐에 자리를 잡고 앉아 왕을 찾아오라고 명했다. 경애왕은 왕비와 후궁 두어 명과 숨어 있다가 발각되었다. 견훤은 경애왕을 협박해서 끝내 스스로 목숨을 끊게 만들었다. 또 왕비를 강간하고 부하들에게 여러 후궁들을 욕보이게 했다. 그러고는 경애왕의 동생되는 김부를 왕으로 세웠다. 이 이가 바로 신라의 마지막 왕인 56대 경순왕이다.

경순왕이 비참하게 죽은 전(前) 왕의 장사를 지낼 때 왕건은 조문 사절을 보내 위로했다. 이듬해 봄, 왕건이 시종 50여 명을 거느리고 서라벌 근교에 이르자 경순왕은 신하들과 함께 거기까지 나가서 맞았다. 둘은 서로 예의를 다하여 극진히 대했다. 경순왕은 왕건을 위해 안압지 옆의 임해전에서 잔치를 벌였다. 술잔이 돌면서 감정이 격해진 경순왕은 눈물을 흘리며 한탄했다.

"우리 나라는 하늘의 보살핌을 얻지 못해 환란이 끊이지 않고, 견훤은 갖은 만행으로 우리 나라를 망치니 이 한을 어찌하리."

옆에 있던 신하들도 모두 흐느껴 울고 왕건도 눈물을 감추지 못했다. 왕건은 수십 일을 머물다 돌아갔다. 그 동안에 왕건이나 아래 부하들이나 모두 정숙하고 예의바르게 행동해서 칭찬이 자자했다. 그 후에도 왕건은 경순왕에게 사자를 보내 예물을 바치고 여러 신하들에게도 골고루 선물을 나누어 주었다. 이러한 행동으로 신라 사람들의 환심을 샀음은 물론이다.

경순왕이 즉위한 지도 9년째가 되어 가는 어느 날이었다. 국토는 여기저기 모두 남의 것이 되어 버리고, 도무지 자기 힘으로는 나라를 지킬 수 없을 만큼 신라는 쇠약해져 있었다. 왕은 더 이상은 안 되겠다고 결심하고 모든 신하들을 불러들였다.

"짐이 부덕하여 나라를 다스린 지 근 10년이 되어 가나 점점 쇠약해지기만 하는구려. 백성의 고통을 덜기 위해서는 지금이라도 왕건에게 나라를 넘겨주는 것이 좋을 듯하오. 경들의 생각을 말해 보시오."

왕건에게 항복하겠다는 선언이었다. 신하들은 찬반양론이 분분하였다. 그때 태자가 나섰다.

"나라가 흥하고 망하고는 하늘의 뜻에 달린 것입니다. 이제라도 뜻 있는 충성스런 신하들과 힘을 합해 나라를 살리기 위해 노력한 뒤, 그래도 안 된다면 그 때 그만둘 일입니다. 어찌 1000년을 이어 온 나라의 사직을 이처럼 가볍게 남에게 준단 말입니까!"

울분에 차서 외치는 태자의 말에 모두들 숙연해졌다. 그러나 경순왕은 결정을 내렸다.

"태자의 말이 옳다마는, 나라의 운명이 경각에 달렸으니 이미 때늦은 말이다. 아주 약한 것도 아니고 그렇다고 강하지도 못해서 어설픈 싸움으로 죄 없는 백성들만 참혹한 죽음을 당하게 하는 일은 나로선 차마 못할 짓이다. 시랑(侍郎, 통일신라 시대 집사성의 제2위의 관직명으로 사용했던 명칭) 김봉휴는 즉시 내 뜻을 왕건에게 전하도록 하라."

왕은 왕건에게 국서를 보내 항복을 청하였다. 신라 1000년 역사가 이로써 끝난 것이다. 태자는 통곡하며 부왕에게 하직 인사를 올리고, 곧바로 개골산

(금강산의 다른 이름)으로 들어갔다. 태자의 복장을 벗어 버린 그는 삼베옷을 입고 풀을 뜯어 먹으며 일생을 마쳤다. 그는 거친 삼베옷만을 입었다 하여 마의태자(麻衣太子)라 한다. 경순왕의 막내아들 또한 나라가 멸망하자 그대로 머리를 깎고 승려가 되었다.

고려 태조 왕건은 항복 문서를 받고 즉시 대상(大相, 고려 시대 향직의 하나) 왕철을 보내 경순왕을 영접하도록 했다. 경순왕은 신하들을 데리고 태조 왕건에게 귀순해 왔다. 이 때 왕의 행렬이 얼마나 호화롭고 거창했는지 30리가 넘게 뻗쳤고, 구경꾼이 길 옆을 가득 메웠다.

왕건은 경순왕에게 자기의 맏딸 낙랑공주를 주어 아내로 삼게 하고 정승 벼슬을 주었다. 또 왕을 모시던 시종이나 사병들을 모두 그대로 부리게 하고, 신라를 경주로 고쳐 경순왕의 토지로 주었다. 태조 왕건은 또 경순왕에게 이렇게 제안했다.

"지금 왕이 나라를 내게 넘겨주시니 감사할 뿐입니다. 부디 혼인의 연을 맺어 길이길이 인척간으로 지냅시다."

경순왕은 이 말을 듣고 자기 삼촌 억렴의 딸을 추천했다. 이 딸이 태조의 25명의 왕비 중 하나인 신성왕후 김씨. 경순왕은 그 뒤 40여 년을 더 살고 978년 고려 경종 3년에 세상을 떴다. 그가 죽은 뒤 왕은 공신(攻臣)의 칭호를 내리며 고려 왕조에 끼친 공을 기렸다.

신라의 전(全) 역사를 논평한다.

신라의 박(朴)씨와 석(石)씨는 모두 알에서 나왔다. 김씨는 금궤짝에 담겨 하늘에서 내려왔다고도 하고 혹은 금수레를 타고 내려왔다고도 한다. 이런 일은 허황된 것으로, 믿을 수 없다. 그러나 오래 전부터 세상에 전해 내려와 모두들 사실로 생각한다.

초기 그 역사를 살펴보면, 윗자리에 있는 사람일수록 자기를 위해서는 검소하고 남에게는 너그러웠다. 관청은 간소하게 설치하고, 일처리는 간단하게 해서 백성들을 편하게 했다. 중국을 정성껏 섬기고 자제들을 그 곳으로 보내 배워 익히게 했다. 이렇게 성현들의 가르침을 배워 미개한 풍속을 고치고 예절을 지키는 나라가 되었다. 또한 신라는 중국 황제의 도움으로 백제와 고구려를 평정했으니 태평성대라 할 만하다.

그러나 불교를 지나치게 숭상하여 마을마다 탑이며 절간들이 즐비하고 중이 되어 도피하는 자가 헤아릴 수도 없었다. 자연히 군사와 농사꾼이 줄어들어 나라는 날로 쇠약해졌다. 이러니 나라가 어지러워지고 망하지 않을 수 있으랴. 더욱이 이런 때에도 경애왕은 쾌락에 눈이 어두워 술판을 벌이다가 견훤이 쳐들어오는 것도 몰랐으니 한심한 일이다.

경순왕이 고려 태조에게 귀순한 것은 잘한 일이다. 그 때 만약 고려군에 항거했다면, 결국 종족들은 섬멸되고 죄 없는 백성들만 희생당했을 것이다. 왕이 스스로 재물과 땅을 바쳐 귀순함으로써 신라 조정에도 공을 세우고 백성에게도 덕을 베푼 셈이다. 옛날에 전숙이라는 제후는 오월(吳越) 땅을 송나라에 바쳐서 충신이라는 칭송을 들었다. 그러나 신라 경순왕의 공덕은 이보다 훨씬 크다.

우리 태조에게는 여러 왕비가 있고 자손도 번성했지만, 신라 왕실의 혈통을 받은 현종(顯宗)이 왕위에 오르시고 그 자손이 대대로 왕통을 잇는 것은 다 경순왕의 덕이다.

거북아, 거북아!
임금님을 내놓아라

수로왕, 가야를 세우다

아직 나라도 없고 제도도 갖추어지기 전이었다. 오직 아도간, 여도간, 피도간, 오도간, 유수간, 유천간, 신천간, 오천간, 신귀간 등 아홉 추장이 있을 뿐이었다. 이들은 서로 의논하여 백성들을 다스렸다. 사람들은 모두 제각기 산과 들에 모여 살며 그럭저럭 생활을 꾸려 가고 있었다.

그러던 어느 봄날, 사람들이 물가에 모여서 액을 막는 의식을 치르느라고
(불행한 일이 닥쳐오는 것을 막기 위해 깨끗이 목욕하고 술을 마시는데, 이 날을 계욕일이라고 한다.)
분주히 움직일 때였다. 갑자기 북쪽의 구지(龜旨) 언덕에서 뭐라고 부르는 소리가 들려왔다. 사람들이 슬금슬금 가까이 다가가 보니 사람 목소리가 나는 것 같은데 모습은 보이질 않았다. 그 때 다시 언덕에서 소리가 들려왔다.

"거기 누구 있느냐?"

아홉 추장들이 나서서 떨리는 목소리로 답했다.

"우리가 있습니다."

그 소리가 또 물었다.

"내가 있는 곳이 어디인고?"

"구지라는 봉우리입니다."

그러자 그 이상한 소리가 엄숙한 어조로 말했다.

"하느님께서 내게 이 곳에 가 나라를 새롭게 세우고 임금이 되라고 명하셨다. 그래서 내가 온 것이다. 지금 당장 너희들은 봉우리 위의 흙을 파내면서 이렇게 노래하라.

거북아 거북아
머리를 내밀어라.
만약 내밀지 않으면
구워서 먹으리라.

너희들이 이 노래를 부르며 춤을 추면 대왕을 맞아 즐거워하는 것으로 알고 나타나리라."

평소부터 훌륭한 임금을 학수고대하던 추장들은 모두 즐겁게 노래하며 춤을 추었다. 잠시 후 하늘에서 보랏빛 줄이 내려왔다. 그 줄 끝을 따라가 보니 뜻밖에도 붉은 보자기에 싸인 금궤짝이 놓여 있었다. 그 궤짝을 조심스레 열어 보자 해처럼 둥근 황금 알 여섯 개가 담겨 있었다. 사람들은 그 앞에 꿇어 엎드려 수없이 절을 하며 하늘에 감사드렸다. 알이 담긴 금궤짝은 아도간의 집으로 옮겨졌다.

열두 시간이 지나고, 이튿날 동이 틀 무렵이었다. 모두들 다시 모여 궤짝을 열어 보았다. 그런데 황금 알 여섯 개는 어느 사이 여섯 명의 사내아이들로 변해 있었다. 여섯이 전부 용모 또한 뛰어나 한눈에 비범함을 알 수 있었다. 사람들은 너무나 기뻐서 그 아래 엎드려 절하며 정성을 다해 모셨다.

여섯 사내아이들은 하루가 다르게 컸다. 10여 일이 지났을 때는 벌써 장성한 성인이었다. 키는 구 척으로 은나라 탕왕과 같았고, 눈썹은 여덟 가지 빛이니 당나라 요임금과 같았다. 또 얼굴은 용과 같아 한나라 고조 유방에 비할 수 있었고, 눈동자가 둘씩인 것은 우나라 순임금과 같았다. 한 마디로 세상에 더없는 황제의 얼굴이요 영웅의 모습이었다.

42년 3월 보름, 여섯 분 중 처음 모습을 드러낸 분이 드디어 왕위에 올랐다. 이분이 바로 수로왕이다. 이 때부터 나라를 대가락(大駕洛), 또는 가야국(伽倻國)이라 불렀으니 여섯 가야의 하나이다. 나머지 다섯 사람도 각각 다섯 가야를 다스리는 임금이 되었다. 가야국은 한반도 맨 끝에 위치한 나라로 동쪽에 황산강, 서남쪽에는 바다, 그리고 서북쪽과 동북쪽으로 지리산과 가야산이 둘러 있었다. 수로왕은 임시 궁궐을 지어 거처로 삼았는데 너무나 검소해서 지붕엔 처마도 변변히 없었다.

술법으로 겨룬 왕위

왕위에 오른 지 2년째 되는 해, 수로왕은 새 서울 자리를 알아볼 양으로 신

답평이라는 곳으로 나갔다. 그 곳에서 사방을 두루 살펴보고는 신하들에게 말했다.

"이 곳은 역귀 잎사귀만큼 좁구나. 하지만 지세가 빼어나서 여기에 터를 닦으면 훗날 아주 훌륭해질 것이다."

왕은 이 곳을 새로운 서울로 삼아 그 날부터 성을 쌓고 궁궐과 관청, 창고 등을 지었다. 이 공사를 할 때도 농사일이 없는 겨울철을 이용하여 백성들에게 곤란이 없게 했다. 이듬해 2월 공사가 끝나니 좋은 날을 받아 새 대궐로 들어갔다.

이 무렵 완하국 함달왕의 부인이 임신하여 알을 낳았다. 그 알에서 다시 사람이 태어났다. 그는 알에서 나왔다 해서 이름을 탈해라고 불렀다. 탈해는 키가 석 자요 머리 둘레는 한 자나 되었다. 어느 날 그는 바다를 건너 수로왕의 대궐로 찾아갔다. 탈해는 거침없이 임금 앞으로 나가서 외쳤다.

"내가 왕위를 빼앗으려고 일부러 왔노라."

그러나 수로왕은 놀라는 기색도 없이 조용히 말했다.

"나는 하늘의 명을 받아 나라를 안정시키고 백성들을 편안하게 하기 위해 온 것이다. 이런 하늘의 명령을 어기고 왕위를 내놓을 수는 없는 일이다. 하물며 어찌 너 같은 자에게 우리 나라와 우리 백성들을 맡기겠느냐?"

이 말을 들은 탈해가 다시 말했다.

"그렇다면 술법으로 겨루어 보자. 네가 지면 군소리 말고 왕위를 내놓을 일이요, 내가 진다면 조용히 물러가마."

왕도 좋다고 동의했다. 어느 새 주위에는 신하들이 몰려와 두려운 마음으로 이 시합을 지켜보았다. 그 때였다. 말이 끝나기가 무섭게 탈해가 한 마리의 매로 변신했다. 수로왕도 순식간에 커다란 독수리로 변했다. 다시 탈해는 도술을 써서 참새로 변했다. 이번에는 왕이 날카로운 매로 변신했다. 탈해는 얼른 본래의 모습으로 돌아갔다. 수로왕도 자기 모습으로 돌아왔다.

그제야 탈해는 무릎을 꿇고 항복했다.

"아까 술법을 겨룰 때 매는 독수리에게, 참새는 매에게 죽게 되어 있었으나 끝내 살려 주셨습니다. 이는 죽이기를 싫어하는 성인의 인자하심 덕분이올습니다. 제가 어리석어 왕을 상대로 임금 자리를 다투었습니다. 저는 즉시 이 나라를 떠나겠으니 부디 넓은 마음으로 용서해 주시기 바랍니다."

탈해는 그 길로 대궐을 나가 중국 배들이 드나드는 나루터로 갔다. 수로왕은 혹시나 탈해가 마음이 바뀌어 난리를 일으키지는 않을까 염려하여 수군 오백 척을 동원하여 뒤쫓게 했다. 그러나 탈해는 배를 몰아 신라 땅으로 들어가 버렸다. 이에 수군들도 그대로 돌아왔다.

이 탈해 이야기는 신라의 기록과는 많이 다르다.

인도에서 온 왕비

수로왕이 즉위한 지 7년째, 그 때까지도 왕에게는 부인이 없었다. 아홉 간들이 내심 걱정이 되어서 하루는 왕에게 아뢰었다.

"대왕께서 하늘로부터 내려오신 지 여러 해가 되었지만 아직도 배필이 없

으십니다. 저희들의 딸들이 부족하오나 그 중 제일 빼어난 아이를 뽑아 배필로 삼으심이 좋을 줄 압니다."

그러나 왕은 한 마디로 거절했다.

"내가 여기 내려온 것은 하늘의 뜻이오. 그러니 나와 짝이 될 사람도 하늘이 마련했을 것이오. 그대들은 걱정 마오."

얼마 후 왕은 유천간을 불러 빠른 배와 날랜 말을 가지고 망산도로 가서 기다리게 했다. 그리고 신귀간에게는 서울 바로 아래 승점에 나가 있으라고 명했다. 왕의 명령을 받고 기다리고 있을 때, 서남쪽에서 문득 붉은 돛을 단 배 한 척이 붉은 깃발을 휘날리며 북쪽을 향해 미끄러져 갔다. 유천간이 섬에서 횃불을 올려 밝히자 배에 탔던 사람들이 앞다투어 내렸다. 신귀간은 이 광경을 보고 얼른 대궐로 달려가 왕에게 아뢰었다. 왕은 아홉 간들을 불러 말했다.

"지금 도착한 저 배에는 나의 왕후 될 사람이 있소. 그대들은 가장 좋은 배를 내어 궁중으로 모셔 오도록 하오."

그러나 왕후는 아홉 간의 영접을 물리쳤다.

"내가 그대들을 처음 보는 터에 어찌 경솔하게 따라가겠소?"

왕은 이 말을 전해 듣고 옳다 싶어 몸소 신하들을 거느리고 대궐에서 예순 걸음 정도 떨어진 산기슭에 나가 장막을 치고 기다렸다.

왕후는 별진포 나루에 배를 매어 두고 높은 산으로 올라가 쉬었다. 거기서 왕후는 입었던 비단 바지를 벗어서 산신령에게 폐백으로 바쳤다. 왕후가 다시 일어나 가는데, 그 뒤로 신하 두 사람과 이들의 아내 둘이 따르고 또 그 뒤를 20여 명의 노비들이 금은보화를 짊어지고 따랐다.

　　왕후가 임금이 기다리던 곳 가까이 오자 왕은 얼른 나가 맞았다. 수로왕은
왕후를 따라온 두 신하에게 각각 방을 주어 편히 쉬게 하고 노비들도 여러 방
에 나누어 쉬도록 했다. 또 호사로운 음식과 비단이불을 내어 노고를 치하했
다. 그런 뒤에 왕과 왕후는 함께 잠자리에 들었다. 둘만이 있게 되자 왕후는
조용히 입을 열었다.

　　"저는 아유타국(인도의 한 나라)
의 공주입니다. 이름은 허황옥
이라 하며 나이는 열여섯이옵
니다. 금년 5월경이었습니다.
하루는 부모님께서 전날 밤 꿈
에 하느님을 뵈었는데 하느님
말씀이 '가락국의 임금 수로는
하늘이 내려 보낸 이로 그야말
로 신령스럽고 거룩한 사람이
다. 그런데 그가 새로 나라를
세우고도 여러 해 동안 배필을
정하지 못하고 있으니 그대들
은 공주를 보내어 그의 아내로 삼게 하
라.'고 하셨다는 것이었습니다. 부모님은 꿈에서 깬 뒤
에도 하느님 말씀이 귀에 쟁쟁하다며 빨리 수로 임금에게로 가라고 하셨습니

수로왕과 **수로왕비**의 만남에 대
해서는 여러 의견들이 오간다. 정말 왕비는 인
도에서 왔을까? 어떤 이들은 수로왕릉의 문에
새겨 있는 두 마리 물고기
문양(쌍어문)이 인도 남쪽
지역의 고유 문양임을 들
어 설화의 타당성을 주장
한다. 또 어떤 이들은 당
시의 교역·기술 수준으
로 볼 때 그것은 불가능한 일이라고 말한다. 그
러나 설화의 진위를 떠
나 허황옥 설화는 새로
운 세계와의 만남, 문물
교류, 불교 전파 등에서
큰 의미를 갖는다.

다. 저는 부모님의 말씀을 좇아 그 길로 하늘이 정하신 제 낭군을 찾아 아득한 여행길에 올랐습니다. 그리하여 이제 보잘것없는 얼굴로 귀하신 얼굴을 뵙게 되었으니 기쁘기 그지없습니다."

왕이 이 말을 듣고 빙그레 웃으며 답했다.

"내게는 태어날 때부터 약간의 신통력이 있었다오. 덕분에 공주가 멀리에서 오는 것도 미리 알 수 있었소. 그래서 신하들이 왕비를 맞으라고 성화를 해도 듣지를 않았다오. 이제 아름답고 정숙한 그대가 왔으니 이 몸에게는 다시없는 행복이라오."

이틀이 지나고 다시 새 날이 밝았다. 왕후가 타고 온 배는 본국인 아유타국으로 돌려보내기로 하고, 배로 돌아갈 15명에게는 쌀 열 섬과 베 삼십 필씩을 주어 보냈다. 대궐로 들어온 왕후는 궁중에 거처를 정했다. 본국에서부터따라온 신하 부부와 시종들에게는 널찍한 집 두 채를 주고 살도록 했다. 또실고 온 온갖 진기한 보물들은 대궐 곳간에 보관하여 사시사철 필요에 따라꺼내 썼다.

어느 날 수로왕은 신하들을 불러 말했다.

"아홉 간들은 모두 일반 관리들의 우두머리인데, 그 직위나 명칭이 촌스러워서 결코 높은 벼슬자리의 칭호라고 할 수 없소. 외국에서 이걸 알면 반드시비웃을 것이오. 그래서 내가 몇 가지를 고치고 새로 다듬으려 하는데 경들의생각은 어떻소?"

신하들은 대찬성이었다. 왕은 아홉 간의 기본 골격을 유지하면서 거기에 중국 주나라의 법과 한나라의 제도, 신라의 관직제를 더해서 그 직위와 명칭을 새롭게 바꿨다. 이야말로 옛 제도를 고치고 새 관직을 마련하는 기본 원칙이라 할 것이다. 왕은 이렇게 질서를 갖추어 어긋남이 없게 하면서도 한편으로는 백성들을 자식처럼 사랑했다. 엄하게 명령하는 일이 없었지만 위엄이 있었고 모두가 받들고 따랐다. 왕과 왕후는 마치 하늘과 땅처럼, 해와 달처럼 조화를 이루며 나라를 이끌었다.

그러나 세월은 흘러 가락국에 온 지 141년 만인 189년 왕후가 세상을 떠나니, 나이가 백쉰일곱 살이었다. 백성들은 땅이 무너질 듯한 슬픔으로 왕후를 구지봉 동북쪽 언덕에 장사 지냈다. 또 왕후가 백성들을 자식처럼 사랑하던 은혜를 기념하여, 처음 상륙했던 나루터는 주포촌(공주가 온 바닷가 마을)이라 하고 비단바지를 바친 산 언덕은 능현(비단고개), 붉은 깃발이 들어온 바닷가는 기출변(깃발이 나타난 해변)이라 이름 지었다.

가야의 건국 설화가 깃들어 있는 구지봉. 본래 이름은 거북의 머리 모양을 닮았다 하여 구수봉(龜首峯)이었다고 한다. 정상부에는 '구지봉석(龜旨峯石)'이라고 새겨져 있는 기원전 4세기경 남방식 지석묘(서너 개의 받침돌 위에 한 개의 커다란 돌을 얹은 선사 시대의 무덤)가 있는데, 이는 한석봉의 글씨라고 전해져 온다.

왕후를 잃은 후 수로왕은 슬픔 속에서 외로운 나날을 보냈다. 그렇게 10년 세월이 흐른 199년 3월 23일 마침내 수로왕마저 세상을 떠났으니, 그의 나이 백쉰여덟 살이었다. 온 나라 사라들은 하늘이 무너진 듯 통곡하며 슬퍼했다.

대궐 동북쪽에 높이가 한 길에 둘레가 삼백 보 되는 무덤을 만들어 장사 지내고 수로왕 묘라고 했다.

왕의 맏아들 거등왕으로부터 9대손 구형에 이르기까지 매년 정월 3일과 7일, 5월 5일, 8월 5일과 15일에는 성대하면서도 깨끗한 제사를 빼놓지 않고 지냈다.

후대의 이야기

신라 30대 문무왕은 그 어머니가 가야왕의 후손이었다. 왕은 조서를 내려 수로왕 묘의 옛 터에 밭(왕위전)을 내리고 끊어진 제사를 다시 잇게 했다. 그리하여 수로왕의 17대손 갱세가 왕위전을 관리하며 매년 설 때면 어김없이 제사를 지냈다.

그러나 수로왕의 9대손 구형왕이 신라에 항복하면서부터 문무왕이 명령을 내릴 때까지 60년 동안은 제사가 제대로 이루어지지 않았다.

아름다워라, 선조를 높이 받드는 문무왕의 효성이여!

신라 말엽에 충지라는 자가 있어 금관의 고성을 쳐서 성주장군이 되었다. 그 아래 있던 영규란 자는 장군의 위세를 업고 수로왕의 사당을 빼앗아 잡신의 무당집으로 만들었다. 그러나 영규는 단오날이 되어 고사를 지내려다가 갑자기 대들보가 무너져 내려 깔려 죽고 말았다.

영규가 죽자 성주장군 충지는 "전생의 인연이 있어서 과분하게도 내가 수로왕의 제사를 맡게 되었구나. 그 영정을 받들어 모시고 치성을 드려 은혜에 보답하리라." 하고 비단에 수로왕의 모습을 그려 벽 위에 모셨다. 그러고는 아침 저녁으로 촛불을 밝히며 우러러보곤 했다.

그런데 사흘째 되는 날부터 영정의 두 눈에서 피눈물이 흐르기 시작했다. 피눈물은 바닥으로 흘러 거의 한 말이나 고이기에 이르렀다. 장군은 몹시 겁이 나서 영정을 들고 묘 앞에 가서 불살라 버렸다. 그러고는 즉시 왕의 자손인 규림을 불러 말했다.

"어제 불상사가 있었소. 어쩌면 이런 불상사가 계속 일어날꼬? 이는 내가 영정을 그려 놓고 공양하는 것을 왕의 혼령이 불손히 여기고 노하신 때문일 것이오. 영규도 비명에 갔고 나도 너무나 무섭구려. 더구나 영정을 불태워 버렸으니 필시 천벌이 내릴 것만 같소. 그대는 수로왕의 정통 자손이니 예전대로 제사를 모시도록 하오."

이렇게 해서 규림이 대를 이어 제사를 받들었다. 그가 죽은 뒤에는 아들 간원경이 모셨다. 단오가 되어 간원경이 묘 앞에 제상을 차리고 제사를 모실 때였다. 죽은 영규의 아들 준필이 갑자기 나타나서 제물을 걷어치우더니 자기가 가져온 제물을 늘어놓고 제사를 지내려 했다. 그러나 세 번째 술잔을 바치기도 전에 별안간 쓰러져 그대로 죽었다.

옛 말에 '잡신의 제사엔 복이 없고 도리어 재앙을 받는다.'라고 했으니 영규와 준필, 이 두 부자(父子)를 두고 한 말이 아닐까?

또 한 번은 묘 안에 금은보화가 있다는 소문을 듣고 도적 떼가 온 일이 있

다. 도적들이 처음 왔을 때는 갑옷을 입은 용사가 나타나서 7~8명의 도적들을 활로 쏘아 죽였다. 도적들은 놀라서 달아났다가 며칠 뒤 다시 왔다. 이번에는 길이가 30여 자나 되는 커다란 구렁이가 번개처럼 눈빛을 빛내면서 나오더니 8~9명을 물어 죽였다. 도적들은 엎어지고 자빠지면서 사방팔방으로 도망갔다.

이런 일이 있은 후 수로왕 묘는 신령이 지킨다는 것이 분명해져서 누구도 감히 얼씬거리지 못했다.

199년 왕묘를 처음 세운 후부터 지금까지(1076) 878년 동안 무덤의 봉분도 다치지 않았으며, 심어 둔 나무들도 울창하게 자라고 있다. 더욱이 사당에 진열해 놓은 가지가지 보물들도 아무 흠 없이 잘 보관되어 있다. 이를 본다면 당나라 때 신체부가 "예부터 오늘까지 망하지 않은 나라가 어디 있으며 허물어지지 않은 무덤이 어디 있으랴."라고 한 말을 다시 생각하게 된다. 가락국이 망해 없어진 것은 그의 말이 맞지만 수로왕 묘는 허물어지지 않았으니 그 말도 완전히 맞는 것은 아니다.

무덤만이 아니라 수로왕을 기려서 하는 놀이도 전해진다. 매년 7월 29일이면 옛 가야 지방의 사람들은 승점(乘岾)에 올라가 장막을 치고 술과 음식을 먹으면서 놀이를 즐긴다. 그 놀이는 장정들을 동서 두 편으로 갈라 한쪽은 망산도에서부터 육지로 말을 달리고 또 한쪽은 배를 몰아 고포를 향해서 먼저 닿는 내기를 하는 것이다. 이것은 옛날 수로왕이 왕후를 맞이하던 데서 따온 놀이이다.

백제 이야기

《백제본기》에는 다음과 같이 전한다.

백제를 처음 세운 사람은 주몽의 아들 온조(溫祚)다. 아버지 주몽이 북부여에서 도망 나와 졸본부여에 이르게 된 사연은 이미 소개했다. 주몽이 도착한 졸본부여의 왕에게는 아들은 없이 딸만 셋이었다. 왕은 주몽을 본 순간 비범한 인물임을 알고서 둘째 딸을 주어 사위로 삼았다.

얼마 후 부여왕이 죽고 주몽이 왕위를 이었다. 주몽에게는 북부여에서 낳은 아들과 졸본에 와서 새로 얻은 두 아들이 있었는데 이들이 비류(沸流)와 온조 형제이다. 비류와 온조는 배다른 형이 태자가 되자 혹시 화를 입지는 않을까 전전긍긍했다.

마침내 이들은 오간과 마려 등 열 명의 부하들을 거느리고 남쪽으로 떠났다. 이 때 많은 백성들이 두 왕자를 따라 내려왔다. 드디어 한산 지방에 이르러 터를 잡을 만한 땅을 찾아보았다. 형 비류는 바닷가 근처를 택하기로 했다. 그러나 열 명의 신하가 이구동성으로 반대했다.

"하남 땅이 가장 적합합니다. 하남 땅은 북쪽으로 한강을 끼고 있고 동쪽

으로는 높은 산이 우뚝 솟아 있으며, 남에는 비옥한 평야가 펼쳐 있고 서쪽은 큰 바다가 막고 있습니다. 한 마디로 더할 나위 없는 천연의 요새이니, 여기에 수도를 정하는 것이 좋을 것입니다."

그러나 고집 센 비류는 부하들의 충고를 듣지 않았다. 결국 비류는 자기를 따르는 백성들을 데리고 미추홀(지금의 인천 부근)로 가서 자리를 잡았다. 동생 온조는 신하들의 말에 따라 하남 위례성(慰禮城)을 서울로 삼고 국호를 십제(十濟)라 했다. 이 때가 기원전 18년이다.

바닷가 근처 미추홀로 갔던 비류는 땅이 습하고 물이 짜서 살 수가 없었다. 비류는 온조가 어떤가 하고 위례성에 와 보았다. 한 나라의 서울로 손색이 없었고 백성들도 편안히 잘 살고 있었다. 후회와 부끄러움으로 가슴을 친들 이미 소용없는 일이었다. 비류는 자신의 어리석음을 탓하며 죽고 말았다. 그가 죽은 뒤 미추홀에 있던 백성들은 모두 위례성으로 돌아왔다. 이후 국호를 백제로 바꾸었다.

성왕(聖王) 16년(538) 봄, 서울을 사비성으로 옮겼으니 지금의 부여군이다. 부여군은 소부리군이라고도 한다. 백제 왕족이 고구려와 마찬가지로 부여 해씨에서 나왔으므로 부여군이라 부르게 됐다고 한다.

옛 《전기(典記)》에 보면, 고구려 동명왕의 셋째 아들 온조가 위례성을 서울로 하여 나라를 세우고 왕이 되었다 한다. 온조왕은 체구가 큼직하고 성품이 온후하며 효성이 지극했다. 또 아버지를 닮아 말타기와 활쏘기에 빼어났다.

백제는 37군 200여 개의 성, 76만 호를 5부로 나누어 다스려 왔다. 660년

나당군에 의해 멸망한 뒤, 당나라가 백제 땅에 웅진, 마한, 동명, 금련, 덕안, 5도독부를 설치했다. 그러나 얼마 후 다시 신라가 그 땅을 깡그리 합해서 웅천, 전주, 무주의 3주와 여러 군현을 두어 다스렸다.

백제에는 호암사라는 절이 있었다. 나라에서 재상을 선출할 때는, 후보자 서너 명의 이름을 써서 봉한 뒤 그 절의 바위 위에 둔다. 그러고선 잠시 후에 열어 보면 한 사람의 이름 위에 도장이 찍혀 있었다. 이렇게 재상을 뽑았기 때문에 그 바위를 정사암(政事巖)이라고 부르게 되었다.

또 사비수 강가에는 용암(지금 충남 부여군 백마강에 있는 조룡대)이라는 바위가 있어서 소정방이 여기 앉아 용을 낚았다는 얘기가 전해 온다. 지금도 그 바위 위에는 용이 꿇어앉은 자국이 남아 있다고 한다. 이외에도 사비수 언덕에는 백제왕이 부처님께 절을 드리면 저절로 따뜻해지곤 했다는 돌석(지금의 부여읍 자온대)이라는 바위가 있었다.

백제의 옛 서울 부여군에는 일산, 오산(지금의 부여읍 오산), 부산(지금의 부여읍 부산)이라는 세 산이 있었다. 나라가 융성할 때는 세 산을 지키는 신들이 아침 저녁으로 날아다니며 안부를 묻곤 했다고 한다.

서동과 선화공주의 로맨스

백제의 30대 무왕은 원래 이름이 장(璋)이다. 그는 아버지가 없이 홀어머니 밑에서 자랐다. 전하는 말에는, 그의 어머니가 서울 남쪽 연못가에서 살다가 그 연못의 용과 관계를 맺어 무왕을 낳았다고 한다. 그러니 무왕 장은 용의 아들인 셈이다.

어릴 때부터 그는 마(麻)를 캐다 팔아 살림을 도왔는데, 그래서 모두들 그를 서동(薯童, 마 캐는 아이)이라고 불렀다. 홀어머니를 모시는 어려운 생활 속에서도 그는 언제나 다른 사람을 이해하고 돕는 마음을 잃지 않았다.

그러던 어느 날, 서동은 신라 진평왕의 셋째 딸 선화공주가 세상에 둘도 없는 미인이라는 말을 듣고 무작정 서라벌로 떠났다. 먼발치에서 훔쳐본 그녀의 얼굴은 과연 더할 수 없이 아름다웠다.

서동은 어떻게 해서든 공주를 아내로 삼고야 말겠다고 결심하고 궁리를 거듭했다. 국적도 다른 데다가 신분도 하늘과 땅만큼 다르니 얼굴 한번 보는 것도 하늘의 별 따기였다. 그러나 서동은 포기하지 않고 머리를 짜냈다. 마침내 그럴 듯한 생각이 떠올랐다. 서동은 자기의 유일한 밑천인 마를 서라벌의 마을 아이들에게 나누어 주면서 접근했다. 아이들은 마음씨 좋은 아저씨가 선물까지 주니 좋아라 하고 따랐다. 아이들과 친해지자 서동은 자기가 지은 동요를 가르쳐 주고 부르고 다니게 했다.

선화공주님은 남 몰래 시집가서
서동을 밤에 몰래 안고 간다.

이 노래는 순식간에 서라벌 곳곳으로 퍼져 갔다. 드디어 대궐 안 임금님의 귀에까지 들어갔다. 신하들은 이구동성으로 이런 부정한 노래가 퍼지는 것은 선화공주가 행동을 잘못했기 때문이니 즉시 귀양을 보내야 한다고 주장했다. 진평왕도 일이 이렇게 되니 딸을 두둔할 수만은 없었다.

이리하여 선화공주는 어이없는 누명을 쓰고 귀양길을 떠나게 되었다. 어머니인 왕비는 눈물을 흘리며 황금 한 말을 싸 주었다. 선화공주가 처량하게 유배지를 향해 가고 있을 때였다. 갑자기 길 옆에서 한 남자가 공주님을 모시고 가겠다며 말고삐를 잡았다. 그가 자신을 이 지경으로 만든 서동인 줄은 꿈에도 모른 채, 선화공주는 어쩐지 그가 믿음직스러워 동행하기로 했다. 서동과 이 얘기 저 얘기를 나누며 즐겁게 가다 보니 어느 새 선화공주는 그를 사랑하게 되었다. 둘은 마침내 서로의 사랑을 확인하고 장래를 약속했다. 그제서야 선화공주는 서동의 이름을 알고 그 동요의 내용이 맞았구나 하고 감탄했다.

서동은 공주를 데리고 백제로 돌아왔다. 공주는 가난한 살림을 보고 어머

니가 준 금을 써야겠다 싶어 서동 앞에 내놓았다. 그런데 번쩍번쩍 빛나는 황금 덩어리를 보고도 서동은 놀라기는커녕 오히려 큰 소리로 웃으며 말했다.

"이게 무엇이오?"

"이건 어머니께서 주신 황금입니다. 이것만 있으면 평생 아무 걱정 없이 살 수 있을 겁니다."

서동은 이 말을 듣자 고개를 갸웃거리며 말했다.

"내가 어려서부터 마를 캐던 곳에는 이런 물건이 지천에 깔렸소. 그런데 그렇게 귀하다니 믿을 수 없군."

공주는 깜짝 놀라서 말했다.

"이것은 천하에 다시없는 보물입니다. 당신이 금이 있는 곳을 아신다면 그 보물을 저희 부모님이 계신 대궐로 보내 드리면 어떻겠습니까? 그러면 부모님도 제 걱정을 덜고 좋아하실 것입니다."

서동은 그러자고 하고 즉시 황금을 모으기 시작했다. 삽시간에 금은 커다란 언덕처럼 쌓였다. 이제는 이 많은 금을 신라까지 보낼 일이 걱정이었다. 서동과 공주는 신통력 있기로 소문난 용화산(지금의 익산 미륵산) 사자사의 지명법사를 찾아갔다. 지명법사는 얘기를 다 듣고는 선선히 고개를 끄덕였다.

"내가 신통력으로 보내 줄 테니 걱정 말고 금이나 가져오너라."

공주는 부모님께 쓴 편지를 금과 함께 지명법사에게 맡겼다. 법사는 신통력을 써서 하룻밤 사이에 그것을 신라 궁궐로 옮겨 놓았다.

진평왕은 아침에 눈을 떠 이 기적 같은 일을 보고는 너무나 놀랐다. 공주의 편지를 읽고 자초지종을 알게 된 왕은 지명법사의 신통력과 서동의 지혜와 도량에 매우 감탄하여 그 때부터 항상 안부를 물으면서 존경하며 가까이 지냈다. 이런 일이 있고 나서 서동의 이름은 나라 안에 널리 퍼졌고 마침내 사람들의 인심을 얻어 왕위에 올랐다.

무왕이 된 서동이 하루는 왕비 선화와 함께 사자사로 향했다. 그런데 행차가 용화산 아래 큰 못가에 이르렀을 때였다. 신비한 기운이 가득 차면서 못 속에서 미륵부처님이 나타나는 것이 아닌가. 왕과 왕비는 수레에서 내려 그 앞에 엎드려 경의를 표했다.

왕은 이런 기적을 후대에 전하기 위해 그 곳에 커다란 절을 세우기로 했다. 그런데 막상 일을 시작하려니까 그 못을 흙으로 메울 일이 걱정이었다. 고민 끝에 다시 지명 법사에게 이 일을 의논했더니 법사는 신통력으로 산을 무너뜨려서 하룻밤 사이에 큰 못을 메워 평평한 땅으로 만들어 버렸다. 그리하여 그 곳에 미륵불상 셋을 모시고 탑, 회전(會殿, 법회를 여는 건물), 낭무(廊廡, 정전 아래로 붙여 지은 건물)를 세

백제의 가장 큰 절로 알려진 미륵사는 왕권과 미륵신앙을 결부시켜 통치와 호국의 수단으로 세운 것으로 보인다. 지금은 그 모습을 볼 수 없고 탑만이 남아 있다. 미륵사지 석탑은 우리 나라에 남아 있는 석탑 중 가장 크고 오래된 탑으로, 이러한 탑은 질 좋은 화강암이 대량 생산되는 미륵산이 있었기 때문에 가능했다고 한다. 뒤쪽이 무너져 내린 데다가 일제 시대 때 시멘트로 발라놓아 보는 이들의 마음을 안타깝게 했는데, 현재 해체복원공사를 하고 있다.

곳에 세워 미륵사 라 했다.

미륵사를 세울 때 진평왕은 신라에서 유명한 기술자는 모두 보내어 도왔다. 지금도 그 절이 남아서 옛 일을 전한다.

후백제를 세운 견훤

지렁이의 아들, 견훤

《삼국사》에 따르면 견훤은 상주 가은현 사람으로, 신라 경문왕 7년(867)에 태어났다. 본래 성은 이씨인데 나중에 견씨로 바꿨다. 견훤의 아버지 아자개는 농사를 짓다가 885년 상주에서 군사를 일으켜 스스로 장군이라 칭했다. 그에게는 아들 넷이 있었는데, 그 중에서도 견훤이 지략 있고 용맹스럽기로 유명했다.

전해 오는 옛 기록에는 견훤의 탄생에 관한 신기한 이야기가 있다.

옛날에 한 부자가 광주(光州) 북촌에 살고 있었다. 그에게는 어여쁜 딸 하나가 있었다. 어느 날 딸이 머뭇머뭇거리다 아버지에게 말했다.

"날마다 자줏빛 옷을 입은 남자가 제 침실로 들어와 자고 가곤 하는데, 어쩌면 좋을까요?"

아버지는 심상치 않은 일이라 생각하고 딸에게 일렀다.

"오늘밤 또 오거든 긴 실을 바늘에 꿰어 그 자의 옷에 꽂아 두어라."

그 날 밤 자줏빛 옷을 입은 남자가 또 나타나자 딸은 일러 준 대로 했다. 이튿날 날이 밝자 사내는 홀연히 사라졌는데 실 꾸러미는 문 밖으로 풀려 있었다. 그 실을 따라가니 집의 북쪽 담 밑으로 이어져 있었다. 그런데 바로 그 담 아래 커다란 (지렁이) 한 마리가 허리에 실이 꽂힌 채로 누워 있는 것이었다.

얼마 후 딸은 사내아이를 낳았다. 아이는 열다섯 살이 되자 스스로 견훤이라 했다.

견훤과 그의 가족이 지렁이의 특성을 지녔음을 상징한다고 볼 수 있다. 보통 용으로 나타내는 왕을 지렁이로 표현한 것은, 용보다 격이 떨어짐을 의미한다고 한다. 이는 견훤이 삼국을 통일하지 못하고 고려에 귀순한 비운의 왕인 때문으로 보인다.

또 전하는 말에는 견훤이 아직 갓난아기였을 때 그 어머니가 잠깐 동안 수풀 위에 뉘어 두었더니 호랑이가 와서 젖을 먹였다고 한다. 마을 사람들이 이 말을 듣고 보통 아이는 아닌가 보다 하고 이상하게 여겼다.

견훤은 커 가면서 체격이나 생김새가 웅장하고 특이해서 보통 사람과는 아주 달랐다. 군인이 되어 서남해의 해안 수비를 맡았는데, 항상 창을 베고 잘 만큼 기개가 대단했다. 자연히 다른 병사들도 그를 믿고 따랐고 이러한 활약으로 그는 곧 비장[裨將, 무관의 직위 중 하나. 비(裨)는 부의 의미로 비장은 준장군을 말한다.]으로 승진했다.

견훤, 후백제를 세우고 왕을 칭하다

진성여왕이 나라를 다스린 지 6년, 환관과 유모가 정사에 관여하여 권세를 부리니 정치는 문란해지고 백성은 도탄에 빠져 신음했다. 더구나 흉작이 겹치면서 백성들은 거지 떼가 되어 거리를 떠돌고 각지에서 도적이 횡행했다.

견훤은 이제야말로 일어설 때라고 판단하고 사람들을 모았다. 견훤이 신라 왕실에 반기를 들고 일어나니 백성들이 가는 곳마다 모여들어 한 달 만에 5,000명으로 불어났다. 그는 여세를 몰아 무진주(전남 광주 지방)로 진격했다. 무진주를 손에 넣은 견훤은 그러나 차마 왕이라고는 못하고 다만 신라의 서남도를 다스리는 총책임자로 스스로를 일컬었다. 이 무렵 북원(충북 충주 지방)에서는 도둑 양길이 세력을 뻗치고 있었는데 견훤은 이 소식을 듣고 양길에게 비장 벼슬을 주어 자기 편으로 삼았다.

한번은 견훤이 서쪽 지방을 두루 돌아다니다 완산주(전주)에 이르렀는데 고을 백성들이 모두 나와 환영했다. 견훤은 자기가 백성들의 인심을 얻고 있음을 보고 신이 나서 부하들에게 말했다.

"백제가 개국한 지 600여 년 만에, 신라는 당나라 군대까지 청해 가면서 수륙 양면으로 공격하여 끝내 백제를 멸망시켰다. 이제 다시 나라를 세워 이 원한을 씻고야 말리라."

드디어 견훤은 나라를 세워 국호를 후백제라 하고 스스로 왕위에 올랐다. 이 때가 신라 효공왕 4년(900), 견훤이 군사를 일으킨 지 8년만의 일이었다. 왕이 된 견훤은 제도와 관직을 만들고 관리들을 임명해 틀을 잡아 나갔다.

그 무렵 철원을 서울로 삼아 활약하고 있던 궁예(弓裔)의 무리들 속에서는 점점 궁예에 대한 불만이 높아 갔다. 마침내 918년, 궁예의 부하들은 궁예를 내쫓고 왕건을 추대하여 왕으로 삼았다. 견훤은 사신을 보내 축하하는 한편 공작부채와 지리산 대나무로 만든 화살, 그리고 날쌘 말 등을 선물했다. 왕건도 사신을 후히 대접하고 선물을 주어 돌려보냈다. 견훤과 왕건은 겉으로는 친한 척했지만 속으로는 서로를 반드시 넘어뜨려야만 할 적으로 생각하고 있었다.

928년 겨울, 견훤은 군사 3,000명을 이끌고 조문성을 공격했다. 왕건도 정예부대를 거느리고 맞섰다. 그러나 양쪽의 실력은 엇비슷해서 좀처럼 승부를 가릴 수가 없었다. 왕건은 일단 휴전을 하고 견훤의 세력이 약해질 때를 기다리기로 했다. 왕건은 화해를 청하는 편지와 함께 아우 왕신을 인질로 보냈다. 견훤도 찬성하고 사위 진호를 인질 삼아 보냈다.

12월에 들어서 견훤은 신라의 거서성을 비롯하여 20여 성을 공격해 빼앗았다. 그러고는 중국의 공식적인 인정을 받기 위해 후당에 사신을 보냈다. 후당에서는 그를 백제왕으로 인정하고 작위를 내렸다.

이즈음 왕건에게 볼모로 가 있던 사위 진호가 갑자기 죽었다. 견훤은 일부러 죽인 것으로 생각하고 화가 나서 곧장 왕건의 아우 왕신을 가두고는 왕건에게 사람을 보내 예전에 주었던 준마를 돌려 달라고 요구했다. 왕건은 어이가 없어서 웃으며 말을 돌려보냈다.

다음 해 견훤은 군대를 이끌고 신라의 서울로 쳐들어갔다. 때마침 신라왕은 포석정에 나가 놀던 터라 피해는 더욱 컸다. 견훤은 왕비를 욕보이고 왕의 친척 동생인 김부를 왕으로 세웠다. 그러고는 왕의 아우 효렴과 재상 영경을 사로잡고, 온갖 보물과 무기를 노략질한 다음 재주가 뛰어난 기술자들까지 몽땅 데려가 버렸다.

신라왕의 요청을 받은 왕건은 정예군사 5,000명을 이끌고 대구 팔공산 아래서 견훤과 맞서 싸웠으나 장군 김락과 신숭겸을 잃고 완전히 대패했으며, 간신히 몸만 빠져 나왔다. 이렇게 되니 그 때부터는 더 대적할 엄두를 못 내고 포악한 짓을 한껏 저지르도록 내버려 두었다.

견훤은 그 여세를 몰아 대목성, 경산부, 강주, 부곡성을 차례로 공략했다. 부곡성에서 장군 홍술이 끝까지 싸우다 죽었다는 소식을 듣고 왕건은 "내가 오른팔을 잃었구나." 하고 탄식했다.

930년, 견훤은 다시 군사를 일으켜 안동 공격에 나섰다. 왕건은 견훤이 진을 친 곳에서 백 보 떨어진 곳에 진지를 구축했다. 양쪽은 치열한 공방전을 거듭했다. 여러 차례의 싸움 끝에 견훤이 패하고 시랑 김악은 사로잡혔다. 견훤은 재빨리 군대를 수습해서 이튿날 순주성을 급습했다. 그러자 성주(城主) 원봉은 그 기세에 질려 성을 버리고 밤에 도망을 치고 말았다. 이 소식을 들은 왕건은 분통을 터뜨리며 펄펄 뛰다가 즉시 고을의 등급을 낮추어 버렸다.

견훤의 횡포를 견디다 못한 신라 조정은 나라가 다시 일어나기는 어렵다고 생각하고 왕건에게 의지하려 했다. 견훤은 이 말을 듣고 다시 서라벌을 공격하고 싶었으나 왕건이 먼저 갈까 봐 걱정이 돼서 왕건에게 편지를 띄웠다.

"신라의 재상 김웅렴 등이 고려왕(왕건에 대한 존칭)을 서라벌로 불러들이려 한다고 들었소. 이것은 마치 수사자가 암사자의 소리에 응하고, 메추라기가 매

의 날개를 펴게 하는 짓이라,
반드시 백성들을 도탄에 빠뜨
리고 나라를 폐허로 만들고 말 것
이오. 그래서 내가 먼저 **조적** 의 채찍
을 잡고 **한금호** 의 도끼를 휘둘러 의리
로 설득했는데, 갑작스레 임금(경애왕)이 죽
고 간신배들이 도망했소. 그래서 하는 수 없
이 왕의 친척을 임금 자리에 세운 것이오. 이는
위태로운 나라를 다시 세우고 잃은 임금을 다시
있게 한 것인데, 그대는 떠도는 소문만 믿고 왕위를

조적의 친구 유곤은 항상 조적이 먼저 등용되어
자신에게 채찍을 들까 봐 두려워했다. '조적
의 채찍을 잡았다.'는 말은 이 이야기에서
나온 말로 선수를 잡았다는 뜻이다.
수나라의 장군 한금호는 진나라를 쳐
서 후주(後主)를 사로잡았다. '한
금호의 도끼를 휘두른다.'는 말
은 예의와 도덕을 어긴 죄인
을 벌한다는 뜻이다.

넘겨보았소. 그러나 그대는 내 말머리도 보지 못하고 내 쇠털 하나도 건드리
지 못하지 않았소? 그대의 죽은 부하들을 생각해 보시오. 그간의 세력을 보면
승패를 알고도 남을 것이오.

내 꿈은 평양성 누각에 활을 걸고 대동강 물로 말을 먹이는 것이오. 지난
달 7일, 중국 오월국의 사신이 와서 고려와의 화친을 당부하는 왕의 조서를
전했소. 나는 대국의 뜻을 따라 조서의 충고를 받들려 하나, 고려왕이 계속
싸우려 할까 염려되어 조서를 베껴 보내오. 부디 자세히 살펴보시오. 토끼와
사냥개가 아웅다웅한다면 조롱거리가 될 것이고, 조개와 황새가 맞선다면 그
또한 웃음거리가 될 뿐이오. 부디 잘못을 되풀이해서 후회할 일을 만들지 마
시오."

견훤의 편지를 받은 왕건은 이렇게 응수했다.

"오월국 왕의 조서에 더해 그대의 긴 글월을 받았소. 조서를 받아드니 감격이 더했으나 편지를 보고 의심을 지울 수가 없었소. 이제 답장을 써서 내 생각을 전하겠소.

나는 하늘의 명을 받고 사람들의 추대를 받아 이 자리에 올랐소. 예전에는 논과 밭이 황폐해지고 백성들은 도적 떼로 전락하여 나라가 어지럽기 짝이 없었소. 이런 재난에서 백성들을 구원하기 위해 전쟁을 피했고 덕분에 농민들은 생업에 종사하고 군사들은 편히 쉴 수 있었소.

그러나 그대는 갑자기 군대를 일으켜 마치 버마재비가 수레바퀴에 맞서듯이 덤볐소. 결국엔 안 되는 줄을 알고 물러섰지만, 그 모양은 모기가 태산을 인 것 같았소. 그 때 그대는 공손히 사과하며 오늘 이후로는 영원히 친하게 지내겠다고 하늘에 맹세하지 않았소? 나도 인질을 주며 오직 백성들을 편하게만 하려고 하였으니, 이것은 내가 후백제인들에게 큰 덕을 베푼 것이오. 그런데 맹세의 피가 마르기도 전에 흉포한 짓을 벌일 줄 누가 알았으리오. 전갈 같은 독으로 백성을 해치고 호랑이같이 미쳐 날뛰며 서라벌을 놀라게 하였으니, 의를 지켰다는 그대의 말을 어찌 믿을 수 있겠소.

나는 악한 마음을 먹은 일이 없으며, 오직 임금을 높이고 신라를 위태로움에서 구하려는 생각뿐이오. 그런데 후백제의 왕은 털끝만한 이익에 눈이 어두워 하늘 같은 은혜를 잊고서 임금을 죽이고 궁궐을 불사르며 온갖 보물을 빼앗고 백성을 짓밟았소. 그 흉악무도함은 폭군 걸주(포악한 임금의 상징인 중국 하나라의 걸왕과 은나라의 주왕을 말함)보다 더하고, 제 어미를 잡아먹는 짐승보다 심하다 할 것이오.

내가 원한에 사무쳐 부지런히 갈고닦아 군사를 일으킨 지 2년 만에 당할 자가 없게 되었소. 육지에서는 번개같이 내달리며 바다에서는 용같이 거침이 없으니 사방에서 항복하는 자가 끊이지 않고 있소. 하늘이 돕는데 천명이 어디로 돌아가겠는가 한번 생각해 보오. 만일 그대가 오월왕의 뜻을 받들어 무기를 버린다면 좋겠지만 그러지 않고 잘못을 고치지 않는다면 후회막급할 것이오."

아들에게 배신당한 견훤

양쪽이 이처럼 팽팽히 맞서 있을 때, 지혜와 용맹으로 유명한 견훤의 신하 공작이 태조 왕건에게 투항했다. 견훤은 그 보복으로 공작의 두 아들과 딸 하나를 잡아다가 벌겋게 달군 쇠로 다리 심줄을 끊어 버렸다. 이러한 견훤의 잔인성 때문에 점점 많은 부하들의 마음이 왕건에게로 기울어지기 시작했다.

934년, 견훤은 왕건이 운주(충남 홍주 지방)에 주둔해 있다는 말을 듣고 곧 가장 뛰어난 군사들만 뽑아서 운주로 진격했다. 그러나 운주에 채 닿기도 전에 고려 장군 유금필의 급습으로 3,000여 명이 목숨을 잃고 말았다. 웅진 북쪽의 30여 성은 견훤군이 대패했다는 소식이 들려오자 자진해서 왕건에게 항복했다.

이 무렵 견훤을 가까이에서 오랫동안 보좌하던 부하 네 사람이 모두 고려 왕건에게 투항했다. 믿었던 부하들이 속속 자기 곁을 떠나자 견훤도 마음이 약해졌다. 견훤은 아들들을 불러 말했다.

"이 늙은 아비가 후백제를 세운 지도 여러 해가 지났다. 군사력은 고려군보다 갑절이나 많은데 싸움은 할수록 불리해지기만 하는구나. 아마도 하늘이 고려를 택하는가 보다. 천명이 그러하다면 지금이라도 고려왕 왕건에게 귀순하여 몸을 지켜야 하지 않겠느냐?"

그러나 신검, 양검, 용검 세 아들은 강력히 반대하며 끝까지 싸울 것을 주장했다. 이들이 반대한 데는 숨은 의도가 있었다. 견훤에게는 처첩이 많아서 10여 명의 아들이 있었다. 그 중에서도 넷째 아들 금강은 체구가 우람하고 지혜가 뛰어나서 견훤의 총애를 받았다. 견훤은 넷째 아들이지만 능력이 있는 금강에게 자기 자리를 물려 줄 생각이었다. 세 아들은 아버지의 이런 뜻을 알고 분해서 어쩔 줄 몰라 했다.

그 무렵 양검은 강주 도독으로, 용검은 무주 도독으로 가 있었고 맏아들 신검만이 견훤 옆에 있었다. 그런데 이찬 능환이 신검과 얘기를 나누어 보고는 그 속을 알게 되었다. 능환은 신검을 이용해서 자기도 한몫 챙길 생각으로 적극 찬성하고 나섰다. 능환은 강주와 무주에 사람을 보내 일이 터지면 곧바로 지원군을 보내 준다는 약속을 받았다. 만반의 준비를 갖춘 후 능환은 신검을 부추겨서 견훤은 (금산사)에

견훤이 아들에게 쫓겨나 갇혀 있었다는 금산사는 백제 법왕 1년에 처음 지은 절로 신라 혜공왕 2년에 진표율사가 다시 지었다. 사진은 금산사 미륵전으로, 거대한 미륵존불을 모신 법당이며 우리 나라에 하나밖에 없는 3층 목조 건물로 소중히 보존해야 할 문화유산이다.

가두고 금강은 사람을 시켜 죽이도록 했다.

　이른 새벽 견훤이 아직 잠자리에 있는데, 대궐 안이 소란스러워지면서 멀리서 함성소리가 들렸다. 견훤은 깜짝 놀라서 아들 신검을 불러 무슨 일이냐고 물었다. 신검은 천연덕스럽게 지껄였다.

　"신하들이 대왕께서 너무 늙어 정사에 어두우므로 맏아들인 이 몸에게 왕위를 대신하게 했습니다. 저 소란은 모든 장군과 신하들이 이 같은 경사를 맞아 환호하는 소리인 줄 압니다."

　견훤은 너무나도 큰 충격을 받아 한 마디도 하지 못했다. 신검은 힘센 장사 30명을 시켜 부왕 견훤을 금산사에 가두고 철통같이 지키게 했다. 아우 금강마저 죽이고 왕위에 오른 신검은 스스로 대왕이라 부르고 죄수들을 풀어주었다. 풍운아 견훤이 자식의 배반으로 쫓겨나니, 때는 935년 3월 이른 봄이었다.

　그 때 후백제에는 이런 노래가 유행했다.

　　가련한 완산(完山) 아이는
　　아비 잃고 눈물을 흘리네.

　한편 금산사에 갇힌 견훤은 자신을 지키는 병사들과 웃는 낯으로 농담을 주고받으며 지냈으므로 병사들은 어느 새 경계심을 버리게 되었다. 화창한 4월 어느 날, 견훤은 함께 갇혀 있던 후궁과 시녀들에게 술을 빚게 해서 30명의 병사들과 어울려 마셨다. 병사들은 처음 맛보는 술맛에 반해 권커니 잣거니 취하도록 마시고 모두 쓰러져 버렸다. 술잔을 받아 먹는 척하면서 기회를 노리던 견훤은 때는 이 때다 하고 후궁, 시녀들을 데리고 줄달음을 쳤다.

견훤은 그 길로 왕건을 찾아가 투항했다. 왕건은 견훤이 연장자라 하여 깍듯이 존대하고 남쪽 궁을 내주었다. 또 양주 지방의 땅과 노비 40명, 그리고 말 아홉 필을 주어 아무 불편 없이 지내게 했다. 견훤의 사위인 장군 영규는 일이 되어 가는 것을 보고 아내와 앞일을 상의했다.

"대왕이 40여 년을 애써서 일이 거의 이루어지게 되었는데, 하루 아침에 가족의 배반으로 나라를 잃고 고려를 따르게 되었구려. 무릇 열녀는 두 남편을 섬기지 않고 충신은 두 임금을 모시지 않는다 했소. 만일 내가 대왕을 버리고 도리를 어긴 역적을 섬긴다면 무슨 낯으로 천하의 의로운 이들을 볼 수 있겠소? 더욱이 고려 국왕은 인자하고 검소해서 인심을 얻었다고 하니, 아마도 하늘의 뜻인가 보오. 글월을 보내 우리 대왕을 위로해 드리고, 고려국 왕에게도 우리의 마음을 전하도록 합시다. 그렇게 하는 것이 장차 우리에게도 이로움이 될 것이오."

남편의 말을 들은 부인도 적극 찬동했다. 다음 해(936) 2월, 영규는 몰래 사람을 보내 왕건에게 자기 생각을 전했다.

"공이 의로운 깃발을 들어 군대를 일으킨다면, 나도 안에서 호응하여 맞아들이겠습니다."

왕건은 매우 기뻐하며 영규에게 감사의 뜻을 전했다.

"만약 장군의 은혜로 길이 막히지 않게 되면 맨 먼저 장군과 부인을 뵙고 형과 누이로 섬기리다. 천지신명이 내 말을 들었으니 추호도 거짓이 없을 것

이오."

그 해 6월, 하루는 견훤이 왕건을 붙잡고 하소연을 했다.

"늙은 소신이 전하께 몸을 던진 것은 전하의 세력에 의지하여 역적인 자식놈의 목을 베고 싶어서였습니다. 대왕의 군대로써 저 배은망덕한 역적놈들을 섬멸해 주신다면 신은 죽어도 여한이 없겠습니다. 부디 소신의 청을 버리지 마소서."

왕건은 때를 기다리는 중이니 조금만 참으라고 안심시켰다. 마침내 왕건은 10만 대군을 일으켜 후백제의 신검을 토벌하기 위해 나섰다. 왕건의 군대가 일선 땅에 진을 치자 신검도 군사를 이끌고 대적해 왔다.

왕건이 견훤과 함께 진지를 살펴보는데 갑자기 칼처럼 생긴 흰 구름이 이쪽 진에서 일어나 저쪽 후백제 진으로 몰려갔다. 이 때를 타서 고려군은 북을 치고 고함을 지르며 쳐들어갔다. 후백제의 장군 효봉, 덕술, 애술, 명길 등은 고려군의 엄청난 규모와 질서정연함을 보고 그대로 무기를 버리고 항복했다. 왕건은 이들을 위로한 뒤 신검을 잡기 위해 다시 공격 명령을 내렸다.

고려군의 협공을 받은 후백제군은 완전히 무너져 버렸다. 황산, 탄현에 이르렀을 때 신검이 두 아우와 능환, 부달 등 40여 명을 데리고 항복해 왔다. 왕건은 능환을 제외한 다른 사람은 모두 용서하고 받아들였다. 그러나 능환만은 크게 꾸짖었다.

"처음에 양검 등과 짜고서 대왕을 가두고 아들을 세운 것이 모두 네가 꾸민 일이겠다. 신하된 자의 도리가 본래 그렇단 말이냐?"

능환은 머리를 숙인 채 아무 말도 못했다. 왕건은 능환의 목을 베게 했다.

이 때 견훤이 옆에 있다가 아비를 배신한 신검도 함께 처형해야 한다고 주장했다. 그러나 왕건은 신검이 왕위를 찬탈한 것은 능환의 협박 때문이고, 또 항복해서 용서를 비는데 죽일 수는 없다면서 처형하지 않았다. 견훤은 울화가 치밀어 어쩔 줄 몰라 하다가 결국 등창이 나서 죽었다. 936년 9월 8일의 일로 그의 나이 일흔이었다.

마침내 오랜 전란도 끝이 났다. 왕건의 군대는 규율이 엄정해서 병사들이 조금도 어기는 일이 없었다. 그러니 온 고을이 마음을 놓고 남녀노소 모두 만세를 불렀다.

왕건은 후백제 정벌이 성공하자 견훤의 사위 영규를 불러 말했다.

"전(前) 임금이 나라를 잃고 수심에 잠겨 있어도 그 신하들 중 어느 한 사람도 위로하는 이가 없었소. 오직 그대 부부만이 천리 밖에서도 편지를 보내 위로하고, 또 과인에게 덕을 베풀었으니 그 의리를 잊을 수가 없소."

왕건은 영규에게 승상 벼슬을 주고 논밭을 내렸다. 그리고 두 아들에게도 벼슬을 주어 보답했다. 견훤의 후백제도 45년 만에 멸망하고 천하는 마침내 왕건에게 돌아갔다.

이 시대를 돌아볼 때 이렇게 평할 수 있으리라.

신라는 운수가 다해 도가 땅에 떨어졌다. 하늘도 더 이상 돕지 않고 백성들은 의지할 곳을 잃으니 그 틈을 타서 도적들이 고슴도치 털처럼 일어났다. 그 중에서도 가장 세력이 컸던 자는 궁예와 견훤이었다.

궁예는 본래 신라의 왕자였다. 그러나 도리어 제 나라에 원한을 품고 조상

184

의 영정에 칼질까지 했으니 그 못된 성품을 알 만하다. 또 견훤은 신라의 백성으로 관직에 나가 신라의 녹을 먹었으면서도, 반란할 마음을 품고 서울을 침범해서 군신을 짐승 잡듯 죽이는 만행을 저지른 자다. 실로 천하의 원흉이라 할 수 있다. 그 때문에 궁예는 자기 부하들에게서 버림받았고, 견훤은 자기 아들에게서 화를 입었다. 이 모두는 스스로 자초한 것인데 누구를 원망하겠는가?

옛날 중국의 항우와 이밀(항우는 진나라 말기의 장수, 이밀은 수나라 말기의 정치가. 둘 모두 뛰어난 군인이요 정치가였지만 모반을 기도하다 죽음을 당했다.) 같은 뛰어난 인물도 한나라와 당나라에 대적하지 못했다. 하물며 궁예와 견훤 같은 흉악한 인간이 어떻게 고려 태조와 겨룰 수 있었겠는가?

역사 속에 살아 숨쉬는 용 이야기

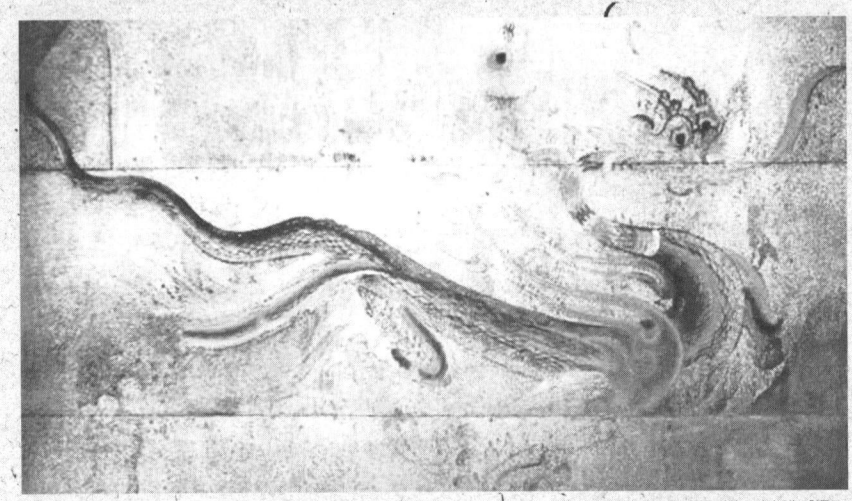

고구려 고분 강서대묘 동쪽 벽에 그려져 있는 청룡도.

용은 동서양 세계 각지에서 여러 가지 모습으로 그려진다. 또한 그 형상만큼이나 다양한 의미를 지니는데, 그 중에서도 중국과 우리 나라에서는 왕실의 상징이자 나라를 지키는 호국신, 물을 관장하는 수신(水神)으로 정의하고 있다.

송나라 사람 라원(羅愿)이 쓴 《이아익 · 석룡(爾雅翼 · 釋龍)》을 보면 "용의 뿔은 사슴을, 머리는 낙타, 눈은 토끼, 목은 뱀, 비늘은 물고기, 배는 대합, 발톱은 매, 발바닥은 호랑이, 귀는 소와 닮았다."고 설명하고 있다. 이렇듯 여러 동물들의 장점만을 골라 형상화한 용의 영험함과 절대적 권위는, 왕권을 강화하기 위한 구실로 아주 적합했을 것이다.

그 대표적인 사례가 탄생 · 건국과 관련된 설화이다. 주몽 신화에서 주몽의 아버지 해모수는 다섯 마리 용이 이끄는 오룡거를 타고 지상에 내려와 물의 신(용신) 하백의 딸 유화를 통해 훗날 고구려의 시조가 되는 주몽을 낳는다. 서동 설화에서 서동은 지룡(池龍)의 아들인데, 왕손은 아니지만 용신의 후예라 하여 후에 백제의 30대 왕인 무왕이 될 비범성의 근거를 마련하게 된다. 신라를 세운 박혁거세는 계룡(鷄龍)의 겨드랑이에서 태어난 알영을 부인으로 맞이해 용신과의 결합을 이룬다. 또한 용왕의 아들인 탈해는 적룡(赤龍)의 호위를 받으며 신라에 들어와 훗날 신라의 4대 왕이 된다. 이것은 고구려, 백제, 신라 삼국이 모두 용신 사상을 바탕으로 왕권을 형성하고 있음을 보여 준다. 또한 고대 설화에 투영된 용신 사상은 신화 시대를 넘어 후대까지도 계속되었다. 그 대표적인 예가 《용비어천가》로, 태조의 조상을 용에 비유하여 조선건국의 타당성과 권위를 내세우고 있다.

한편, 왕의 얼굴을 용안(龍顔), 왕이 앉는 자리를 용좌(龍座), 왕의 옷을 용의(龍衣) 혹은 용곤(龍袞)이라 하는 것 또한 권위의 상징으로서 용이지니는 신성한 의미를 말해 준다.

통일신라 시대 연못인 안압지에서 출토된 용 기와. 귀신을 쫓는 의미로 쓰인 것으로 보인다.

곤룡포를 입고 있는 조선 태조왕. 발톱이 다섯 개인 오조룡은 왕의 높은 위엄을 말해 준다. 세자는 사조룡, 세손은 삼조룡으로 했다고 한다.

물을 관장하는 수신으로서 용신은 일찍부터 중요한 신앙의 대상이 되어 왔다. 옛 사람들은 바다에는 용왕님이, 강이나 하천에는 용신이 있어 하늘과 물 속을 자유롭게 왕래하면서 구름과 비를 마음대로 움직인다고 믿어 왔다. 때문에 가뭄이 심할 때는 용을 그린 부적을 붙이거나 굿을 하기도 했다. 죽어서도 용이 되어 나라를 지켜 주겠다던 문무왕의 만파식적 설화와 황룡이 나타나 창건하게 된 황룡사 창건 설화, 동해 용왕의 아들 처용 설화 등 《삼국유사》 곳곳에서 만날 수 있는 신비한 이야기만 보더라도, 우리 조상들에게 용이 얼마나 신성한 존재였는지 알 수 있다. 용은 비록 전설 속에 존재하는 상상의 동물이지만, 예부터 지금까지 신령스런 동물이요, 권위의 상징으로 우리네 삶 속에 살아 숨쉬고 있다.

네 번째 여행

불교 이야기 1

삼국에 불교가 전해지다

순도, 고구려에 불교를 전하다

고구려 17대 소수림왕 2년(372), 중국 전진(前秦)의 왕 부견은 승려 순도를
보내 불상과 불경을 전해 왔다. 2년 뒤인 374년에는 동진(東晉)에서 승려 아도
가 불교를 전파하기 위해 왔다. 왕은 이듬해 2월 초문사라는 절을 창건한 후
순도에게 관리하게 하고, 또 이불란사를 세워 아도를 머물게 했다. 이 때 비
로소 고구려에 불교가 알려지게 되었다.

《해동고승전(海東高僧傳)》(고려 시대 고승 각훈이 편찬한 고승들의 전기)에는 순도와 아
도가 중국 위나라에서 왔다고 했지만 이것은 잘못이다. 또 초문사는 지금의
흥국사요 이불란사는 흥복사 했으나, 고구려의 서울은 압록강 근처의 안시
성인데 어찌 개성의 흥국사가 그 곳에 있을 수 있겠는가? 이것도 잘못 안 것
이다.

찬양하노니,

압록에 봄이 깊어 풀빛도 고운데
백사장 갈매기는 한가로이 조는구나.
문득 멀리서 들려오는 노 젓는 소리
어디서 고깃배가 손님 싣고 오는가.

백제에 불교를 연 난타

백제 15대 침류왕이 즉위한 해(384)였다. 어느 날 중국의 진나라에서 마라
난타라는 승려가 찾아왔다. 왕은 그를 궁중으로 맞아들였다. 마라난타를 통
해 불교의 교리를 접한 침류왕은 차츰 이 새로운 사상에 빠져들었다. 그리하
여 이듬해 새 도읍지인 한산주에 절을 세우고, 열 사람을 뽑아 입문시켰다.
이렇게 하여 백제에서 불교가 시작되었던 것이다.

노래를 지어 이 일을 찬미하노라.

아무것도 없을 때 무엇을 만들려면
재주를 부리기가 얼마나 어려울까.
차근차근 스스로 깨달아 노래하고 춤추며
곁사람 끌어들여 구경 삼아 보게 했네.

아도, 신라에 불교의 씨를 뿌리다

눌지왕 때 일이다. 묵호자라는 고구려의 수도승이 경북 선산 지방에 찾아 왔다. 그 고을에 살던 모례라는 이가 묵호자의 이상한 행색을 보고 혹시 봉변 이라도 당할까 봐 자기 집으로 들어오게 했다. 그는 집 안에 지하 굴을 파고 그를 굴 속에 머물게 했다.

바로 그즈음, 중국 양나라에서 옷과 향을 보내 왔다. 그러나 신라의 임금 이나 신하들은 향이란 물건을 처음 보는지라 어디에 어떻게 쓸지를 몰랐다. 왕은 답답한 나머지 향을 가지고 전국을 돌아다니며 물어 보게 했다.

이 소식을 듣고 묵호자가 나섰다. 묵호자는 향의 쓰임과 효능을 자세히 설 명해 주었다.

"이것은 향이라는 것입니다. 이 향을 불에 태우면 좋은 향기가 풍깁니다. 그래서 신성한 분께 정성을 드릴 때 이것을 쓴답니다. 신성한 존재로는 불교 에서 말하는 3보[三寶, 불·법·승(佛·法·僧)]보다 귀한 것이 없으니, 만약 향을 피 우고 기도한다면 반드시 영험이 있을 것입니다."

왕이 이 말을 듣고 묵호자를 대궐로 불렀다. 때마침 왕의 딸이 병이 들어 몹시 위독했던 것이다. 묵호자가 향을 피우며 정성껏 기도를 드리자 공주의 병은 씻은 듯이 나았다. 왕은 너무나 기뻐서 큰 상을 내려 치하했다. 그런데 얼마 후 묵호자는 돌연 자취를 감추어 종적을 알 수 없었다.

세월은 흘러 21대 소지왕이 다스릴 때였다. 아도화상이 제자 세 사람과 함 께 신라에 들어와 다시 모례의 집을 찾아왔다. 아도의 생김새 또한 묵호자와

비슷했다. 그는 모례의 집에서 몇 년간 머물며 인근 사람들에게 불교의 가르침을 전했다.

아도화상은 어느 날 갑자기 운명했는데 아픈 데 하나 없이 마치 잠자는 것 같았다. 아도화상이 죽은 뒤에도 제자 셋은 그대로 남아서 불경을 설명하고 교리를 전파했다. 이렇게 하는 동안 차차 불교를 따르는 사람들이 생기게 되었다.

이상은 《신라본기》의 기록이다.

아도의 비문(碑文)에는 이와 다른 이야기가 전한다.

아도는 고구려 사람이다. 중국 위나라의 아굴마라는 이가 고구려에 사신으로 왔다가 아도의 어머니 고도녕과 정을 통했다. 그래서 태어난 아기가 아도이다. 아도가 다섯 살이 되었을 때 어머니가 그를 절에 출가시켰다. 열다섯에는 중국 유학길에 올랐다. 아도는 그 때 비로소 아버지 굴마를 만나 지난 회포를 풀었다. 현창화상의 제자로 들어간 아도는 몇 년간 오직 불도를 닦는 데만 전념했다. 4년 뒤, 고국으로 돌아오니 어머니 고씨가 이렇게 일렀다.

"이 나라는 아직 불법을 알지 못하지만 앞으로 3000여 개월이 지나면 신라에 거룩한 임금이 나와 불교를 크게 일으킬 것이다. 신라의 서울에는 일곱 군데의 절터가 있다. 첫째는 금교 동쪽의 천경림(흥륜사 자리)이고, 둘째는 삼천기(영흥사 자리), 셋째는 용궁 남쪽(황룡사 자리), 넷째는 용궁 북쪽(분황사 자리), 다섯째는 사천미(영묘사 자리), 여섯째는 신유림(사천왕사 자리), 마지막 일곱째는 서청전(담엄사 자리)이다. 이 일곱 곳은 모두 부처님 시대의 절터로, 부처님의 가르침이

길이 흐를 자리이다. 너는 당장 신라로 떠나 불교를 널리 전하도록 해라."

아도는 어머니의 말씀을 따라 곧 신라로 갔다. 때는 미추왕 2년(263)이었다. 아도는 대궐에 나아가 불교 전파를 청했다. 그러나 아도가 불교의 몇 가지 사상을 이야기하자 그런 얘기를 처음 듣는 사람들은 고개를 돌리고 꺼렸다. 개중에는 그를 죽이려고 덤비는 자까지 있었다. 아도는 대궐에서 나와 모례라는 사람의 집에 숨었다.

이듬해, 왕이 애지중지하는 성국공주가 병으로 누웠다. 궁중의 의사란 의사는 다 부르고 무당굿까지 벌였지만 도무지 차도가 없었다. 왕은 방방곡곡으로 사람을 보내 용한 의사가 있으면 데려오게 했다.

이 소문을 들은 아도는 다시금 대궐로 찾아갔다. 아도가 병을 고치러 왔다고 들어가자 몇몇 신하들이 그를 기억하고 내쫓으려 했다. 그러나 왕은 지푸라기라도 잡고 싶은 심정에서 공주를 아도에게 보였다. 아도는 그 앞에 앉아 염불을 외며 기도를 올렸다. 얼마나 지났을까? 정신을 잃고 누워 있던 공주가 문득 정신을 차리더니 순식간에 자리를 털고 일어섰다. 미추왕은 기뻐서 어쩔 줄 몰라 했다. 왕은 아도에게 무엇이든지 다 들어줄 테니 소원을 말해 보라고 했다. 아도는 공손히 절하고 말했다.

"제게는 아무것도 필요한 것이 없습니다. 다만 소원이 있다면, 천경림에 절을 세우고 불교를 일으켜 이 나라가 복 받기를 빌 뿐입니다."

왕은 즉시 절을 짓도록 명했다. 그런데 아도가 이 절에서 설법할 때면 이따금 하늘꽃이 뚝뚝 떨어지곤 했다. 이 절이 바로 흥륜사이다.

그 무렵 모례의 누이동생 사씨가 아도를 따라 머리를 깎고, 삼천기에 절을

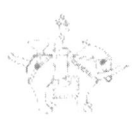

세우니 이것이 영흥사이다.

얼마 후 아도를 후원해 주던 미추왕이 세상을 떠났다. 전부터 아도를 미워
하던 자들은 왕이 감싸고도는 바람에 어쩌지를 못했는데 이제 왕이 죽고 없
자 다시 아도를 해칠 음모를 꾸몄다. 아도 역시 자신의 처지가 전과 같지 않
음을 잘 알았다. 불교를 전하는 일을 못하게 된 것은 물론, 당장 목숨을 부지
할 수 있을지조차 의심스러웠다.

아도는 시시각각 위험이 가까워지자 어느 날 조용히 서울을 빠져 나가 모
례의 집으로 달려갔다. 모례는 안 그래도 아도의 안부를 걱정하던 터라 반색
을 하며 맞았다. 모례가 안전하게 숨을 곳을 마련하려 하자 아도는 고개를 내
저었다. 그 날부터 아도는 모례 집 옆에 스스로 무덤을 파기 시작했다. 드디
어 자기가 들어갈 무덤이 완성되자 모례에게 작별인사를 하고 그 속에 들어
가더니 문을 닫아 버렸다.

아도가 자기가 판 무덤에서 스스로 목숨을 끊은 후, 신라의 불교도 점점
쇠퇴했다. 그로부터 약 200년 후, 즉 아도화상이 처음 와서 불교를 전한 때[미
추왕 2년(263년)]로부터 252년 후, 신라 23대 법흥왕이 즉위하면서 다시 불교가
발전하기 시작했다. 아도화상의 어머니 고씨가 3000여 개월이 지나면 불교를
일으킬 임금이 나타날 것이라 예언한 것이 그대로 맞은 것이다.

그러면 《신라본기》의 기록과 아도의 비문에 새겨진 기록이 이처럼 서로 다
른 것은 어떻게 이해해야 할까? 중국 양나라와 당나라의 《승전》이나 역사책
에는 고구려와 백제에 불교가 전해진 것은 동진 말기라고 기록되어 있다. 그
러므로 순도와 아도가 소수림왕 4년(374)경 고구려에 왔음은 분명하다. 그런

데 《신라본기》대로 아도가 소지왕 때 신라에 처음 왔다면 고구려에서 100년이나 살다가 온 것이 된다. 위대한 성인이라 보통 사람과는 다르다 해도 이는 믿기 어려운 일이다.

그렇지만 비문에 전하는 대로라면 그 시기가 미추왕 때로 고구려보다 100여 년이나 앞선 셈이다. 그 시대에는 신라가 나라 이름도 제대로 없고 문화적으로도 미개했는데 어떻게 아도가 불교를 전파할 수 있었겠는가. 더구나 가까운 고구려를 두고 신라에 먼저 왔다는 것은 이해하기 힘들다. 설사 미추왕 때 잠깐 불교가 일어났다 해도 그 중간에 250여 년 동안 완전히 사라졌다는 것은 있을 수 없는 일이다.

이렇게 저렇게 따져 볼 때 아마도 고구려, 백제에 먼저 들어오고 그 후에 신라로 전해졌을 것이다. 고구려 소수림왕 때라면 신라 눌지왕 시대와 가까운 만큼 아도가 고구려에서 사자로 온 것은 눌지왕 때가 아닐까? 또 아도가 공주의 병을 치료했다고 전해지는 것으로 보아, 이른바 '묵호자' 란 아도의 별명이었을 것이다. 아도와 묵호자가 비슷하게 생겼다고 한 것으로 보아도 같은 사람임이 분명하다. 3000여 개월이란 말도 그대로 믿을 수는 없으며, 다만 눌지왕 때부터 법흥왕이 불교를 인정한 527년까지가 100여 년에 달하니 1000여 개월이라면 비슷하다.

또 중국 승려 담시에 대한 다음과 같은 기록도 생각해 볼 만하다.

담시는 중국 북위(北魏) 때 활약한 중으로 여러 가지 신기한 일을 많이 남겼다. 그는 동진 시대에 요동에 가서 불교를 전파했는데 이것이 고구려가 불교

를 받아들이게 된 시초였다. 그는 얼굴보다 발이 더 희고, 진흙탕 속을 다녀도 발이 더러워지는 법이 없었다. 그래서 세상 사람들은 그를 백족화상(白足和尙)이라고 불렀다.

남북조 시대의 혼란기, 북위의 척발도는 장안을 점령하고 위세를 떨쳤다. 그 때 최호라는 자가 척발도의 신임을 등에 업고 도교 교주 구겸지와 함께 불교를 없애려고 날뛰었다. 그러자 담시는 척발도를 감화시키기 위해 산 속에서 나와 궁궐로 갔다.

척발도는 담시가 왔다는 말을 듣고 군사들에게 그를 죽이라고 명령했다. 그러나 군사들이 아무리 칼을 휘둘러도 담시는 한 군데도 다치지 않았다. 화가 난 척발도가 칼을 뽑아 들고 직접 목을 베었지만 상처 하나도 남기지 못했다. 칼로는 도저히 죽일 수가 없게 되자 이번에는 궁궐 한쪽에서 기르고 있던 호랑이에게 데려가 죽이려 했다. 그러나 으르렁거리던 호랑이도 담시 앞에서는 꼬리를 내리고 감히 다가올 생각을 하지 않았다. 그제야 척발도는 부끄러움과 두려움으로 몸을 떨며 담시를 놓아 주었다.

이런 일이 있고 나서 척발도는 전염병에 걸리고, 최호와 구겸지도 괴질에 걸리고 말았다. 척발도가 가만히 생각해 보니 최호와 구겸지가 잘못해서 자기까지 부처님께 죄를 지어 병을 얻은 것이므로, 지금이라도 그 두 놈을 벌주고 부처님께 용서를 빈다면 살 수 있을 것 같았다. 그래서 척발도는 두 사람은 물론 그 가족들까지 모두 죽여 버리고, 전국에 영을 내려 불교를 크게 일으켰다. 그 뒤로 담시는 종적을 감춰서 죽었는지 살았는지 그 행방을 아는 이가 없었다.

이 전기에는 담시가 동진 시대에 동방에 왔다가 10여 년을 머물고 돌아갔
다고 하는데, 우리 역사에는 담시가 왔었다는 기록이 없다. 무슨 까닭일까?
기록들을 종합해 볼 때 아도, 묵호, 마라난타와 담시는 그 시대나 행한 일에
비슷한 점이 많았다. 아마도 담시가 그 세 사람 중 어느 한 사람의 이름으로
활동했던 것이 아닐까.
이분들을 찬양한다.

> 금교에 눈이 쌓여 아직 녹지 않으니
> 계림 땅에 봄빛은 돌아오지 않았건만
> 어여쁘다, 봄의 신은 생각도 많아
> 모례 집 매화꽃을 먼저 피게 했구나.

이차돈, 몸을 던져 불교를 일으키다

    신라 법흥왕 14년(527), 이차돈(異次頓)이 불교 중흥을 위해 목숨을 버렸는데 그 자세한 얘기는 남간사 승려 일념의 기록에 전해진다. 대강 그 내용을 간추려 보면 이렇다.

    법흥왕은 독실한 불교 신자였다. 하루는 왕이 신하들을 불러놓고 말했다.

    "옛날, 중국 한나라의 명제가 꿈에 부처님의 계시를 받고부터 불교가 동쪽으로 전해지게 되었소. 오래 전 부처님의 가르침을 접한 후 나는 부처님의 가르침에 따라 행하려고 애써 왔소. 왕위에 오른 이후 늘 꿈꾸던 일이 있으니, 다름이 아니라 만백성들을 위해 기도하고 수양할 절을 짓는 것이오. 내 생각에 지금이 바로 그 일을 하기에 좋은 때라 여겨지오. 그대들의 의견은 어떻소?"

    그러나 신하들은 나라의 재정이 아직 풍족하지도 못한 때 절을 짓는다는 것은 국고 낭비라고 반대했다. 절을 지을 만한 돈이 있다면 차라리 성을 쌓고 무기를 만드는 편이 나라에 훨씬 도움이 되리라는 것이었다. 아직 불교가 널리 퍼지기 전이었던 이 시기에 신하들이 이같이 반대하고 나선 것은 어쩌면 당연한 일이었다.

그러나 한 국가를 다스리는 '왕' 이라는 직책에서 별 즐거움을 느끼지 못했던 법흥왕에게는, 그나마 나랏일로 바쁜 틈틈이 부처님의 가르침을 배우고 닦는 것이 유일한 낙이었다. 그런 만큼 모처럼 마음먹은 일이 신하들의 반대에 부딪히자 왕은 크게 실망했다.

그런데 이런 왕의 속마음을 꿰뚫어 본 신하가 있었다. 그가 바로 이차돈이다. 이차돈의 아버지가 누구인지는 알 수 없고, 다만 할아버지가 아진 벼슬을 지냈다고 전해진다. 이차돈은 성격이 대쪽 같고 청렴결백해서 일찍부터 여러 사람들의 기대를 모았다. 더구나 조상 때부터 선행을 많이 베풀기로 유명한 집안의 자손인지라 모두들 장래 조정의 중신이 되어 충성을 다할 것으로 믿고 있었다.

당시 그의 나이는 스물둘로, 벼슬길에 들어선 지 얼마 안 된 하급관리였다. 이차돈은 법흥왕의 뜻을 눈치채고 시름에 잠겨 있는 왕에게 슬며시 말했다.

"소신이 듣자하니 옛 사람들은 미천한 농부에게도 그 계략을 물었다고 합니다. 소신이 미천하오나 감히 대왕이 뜻하시는 바를 알고자 하옵니다."

법흥왕은 아직 새파랗게 젊은 신하가 무슨 방법이라도 알고 있는 양 자신 있게 물어 보는 데 어이가 없어서 한 마디로 딱 잘라 물리쳤다.

"네 알 바가 아니다. 물러가거라."

그러나 이차돈은 꿈쩍도 않고 다시 말했다.

"나라를 위해 목숨을 바치는 것은 신하의 절개이고 임금을 위해 죽는 것은

백성 된 자의 도리라 했습니다. 소신이 대왕의 뜻을 이룰 수 있는 한 가지 방법을 아뢰고자 합니다. 이제 대왕께서 임금의 뜻하는 바를 잘못 전했다 하시고 신의 목을 베신다면, 만백성이 엎드려 감히 대왕의 명령을 어기지 못할 것이옵니다."

왕은 이차돈의 말을 듣고 깜짝 놀랐다. 한낱 애송이로만 생각했던 젊은 신하가 뜻밖에 자신의 속내를 알아채고서 제 목숨을 던져 왕의 뜻을 이루고자 나선 사실이, 너무나 놀랍고 감격스러웠다. 왕은 떨리는 목소리로 이차돈을 타일렀다.

"너의 생각이 참으로 갸륵하구나. 허나 살을 뜯어 몸을 덜어서라도 한 마리 새를 살려 내고, 피를 뿌리고 목숨을 끊어서라도 일곱 마리의 짐승을 불쌍히 여긴다고 들었다. 내 생각은 백성을 이롭게 하려는 것이지 다른 뜻이 아닌데, 어찌 그를 위해서 죄 없는 사람을 죽이겠느냐. 네가 좋은 일을 행하여 공덕을 쌓고자 함은 알겠으나 오히려 죄가 될 일이다. 말만 들어도 내게는 큰 위안이 되는구나."

그러나 이차돈은 생각을 바꾸지 않았다.

"모든 것이 다 버리기 어렵지만 무엇보다 가장 버리기 힘든 것은 제 목숨일 것이옵니다. 그러나 소신이 저녁에 죽어서 아침에 큰 가르침이 이루어진다면 부처님 세상이 환하게 밝아 오고 대왕께서 길이 편안하실 것이니, 그 이상 무엇을 바라겠나이까? 부디 소신의 간절한 소망을 거절하지 마옵소서."

"봉황의 새끼는 어려서도 하늘을 찌를 큰 뜻이 있고 기러기나 고니의 새끼는 날 때부터 파도를 끊을 기세가 있다더니, 바로 너를 두고 한 말이로구나.

진실로 보살과 같은 선비의 행실이로다."

왕은 그의 뜻이 바뀌지 않음을 알고 하는 수 없이 이차돈의 말에 따르기로 했다. 그리하여 시퍼런 칼을 든 병사들을 사방에 세워 놓고 보기에도 끔찍한 형틀을 갖다 놓은 다음 문무백관들을 모두 불러들였다. 신하들은 대궐의 분위기가 삼엄한 데다 평소와는 달리 왕조차 서슬이 퍼래서 버티고 있는데 무슨 영문인지 모르면서도 감히 물어 볼 엄두를 못 냈다.

그 때 왕이 노기 띤 목소리로 물었다.

"그대들이 내가 절을 지으려 한다고 소문을 냈는가?"

신하들은 어쩔 줄 몰라 하면서 그런 일이 없노라고 손을 들어 맹세했다. 그러나 왕은 이차돈을 불러 꾸짖었다.

"내가 한 말을 제대로 전하지 못해서 이처럼 임금과 신하 사이를 어지럽히고 왕명을 욕되게 하였으니, 네 죄를 네가 알렸다?"

이차돈은 고개를 떨군 채 아무 소리도 못했다. 왕은 노기등등해서 당장 저 자의 목을 베라고 명했다. 옆에 있던 군졸들이 우르르 달려들어 형장으로 끌고 갔다. 지켜보는 신하들은 일이 이렇게 되는데 아연실색해서 어찌할 바를 몰랐다. 그러나 당사자인 이차돈은 죽음이 코앞에 닥쳤어도 전혀 당황하지 않았다. 그는 담담한 어조로 하늘에 기원했다.

"임금님이 불교를 일으키고자 하시매 제가 목숨을 던져 얽힌 인연들을 버리오니, 하늘은 두루 여러 사람들에게 징표를 보여 주소서."

마침내 형리가 칼을 내리쳤다. 순간 이차돈의 목에서는 붉은 피대신 흰 빛깔의 젖이 한 길이나 치솟았다. 붉게 비추던 저녁 햇살은 순식간에 빛을 잃고

사방이 캄캄해지며 땅이 흔들리는데 하늘에서는 문득 꽃비가 내리기 시작했다. 샘물은 갑자기 말라 물고기가 날뛰고 나무는 벼락을 맞은 듯 두 동강이 나 버렸다. 왕도 슬픔에 겨운 나머지 눈물로 옷자락을 적셨고 신하들은 마음 아프고 걱정스러워서 식은땀을 흘렸다. 함께 놀던 친구들은 마치 부모를 잃은 듯 애끓는 통곡을 멈추지 않았다.

모두들 애도하며 말하기를 "옛날 개자추(介子推)가 다리살을 베어 주군을 섬긴 것도 이차돈의 충절에는 비할 수가 없고, 홍연(弘演)이 배를 갈라 주인의 시체를 거둔 것도 이차돈의 장렬함에는 견줄 수가 없구나."라고 했다. 참으로 성자가 아니고서는 할 수 없는 일이다.

진나라 왕 문공의 신하인 개자추는 피난길에 왕이 굶어 죽을 지경에 이르자, 자신의 허벅지 살을 베어 받쳤다고 한다. 한편 위나라 왕 의공의 신하인 홍연은 적들이 의공을 죽인 다음 살은 다 먹고 간만 버려 둔 채 떠나 버리자, '임금의 몸뚱이가 되어 드리겠습니다.' 하고는 자신의 배를 갈라 왕의 간을 집어넣고는 죽었다고 한다.

이차돈의 시신은 경주 금강산 서쪽 고개에 정중히 모셔졌다. 전하는 얘기로는 이차돈의 목을 베니 그 머리가 날아가 경주 금강산에 떨어졌기에 이 곳에 장사 지낸 것이라 한다.

이차돈의 가족들은 좋은 터를 골라서 절을 짓고 이름을 자추사라고 했다. 이 자추사에 불공을 드린 집은 대대로 복을 누리고 또 여기서 도를 닦은 사람

은 모두 불교의 큰 이치를 깨닫게 되
니 영험한 (절)로 알려지게 되었다.

이차돈이 순교하면서 신라에는 불
교가 크게 일어나, 절들이 별처럼 곳
곳에 들어서고 탑들은 기러기 떼 모양
으로 늘어서게 되었다. 훌륭한 스님들
이 나타나 세상 사람들을 교화하였으
며, 저 멀리 인도와 중국으로부터 고
승들의 발길이 끊이지 않았다. 마침내
삼국 통일의 위업을 이루어 하나의 나라
를 세웠을 뿐 아니라 높은 덕으로 세상을 한 집안으로
감싸게 되었으니, 이 모두 세 성인(아도, 법흥왕, 이차돈)의 덕이
아니겠는가?

이차돈을 기리기 위해 세웠다는 영험한 절 자추사는 오늘날 백률사라는 이름으로 불린다. 백률사의 종에는 이차돈이 순교할 당시의 모습이 담겨 있다.

그 후 헌덕왕 9년(817)에 이르러 새로 이차돈의 무덤을 고치고 큰 비석을 세
워 그 뜻을 기렸다. 전하는 말로는 마을 어른들이 그의 제사 때만 되면 언제
나 흥륜사에 모여 예배를 드린다고 한다.

감개롭다! 그 임금이 없었다면 그런 신하도 없었을 것이요, 그 신하가 없
었더라면 그 공덕도 없었으리라. 마치 유비와 제갈량의 물과 고기 같던 그 관
계, 구름과 용이 서로 감응하는 것과 같은 아름다운 일이로다.

법흥왕은 한동안 끊어졌던 불교의 명맥을 다시 이어서 마침내 절을 짓는
일에 착수했다. 절이 완성되는 날, 법흥왕은 드디어 면류관과 곤룡포 대신 승

복을 걸치고 속세의 영화를 뒤로 한 채 수도의 길로 들어섰다. 그 때부터 그 절의 주지로 있으면서 대중들에게 불교의 가르침을 전하니, 새로 즉위한 조카 진흥왕은 그 절에 '대왕흥륜사'라는 이름을 내렸다. 법흥왕의 왕비 파조부인도 함께 머리를 깎고 중이 되어 영흥사를 세웠다.

법흥왕과 진흥왕, 이 두 임금이 모두 왕위를 버리고 끝내 승려가 되었으나 역사책에는 기록되어 있지 않은 것은 통치의 교훈이 아니기 때문인가?

이제 신라 불교의 꽃을 피우신 성인들을 찬미한다.

〈법흥왕〉
거룩한 지혜는 만대를 생각하건만
구구한 여론은 쓸데없이 사소한 일만을 논하네.
진리의 수레바퀴는 임금의 금수레를 따라 구르고
태평성대는 부처님 세상을 따라 높아졌네.

〈이차돈〉
의를 좇아서 죽음도 놀랄 만한데
하늘꽃 흰 젖은 더욱 느껴지도다.
문득 한 칼 아래 몸을 던진 뒤로
절마다 범종소리 하늘을 울리네.

도교를 신봉한 고구려, 끝내 망하다

　　고구려 말, 당나라에서 도교가 들어오니 많은 사람들이 앞다투어 이 새로운 종교를 믿기 시작했다. 고구려의 마지막 왕, 보장왕은 즉위하자마자 유교·불교·도교, 세 가지 종교를 똑같이 받아들여 발전시키려고 했다. 그 때 왕의 총애를 받던 재상 연개소문이 나서서 말했다.

　　"우리 나라에는 유교와 불교가 일찍부터 전해져 널리 성행하고 있으나 도교는 아직 시작에 불과합니다. 그러므로 당나라에 사신을 특파해서 도교의 가르침을 구해 오도록 함이 좋을 줄 압니다."

　　보장왕은 개소문이 열렬히 설득하는 말에 마음이 움직였다. 당시 나라의 큰스님이었던 보덕화상이 반룡사에 있다가 이런 사정을 알게 되었다. 보덕은 사이비 종교가 들어와서 정도(正道)를 어지럽히면 결국 나라가 위험에 빠질 것이라 걱정하여 여러 차례 왕에게 그만두도록 진언했다. 그러나 개소문에게 마음을 뺏긴 보장왕은 보덕의 말에 한 번도 귀를 기울이지 않았다.

　　보덕은 고구려의 앞날도 얼마 남지 않았음을 알고, 신통력을 써서 절 방을 남쪽의 전주 고대산으로 날려 보내 그리로 옮겨 갔다. 이 때가 650년 6월이

니, 그로부터 20년이 채 안 되어 고구려는 망하고 말았다. 지금 경복사에 있는 비래방장(飛來方丈)이라는 방이 바로 보덕이 날려 보낸 것이라 한다.

이상은 《국사》에 전하는 기록이다.

당나라 역사책에 보면, 수나라의 양제가 고구려를 침략했을 때 부하 양명이라는 자가 전사하게 되었는데 그가 죽으면서 "내가 반드시 고구려에 다시 태어나 그 나라를 망하게 하리라." 하더니 개소문이 바로 그 양명의 후신(다시 태어난 몸)이라 했다. 그래서 양(羊)과 명(明)이 합해져 개(盖)씨가 된 것이라고 한다.

고구려의 옛날 기록에는 이와 비슷한 얘기가 전해진다.

수나라의 양제가 30만 대군을 거느리고 쳐들어왔을 때이다. 고구려 영양왕은 수나라의 대군에 맞서서 2년 정도를 잘 버티어 냈지만 마침내 힘이 달려 항복을 청했다.

그런데 어떤 사람이 몰래 작은 활을 숨겨 가지고 항복 문서를 전하러 가는 사신과 함께 양제의 막사로 들어갔다. 양제가 좋아라 하고 항복 문서를 받아 읽을 때 그 사람이 갑자기 활을 꺼내 쏘았다. 화살이 양제의 가슴에 박히면서 피가 솟구치니 주위는 삽시간에 아수라장이 되고 말았다. 양제의 상처는 생각보다 깊어서 즉시 군사를 돌려 본국으로 돌아가지 않으면 안 되었다. 양제는 뜻밖의 봉변을 당하고 어처구니가 없어 한숨을 지으며 말했다.

"내가 천하를 다스리는 임금으로 조그만 나라 하나를 치면서 이런 욕을 당했으니 대대로 웃음거리가 되겠구나."

이 탄식을 들은 신하 중에 양명이라는 자가 있다가 이렇게 맹세했다.

"제가 죽어서 고구려의 대신으로 다시 태어나 반드시 그 나라를 멸망으로 이끌어 대왕의 원수를 갚겠나이다."

양명은 과연 죽어서 고구려에 다시 태어났다. 열다섯 살에 이미 총명하고 신통해서 사람들의 입에 오르내릴 정도였다. 임금이 그 소문을 듣고 대궐로 불러들여 보니 듣던 대로였다. 그 자리에서 신하로 삼아 늘 곁에 두고 총애했는데, 후에는 벼슬이 소문에까지 이르렀으니 소문은 시중에 해당하는 벼슬이다. 그는 스스로 성을 개(蓋)라 하고 이름을 금(金)이라 했다.

개금이 하루는 왕에게 말했다.

"솥에 3개의 발이 있는 것처럼 나라에도 3교가 있어야 하는 법입니다. 그런데 지금 살펴보면 우리 나라에는 유교와 불교만이 있고 도교가 없습니다. 이 때문에 나라가 불안하고 위태해지니 이제라도 당나라에 사신을 보내 도교를 구해 오는 것이 좋을 줄 압니다."

왕은 그럴듯하게 여겨 즉시 당나라에 도교를 전해 달라고 요청했다. 당 태종은 쾌히 승낙하고 도사(도교를 믿고 수행하는 사람) 여덟 명을 보내 주었다. 왕은 불교의 절을 도관(도교의 사원)으로 바꾸어 쓰게 하고, 도사들을 유학자보다 높여 대우했다.

당나라에서 온 도사들은 고구려 왕의 환대를 이용해 오히려 나라 안 곳곳을 돌아다니며 유명한 산천의 정기를 죽이는 행패를 부렸다. 더구나 평양성이 향후로도 더 발전할 수 있는 초승달 모양임을 알고는, 주술을 이용해서 보름달 모양으로 성을 덧쌓아 버렸다. 그 뿐만이 아니었다. 그 때 평양성에는

208

조천석(朝天石)이라는 신령한 돌이 있었는데, 거기에는 옛날 훌륭한 임금이 이 돌을 타고 하늘에 올라가 옥황상제를 뵈었다는 전설이 있었다. 중국에서 온 이 도사들은 그 조천석에 징을 박아 깨뜨려 버렸다.

개금은 여기서 멈추지 않고 또 왕을 부추겨서 천 리가 넘는 대규모 장성을 쌓기 시작했다. 집집마다 남자란 남자는 몽땅 이 공사에 끌려 가고 여자들만이 남아 농사일을 하였으니, 그 세월이 16년이었다. 그러나 16년 공사가 끝났을 때는 나라 살림이 말도 못하게 줄어들었을 뿐 아니라 백성들의 불만은 하늘을 찌를 듯했다. 나라는 점점 쇠약해져서 마침내 보장왕 27년(668), 신라와 당의 연합 공격에 고구려는 무릎을 꿇고 말았다. 왕은 포로가 되어 당나라로 잡혀 가고, 남아 있던 왕의 아들이 4,000여 가구의 유민들을 이끌고 신라로 투항했다.

고려 때 대각국사 의천이 경복사 비래방장을 찾아가 예불을 드리고 지은 시가 있다.

> 열반경과 방등경의 가르치심
> 우리 스님께서 전수하신 것
> ……
> 애석하구나. 방을 날려 온 뒤로는
> 동명왕의 옛 나라가 위태로워졌구나.

보덕화상에게는 11명의 훌륭한 제자가 있었는데, 그 가운데 무상화상은 금동사를, 적멸과 의융 두 법사는 진구사를, 지수는 대승사를, 일승은 대원사를, 수정은 유마사를, 사대는 중대사를, 개원화상은 개원사를, 그리고 명덕은 연구사를 창건했다.

이에 시를 지어 그 덕을 기린다.

석가의 도 넓고 넓어 바다같이 무궁하니
개울이 모여들듯 유교, 도교 복속해 오네.
가소롭다. 고구려왕이 수렁에 눈이 멀어
누운 용이 남쪽 바다로 옮겨 감을 몰랐구나.

원광법사, 중국 유학길에 오르다

신라의 고승 원광법사에 대한 이야기는 여러 책에 실려 있는데 여기서는 그 몇 가지를 간추려 적는다. 당나라 때 펴낸 《속고승전(續高僧傳)》 13권에는 다음과 같은 이야기가 전한다.

신라 황룡사의 중 원광은 본래 성이 박씨로 진한 사람이다. 유서 깊은 가문에서 태어난 그는 어려서부터 책읽기를 좋아해서 도교와 유학, 철학과 역사 등 여러 분야를 두루 섭렵했다. 글솜씨 또한 뛰어나서 삼국에 그 이름을 모르는 사람이 없을 정도였다. 그러나 원광 자신은 항상 자신이 우물 안 개구리는 아닌가 돌아보며 보다 넓은 세상으로 나아가 지식과 견문을 넓히고자 했다. 그는 중국 유학을 결심하고 그 때부터 가까운 친구들과도 떨어져 그 준비에 몰두했다.

마침내 나이 스물다섯에 그는 보다 큰 배움을 찾아 중국행 배에 몸을 실었다. 원광이 오랜 항해 끝에 금릉(지금의 남경)에 도착했을 때는 바야흐로 진나라 시대로, 진나라는 무엇보다 학문을 장려하는 국가로 유명했다. 그런 만큼 학문을 연구하고 도를 구하는 수많은 인재들이 각지에서 모여들었고 각양각색의 책들도 손쉽게 구할 수 있었다. 원광에게는 더할 수 없이 좋은 기회였다. 그는 유명한 선생들을 찾아다니며 그 동안 품고 있었던 의문들을 하나하나 질문하고 파헤쳐 깨달아 갔다.

그러던 어느 날이었다. 장엄사의 민공이라는 승려가 도를 깨쳤다는 소문을 들은 원광은 즉시 장엄사로 찾아갔다. 그러나 민공은 없고 그 제자만이 있었다. 원광은 크게 실망했지만 제자의 말을 들으면 그 스승을 알 수 있겠거니 하고 제자의 강론이나마 듣고 가기로 했다. 처음엔 시큰둥해서 앉아 있던 원광은 그러나 이내 그 설교의 가르침에 빠져 들어갔다. 그 때까지 그는 유교 경전에 심취해서 그 이론이 가장 깊이가 있다고 생각하고 있었는데, 막상 불교의 이치를 듣고 보니 그런 지식은 모두 썩은 지푸라기와 같이 여겨졌다.

그는 당장 헛된 유학 공부를 집어치우고 승려가 되기로 결심했다. 진나라 임금에게 글을 올려 불교에 귀의할 것을 청하자 허락이 내렸다. 그는 머리를 깎은 뒤 그 때부터 전국의 절을 순례하며 깨달음을 구하기 위해 잠시도 쉬지 않고 노력했다. 불경의 모든 이론을 두루 연구하고 그 가르침을 마음에 새겨 언제나 잊지 않았다.

후에는 오나라의 호구산으로 들어가 참선을 계속하였는데 그의 명성을 듣고 마음의 안식을 구하려는 사람들이 구름처럼 모여들었다. 그러나 마침내 깨달음을 얻은 뒤에는 세상일에서 일체 마음을 끊고 오직 높은 이상을 좇아 살기로 마음먹었다. 이 무렵 호구산 아래 살던 한 신도가 원광에게 설교를 부탁했다. 원광이 한 마디로 거절했지만 그 신도는 거듭거듭 간곡하게 청하는

것이었다. 원광도 더 이상 사양하기가 미안해서 결국 승낙하고 말았다. 모처럼 원광이 강의를 한다니까 사방에서 많은 사람들이 모여들었다. 그는 해박한 지식과 명철한 해석으로 어려운 불교 교리를 쉽고 재미있게 해설해 주었다. 또 사람들의 질문에도 막힘없이 자상하게 설명해 주니 모두들 좋아하며 만족해했다.

원광도 오랜 은둔 생활에서 벗어나 이렇게 진리를 전파하는 일이 즐겁기만 했다. 더구나 많은 사람들이 자신의 설교를 듣고 기뻐하는 것을 보니, 이 일이 내가 할 일이구나 싶었다. 그 날로 산을 내려온 원광은 자신을 부르는 곳이라면 어디든 달려가서 불법을 전파했다. 그의 명성은 중국 남방 일대에 퍼져서 험한 길을 마다않고 그를 찾아오는 구도자들이 마치 물고기의 비늘처럼 이어졌다.

당시 중국은 남과 북으로 갈라져 여러 나라들이 세력을 다투고 있을 때였는데, 점차 북중국에서 일어난 수나라가 그 힘을 키워 천하를 호령하기에 이르렀다. 수나라의 군대가 쇠퇴 일로에 있던 진나라의 서울로 쳐들어왔을 때였다. 이 난리통에 원광이 있던 절도 수나라 군대의 습격을 받아서 원광도 죽음을 당할 지경이 되었다.

수군의 대장은 자기 군사들이 절에 불을 지르는 것을 보고 놀라서 달려갔다. 그러나 불을 끄려고 가 보니 불씨는 한 점도 없고, 다만 탑 앞에 웬 승려 하나가 묶여서 사형 집행을 기다리고 있었다. 수군의 대장은 그 승려의 신통력으로 불길이 꺼진 것을 알고 보통 사람이 아니다 싶어 얼른 풀어 주었다. 원광의 영험함이 이처럼 놀라웠던 것이다.

이 일을 겪은 후 원광은 새로 일어나는 중국 북방 지역을 순례할 마음을 먹었다. 그가 수나라의 서울 장안에 도착했을 때는 바야흐로 불교가 이 지역에 처음 전해져 발전하기 시작할 때였다. 여기서도 원광의 명성은 순식간에 널리 퍼져 갔다.

원광은 애초에 세운 뜻도 이루고 중국에서의 전도 사업도 어느 정도 완수하고 나니, 이제는 하루라도 빨리 귀국해서 고국의 백성들에게 자기가 깨달은 바를 전하고 싶었다. 고국 신라에서도 그의 명성을 듣고 수나라 황제에게 편지를 보내 원광을 돌려보내 달라고 청했다. 수나라 황제는 원광을 붙잡으려고 애썼지만 그의 결심이 굳은 것을 알고 할 수 없이 그를 고향으로 돌아가게 했다.

원광이 수십 년 만에 고국에 돌아오자 남녀노소 할 것 없이 모든 사람들이 쏟아져 나와 열렬히 환영했다. 진평왕은 원광을 대궐로 초청해 얘기를 나눈 뒤, 항상 존경을 표하며 성인처럼 떠받들었다.

원광은 겸손하고 인정이 많아서 누구에게나 따뜻하게 대했다. 말할 때도 웃음을 잃지 않았고 성낸 얼굴을 하는 법이 없었다. 조정에서는 중요한 일이 있을 때마다 그에게 자문을 구했으므로, 관리는 아니지만 실제로는 재상과 다름없었다. 이것은 하나의 제도로 굳어져서 지금까지 전해 오고 있다. 왕은 원광이 나이가 들어 거동이 불편해지자 가마를 탄 채 대궐에 들어올 수 있는 특혜를 주었고 의복과 약, 음식을 모두 왕이 손수 장만할 정도로 극진히 모셨다.

어느 날 아침, 자리에서 일어날 때 원광은 몸이 평소와는 달리 조금 불편함을 느꼈다. 그는 때가 왔음을 알고 나라와 백성들에게 남길 훈계를 곰곰이

생각했다. 마침내 이레째 되는 날, 원광은 절실한 훈계를 유언으로 남기고는 머물고 있던 황룡사 한쪽 방에 단정히 앉아 입적하였다. 나이 아흔아홉, 640년의 일이다.

그가 임종할 때 절의 동북쪽 하늘에서 음악 소리가 들려왔고 절 안 가득 이상한 향기가 충만했으므로 불교 신도건 아니건 모두 그의 영험함을 알게 되었다. 나라에서는 원광의 장례를 왕자의 예와 똑같이 해서 치렀다.

원광이 입적하고 얼마 후의 일이었다. 어떤 사람이 사산을 해서 죽은 아이를 낳았다. 신라 풍속에 뱃속에서 죽은 아이는 유복한 사람의 무덤에 묻어야 자손이 끊이지 않는다는 말이 있었다. 그래서 그 사람은 한밤중에 몰래 원광의 무덤을 찾아가 그 곁에 슬그머니 죽은 아이를 묻어 버렸다. 그런데 바로 그 날, 무덤에 벼락이 치더니 죽은 아이의 시체가 벼락을 맞고 묘지 밖으로 내던져졌다. 이 일이 있은 뒤부터는 원광을 존경하지 않던 이들도 모두 받들어 공경하게 되었다.

원광법사에 대해서는 제자 원안이 쓴 다음과 같은 이야기가 있다.

한번은 신라 왕이 까닭 없이 시름시름 앓아서 의원이란 의원은 다 불렀으나 도무지 나을 기미가 보이지 않았다. 그 때 원광이 영험하다는 얘기를 듣고 대궐로 청해 들였다.

원광은 밤마다 두 차례씩 왕에게 설법을 하기 시작했다. 하루하루가 지나면서 왕은 부처님의 가르침을 마음 깊이 받아들여 마침내 계를 받고 열성적인 신도가 되었다. 그러던 어느 날, 초저녁 무렵이었다. 원광이 다가오는 것을 바라보고 있던 왕은 원광의 머리 주위가 황금빛으로 찬란히 빛나며 해무리처럼 생긴 것이 따라오는 것을 보았다. 옆에 있던 왕비와 궁녀들도 다 같이 이 광경을 보고 놀랐다. 이 때부터 왕은 병이 나을 수 있다는 확신을 갖고 원광을 더욱 존경하며 따랐고, 원광도 왕이 이처럼 신심을 갖고 대하는 데 용기를 얻어 열심히 병상을 지켰다. 이러한 서로의 믿음이 통했음일까? 얼마 지나지 않아 마침내 왕은 병석에서 일어나 건강을 되찾았다.

원광스님은 신라와 백제에 불교를 널리 전파하고 해마다 두 번씩 강연을 열어 후진들을 양성했다. 또 시주받은 재물들은 전부 절 짓는 데 털어 넣었으므로 돌아가신 뒤 남은 것은 옷과 밥그릇뿐이었다.

경주 정효라는 사람 집에 소장되어 있던 《수이전(殊異傳)》이라는 책에는 아래와 같은 원광법사의 전기가 실려 있다.

원광법사의 성은 설씨요, 서울(경주) 사람이다. 스님이 되어 불법을 공부하던 중, 나이 삼십에 혼자 조용히 수도할 생각으로 삼기산으로 들어갔다. 4년이 지난 어느 날, 웬 중 하나가 삼기산으로 들어오더니 원광의 암자에서 멀지 않은 곳에 따로 절을 짓고 도를 닦기 시작했다. 그런데 이 중은 사람됨이 사나울 뿐 아니라 정도(正道)가 아닌 주술을 닦는 데만 몰두했다. 2년 동안 서로 지척에 있었지만 추구하는 바가 너무나 달랐기 때문에 인사조차 나누는 일이 적었다.

하루는 원광이 밤에 홀로 앉아 불경을 외는데 갑자기 신령이 그의 이름을 부르는 것이었다. 모습은 없이 들려오는 그 소리는 이렇게 말했다.

"그대의 공부하는 태도야말로 장하기도 하구나! 수행한다는 자들은 많아도 그대같이 바르게 공부하는 자는 드물기만 하더라. 이웃에 사는 중을 보면 주술을 외우느라고 시끄럽게 떠들어 다른 사람의 명상을 방해만 할 뿐 얻는 것은 없구나. 더구나 내가 다니는 길목에 집을 지어 오갈 때마다 번거로워서 이제는 미운 생각까지 든다. 이러다가는 내가 조만간 죄를 지을지도 모르니 그대는 나를 위해 그에게 다른 곳으로 옮겨 가라고 일러 주게나."

이튿날 원광은 그 중을 찾아가 알렸다.

"내가 어젯밤에 신령의 말을 들었는데 대사는 다른 곳으로 옮기는 게 좋겠소. 그렇지 않으면 무슨 재앙이 있을지 모르오."

그러나 그 중은 한 마디로 비웃고 콧방귀도 뀌지 않았다.

"독실한 수행자도 마귀에게 홀리는군. 법사는 여우귀신이 지껄이는 말 따위에 뭘 그리 염려하시오?"

그 날 밤 다시금 신령이 와서 물었다.

"어제 내가 말한 일을 얘기하니 그 중이 뭐라고 하던가?"

원광은 사실대로 말했다가 신령이 노할까 봐 대답을 얼버무렸다.

"제가 아직 전하지 못했으나 말한다면 어찌 감히 듣지 않겠습니까?"

"내가 이미 둘이 하는 말을 다 들었는데 법사는 무얼 그렇게 보태서 말하는가? 이제 잠자코 내가 하는 일을 보기나 해라."

그러고는 신령은 작별하고 가 버렸다. 그 날 밤이었다. 한밤중에 갑자기 뇌성벽력이 치는 듯 큰 소리가 들리더니 다시 잠잠해졌다. 원광은 드디어 신령이 일을 벌였나 보구나 싶어 걱정이 되었다.

다음 날 아침, 날이 밝자마자 그 중이 사는 곳으로 달려가 보니 산사태가 나서 중이 살던 절은 흙더미에 묻혀 버리고 흔적도 없었다. 신령은 다시 와서 물었다.

"그래, 법사가 보기에 어떻던가?"

"매우 놀라고 두려웠습니다."

"내 나이가 삼천 살이 다 돼 가는 데다 술법이 굉장하지. 이런 일은 조그만 일에 불과한데 뭐 그리 놀랄 게 있겠는가. 나는 앞으로 일어날 일도 모르는 것이 없고 천하에 못하는 일이 없네. 내가 보니 법사가 그저 이 곳에만 산다면 비록 자기 몸을 닦는 데는 성공할지 몰라도 다른 사람을 이롭게 하는 공덕은 없을 것이네. 이 세상에서 덕을 쌓아 이름을 떨치지 못한다면 다음에 오는 세상에서도 좋은 과보를 거두지 못하는 법이지. 그런데 왜 법사는 중국에서 불법을 공부해 와서 이 나라의 헤매고 있는 중생들을 인도하지 않는가?"

"중국에 가서 도를 배우는 것은 저의 오랜 소망입니다. 다만 넓은 바다가 가로막혀 있어 제 힘으로는 오갈 수가 없기 때문에 이러고 있을 뿐입니다."

법사의 말을 들은 신령은 중국으로 갈 수 있는 방도를 자세히 일러 주었다. 원광은 그 신령이 일러 준 대로 해서 마침내 중국으로 가게 되었다. 11년 간 머물며 불경을 두루 섭렵하고 돌아온 원광은 자신을 도와 준 신령에게 감사를 드리고자 옛날 자기가 머물렀던 삼기산 암자로 찾아갔다. 밤이 깊자 전처럼 신령이 홀연히 그의 이름을 부르며 말했다.

"바다와 육지의 그 먼 길을 어떻게 다녀왔는고?"

"신령님의 큰 은혜를 입어 편안히 갔다 왔습니다."

원광은 감사 인사를 드린 후 용기를 내어 말했다.

"신령님의 모습을 볼 수 있겠습니까?"

이에 신령이 대답했다.

"법사가 만일 내 형체를 보려거든 아침 일찍 동쪽 하늘가를 바라보라."

이튿날 아침 원광이 동쪽 하늘가를 바라보니 커다란 팔뚝 하나가 구름을 꿰뚫고 하늘가에 닿아 있었다. 그 날 밤 신령이 다시 와서 물었다.

"법사는 내 팔을 보았느냐?"

"보았는데 무척 신기했습니다."

이런 일로 해서 삼기산을 속칭 비장(긴 팔뚝)산이라고 했다. 신령은 다시 말했다.

"내가 비록 그런 몸뚱이는 있지만 덧없는 죽음은 면하지 못할 것이니 머지 않아 이 고갯마루에서 세상을 떠날 것이다. 법사는 와서 영영 가는 내 혼을 위로해 주오."

약속한 날, 원광이 고갯마루로 가 보니 웬 시커먼 늙은 여우 한 마리가 가쁜 숨을 몰아쉬더니 곧 숨을 거두었다.

원광법사가 중국에서 돌아온 후로 조정의 군신들은 모두 그를 공경하며 스승으로 모셨다. 이 무렵 고구려와 백제가 노상 신라의 변경을 침범하곤 했으므로 왕은 고민 끝에 수나라에 군사를 청하고자 했다. 그러나 막상 군사를 청하는 편지를 보내자니 조정 대신 중에는 글을 쓸 만한 마땅한 인물이 없었다. 왕은 궁리 끝에 비록 승려이지만 불교뿐 아니라 유학을 비롯한 중국 고전에 정통한 원광법사에게 이 일을 맡기기로 했다.

원광은 왕의 분부를 받고 곧 수나라 황제에게 장문의 편지를 보내, 왜 군사를 일으켜 고구려를 치지 않으면 안 되는가를 중국의 옛 역사를 예로 들어가며 설득했다. 황제가 그 글을 보니 과연 그럴 듯한지라 선뜻 30만 대군을 이끌고 친히 고구려 정벌에 나섰다. 이 일로 사람들은 원광이 불교뿐 아니라 유학에도 통달했음을 알게 되었다.

또 《삼국사》 열전에는 이런 얘기가 전해진다.

옛날 신라 땅 사량부에는 귀산이라는 어진 선비가 살고 있었다. 귀산에게는 한 마을에 사는 추항이라는 친구가 있었는데 어려서부터 함께 서당을 다니며 학문을 닦아 온 두 사람은 서로에게 다짐하곤 했다.

"우리가 점잖은 선비들과 사귀기를 기대하지만 먼저 마음을 바로잡고 몸을 닦지 않는다면 욕을 자초할 것이니, 어떤 학문을 하건 덕이 있는 분을 찾아 도를 배우도록 하세."

이 무렵 원광법사가 수나라에서 돌아와 가슬갑(일연은 운문사 동쪽의 가서현 혹은 가슬현이라는 절터가 이 곳이라고 했다.)에 머물고 있다는 소문이 들렸다. 귀산과 추항은 원광이야말로 자신들이 찾아왔던 사람이라고 생각하고 가슬갑으로 갔다. 원광을 찾아간 두 사람은 공손히 인사하고 말했다.

"저희들은 속세의 선비로 어리석고 아는 것이 없사옵니다. 바라옵건대 좋은 말씀을 해 주시면 죽을 때까지 좌우명으로 삼고 지키겠나이다."

원광은 두 사람의 진지한 태도에 감동해서 흔쾌히 말했다.

"불교에는 열 가지 보살계명이 있으나 그대들은 유학자이니 아마도 지키기 어려울 것이오. 내가 속세에서 받들어야 할 다섯 가지 계명[세속오계(世俗五戒)]을 일러 줄 테니 들어 보오. 첫째는 임금을 충성으로 섬기는 것이고, 둘째는 부모에게 효도를 다하는 것이요, 셋째는 친구를 사귐에 믿음이 있어야 함이오, 넷째는 싸움에 임하여 물러서지 않는 것이고, 마지막 다섯째는 산 것을 죽이는 데는 가려서 하라는 것이오. 그대들은 이 다섯 가지를 지켜 소홀히 하지 마시오."

두 사람이 다시 물었다.

"다른 말씀은 잘 알겠사오나 마지막의 '산 것을 죽이는 데는 가려서 하라.'는 말씀은 잘 이해하지 못하겠습니다."

원광은 두 사람이 이해하기 쉽게 설명해 주었다.

"그 말은 이런 것이오. 육재일(六齋日, 사천왕이 사람들의 행실을 살피는 날이라 하여 몸을 조심하며 계율을 지키는 여섯 날)과 봄·여름 철에는 죽여서는 안 되니 이는 때를 가리는 것이오. 소나 말, 닭이나 개와 같이 기르던 짐승을 죽이지 말 것이고, 고기 한 점도 못 되는 작은 것들을 죽이지 말 것이니 이는 물건을 가리는 것이오. 또한 오직 필요한 만큼만 하고 쓸데없이 많은 살생을 하지 말아야 하니, 이것이 바로 세속에서 지켜야 할 계명이오."

두 사람은 그제야 반드시 지키겠다고 약속하고 갔다. 그 후 귀산과 추항, 두 사람은 모두 국가에 훌륭한 공을 세웠다.

원광은 성격이 조용한 것을 좋아하고 항상 웃음을 띠며 성내는 빛이 없었다. 당시의 사람들 중 덕행으로나 의리로나 그를 따라갈 만한 사람이 없었으며, 그 문장의 뛰어남은 온 나라가 추앙할 정도였다. 여든이 다 되어 입적하였는데 그 **부도**가 삼기산 금곡사에 있다.

진나라와 수나라 시대에 우리 나라 사람으로 바다를 건너 불도를 탐구한 이가 드물었다. 또 설사 있었다 해도 크게 이름을 떨친 사람은 없었는데 원광이 길을 닦은 후로는 그를 이어 서방으로 유학하는 이들이 생기게 되었다.

그 행적을 예찬한다.

처음으로 배를 띄워 중국 땅 구름을 뚫으니
몇 사람이나 왕래하며 맑은 향기 걸었을꼬.
그 옛날 자취 푸른 산에 남았으니
금곡과 가슬갑 일을 지금도 듣게 되네.

원광법사는 자신을 부르는 곳이면 어디든 달려가 불법을 전파했다고 한다. 실생활의 윤리로서 그가 제시했다는 '세속오계'는 민중들과 함께 하며 불도의 실천을 중시했던 큰 스님의 단면을 보여 준다. 원광법사의 사리를 모신 부도탑은 오늘날에도 금곡사 터에 자리하고 있는데, 부서져 일부만 남아 있던 것을 새로이 복원한 것이다. 일반적인 부도탑과 달리 석탑 형식의 독특한 모습이다.

보양스님과 벼락 맞은 배나무

후삼국이 쟁패하며 어지럽던 시대였다. 보양스님이 중국에서 불법을 공부하고 귀국하는 길이었다. 배가 서해를 건널 때, 갑자기 파도가 일고 우르릉 소리가 나며 바다 한가운데가 갈라지더니 용 한 마리가 나타났다. 배 안은 공포에 질려 비명을 지르는 사람들로 순식간에 아수라장이 되고 말았다. 그러나 보양은 눈 하나 꿈쩍 않고 용에게 "왜 이리 소란을 피우는가?" 하고 물었다.

용은 공손히 머리를 조아리면서 말했다.

"저는 용왕님의 말씀을 전하고자 왔습니다. 용왕님께서는 스님의 높으신 덕을 오랫동안 흠모해 오셨는데, 지금 스님께서 이 길을 지나시니 잠깐 시간을 내어 좋은 말씀을 해 주실 수 없는가 여쭈라 하셨습니다. 부디 용왕님의 청을 거절하지 마시고 저희들에게 가르침을 주시기 바랍니다."

보양은 쾌히 승낙하고, 단 자기가 탄 배는 무사히 돌아가게 해 달라고 부탁했다. 스님이 용의 인도로 바닷속 용궁으로 들어가자 배는 순풍을 받으며 쏜살같이 흘러갔다. 보양이 용궁에 도착하자 용왕은 매우 기뻐하면서 염불을 해 달라고 부탁했다. 보양은 바닷속 생물들을 위해 불경을 읽고 자세히 설명

해 주었다. 용왕은 보양의 진지한 태도에 감격해서 감사의 뜻으로, 금비단으로 만든 승복 한 벌과 이목이라는 자기 아들을 바치고 이렇게 부탁했다.

"지금은 삼국이 다투는 혼란스러운 때여서 불교를 받드는 군주가 없지만 몇 년만 지나면 불법을 보호하는 어진 임금이 나타나 삼국을 통일할 것입니다. 그 동안은 내 아들과 함께 고국으로 돌아가 작갑이라는 곳에 절을 짓고 도적 떼로부터 몸을 피해 불법을 지키고 계십시오."

보양이 용의 아들과 함께 고국으로 돌아가 어느 골짜기를 지날 때였다. 홀연히 한 늙은 스님이 나타나더니 다짜고짜 인궤(도장함)를 건네주었다(일연은 이 부분에서 "이 때는 원광이 신라에 돌아와 불교를 크게 일으키고 죽은 지 약 300년이 흐른 뒤였다. 원광이 그 동안 여러 곳의 사원들이 다 망해 없어진 것을 보고 슬퍼하다가 보양이 다시 불교를 부흥시킬 것을 알고 기뻐서 알린 것이다."라고 덧붙였다).

보양은 "스님은 누구신데 제게 이처럼 귀한 것을 주십니까?" 하고 놀라서 물었다. 그러자 그 노승은 "나는 300년 전에 죽은 원광이오. 그대가 다시 우리 나라의 불교를 일으킬 것을 알고 이 징표를 주는 것이오." 하고는 사라져 버렸다.

보양은 이 일로 용왕의 당부를 새삼 떠올리게 되었다. 하루는 북쪽 고개에 올라가 사방을 둘러보며 절 터를 찾는데, 문득 빈 들판에 5층짜리 누런 탑이 보였다. 서둘러 내려가 보았지만 탑도 절도 아무런 자취가 없었다. 잘못 보았는가 싶어 다시 올라가 바라보니 여러 마리의 까치들이 모여서 땅을 쪼고 있었다. 까치 떼를 보는 순간 보양의 뇌리에 용왕이 일러 준 '작갑(鵲岬)'이란 말이 떠올랐다. 다시 내려가서 그 곳의 땅을 파 보니 과연 해묵은 벽돌들이 무

수히 많았다. 그 벽돌들을 모아 차곡차곡 쌓아 올려 탑을 만들매 단 하나도 남는 벽돌이 없었으므로 이 곳이 옛날에는 절터였음을 알게 되었다. 보양은 그 절터에 다시 절을 세우고 이름을 '작갑사'라 했다.

그 후 얼마 안 되어서 고려 태조 왕건이 삼국을 통일했다. 태조는 보양이 중국에서 돌아와 이 곳에 절을 지어 머물고 있다는 얘기를 듣고 작갑사에 토지를 기증하는 한편, '운문선사(雲門禪寺)'라는 절 이름을 내렸다. 용왕의 아들 이목은 절 옆의 조그마한 못에 살면서 은밀히 불법 교화를 도왔다.

어느 해의 일이었다. 몇 달 동안 비 한 방울 오지 않는 심한 가뭄으로 논밭이 갈라지고 곡식과 채소들이 말라 죽었다. 이에 보양은 이목에게 비를 내려 달라고 부탁했다. 이목은 즉시 비구름을 불러서 온 경내가 흠뻑 젖게 만들었다. 그런데 옥황상제가 이것을 보고 노해서 이목을 꾸짖었다.

"네 본분은 물을 다스리는 것이거늘 감히 하늘의 일을 넘보다니 이 무슨 버릇없는 짓이냐! 당장 너를 죽여 죄값을 물으리라."

다급해진 이목은 보양에게 쫓아와 자초지종을 알렸다. 보양은 이목을 얼른 상 밑에 숨기고는 태연히 하늘의 사자를 기다렸다. 곧이어 하늘의 사자가 나타나더니 이목을 내놓으라고 요구했다.

보양은 뜰 앞 배나무를 가리키며 "이목이 요술을 부려 저렇게 둔갑했소이다." 하고 시치미를 뗐다. 사자는 그 말이 정말인 줄 알고 배나무에 벼락을 내린 뒤 하늘로 올라가 버렸다. 보양의 기지로 이목은 목숨을 구할 수 있었던 것이다. 벼락 맞은 배나무는 꺾여서 다 죽게 되었는데 이목이 한 번 어루만져 주자 곧바로 다시 살아났다. 그 배나무가 얼마 전에 넘어져 땅에 누워 있었는데 어떤 사람이 그것으로 몽둥이를 만들어 법당에 잘 모셔 두었다.

보양에게는 태조 왕건과의 재미난 일화도 있다.

보양스님이 중국에서 돌아와 밀양 봉성사에 머물고 있을 때였다. 마침 태조가 동쪽으로 진격하여 청도군 근처에 이르렀는데, 산적들이 견성(犬城)이라는 곳에 모여 성문을 닫아걸고 약만 올리며 항복을 하지 않았다.

한낱 산적 떼에게 이런 수모를 겪게 되니 태조는 울화통이 터져 죽을 지경이었다. 그러나 성문을 닫아걸고 나오지를 않으니 싸움 한번 제대로 할 수가 없었다. 태조는 답답한 나머지 산 아래 머물던 보양을 찾아가 어떻게 하면 산적들을 쉽게 제압할 수 있는지 물었다.

보양은 견성의 이름을 인용하여 한 가지 방책을 일러 주었다.

"무릇 개라는 짐승은 밤에만 지키고 낮에는 지키지 않으며, 앞만 볼 줄 알지 뒤는 생각할 줄 모릅니다. 그러니 한낮을 틈타서 성의 뒤편인 북쪽을 공격하면 만사가 뜻대로 될 것입니다."

태조는 긴가민가 싶으면서도 다른 대책이 없었으므로 보양의 말대로 공격해 들어갔다. 과연 경계심을 풀고 늘어져 있던 산적들은 뜻밖의 기습에 우왕좌왕하며 어쩔 줄 몰라 했다. 보양의 계책 덕분에 손쉽게 산적들을 진압한 태조는 그 신통력에 감탄하여 해마다 가까운 고을에서 벼를 거두어 절 살림에 보태도록 했다. 그 뒤 보양은 앞서 보았던 것처럼 작갑으로 옮겨 가 절을 세우고 일생을 불교 중흥에 바쳤다.

양지스님의 날아다니는 지팡이

양지스님은 선덕여왕 때 사람으로 여러 가지 신기한 재주가 많기로 유명하다. 그 중 하나가 양지의 날아다니는 석장(승려들이 가지고 다니는 지팡이로 쇠고리가 달려 있어 소리가 남) 얘기이다.

양지는 시주를 할 때면 석장 끝에 삼베주머니를 걸어 두었다. 그러면 이 석장이 주머니를 달고 저절로 시주할 집으로 날아가서 흔들리며 소리를 냈다. 소리를 들은 집에서는 양지스님의 석장이 온 줄 알고 삼베주머니에 공양미를 넣었다. 이렇게 해서 자루가 다 차면 석장은 다시 날아서 절로 돌아오곤 했는데 그 때문에 양지가 머물렀던 절을 석장사라 불렀다.

양지는 이런 신통력뿐만 아니라 글씨와 그림 등에도 뛰어난 재주를 갖고 있었다. 영묘사와 천왕사탑, 법검사 등의 불상과 기와, 현판을 모두 그가 직접 만들고 쓰고 그렸다.

한번은 벽돌을 다듬어서 조그만 탑을 하나 만들고는 그 탑 안에 자신이 빚은 3천 불상을 모셔 절에 안치하기도 했다. 또 영묘사의 장륙존상을 조각할 때는 일체의 잡념을 끊고 참선하는 마음으로 흙을 빚었는데, 그 때문에 온 성 안의 남녀들이 다투어 진흙을 나르기도 했다.

그 때 사람들은 이런 노래를 부르며 진흙을 날랐다고 한다.

온다 온다 온다 온다
서럽고 서러워라, 이 몸이여.
공덕 닦으러 온다.

지금도 그 곳 경주 지방에서는 방아를 찧거나 공사를 할 때면 으레 이 노 래를 부르는데, 아마도 진흙을 나르던 이 일로부터 비롯되었을 것이다. 양지 스님은 재주 많고 덕이 높은 대가로서 하찮은 재주만을 세상에 보이고 정작 큰 신통력은 끝내 감춘 사람이라 하겠다.

불 속에서 피어난 두 송이 연꽃

신라 진평왕 시대의 승려 혜숙과 선덕여왕 때 혜공은 계율을 초월한 기이한 행동으로 유명한 스님들이다.

사냥을 좋아한 승려

혜숙은 원래 화랑 호세랑이 이끄는 무리 중 하나였는데 호세랑이 화랑직을 그만두자 그도 함께 그만두고 승려가 되었다. 그는 적선촌이라는 마을로 들어가 20여 년간 바깥 세상과는 담을 쌓고 살았다.

하루는 당시 국선 구참공이라는 이가 적선촌 근처로 사냥을 나갔다. 그 때 혜숙이 길가로 나오더니 구참공의 말고삐를 잡고 청했다.

"못난 이 중도 공을 따라 함께 다니고 싶사오니, 허락하여 주옵소서."

구참공은 중이 사냥을 하겠다고 청하니 어처구니가 없기도 하고 또 호기심이 동하기도 해서 선뜻 그러라고 승낙했다. 말에 올라탄 혜숙은 옛날 솜씨를 뽐내듯 옷을 벗어 젖힌 채 구감공과 앞을 다투며 종횡으로 내달렸다. 구감 공은 혜숙이 말 다루는 솜씨가 보통이 아닌 데다 전혀 거리낌없이 어울리는 데 반하여 즐겁기 짝이 없었다. 한바탕 사냥질이 끝나고 모두들 모여 앉아 잡은 짐승들을 굽고 지지며 맛있게들 먹는데, 혜숙 역시 즐겁게 먹고 마시며 조금도 싫어하는 빛이 없었다.

권커니 잣거니 해서 한 차례 먹고 났을 때 혜숙이 구감공 앞으로 나와 은근히 물었다.

"이것보다 더 맛좋은 고기가 있는데 드시겠습니까?"

구감공은 좋아서 어서 가져오라고 말했다. 혜숙은 옆에 있던 시종들을 물리치게 하더니 갑자기 자신의 다리살을 베어 쟁반에 담아 바쳤다. 혜숙의 바지는 순식간에 시뻘겋게 물들었다.

구감공이 기겁을 하고 소리쳤다.

"대체 이게 무슨 짓이냐?"

"처음에 저는 공이 어진 사람이니 뭇 생물을 자기 자신처럼 돌볼 것이라고 믿고 따라왔습니다. 그런데 지금까지 공이 좋아하는 일을 보니 오직 살육만을 즐기고 남을 해치면서 자기 몸을 이롭게 하려 할 뿐이었습니다. 이것이 어찌 군자가 할 일입니까? 내가 함께할 수 있는 사람이 아님을 알았으니, 나는 그만 돌아가겠소이다."

혜숙은 말을 마치자마자 옷을 떨치며 가 버렸다. 구감공은 생각할수록 부끄러워서 고개를 들 수가 없었다. 그제야 혜숙이 먹던 그릇을 살펴보니 틀림없이 먹는 것을 보았지만 그의 몫으로 담은 고기는 고스란히 남아 있는 것이

었다.

구감공은 하도 이상해서 돌아가 임금께 아뢰었다. 진평왕은 그 말을 듣고 사람을 보내 혜숙을 데려오게 했다. 사자가 가 보니 혜숙은 뜻밖에도 어떤 여자와 함께 누워 자고 있었다. 사자는 '승려가 여자와 동침하다니 더럽기 짝이 없구나.' 하고 그대로 돌아섰다. 그런데 7~8리쯤 되돌아갔을까? 앞에서 혜숙이 걸어오는 것이었다. 방금 여자와 있던 것을 보았던 사자가 너무 이상해서 어디를 다녀오는 길이냐고 묻자, 서울 신도 집에서 7일간 재를 하고 돌아오는 길이라 하는 것이 아닌가. 사자는 귀신에 홀린 것만 같았다. 대궐로 들어와 임금께 아뢰고 그 신도 집을 조사해 보았더니 7일간 머물며 재를 한 것은 틀림없는 사실이었다.

그 뒤 얼마 지나서 혜숙이 갑자기 죽었다. 마을 사람들은 시체를 수습해서 이현 고개 동쪽에 장사를 지냈다. 그 때 그 마을의 어떤 이가 이현 고개 서쪽에서 오다가 혜숙을 만났다. 그 사람이 어디 가시는 길이냐고 물으니 혜숙은 이렇게 대답했다.

"여기에 너무 오래 살았으므로 이제 다른 곳으로 옮길까 합니다."

둘은 작별인사를 나누고 헤어졌다. 조금 가다가 돌아보니 혜숙은 구름을 타고 가는 것이었다. 그 사람은 이 일을 마을 사람들에게 전하고 싶어서 걸음을 재촉했다. 이현 고개 동쪽에 이르렀을 때 마을 사람들이 새로 만든 무덤 앞에 웅성대며 모여 있는지라 그는 신이 나서 자기가 본 일을 사람들에게 자세히 들려주었다.

그런데 마을 사람들은 어이없다는 얼굴로 쳐다볼 뿐 도무지 믿으려 하질 않았다. 그가 계속해서 사실이라고 주장하자 사람들은 거기 있는 무덤이 바로 혜숙의 무덤이라며 그 사람을 거짓말쟁이라고 몰아세웠다. 그는 너무도 기가 막혀 무덤을 파헤쳐 정말인지 확인해 보자고 우겼다. 마침내 사람들이 무덤을 헤쳐 보니 짚신 한 짝만 있을 뿐 시신은 간 곳이 없었다. 지금 안강현 북쪽에 혜숙사라는 절이 있는데 그가 있던 곳이라 한다.

삼태기를 짊어진 스님

선덕여왕 때의 승려 혜공은 본래 천진공이라는 귀족의 집에서 허드렛일을 하는 할미의 아들로 태어났다. 어릴 때 이름은 우조였다.

우조의 나이 일곱 살 때였다. 천진공이 몸에 종기가 나서 거의 죽게 되었다. 문병 오는 사람들이 길을 메울 정도였는데, 어린 우조가 이것을 보고 제 어미에게 물었다.

"집안에 무슨 일이 있길래 손님들이 이렇게 많이 오지요?"

"아니, 주인님이 몹쓸 병이 들어 위독해서 돌아가실 지경인데 너는 모르고 있었느냐?"

"그래요? 어머니, 제가 그 병을 고칠 수 있으니 주인님께 데려다 주세요."

우조의 어머니는 어린 아들이 자신 있게 말하는 품이 그럴 듯해서 천진공에게 전했다. 천진공은 지푸라기라도 잡을 형편이었으므로 곧 우조를 들어오게 했다. 방에 들어온 우조는 병상 앞에 가만히 앉아서 아무 말 없이 병자의

환부를 지켜보기만 했다. 얼마나 지났을까. 갑자기 천진공의 종기가 터지더니 병자는 자리를 털고 일어났다. 비록 우조가 고쳐 보겠다고 들어오기는 했지만 가만히 앉아 있기만 했으므로 천진공은 종기가 터진 것은 우연일 뿐, 우조가 고쳤다고는 생각하지 않았다.

그럭저럭 세월이 흘러서 어느덧 성인이 된 우조는 천진공의 분부로 매를 기르게 되었다. 그런데 우조가 훈련시킨 매는 천진공의 마음에 쏙 들어서 그때부터는 공이 갖고 있는 매를 전부 우조가 관리했다.

한번은 천진공의 동생이 지방관으로 임명되어 임지로 떠나게 되었는데, 공이 기르는 매 중에서 한 마리를 꼭 가져가고 싶다고 사정해서 가져간 일이 있었다. 어느 날 저녁 무렵, 천진공은 불현듯 아우가 가져간 매 생각이 났다. 그는 날이 밝는 대로 우조를 보내 가져오게 해야겠다고 마음먹었다. 그런데 어떻게 알았는지 우조는 벌써 주인의 뜻을 알고 눈 깜작할 사이에 그 매를 가져다 바쳤다. 천진공은 그제야 옛날 종기를 고친 일부터 지금까지 신기한 일이 하나 둘이 아니었음을 깨달았다.

천진공은 우조 앞에 엎드려 절하며 말했다.

"지엄하신 분이 저희 집에 잠시 머물고 계신 것을 모르고 예의에 어긋난 행동으로 욕을 보였으니 그 죄를 어찌 다 씻겠습니까? 지금부터는 선생님으로 모시겠으니 부디 어리석은 저를 인도해 주소서."

그 날로 우조는 종살이를 면하고 곧바로 출가하여 승려가 되었으니 이가 혜공스님이다. 혜공은 조그만 절에 머물면서 항상 술에 취해서 삼태기를 짊어진 채 미친 듯이 춤추고 노래하며 거리를 쏘다녔다. 그래서 사람들은 그를 부궤화상이라 부르고 그가 있던 절을 부개사라 했는데, 이 '부개'라는 말은 삼태기 궤(樻)를 가리키는 우리말이다.

혜공은 또 걸핏하면 부개사 우물 속에 들어가 몇 달씩 나오지 않곤 했는데, 그래서 그 우물을 혜공정이라고 불렀다. 혜공이 우물 속에서 나올 때면 언제나 푸른 옷을 입은 어린 동자가 먼저 솟아 나왔으므로, 그 절의 중들은 동자가 나오는 것을 보고 혜공이 나오겠구나 하고 알았다. 그런데 신기하게도 물이 가득 찬 우물에서 나왔는데도 혜공의 옷에는 물 한 방울 묻어 있는 일이 없었다.

늘그막에는 항사사로 옮겨 가 머물렀다. 그 무렵 거기서 불경 풀이를 하고 있던 원효대사는 의심나는 것이 있으면 늘 혜공에게 물었다. 두 대사는 장난도 치고 농담도 즐기면서 가깝게 지냈다.

하루는 두 스님이 시냇가에서 물고기를 잡아먹다가 돌 위에 똥을 누었다. 혜공이 그 똥을 가리키며 익살을 부렸다.

오어사를 말한다. 이 곳에는 대웅전을 비롯해 나한전, 설선당 등의 건물이 남아 있다. 대웅전(위) 안쪽에는 이 절의 대표적 유물인 원효대사의 삿갓(아래)이 있다.

"그대는 똥을 누었고 나는 고기를 누었구료."

이 말이 전해 내려와 절 이름을 오어사(吾魚寺)라 하게 되었다. 어떤 사람은 이것을 원효가 한 말이라고 하는데 잘못 안 것이다.

또 한 번은 이런 일이 있었다.

구감공이 산에 놀러갔다가 혜공이 산 속에 죽어 넘어져 있는 것을 보았다. 시체는 이미 살이 통통 붓고 썩어서 구더기가 우글거렸다. 그 참혹한 형상에 한참을 슬퍼하며 곁에 있다가 돌아왔는데, 서울 성 안에 도착해 보니 혜공은 술에 잔뜩 취해 춤추고 노래하며 거리를 돌아다니는 것이었다. 구감공은 귀신에 홀린 것만 같아 한참을 멍하니 서 있었다.

하루는 혜공이 새끼줄을 챙겨 가지고 영묘사에 들어오더니 법당과 좌우 누각, 그리고 남쪽 문 앞 행랑채에 죽 둘러쳤다. 그러고는 절 책임자를 불러 말했다.

"이 새끼줄은 그냥 두었다가 사흘 뒤에 끄르도록 하게. 내 말 명심해야 하네."

책임자는 무슨 영문인지 몰랐지만 워낙 기이한 행동으로 유명한 스님의 당부인지라 '또 이상한 일이 생기려나보다.' 하고 그대로 따랐다. 그런데 사흘째 되는 날, 선덕여왕이 아무 예고도 없이 영묘사를 방문했다. 그러자 여왕을 사모하다 상사병으로 죽은 귀신[지귀심화(志鬼心火)]이 이것을 보고 한풀이로 절에 불을 질렀다. 불을 끈다고 한참 난리법석을 쳤으나 혜공이 새끼줄을 쳐 놓은 곳은 불똥도 튀지 않았고 그 밖에 있던 탑 하나만 탔을 뿐이었다. 모두들 혜공의 선견지명에 혀를 내두르며 더욱 우러러보게 되었다.

또 명랑조사(明朗祖師)가 금강사를 창건하고 기념 법회를 열었을 때였다. 당대의 큰스님들이 모두 모였는데 혜공은 아무리 기다려도 오질 않았다. 명

랑이 이제는 법회를 시작하자 하고 향을 피우며 경건히 기도를 올리는데 곧이어 혜공이 도착했다. 명랑이 "왜 이제야 오는가?" 하고 불평하자 혜공이 능청스럽게 말했다.

"내가 안 오려 했는데, 향까지 피우며 하도 간곡히 부르기에 왔지."

혜공이 도착할 무렵 마침 큰비가 쏟아졌는데, 그의 옷은 조금도 젖지 않았고 발에는 진흙 하나 묻은 데가 없었다. 그에게는 이처럼 신령스러운 자취가 많았다. 죽을 때도 공중에 높이 떠서 입적하는 기행(奇行)을 연출한 데다 사리가 부지기수로 나와서 다시 한 번 세상을 놀라게 했다.

살아생전에 혜공은 중국 후진 때 승려 승조가 지은 글을 보고는 이건 내가 옛날에 지은 것이라고 말한 적이 있었다. 이로 미루어 볼 때 그는 승조의 후신임이 분명하다.

혜숙, 혜공 이 두 분을 기린다.

풀밭에서 사냥하고 상머리에 누웠다가
술집에서 노래하고 우물에서 잠잔다.
짚신 한 짝 남겨 놓고 허공에 떠 가신 이,
진중(珍重)할사 이 두 분 불 속의 연꽃이라.
불길 속의 연꽃 같은 한 쌍의 보배러라.

문수보살을 내쫓은 자장

자장은 성이 김씨로, 진골의 혈통을 이어받은 귀한 가문의 자손이었다. 자장의 아버지 무림은 높은 벼슬을 지냈지만 슬하에 자식이 없어 항상 우울한 날을 보냈다. 우연히 불교를 접하고 마음의 위로를 얻은 무림은 그 때부터 독실한 불교 신자가 되었다. 그 후 자식을 꼭 얻고 싶었던 그는 소원을 들어준다는 관음보살에게 간절히 기도를 올렸다.

"간절히 비오니, 아들 하나만 낳게 해 주십시오. 아들 하나만 주신다면 반드시 부처님께 시주하여 진리의 바다를 지키는 다리가 되게 하겠나이다."

무림의 간곡한 기도가 통했는지, 어느 날 자장의 어머니는 별이 품 안으로 들어오는 꿈을 꾸고 곧 임신하여 아들을 낳았다. 석가모니가 태어나신 날과 같은 날이었다. 그래서 아이의 이름을 선종(善宗)이라 했다.

선종, 즉 자장은 어려서부터 성품이 맑고 깨끗하며 지혜로웠다. 일찍 부모를 여의고 나서는 세상살이의 번잡함에 염증을 느껴 처자를 버리고 출가했다. 그는 자기 소유의 땅에 원녕사라는 절을 지어 바치고, 자신은 혼자서 깊은 산 속으로 들어갔다.

맹수들이 출몰하는 험한 산골짜기에 작은 암자를 마련하고 수도를 하는데, 혼자 있다 보니 자꾸 게을러지고 싫증이 나려 했다. 해서 그는 가시덩굴로 벽을 둘러막고 머리를 풀어서 대들보에 매달았다. 그렇게 해 놓고 옷을 벗은 채 그 안에 들어앉아 수도를 하니, 조금만 움직여도 몸이 가시에 찔리고 머리칼이 당겨져서 정신이 흐려지는 것을 막을 수 있었다.

자장이 이렇게 수도에 정진하고 있을 때, 마침 나라에 재상 자리가 비게 되었다. 출신 가문으로 보아 자장이 가장 적임자로 물망에 올랐으나 그는 계속 거절하고 나가지 않았다. 마침내 왕이 최후통첩을 보내 왔다.

"이번에도 오지 않으면 사형에 처하리라."

자장은 왕명을 받고도 뜻을 굽히지 않았다.

"내 차라리 계율을 지키고 단 하루를 살지언정, 파계하고 100년 살기를 원치 않는다."

왕은 이 말을 듣고 결국 그의 출가를 인정해 주었다. 자장은 깊은 산 속에서 수도하며 밥조차 제대로 먹지 않았다. 어느 날 처음 보는 이상한 새 한 마리가 과일을 물고 와서 자장에게 주었다. 과일을 받아 먹은 자장은 갑자기 잠이 쏟아지는 것을 느꼈다. 그대로 쓰러져 깜박 잠이 들었는데, 꿈 속에서 천사가 나타나 오계를 주었다. 깜짝 놀라 잠에서 깬 자장이 그제야 산에서 내려오니 각지에서 많은 사람들이 찾아와 계를 받았다.

그러나 자장은 여기에 만족하지 않고 중국에 가서 더 많은 가르침을 얻고자 소망했다. 선덕여왕은 자장의 이런 뜻을 알고 그의 문하에 있는 10여 명을 데리고 당나라로 가게끔 주선해 주었다.

자장은 당나라에 도착하자마자 곧 청량산으로 들어갔다. 청량산에는 문수보살의 조각상이 있었는데, 전해 오는 말로는 부처님이 석공을 데려와서 만든 신령한 것이라 했다. 자장은 그 조각상 앞에 무릎을 꿇고 깨달음이 있기를 기원했다. 그 날 밤 꿈에 문수보살의 조각상이 나타나 그의 이마를 어루만지면서 범어(梵語, 산스크리트어, 즉 고대 인도의 고급 문장어로 불경이나 고대 인도 문학은 이것으로 기록하였다.)로 된 계시를 주었다. 잠에서 깨어 난 자장은 아무리 생각해 보아도 그 계시의 뜻을 알 수가 없었다.

이튿날 아침 자장이 여전히 그 범어 계시를 붙들고 씨름하고 있는데, 어디서 왔는지 한 이상한 중이 들어오더니 그 뜻을 풀어 주며 말했다.

"비록 만 가지 가르침을 배운다 해도 이 계시보다 더한 것은 없소."

그 중은 또 가사(스님이 입는 옷)와 사리 등을 자장에게 건네주고는, 자장이 붙잡는 것도 뿌리치고 그대로 사라져 버렸다. 자장은 자신이 부처님의 계시를 받은 것을 알고 산을 내려와 당나라 서울, 장안(長安)으로 갔다. 자장이 온 것을 안 당나라 태종은 그를 대궐 가까운 사원에 머물게 하고 많은 하사품을 내려 후대했다. 그러나 자장은 그런 번거로움을 원래 싫어하는 성격이라 태종에게 부탁해서 종남산으로 들어가 조용히 도를 닦았다.

중국에 간 지도 어언 10년, 선덕여왕은 당 태종에게 자장을 보내 달라고 청했다. 이리하여 자장이 10년 만에 고국으로 돌아오는데, 갈 때는 빈손이었지만 올 때는 당 태종이 하사한 비단과 예물, 신라에 없는 불경까지 넣어서 한 보따리를 싣고 왔다.

이 무렵 신라 조정에서는, 불교가 들어온 지 여러 해가 되었지만 일정한 제도와 의식이 갖추어지지 않아서 기강이 흔들릴 위험이 있다는 의견들이 일어났다. 신하들은 의논 끝에 자장을 대국통(大國統, 신라 때 가장 높았던 승직으로 나라의 최고 고문이었다.)으로 삼아 승려들이 지켜야 할 규칙을 정하고 모든 책임을 맡겼다. 이에 자장은 지금이 불교를 발전시키는 데 다시없는 좋은 기회라 생각했다. 그는 승려들의 자질을 향상시키기 위해 매년 두 차례씩 시험을 치게 하는 한편, 순찰하는 사람을 보내 전국의 절들을 돌며 승려의 행실과 절을 관리 감독하게 했다.

자장의 이런 노력 덕분에 당시 신라에서는 열에 여덟, 아홉 집은 부처를 받들었으며 머리 깎고 승려가 되려는 자가 해마다 늘어 갔다. 그는 통도사를 창건하고 **계단**(戒壇)을 쌓아 이 승려 지망생들을 받아들였다.

또 관리들의 복장을 중국의 예를 따라 똑같이 하자는 자장의 건의가 받아들여져 진덕여왕 3년(650) 때부터는 중국의 의관을 입게 되었다. 또한 이 때부터 당나라의 연호를 따라 썼는데 그 후로 중국은 신라를 주변국들 중에서 상위의 나라로 대했다. 이 역시 자장의 공이다.

만년에 이르러 자장은 서울을 떠나 강릉에 수다사를 세우고 은거했다. 그

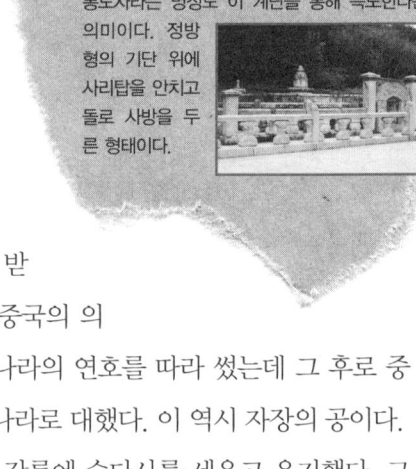

'불문'에 귀의한 사람이 지켜야 할 규범인 '계'를 받는 단을 말한다. 금강계단이라 부르는 것은 계를 지키는 마음이 금강과 같이 굳건하여 파계하는 일이 없기를 기원하는 의미에서이다. 자장이 지었다는 통도사 금강계단에서는 지금도 많은 스님들이 계를 받고 출가자가 되고 있다. 통도사라는 명칭도 이 계단을 통해 득도한다는 의미이다. 정방형의 기단 위에 사리탑을 안치하고 돌로 사방을 두른 형태이다.

러던 어느 날 밤 꿈에, 당나라 청량산에서 만났던 그 이상한 중처럼 차린 승려가 나타나 말했다.

"내일 그대를 대송정에서 만나리라."

자장은 깜짝 놀라 일어났다. 동도 채 트기 전에 대송정으로 나가 기다리니 문수보살이 나타나는 것이 아닌가. 자장이 문수보살께 법요(法要, 불법의 요지)를 물었다.

"태백산에 칡덩굴이 서려 있는 곳[갈반지(葛蟠地)]이 있으니 그 곳에서 다시 만나리라."

문수보살은 이렇게 이르고는 곧 사라졌다. 자장은 곧 행장을 차려 태백산으로 떠났다. 산골짜기를 더듬으며 칡덩굴이 서린 곳을 찾는데 어떤 큰 나무 아래 커다란 구렁이 한 마리가 몸을 서리고 있는 것이 보였다. 자장은 따라온 시자(시중드는 스님)에게 말했다.

"바로 이 곳이 칡덩굴이 서려 있는 곳이다."

그는 그 곳에 석남원(지금의 정암사)을 세우고 문수보살이 강림하기만을 기다렸다. 그러던 어느 날 다 떨어진 도포를 입은 한 늙은 거사가 칡으로 엮은 삼태기에 죽은 강아지를 담아 메고 와서는 시자에게 말했다.

"내가 자장을 보러 왔으니 가서 알려라."

시자는 그 행색에 눈살을 찌푸리며 통명스럽게 대꾸했다.

"내가 우리 스님을 받들어 모신 지가 오래 되었지만 스님의 이름을 함부로 입에 올리는 사람을 아직 본 적이 없는데, 당신은 누구기에 그런 말버릇으로 스님을 찾는단 말이오!"

그러나 거사는 꿈쩍도 않고 다시 말했다.

"여러 소리 말고 네 스승한테 전하기나 해라."

시자는 봉변이라도 당할까 봐 그대로 들어와 자장에게 알렸다. 자장은 그 말을 듣고 별 생각 없이, 미친 사람인가 보니 쫓아 보내라고 일렀다. 시자는 밖으로 나가 그 거지꼴을 한 거사를 꾸짖어 내쫓았다. 밀어 내는 시자의 손을 뿌리치며 거사가 외쳤다.

"돌아가자. 돌아가자! 남을 업신여기는 소견머리로 어떻게 나를 볼 수 있겠느냐."

그리고 돌아서더니 짊어진 삼태기를 거꾸로 쏟았다. 그러자 그 안에 담겨 있던 죽은 강아지가 튀어나와 갑자기 사자 모양의 의자로 변했다. 거사는 그 사자보좌(獅子寶座) 위에 올라앉아 광채를 발하고는 가 버렸다.

시자는 이 광경을 보고 너무 놀라 황급히 스승에게 알렸다. 자장이 그제야 문수보살의 현신이었음을 깨닫고 서둘러 빛을 따라 남쪽 고개로 올라갔지만 이미 아득히 멀어져서 따라갈 수가 없었다. 자장은 자신의 어리석음을 탓하다 그대로 쓰러져 죽고 말았다.

자장은 십여 곳에 절과 탑을 세웠는데, 세울 때마다 항상 기이한 징조가 나타나곤 했다. 덕분에 시주하는 사람들이 몰려들어 며칠 만에 절이며 탑들이 완성되곤 했다. 자장의 옷과, 당나라에 있을 때 태화지의 용이 바친 오리 모양의 목침, 그리고 석가가 입으셨던 가사는 모두 통도사에 보존되어 내려온다.

자장율사의 행적을 예찬하노니,

일찍이 청량산에서 꿈을 깨고 돌아오니
불가의 계율을 일시에 열었도다.
승과 속의 복장을 모양 있게 하려고
우리의 의관을 중국 본떠 만들었네.

원효대사와 요석공주

　원효대사의 속세의 성은 설씨로, 압량군 남쪽 불지촌의 율곡 사라수(娑羅樹) 밑에서 태어났다. '불지촌'이란 마을 이름으로 '발지촌'이라고도 하며 '사라수'라는 나무에는 이러한 유래가 있다.

　원래 원효의 집은 율곡의 서남쪽에 있었는데, 그 어머니가 만삭의 몸으로 마침 율곡의 밤나무 아래를 지나던 길에 갑자기 진통이 와서 해산을 하게 되었다. 너무 급해 집으로 돌아갈 수도 없게 되자 할 수 없이 남편의 옷을 나무에 걸어 놓고 그 곳에 누웠다. 그래서 그 밤나무를 사라수라고 부르게 되었다. 그 나무는 열매가 보통 것과 달리 아주 특이해서 지금도 그것을 사라율이라 부른다.

　옛날 옛적에 어떤 절의 주지가 그 절의 노비들에게 하루 저녁 끼니로 한 사람 앞에 밤 두 톨씩을 나눠 주곤 했다. 노비들은 불만이 쌓여서 마침내 관가에 주지를 고발했다. 관리는 이 말을 듣고, 주지스님이 그렇게 야박스럽게 굴 수가 있나 하고 밤을 가져다 살펴보았다. 그랬더니 밤 하나가 그릇 하나에 꼭 찰 만큼 엄청나게 컸다. 관리는 이것을 보고 앞으로는 노비 한 사람에게

밤 한 톨씩만 주라고 판결을 내렸다. 그 때부터 그 밤나무가 있는 골짜기를 율곡이라 부르게 되었다.

원효는 출가하고 나서 자기 집을 절로 만들고 이름을 초개사라 했다. 또 자신이 태어난 그 밤나무 옆에도 절을 지어 사라사라 일컬었다.

원효의 어렸을 때 이름은 서당인데 집에서는 보통 신당이라고 불렀다. 그 어머니가 원효를 밸 때 별똥별이 품 안으로 들어오는 꿈을 꾸었으며, 해산할 때는 오색구름이 땅을 뒤덮었다. 그 때가 바로 진평왕 39년(617)이었다.

그는 날 때부터 남달리 영리해서 스승이 없이 혼자서 독학으로 공부했다. 그의 행적은 당나라 《승전》과 《전기》에 자세히 실려 있으므로 여기서는 우리 나라 전기에 실린 한두 가지 특이한 일만 기록하기로 한다.

원효의 이름이 이미 신라에 널리 알려졌을 때의 일이다. 어느 날, 원효가 아침부터 미친 사람처럼 거리를 쏘다니며 큰 소리로 이런 노래를 불러 댔다.

누가 내게 자루 빠진 도끼를 빌려 주려나.
내가 하늘 받칠 기둥을 찍어 버리리.

사람들은 원체 이상한 행동을 잘 하는 원효대사가 이번엔 또 무슨 바람이 불어 이러나 하면서도 그 노래의 뜻을 알아차리지 못했다. 그런데 태종 무열왕이 대궐에서 이 노래를 듣고는 무릎을 탁 치며 말했다.

"스님이 귀부인을 얻어 훌륭한 아들을 낳고 싶은 모양이구나. 그런 분의 자식이라면 영특할 것은 틀림없고, 나라에 훌륭한 인재가 생기면 그보다 좋은 일이 없지."

마땅한 여자가 없을까 궁리하던 무열왕은 마침 요석궁에서 혼자 살고 있는 공주를 떠올렸다. 무열왕은 됐다 싶어서, 즉시 원효를 찾아 요석궁으로 안내하게 했다.

관리들이 원효를 찾아나섰을 때, 원효는 이미 일이 그렇게 될 줄 알고 먼저 문천교 다리로 나가 기다렸다. 저 편에서 관리들의 모습이 보이자 원효는 모르는 척하고 다리를 건너오다가 일부러 발을 헛딛고 물에 빠졌다. 관리들은 허겁지겁 원효를 건져 내서 요석궁으로 데려갔다. 원효는 젖은 옷을 말린다는 핑계를 대고 옷을 벗고 궁에서 머물렀다. 요석공주는 처음엔 어이가 없었지만 한편으로는 스님답지 않은 자유분방한 태도가 마음에 들었다. 그리하여 둘은 함께 밤을 보냈다.

열 달 만에 요석공주가 아이를 낳으니 그가 바로 설총(薛聰)이다. 설총은 나면서부터 어찌나 총명하던지 어릴 때 이미 유학과 역사에 통달했다. 그는 이두문자(吏讀文字)를 만들어서 그 때까지 중국어로만 통하던 중국과 우리 나라의 문물을 우리 식으로 표현할 수 있게끔 했다. 이런 공적 때문에 설총은 흔히 신라를 대표하는 열 사람의 현인 중 한 명으로 꼽힌다.

원효대사는 파계해서 설총을 낳은 후로는 가사장삼을 벗고 속세 사람들이 입는 옷을 입고 다니며 스스로 소성거사(小姓居士)라 했다. 어느 날 우연히 그는 광대들이 춤출 때 쓰는 커다란 뒤웅박을 얻었다. 이리저리 살펴보던 그는 문득 한 가지 생각이 떠올라, 그 모양을 본떠서 기구를 만들고 《화엄경》의

'일체 막힌 데가 없는 사람은 한 길로 생사의 길에서 벗어난다.'는 구절을 따라 그 악기의 이름을 '무애(無碍)'라고 지었다. 그리고 거기에 해당하는 〈무애가〉라는 노래를 만들어 불렀다.

원효는 이 기구를 들고 방방곡곡 수많은 마을을 돌아다니며 노래와 춤으로 사람들을 교화했다. 쉬운 노래와 춤으로 어려운 교리를 설명하는 원효의 독특한 방법 때문에 승려들 가운데는 눈살을 찌푸리는 이도 많았다. 하지만, 실상 산골 오두막의 목동들까지도 부처님의 이름을 알고 나무아미타불을 부르게 된 것은 그가 아니면 할 수 없는 일이었다.

스스로가 붙인 '원효(元曉)'라는 법명은 '부처님의 세상을 처음으로 빛나게 한다.'는 뜻으로 원래 우리말의 '해가 돋는다.'는 말에서 유래한 것이다. 원효가 이룬 업적을 생각할 때, 참으로 그 이름대로임을 알 수 있다. 원효는 이처럼 대중들에게 널리 부처의 가르침을 전했을 뿐 아니라, 《화엄경》과 《금강삼매경(金剛三昧經)》에 대한 해설을 써서 후세에 길이 도움이 되게 했다.

원효대사가 입적하자 아들 설총은 유해를 화장한 뒤 그 가루로 살아계실 때의 모습을 조각하여 분황사에 모셔 놓고 일생 동안 아버지에 대한 존경의 뜻을 표했다. 그런데 하루는 설총이 아버지의 **소상** (塑像) 옆에서 절을 하는데 그 상이 갑자기 돌아다보았다. 그 때부터 소상은 돌아본 채로 있다고 한다.

설총이 아버지 원효 형상을 흙으로 빚어 만들었다는 소상은 오늘날 분황사에 남아 있지 않다. 인자한 미소를 머금은 원효의 영정만이 있을 뿐이다.

원효대사를 예찬하노니,

    붓을 들어 처음으로 삼매경의 뜻을 열어 보이고
    표주박 들고 춤추며 온 거리를 일깨웠네.
    달 밝은 요석궁에 봄잠 자고 가더니
    문 닫힌 분황사엔 돌아보는 모습만 허전하구나.

사복, 말하지 않다

성루 만선북리에 사는 한 과부가 남편도 없이 갑자기 임신을 해서 아이를 낳았다. 그런데 태어난 아이는 열두 살이 되도록 몸을 제대로 가누지 못해서 어미의 속을 태웠다. 아무리 애를 써도 아이는 잘 일어서지도 못하고 한 마디 말도 하지 못했다. 그래서 '항상 어린애' 라는 뜻으로 이름을 사동[蛇童, 사복(蛇卜)이란 이름도 아이(童)를 뜻한다.]이라 했다. 그러나 그 행동거지는 남다른 데가 있었다.

어느 날 사동의 어머니가 돌아가셨다. 이 때 원효가 고산사에 있었는데 사동이 그를 찾아갔다. 원효는 사동을 보고 일어나 절하며 맞았다. 그러나 사동은 답례도 하지 않은 채 다짜고짜 원효에게 말했다.

"옛날에 그대와 내가 불경을 싣고 다니게 하던 암소가 지금 죽었으니 같이 가서 장사 지내는 것이 어떤고?"

원효는 선뜻 응낙하고 따라나섰다. 집에 온 사동은 원효에게 죽은 이의 악을 없애는 의식을 집행하게 했다. 원효가 시체를 앞에 놓고 빌며 기원했다.

"태어나지 말라, 그 죽음이 괴롭도다. 죽지 말라, 사는 것이 괴롭도다."

불교
이야기 1

사동이 옆에서 보다가 "말이 왜 그리 번거로운가." 하고 핀잔을 주더니 자기가 고쳐서 빌었다.

"죽고 사는 것이 모두 다 괴롭도다."

둘은 상여를 메고 노래를 부르면서 활리산 동쪽 기슭으로 갔다. 사람들은 이 이상한 장례식을 보고 저 벙어리가 원효와 무슨 해괴한 짓을 하는가 하고 혀를 찼다. 산기슭에 당도하자 원효가 지고 있던 상여를 내려놓으며 말했다.

"지혜로운 호랑이는 지혜로운 숲에 장사 지내는 것이 옳지 않겠나?"

사동은 아무 대답 없이 불현듯 게송(불가의 시가)을 지어 불렀다.

옛날 석가모니 부처님
사라수 사이에서 열반하셨으니
지금 역시 그와 같은 이 있어
연화장세계(연꽃 속의 세계라는 뜻으로 이상적인 불국토를 말함)로 돌아가려 하네.

노래를 마친 사동이 풀을 뽑아 내자 그 아래 한 세계가 나타났는데, 환하고 맑은 기운이 가득하고 칠보난간으로 장식된 누각이 장엄한 것으로 보아 분명 인간 세상이 아니었다. 사동은 어미의 시체를 짊어지고는 그 속으로 들어가 버렸다.

원효가 어안이 벙벙해서 서 있다가 그제야 정신이 들어 사동을 붙잡으려는데 어느 새 땅이 아물어지고 아무 흔적도 없었다. 원효는 한참을 기다리고 서 있다가 혼자 돌아오고 말았다.

훗날 사람들은 사동과 그 어미를 위해 금강산 동남쪽에 도량사라는 절을 짓고 매년 3월 14일만 되면 법회를 열었다. 사동이 세상에 보인 흔적인 이 일뿐인데, 세간 사람들이 황당한 말을 지어 보태니 우스운 일이다.

묵묵히 잠자는 용이라고 어찌 등한했으랴.
떠날 때 읊은 한 곡조가 모든 것을 다했네.
괴로운 생사라지만 본래 괴로운 것이 아니다.
연화장을 떠도니 그 세계가 넓기도 하구나.

화엄 종을 전파한 의상

의상법사의 속성은 김씨로, 비교적 늦은 나이인 스물아홉에 서울 황복사에서 머리를 깎았다. 승려가 되고 얼마 되지 않아서 그는 중국으로 유학 갈 뜻을 품었다. 마침 함께 수도하던 원효도 중국 유학을 생각하고 있던 터라 둘은 의기투합해서 마침내 같이 유학길에 올랐다.

그러나 요동 지방에 이르렀을 때 국경을 지키던 고구려 병사들에게 붙잡혀서 첩자라는 의심을 받게 되었다. 아무리 중국 유학을 가려는 승려에 불과하다고 얘기를 해도 병사들은 쉽게 의심을 풀지 않았다. 수십 일 넘게 감옥에 갇혀 닦달을 당한 뒤에야 겨우 풀려나게 되었다. 결국 첫 번째 시도는 고생만 실컷 하다가 실패로 끝나고 말았다.

얼마 후, 신라에 왔던 당나라 사신이 본국으로 돌아가는 편에 동승해서 중국으로 갈 수 있는 기회가 생겼다. 의상은 이 때다 하고 그 배편을 이용해서 마침내 꿈에 그리던 중국 유학길에 올랐다.

의상은 도착하자마자 양주에 잠시 머물렀다가, 곧 일찍부터 명성을 들어온 지엄을 찾아서 종남산으로 들어갔다. 그런데 의상이 찾아오기 전날 밤 지엄은 이상한 꿈을 꾸었다.

한 그루 큰 나무가 해동(한반도를 가리킴) 땅에서 자라기 시작하더니 점점 가지와 잎이 널리 퍼져 나가 중국 전체를 뒤덮었다. 그리고 울창한 나무 꼭대기에 자리 잡은 봉황새의 보금자리에서는 너무도 휘황한 광채가 뻗어 나와 천지를 밝히는 것이었다. 지엄이 놀라서 올라가 보니 오색영롱한 여의주 하나가 그 빛을 던지고 있었다.

꿈을 깬 지엄은 아무래도 보통 꿈은 아닌데 귀한 손님이 오는 것은 아닐까 싶어서 절 안팎을 깨끗이 청소하고 기다렸다. 바로 그 때, 신라에서 온 스님이 뵙고자 한다는 전갈이 왔다. 지엄은 특별한 예의를 갖춰 의상을 맞으면서 말했다.

"내가 어젯밤 꿈을 꾸고 그대가 올 줄 알았습니다."

지엄은 밑에 들어가 배우게 해 달라는 의상의 청에 선뜻 응낙했다. 이렇게 해서 의상은 들어가기 어렵다는 지엄의 문하에 쉽게 들어갈 수가 있었다. 지엄은 그에게 화엄종의 세계를 열어 주었다. 의상이 화엄의 오묘한 뜻을 깊이 있게 분석해 나가는 것을 보고 스승 지엄은 영특한 인재를 만나게 되었구나 하고 크게 기뻐했다. 더구나 의상은 지엄이 가르쳐 준 것에서 한 걸음 더 나아가 새로운 이치를 밝히고 숨은 뜻을 찾아내는 데까지 이르니, 제자와 스승이 따로 없이 서로 가르치고 배우며 수도했다.

그러던 중 고구려와 백제 정벌이 끝나고 신라와 당나라 간에 갈등이 생겨 당나라에 왔던 신라의 재상 김흠순(김인문이라고도 함. 앞의 문무왕 편에도 같은 내용의 이야기가 나오는데 김인문으로 기술되어 있다.)이 갇히고 당 고종은 군사를 일으켜 신라를

치려고 했다.

　김흠순은 감옥에서 사람을 몰래 보내어 의상에게 빨리 귀국해서 이런 사실을 고국에 알려 달라고 부탁해 왔다. 의상은 즉시 귀국하여 김흠순이 갇혀 있고 당나라가 쳐들어오려 한다는 급박한 사정을 조정에 알렸다. 조정에서는 명랑대사에게 명하여 하늘에 기도해서 위기를 넘겼다.

　고국에 돌아온 의상대사는 문무왕 16년(676), 태백산으로 들어가 부석사를 세우고 《화엄경》의 가르침을 전파하기 시작했다. 이후 원주의 비마라사, 가야의 해인사, 비슬(지금의 경남 창녕)의 옥천사, 금정(지금의 동래)의 범어사, 남악(지리산)의 화엄사 등에 《화엄경》을 전하고 널리 퍼뜨렸다. 의상은 저서로 《법계도서인》(法界圖書印)과 《약소(略疏)》를 남겼는데, 비록 많은 저작은 아니지만 한 솥의 국 맛을 보는 데는 한 점 고기면 충분한 법이다.

　의상대사에게는 10여 명의 제자들이 있는데 그 제자들 또한 모

화엄사상의 근본정신과 깨달음의 과정을 210자로 요약해 정사각형 안에 써 넣은 '그림시'라고 할 수 있다. 《화엄일승법계도》, 《법도장》 등으로도 불린다. 유한한 현상을 나타내는 법(法) 자가 중앙에 있고, 여기서 출발하여 7자씩 읽어 가면 돌고 돌아 무한한 깨달음을 나타내는 불(佛) 자에 이른다. 시작과 끝이 없고 '回' 자의 도형으로 표시된 것은 진리

의 수레바퀴는 항상 돌고 있음을 표시하기 위한 것이라고 한다. 의상은 모든 것에 주인이 따로 있지 않음을 밝히기 위해 저자명을 기록하지 않았으며, 이 법계도를 공부를 마친 제자들에게 일종의 증명으로 수여했다고 한다.

두가 우리 나라의 불교를 이끈 훌륭한 분들이다. 의상이 황복사에 있을 때 제자들과 함께 탑돌이를 하는데, 그 때마다 늘 허공을 딛고 올라가고 계단을 밟는 일이 없었다. 그래서 그 탑에는 계단을 만들지 않았다. 제자들 또한 계단에서 석 자쯤 떨어진 허공을 밟고 돌았다. 의상대사는 쓸데없는 소란이 일어날까 봐 제자들에게 일렀다.

"세상 사람들이 우리가 이런 것을 보면 틀림없이 괴이하게 생각할 것이니 세상에 가르쳐서는 안 될 것이다."

의상대사에 관한 다른 이야기는 최치원이 지은 전기와 같다.

연기와 먼지를 무릅쓰고 산 넘고 바다 건너
지상사(지엄이 있던 절)는 문 열고 보배를 맞았네.
잡화를 캐어다 고국에 옮겨 심으니
종남산(당)과 태백산(신라)이 다 같은 봄일세.

진표, 미륵보살의 대쪽을 전하다

　　신라 경덕왕 때의 승려 진표(眞表)는 전주 만경현 사람이다. 아버지는 진내말, 어머니는 길보랑이며 성은 정(井)씨다.

　　열두 살 때, 진표는 중이 될 결심을 하고 집을 떠나 금산사의 숭제법사를 찾아갔다. 숭제법사는 진표가 나이는 어려도 속이 깊고 결심이 굳은 것을 알고는 자신의 제자로 받아들였다. 하루는 스승이 그에게 말했다.

　　"나는 오래 전에 당나라에 유학하여 고명하신 선도스님께 가르침을 받았지. 그 후 오대산에 들어가 용맹정진하는데 어느 날 문수보살이 나타나시어 오계를 주셨다."

　　"얼마나 공부를 하면 스님처럼 계를 얻게 됩니까?"

　　"정성만 지극하다면 1년을 넘지 않을 것이다."

　　진표는 스승의 말을 듣고 그 날로 수도의 길에 올랐다. 바랑 하나만을 짊어진 진표는 전국의 유명한 산들을 두루 돌아다니며 수행하기 좋은 곳을 찾았다. 마침내 그는 선계산 불사의암에 자리를 잡고 도를 닦기 시작했는데, 처음에 그가 택한 수행법은 자신의 몸을 학대하며 참회하는 망신참(亡身懺)이란 방법이었다. 돌에 머리와 사지를 부딪치며 7일을 계속하니 무릎과 팔은 다 부서지고 바위 위로 피가 비 오듯 흘렀다.

그러나 이런 고행으로도 부처님의 계시가 없자 몸을 버리기로 결심하고 다시 7일을 더해 14일간을 계속했더니 마침내 지장보살(地藏菩薩, 석가여래의 부탁에 의하여 미래의 미륵불이 나타날 때까지 불(佛)이 없는 세계에 살며 중생을 교화하는 보살)이 나타나 계율을 주었다. 그의 나이 스물셋이었다.

일찍부터 미륵보살에게 뜻이 있었던 진표는 지장보살의 계를 받은 후에도 거기서 멈추지 않고 다시 영산사(변산 또는 능가산이라고도 한다.)로 옮겨 가 처음처럼 부지런하고 용감하게 수행했다. 그렇게 수행을 계속하던 어느 날, 진표의 성실함에 감동한 미륵보살이 드디어 그 모습을 드러내었다. 미륵보살은 길흉을 점치는 내용의 《점찰경(占察經)》 두 권과 증과(證果, 수행으로 얻는 깨달음의 결과) 대쪽 189개를 주며 말했다.

"이 가운데서 여덟 번째 대쪽은 새로 얻은 오묘한 계율을 말한 것이요, 아홉 번째 대쪽은 거기서 더 얻은 자세한 계율을 비유한 것이니, 이 두 대쪽은 바로 내 손가락뼈이다. 나머지는 모두 침향과 단향나무로 만든 것으로 모든 번뇌를 비유한 것이다. 너는 이것으로써 세상에 불법을 전하고 인간을 구제하는 도구로 삼으라."

진표는 감격하여 어쩔 줄 몰라 했다. 그는 이 거룩한 물건을 받은 뒤 금산사에 머물면서 해마다 단을 만들고 널리 설표를 베풀었는데, 모임의 정결하고 엄숙한 모양은 신라 말세에 보지 못하던 일이었다. 그는 또한 여러 곳을 다니며 불법을 전파했는데 아슬라주에 갔을 때는 물고기와 자라 떼가 바다에 다리를 놓고 물 속으로 맞아들여 불법을 듣고 계를 받은 일도 있다.

경덕왕은 이 놀라운 소문을 듣고 진표를 대궐로 불러들여 보살계를 받고 쌀 7만 7,000석을 시주했으며 다른 왕족들도 너도나도 계를 받고 비단과 황금을 시주했다. 진표는 이렇게 받은 재물을 전부 여러 절들에 나눠 주어 불교를 일으키는 데 썼다. 그의 무덤은 발연사에 있으니, 바로 옛날 물고기들을 위해 강연하던 자리이다.

금강산 발연사 돌에는 이와는 약간 다른 진표율사의 기록이 새겨져 있다.

진표는 전주 벽골군 도나산촌 대정리 사람이다. 열두 살이 되었을 때 중이 될 결심을 하고 아버지께 말씀드려 허락을 받았다. 집을 떠난 그는 금산사 순제법사를 찾아가 머리를 깎았다. 순제가 가만히 보니 어린 나이인데도 수행하는 자세가 보통이 아니었다. 그래서 하루는 진표를 불러 《공양차제비법(供養次第秘法)》이라는 책과 《점찰선악업보경(占察善惡業報經)》 두 권을 주면서 일렀다.

"내가 그 동안 지켜보고 네 심지가 굳고 바른 것을 알았다. 이제 이 책들을 네게 줄 테니 여기 있는 계율을 가지고 미륵보살과 지장보살 두 분께 지성으로 빌어라. 그렇게 하면 직접 계시를 받을 수 있을 것이니 그 때부터는 세상에 전파하는 데 힘쓰도록 해라."

진표는 그 날로 책 두 권만을 달랑 짊어지고 수도의 길을 떠났다. 전국의 명산들을 순례하며 도를 닦기 10여 년, 스물일곱의 적지 않은 나이였지만 그러나 아직도 뜻을 이루지 못해 애를 태우고 있었다. 진표는 더 이상 안 되겠

다 생각하고 쌀 스무 말을 쪄서 말린 다음 바랑에 짊어지고 곧장 변산 불사의 방에 파묻혔다.

봄이 가고 여름이 오고 낙엽이 흩날리고 눈보라가 쳐도 그는 방문을 닫아 걸고 뜻이 이루어질 때까지 한 발짝도 움직이질 않았다. 하루 끼니는 말린 쌀 다섯 홉, 거기서도 한 홉은 그의 유일한 말벗인 쥐에게 덜어 먹이며 3년을 한 결같이 수도했지만 미륵보살의 계법을 받을 수는 없었다.

지치고 실망한 그는 바위 위에 올라가 천길 벼랑 아래로 몸을 던졌다. 그 때 갑자기 푸른 옷을 입은 동자가 나타나더니 떨어지는 그를 받아서 다시 바위 위에 올려놓고는 사라졌다. 진표는 '아, 보살께서 아직 나를 버리지 않으셨구나.' 하고 기뻐하며 그 날부터 더욱 열심히 수행하기 시작했다.

21일을 기약하고 밤낮없이 돌에 몸을 부딪쳐 가며 참회하고 기도하는데, 어찌나 열심이던지 사흘째에는 벌써 손과 팔이 부러져 나갔다. 7일째 되던 날 밤, 문득 쇠지팡이를 짚은 지장보살이 나타나 부러진 곳을 어루만져 주니 아픔은 순식간에 사라지고 손과 팔은 곧 아무렇지도 않게 되었다. 보살은 엎드려 절하는 진표 앞에 가사와 바리때(절에서 쓰는 스님의 밥그릇)를 내주고는 홀연히 사라졌다.

진표는 너무나 감격하여 그 날부터는 갑절이나 공을 드려 기원을 했다. 드디어 기약한 21일이 되어 갑자기 천하의 만물이 한눈에 들어오는데, 바로 하늘의 눈을 얻은 것이었다. 그 눈에 도솔천의 무리들이 오는 광경이 보였다. 바로 이 때, 그렇게도 염원하던 지장과 미륵 두 보살이 나타나 그의 머리를 쓰다듬으며 말했다.

"참으로 사내대장부로다! 몸을 돌보지 않고 지성껏 계율을 구하였구나."

감격에 겨워 눈물을 흘리는 진표에게 지장보살은 계율책을, 미륵보살은 두 개의 대쪽을 주었다. 대쪽 중 하나에는 '아홉째의 것'이라고 쓰여 있었고, 나머지 하나에는 '여덟째의 것'이라고 쓰여 있었다. 미륵보살이 그 대쪽들을 가리키며 말했다.

"이 두 대쪽은 바로 내 손가락뼈이다. 이는 처음과 근본이 되는 두 가지 깨달음[시각(始覺)과 본각(本覺)]을 비유한 것으로 '아홉째의 것'은 불법이요 '여덟째의 것'은 새로 부처가 되는 씨앗이니 이로써 인과응보를 알 수 있을 것이다. 그러므로 너는 그 몸을 버리고 큰 나라 왕의 몸을 받아 다음 생에는 **도솔천**에 태어날지니라."

도솔천 (욕망이 강한 사람들이 머무는 경계) 6천(六天) 가운데 제4천. 미래불인 미륵보살이 설법하면서 지상으로 내려갈 시기를 기다리고 있다고 한다. 끊임없이 정진하여 덕을 많이 쌓은 사람, 지극한 마음으로 미륵보살을 염불하는 사람 등이 이 곳에서 태어날 수 있다고 한다. 이렇듯 모든 사람들이 쉽게 수행할 수 있는 실천 방법 때문에 도솔천은 이상적인 불국세계로서 크게 부각되었다.

말을 마친 두 보살은 금방 사라져 버렸다. 경덕왕 21년 4월 27일의 일이었다.

진표는 그 길로 산을 내려와 두 보살이 주신 진리를 세상에 널리 전하기 위해 절을 세우기로 했다. 진표가 대연진에 다다랐을 때 갑자기 용왕이 나와서 옥으로 만든 가사를 바치며 8만의 무리들을 데리고 금산으로 모시고 갔다. 이런 기적을 보고 사방에서 사람들이 몰려들어 며칠 만에 절을 완성했는데, 이렇게 해서 세워진 절이 금산사이다.

어느 날, 진표스님이 금산사를 나와 속리산으로 가는 길에 우연히 소달구지를 타고 가는 사람과 부딪혔다. 그런데 그 소들이 갑자기 진표 앞에 무릎을 꿇고 우는 것이 아닌가. 달구지를 타고 있던 사람이 놀라서 달구지에서 내려 물었다.

"스님은 어디서 오시는 길입니까? 왜 이 소들이 스님을 보고 우는 것이지요?"

"나는 금산사의 진표라는 중이올시다. 나는 일찍이 변산의 불사의방에 들어가 미륵과 지장, 두 보살님 앞에서 친히 계법과 대쪽을 받았답니다. 이제 절을 세워 오래 수도할 자리를 찾으려고 이렇게 다니는 길이지요. 이 소들은 겉으로 보기엔 어리석은 듯하지만 속은 총명해서 내가 계법을 받은 줄 알고 불법을 소중히 여기는 마음에 이처럼 꿇어앉아 우는 것입니다."

이 말을 듣자 그 사람은 "짐승도 이 같은 신앙심이 있는데 하물며 사람인 내가 어찌 모른다 하겠습니까!" 하고는 곧장 낫을 집어 들어 제 손으로 머리털을 잘라 버렸다. 진표는 그 사람의 진심에 감동하여 다시 머리를 잘 깎아 주고 계를 주었다.

마침내 속리산에 도착한 진표는 좋은 자리를 찾아 이곳 저곳을 샅샅이 뒤지고 다녔다. 그런데 어느 골자기 어귀에 길상초(상서로운 풀)가 나 있는 것이 아닌가. 진표는 그 자리에 표시를 해 두고 속리산을 나왔다.

명주 해변을 거쳐 돌아가는데 해변가를 천천히 걸어가노라니 고기며 자라 등이 그 앞에 와서 몸을 잇대어 다리를 만들어서는 그를 바닷속으로 안내했다. 진표는 바닷속 생물들에게 부처님의 말씀을 전하고 나와, 그 길로 곧장 개골산(금강산의 다른 이름)으로 들어갔다. 비로소 여기에 발연사(鉢淵寺)를 세우고 법회를 열며 7년간을 머물렀다.

그 무렵 명주 지방에 심한 흉년이 들어 백성들은 굶주림에 허덕이게 되었다. 진표는 백성들과 함께 부처님께 기도하며 어려움을 견디어 갔다. 그러던 어느 날, 갑자기 고성 해변가에 물고기들이 떼지어 나와 죽는 이변이 일어났다. 이 고기들 덕분에 사람들이 굶어 죽는 것을 면할 수 있었으니 예전에 진표가 바닷속에서 설법한 일이 없었다면 생각지도 못할 일이다.

그 후 진표는 발연사에서 나와 이곳 저곳을 돌며 수행을 계속했다. 어느 날 속리산에 있던 영심스님이 융종, 불타 등과 함께 찾아와 간절히 청했다.

"저희들은 천리를 멀다 않고 계법을 구하러 왔사옵니다. 바라옵건대 저희들에게 부처님의 가르침을 깨달을 수 있는 이치를 가르쳐 주소서."

그러나 진표는 잠자코 앉아만 있을 뿐 대답이 없었다. 세 사람은 우리의 결의가 부족한가보다 생각하고 복숭아나무 위로 올라가서 그대로 거꾸로 떨어져 용맹스럽게 참회를 했다. 그제야 진표는 그들의 결심이 단단한 것을 알고 자신이 받았던 가사와 바리, 책 두 권과 미륵보살의 대쪽 두 개를 건네주며 말했다.

"대쪽 중에 '9자'는 불법이요, '8자'는 새로 부처가 되는 씨앗이다. 내가 이것을 너희들에게 맡겼으니 가지고 속리산으로 돌아가라. 속리산에 가 보면 길상초가 난 곳에 표시가 있을 터이니 그 곳에 절을 세우고 널리 세상을 인도하며 후세에 전할지어다."

영심 일행은 이 교시를 받들어 속리산 길상초 난 곳에 길상사(지금의 법주사)라는 절을 세우고 법회를 열었다.

진표스님은 아버지와 함께 발연사로 가서 죽을 때까지 아버지를 봉양하며 같이 도를 닦았다. 그는 죽을 때가 되자 절 동쪽에 있는 큰 바위 위로 올라가 앉은 그대로 입적했다. 그의 무덤에서는 푸른 소나무가 솟아 나왔는데 세월이 흘러 이 나무가 말라 죽자 그 뿌리에서 다시 두 그루의 소나무가 자라났다. 지금도 무덤에는 한 쌍의 푸른 소나무가 남아 있다.

무덤을 찾아갔던 사람들이 더러 그 소나무 밑에서 뼈를 발견하고 가져가곤 하므로 뼈가 다 없어질까 봐 한 쌍의 소나무 아래 비를 세우고 뼈를 함께 모아 모셨다.

이상은 발연사 비석에 새겨진 사연으로, 《삼국유사》를 쓴 일연의 제자 무극이 첨가해 놓은 것이다.

진표의 뒤를 이은 심지

심지스님은 신라 41대 헌덕왕의 아들이니 왕자인 셈이다. 그는 태어날 때부터 슬기롭고 착했으며 효성이 지극하고 우애가 있어서 모두의 칭송을 들었다.

열다섯 살이 되었을 때 대궐의 영화를 뒤로 하고 출가하여 중이 되었다. 팔공산에 들어가 오로지 불도에 정진하던 중에 마침 속리산에서 영심스님이 진표스님의 대쪽을 전해 받고 법회를 연다는 소문을 듣고 찾아갔다. 그러나 막상 도착하고 보니 기일이 늦어서 법회에 참석할 수가 없었다. 그는 곧장 마당에 꿇어앉아 기도하며 참회했다.

그렇게 7일째 되는 날, 큰눈이 내리기 시작했다. 그러나 그는 꼼짝도 하지 않았다. 그런데 이상하게도 그가 있는 주위로는 눈이 내리지를 않았다. 승려들은 이 신기한 일을 보고 불당에 들어오도록 허락했지만 심지는 병이 있어서 안 된다고 사양하며 묵묵히 자리를 지켰다. 마침내 그의 팔꿈치와 이마에서는 피가 흐르기 시작했다. 그 모습이 옛날 진표스님이 피 흘리던 일과 같았다.

지장보살이 날마다 와서 위로하는 가운데 법회가 끝나고 심지도 귀로에

올랐다. 돌아가는 길에 옷깃을 본 그는 깜짝 놀랐다. 옷섶 사이에 두 개의 대쪽이 끼어 있는 것이 아닌가. 그 길로 영심에게로 돌아가 아뢰니 영심이 의아해하며 말했다.

"대쪽은 함 속에 간직해 놓았는데 어떻게 그럴 수가 있는가?"

영심이 함 둔 곳을 열어 보니 함은 그대로인데 그 속의 대쪽은 보이질 않았다. 영심은 대쪽을 받아서 겹겹으로 잘 싸서 감춰 두었다. 심지는 다시 돌아갔다. 그런데 도중에 보니 또 옷섶에 대쪽이 끼어 있는 것이 아닌가. 그가 다시 영심에게로 가서 전하자 영심이 탄식하며 말했다.

"이미 부처님의 뜻이 그대에게 있거늘 내가 간직하려 한들 무슨 소용이 있겠는가. 그대는 이것을 가져가서 부처님의 뜻을 받들라."

심지는 영심에게서 그것을 받아 머리에 이고 절로 돌아왔다. 산기슭에 이르니 산신령들이 그를 영접하여 바위 위에 모시고는 엎드려 공손히 절하며 계를 받는 것이었다. 그러자 심지가 말했다.

"이제 좋은 터를 골라서 거룩한 대쪽을 모셔야겠다. 하지만 이 일은 우리들이 마음대로 할 수는 없는 것이니, 다 함께 산꼭대기로 올라가 대쪽을 던져 계시를 받도록 하자."

심지는 산신령들과 함께 산봉우리에 올라가 서쪽을 향해 대쪽을 날려 보냈다. 대쪽이 떨어진 곳을 찾아 그 자리에 불당을 짓고 모셨다. 지금 팔공산 동화사의 첨당 북쪽에 있는 작은 우물이 바로 그 자리이다.

바다를움직인 법해

유가종(瑜伽宗, 법상종이라고도 함)의 시조인 대현스님은 경주 남산 용장사에 머물러 있었다. 용장사에는 커다란 **미륵상**이 있었다. 대현은 매일 아침 하루도 빠짐없이 그 미륵상을 돌며 기도했는데, 그럴 때면 미륵상도 역시 대현을 따라 얼굴을 돌리곤 했다.

대현은 지혜롭고 총명했으며 머뭇거리지 않고 분명하게 판단하는 결단력도 지니고 있었다. 유가종은 그 뜻이 심오하고 어려워서 당나라의 대학자 백거이도 "깨닫기 어렵고 인명(고대 인도의 논리학)은 분석해도 풀리지 않는다."고 한탄할 정도였다. 그러므로 누구도 쉽게 배울 엄두를 못 냈다. 그러나 대현은 혼자서 잘못된 해석을 바로잡고 그 오묘한 뜻을 열어 보

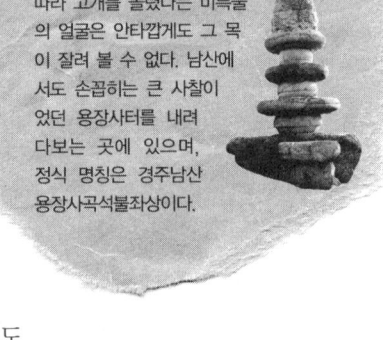

예불하는 대현스님을 따라 고개를 돌렸다는 미륵불의 얼굴은 안타깝게도 그 목이 잘려 볼 수 없다. 남산에서도 손꼽히는 큰 사찰이었던 용장사터를 내려다보는 곳에 있으며, 정식 명칭은 경주남산용장사곡석불좌상이다.

여 뒤에 배우는 사람들이 모두 그의 해석을 따랐음은 물론, 중국의 학자들도 여기서 가르침을 얻곤 했다.

대현은 지혜뿐 아니라 신통력으로도 유명해서 다음과 같은 일화가 전해진다.

경덕왕이 즉위한 지 12년째 되던 해, 여름내 비라고는 한 방울도 오지 않아 논바닥은 쩍쩍 갈라지고 사방에서는 물이 없어 아우성이었다. 경덕왕은 생각다 못해 대현을 불러 대궐 안에서 금강경을 설교하며 비가 내리도록 기원하게 했다.

어느 날 재를 올리는데, 정화수를 떠다 바치는 것이 늦어서 의식이 오랫동안 지연되었다. 제가 끝난 후 감독하는 관리가 물 길어 오는 자를 불러 꾸짖자, 그는 궁 안의 우물이 말라 버려 먼 곳까지 갔다 오느라고 늦었다며 억울해했다. 대현이 이 말을 듣고서 진작 말하지 그랬느냐며 걱정 말라고 달랬다.

그 날 낮 강연 때, 대현은 묵묵히 향로를 받들고서 무엇인가를 골똘히 생각하는 표정으로 앉아 있었다. 그 때였다. 갑자기 말라 버렸던 우물에서 물이 샘솟듯 솟아나기 시작하더니 우물물은 순식간에 일곱 길이나 높이 올라왔다. 옆에서 보고 있던 승려, 궁인, 관리 등 모두가 이 같은 기적에 입을 다물지 못했다. 이 일로 해서 그 우물을 금광정이라 부르게 됐다.

그런데 이 대현스님에 버금가는 기적을 보인 분이 있다.

이듬해 여름, 경덕왕은 당대 또 한 분의 고승 법해스님을 황룡사로 초청하

여 《화엄경》 강연회를 열었다. 이 자리에 참석한 왕은 휴식시간을 이용해서 법해에게 조용히 말했다.

"작년 여름에 대현법사는 금강경을 강연하다가 우물물이 일곱 길이나 솟는 기적을 보였다오. 그대의 법력을 그와 비교한다면 어느 정도나 되오?"

법해는 조용히 미소 지으며 대답했다.

"이런 일은 아주 사소한 것에 불과하여 내놓고 자랑할 만한 것은 아닙니다만, 지금 바로 바닷물을 기울여 토함산을 무너뜨리고 서울을 떠내려가게 하는 것도 어려운 일은 아닙니다."

왕은 법해의 엄청난 얘기에 하도 어이가 없어서 농담이려니 하고 믿지 않았다. 낮에 강연을 하는데 법해가 잠자코 향로를 받든 채 앉아 있었다. 왕은 저 스님이 무슨 일을 하려고 저러나 궁금해서 열심히 쳐다보고 있었다. 그런데 갑자기 대궐 안에서 울부짖는 소리가 들려오고 궁을 지키던 관리가 얼굴이 파랗게 질려서 뛰어왔다.

"폐하, 큰일 났사옵니다. 동쪽 못이 넘쳐서 대궐의 안채 50여 칸이 떠내려갔습니다."

왕이 망연자실해서 멍하니 법해를 바라보자 그가 웃으며 말했다.

"동해가 기울어지려고 수맥이 먼저 불어 넘친 것입니다."

왕은 자기도 모르게 일어나 절을 했다. 이튿날 동해 바닷가에 있는 감은사에서 전갈이 오기를, 어제 정오에 바닷물이 넘쳐 올라 법당 뜰 앞까지 들어왔다가 해질녘에 빠져 나갔다고 했다. 경덕왕은 다시 한 번 법해의 신통력에 놀라서 그 후로는 더욱 믿고 존경했다.

법해의 물결 법계같이 넓으니
바다를 불리고 들임도 어렵지 않네.
백억의 수미산을 크다 하지 말아라.
모두가 우리 스님 손가락 끝에 있는 것을.

그 이름도 다양한 불상 이야기

석가모니불, 아미타불, 약사여래불 …… 《삼국유사》 곳곳에는 참으로 다양한 불상들이 등장한다. 한번쯤 들어는 본 것 같은데, 과연 이 불상들은 무슨 차이가 있는 걸까? 저마다 어떤 의미를 품고 있기에, 우리의 선조들은 혼신을 다해 불상을 새기고 그 앞에서 수없이 기도했을까? 그 얘기 속으로 들어가 보자.

불상이란 불교 교리에 의한 예배의 대상을 시각적인 조형물로 표현한 것이다. 소승불교에서는 불교를 창시한 석가모니불만이 예배의 대상이었지만, 대승불교 시대에는 여러 가지 다양한 불(佛)이 나타나게 된다. 불상은 엄격한 의미로 '진리를 깨달은 사람, 곧 부처의 초상'을 의미하지만 넓은 의미에서는 보살상, 나한상 등을 모두 포함한다. '보살'은 '깨달음을 추구하는 이'로 자비를 실천함으로써 중생을 교화하는 수행자상을 말하며, 나한은 부처님을 따르던 제자 또는 고승들을 나타낸다. 한편, 여러 개의 불상을 배치할 때는 중앙에 본존불에 해당하는 불상을 놓고, 양 옆으로 협시보살을 놓아 삼존불을 이루기도 한다.

석가모니불은 불교를 창시한 교주로 인도에서는 1세기경부터 불상이 만들어

서산 마애삼존불상

장곡사금동약사여래좌상   금동미륵보살반가상   동화사 비로암 석조비로자나불좌상   봉림사 목조아미타불좌상

지기 시작했다. 대웅전, 응진전, 팔상전 등에 봉안되고 보통 양 옆에 지혜를 상징하는 문수보살과 실천적 구도자의 모습을 보여 주는 보현보살을 거느린다.

아미타불은 한량없는 광명과 생명의 부처로 극락세계의 교주이다. 극락전, 무량수전, 미타전 등에 봉안되며 좌우에 자비의 보살인 관세음보살과 지혜의 보살인 대세지보살을 거느려 아미타삼존불을 이루기도 한다. 우리 귀에 익은 '나무아미타불 관세음보살' 이란 '아미타불과 관세음보살께 귀의합니다.' 라는 의미로 극락세계에 가고자 하는 사람들의 소망이 담겨 있는 기도이다.

비로자나불은 진리를 상징하는 부처로 대적광전, 대광명전, 비로전 등에 봉안된다. 협시보살은 석가모니불과 동일한 문수보살과 보현보살이다.

미륵불은 먼 훗날 중생들을 제도하기 위해 나타날 미래불이다. 미륵부처님이라고도 하고, 아직은 부처님이 아니므로 미륵보살이라고도 부른다. 미륵전, 용화전 등에 봉안된다.

약사여래불은 육체적·정신적 고통을 해결해 주는 부처로, 현세의 복락을 이루게 한다는 실리적 신앙 때문에 민중들에게 강하게 다가갔다고 한다. 약사전, 유리보전 등에 봉안되며 일광보살과 월광보살이 협시한다. 손에 약단지를 들고 있는 것이 특징이다.

7

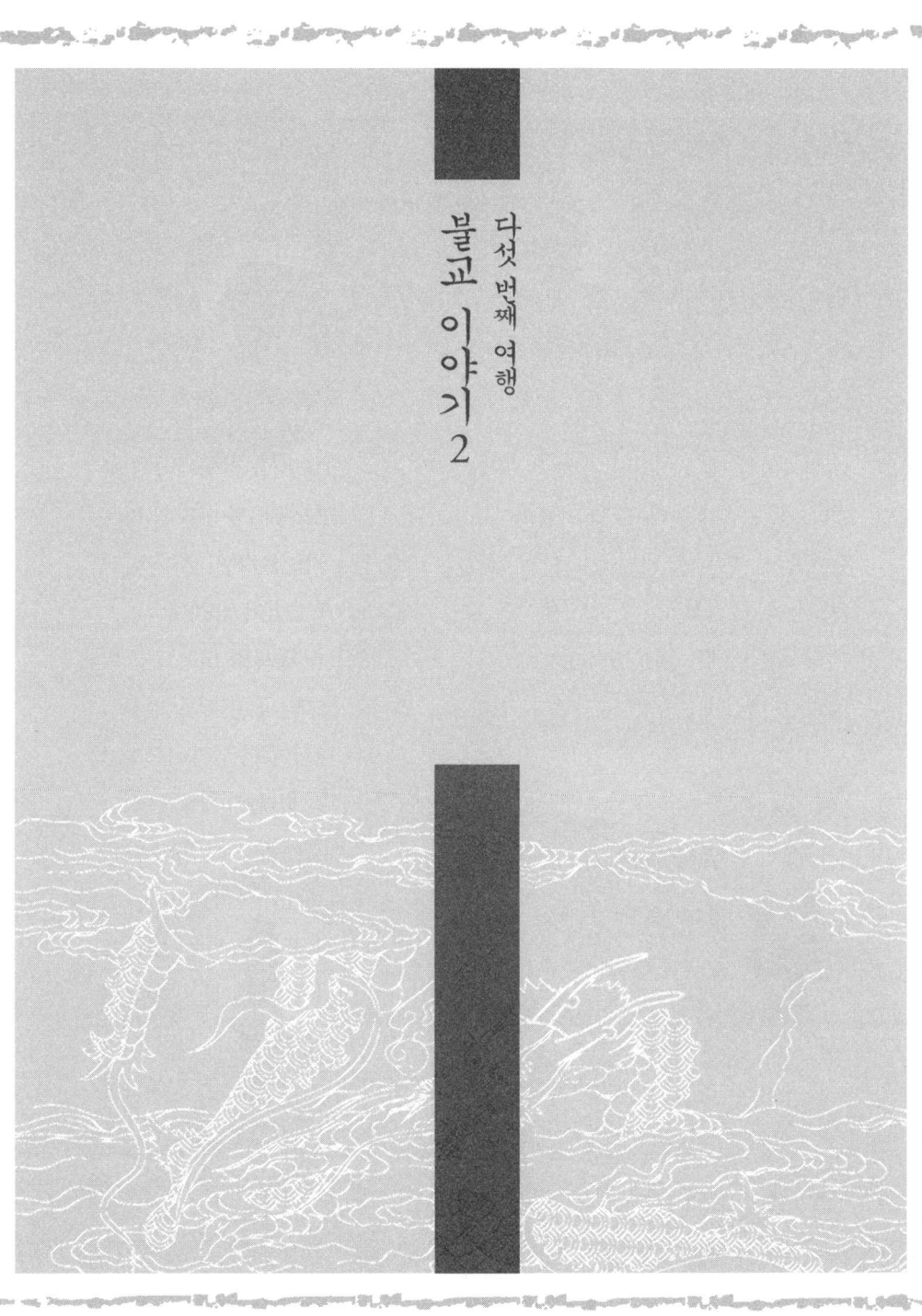

다섯 번째 여행

불교 이야기 2

귀신을 쫓아낸 밀본

선덕여왕 때의 일이다. 한번은 여왕이 병이 들어서 오랫동안 일어나지 못했다. 좋다는 약은 다 써 보고 용하다는 의원은 다 불러보았지만 여왕의 병은 깊어만 질 뿐 나을 기미를 보이지 않았다. 나중에는 기도로 고쳐 볼까 하고 흥륜사의 중 법척을 불렀으나 병상을 지킨 지 오래건만 효험이 없었다.

당시 신라에는 밀본법사(密本法師)라는 이가 있었는데 신통력 있는 큰스님으로 온 나라에 소문이 자자했다. 신하들은 법척이 오래 있었는데도 병환이 낫지를 않으니 대신 밀본을 불러오자고 여왕을 설득했다. 여왕도 혹시나 하는 마음으로 밀본을 대궐로 불러들였다.

대궐로 들어온 밀본은 여왕이 누워 있는 침실 앞에 멈춰 서서 《약사경》을 읽기 시작했다. 그가 경 읽기를 끝내자마

약사여래(중생의 질병을 치료하고 재앙을 소멸시켜 준다는 부처) 신앙의 근본 경전이다. 약사여래는 사진과 같이 약단지를 들고 있는 특징이 있다.

자 갑자기 들고 있던 지팡이가 저절로 침실 안으로 날아들더니 한 마리의 붉은 여우와 법척을 찔러 뜰 아래로 내동댕이쳤다. 여왕은 깜짝 놀라 자리에서 벌떡 일어섰다. 그런데 뜻밖에 몸이 가뿐한 것이 아닌가. 어느 새 그 깊던 병이 다 나은 것이었다.

모두들 밀본의 능력에 감탄하여 머리를 조아리는데, 그 때 그의 이마 위에서 오색의 신비한 광채가 뻗어 나왔다. 사람들은 또 한 번 놀라서 밀본을 우러러봤다.

한번은 이런 일도 있었다.

승상 김양도가 어릴 때였는데, 어느 날 갑자기 입이 붙어 버리고 몸이 뻣뻣해지더니 말도 못하고 몸도 움직이지 못하게 되었다. 집안 식구들은 귀한 아들이 석상처럼 굳어 버린 데 놀라서 야단법석이었다.

그런데 김양도가 가만히 보니 큰 귀신 하나가 작은 부하 귀신들을 거느리고 집 안으로 들어와서는 음식이란 음식은 다 맛보는 게 아닌가. 또 푸닥거리를 하러 온 무당이 굿을 할라치면 귀신들이 우르르 몰려들어 욕을 해 대는 통에 무당들도 쫓기듯 가 버리는 것이었다. 양도가 이런 사실을 알리고 싶어도 입이 붙어 말을 할 수가 없으니 답답할 뿐이었다.

양도의 아버지는 무당굿을 해도 소용이 없자 이번에는 법류사의 중 아무개를 초청해서 불경을 읽어 달라고 부탁했다. 중이 경을 읽기 시작하자마자 곧 큰 귀신이 나타나 부하 귀신들에게 쇠방망이로 중의 머리를 내리치게 했다. 쇠방망이를 맞은 중은 피를 토하며 죽고 말았다.

양도의 아버지는 집에 큰 귀신이 붙은 것을 알고 비로소 밀본법사에게 부탁하기로 했다. 사람을 보내 청했더니 곧 오겠다는 전갈이 왔다.

밀본이 오기로 했다는 말을 들은 귀신들은 아연실색했다. 부하 귀신들은 겁에 질려 수군거렸다.

"밀본법사가 오면 우리가 불리할 텐데 지금이라도 빨리 피하는 게 좋지 않을까?"

그러자 큰 귀신이 눈을 부라리며 윽박질렀다.

"밀본이라는 자가 뭔데 너희들은 그렇게 안절부절하느냐? 제 아무리 신통력이 있다 해도 내 앞에서는 어림없다."

귀신들이 그러고 있을 때였다. 갑자기 사방에서 갑옷을 입고 한 손에는 긴 창을 꼬나 잡은 대역신(大力神)들이 나타나더니 귀신들을 붙잡아 꽁꽁 묶어 버렸다. 그 뒤를 이어 수많은 천신들이 나와서 공손히 두 손을 모으고 둘러서서 기다리는데 마침내 밀본이 도착했다.

양도는 그 자리에서 병이 나아 붙었던 입이 떨어지고 굳었던 몸이 풀렸다. 양도가 그 동안 자기가 본 일을 낱낱이 얘기하자 모두들 놀라며 새삼스럽게 밀본을 우러러보게 되었다.

이 일을 계기로 양도는 독실한 불교 신자가 되어 흥륜사에 미륵존상과 좌우의 보살상을 만들고 금색 벽화를 그려 넣는 등 일생 동안 부처님 받들기를 게을리 하지 않았다.

이런 밀본에게 함부로 덤볐다가 큰 코 다친 사람의 얘기가 있다.

밀본이 금곡사에서 수도할 때였다. 그 무렵 김유신이 한 늙은 거사와 친하게 지냈는데 아무도 그가 어떤 사람인지 몰랐다. 한번은 유신의 일가친척 되는 수천이 심한 괴질에 걸려 오랫동안 고생을 했다. 유신이 이 소식을 듣고서 거사에게 부탁해 진찰을 해 보도록 했다.

거사가 수천을 찾아온 그 날, 마침 수천의 친구인 인혜라는 승려가 거기에 와 있었다. 인혜가 거사의 꼴을 훑어보니 무슨 능력을 가진 중이라고는 생각할 수도 없었으므로 비웃으며 말했다.

"그대의 생김새를 보니 간사한 사람이로군. 그런데 어떻게 남의 병을 고치겠단 말인가?"

그러나 모욕을 당한 거사는 조용히 대답했다.

"김유신 공의 명을 받고 할 수 없이 왔지요."

인혜는 더욱 기가 살아서 신통력을 보여 주겠다며 향로를 받들고 향을 피우면서 주문을 외웠다. 그러자 곧 오색구름이 그의 머리 위를 떠돌고 하늘에서는 형형색색의 꽃이 흩어져 내렸다. 인혜가 재주를 다 부리고 의기양양해서 쳐다보자 거사가 공손한 태도로 말했다.

"스님의 신통력은 참으로 불가사의합니다. 저도 보잘것없는 재주나마 한번 시험해 보겠습니다. 스님은 잠시만 제 앞에 서 주십시오."

인혜는 무슨 재주냐고 비웃으며 거사 앞에 섰다. 거사가 가만히 서서 손가락을 가볍게 튕기자, 인혜의 몸은 한 길이나 튕겨 올랐다가 한참 만에 천천히 내려와 머리를 땅에 거꾸로 박은 채 꼼짝도 하지 않았다. 사람들이 몰려들어 아무리 밀고 잡아당겨도 도무지 움직이질 않았다. 거사는 그 꼴을 보다가 그대로 휙 하니 나가 버렸다.

결국 인혜는 땅에 박힌 채 하룻밤을 꼬박 새웠다. 이튿날 수천은 김유신에게 사람을 보내 제발 인혜를 풀어 달라고 사정사정했다. 유신의 말을 들은 거사는 그제야 인혜를 풀어 주었다. 크게 혼이 난 인혜는 그 후로 절대 재주를 자랑하지 않았다고 한다.

이 거사가 다름 아닌 밀본법사였음은 두말할 나위도 없다.

혜통,
콩으로 용을 쫓아버다

혜통이 아직 속세에 있을 때였다. 남산 골짜기 어귀에 살던 그는 틈만 나면 집 주변을 돌아다니며 열매도 따고 짐승도 잡곤 했다. 하루는 집 동쪽 시냇가에서 놀다가 수달피 한 마리를 잡았다. 혜통은 좋아서 가죽과 고기는 집에 갖다 주고 그 뼈는 동산에 내다 버렸다. 이튿날 아침 동산에 올라가 나무를 하던 혜통은 놀라지 않을 수 없었다. 분명히 어제 뼈를 버린 자리에 핏자국만 있을 뿐 뼈가 보이지 않았다.

"이상도 하다. 뼈를 어디 쓸 데가 있다고 가져갔을까?"

혜통은 궁금증이 나서 지게를 벗어 놓고 핏자국을 따라가 보았다. 핏자국은 끊어질 듯 끊어질 듯 깊은 산속으로 이어지더니 마침내 작은 동굴 앞에 멈췄다. 동굴 속을 들여다본 혜통은 그 자리에 굳어 버리고 말았다. 죽은 수달피의 뼈가 자기가 살던 굴로 돌아가 갓 태어난 어린 새끼 다섯 마리를 부둥켜안고 있었던 것이다. 그제야 혜통은 자신이 저지른 죄를 깨닫고 어미 수달피의 생사를 초월한 사랑에 감동하여 묵묵히 한참을 서 있었다.

마침내 혜통은 그 길로 속세를 버리고 출가할 결심을 했다. 부모는 어제까지도 아무 말 없던 자식이 별안간 승려가 되겠다고 나서니 처음에는 우스갯소리로 생각하였다. 하지만 혜통이 자기가 본 정경을 애기하자 부모도 감동해서 적극 찬성하고 나섰다. 그리하여 그는 그 길로 출가해 머리를 깎고 이름을 혜통으로 바꿨다.

혜통은 기왕이면 불교가 발전한 당나라에서 불도를 닦으리라 마음먹고 유학 준비를 했다. 고생고생해서 마침내 당나라에 도착한 혜통은 곧바로 무외삼장이라는 고승을 찾아가 배우기를 청했다. 그러나 무외삼장은 "변방 오랑캐의 족속 따위가 어찌 불법을 배울 자격이 있을소냐!" 하고 한 마디로 거절했다. 그러나 혜통은 물러서지 않고 그 날부터 무외의 거처에 눌러앉아 시중을 들기 시작했다. 눈이 오나 비가 오나 새벽같이 일어나서 밥하고 물 긷고 청소하며 잠시도 쉬지 않고 정성으로 3년을 모셨으나 무외는 눈길 한 번, 말 한 마디 건네는 법이 없었다.

3년째가 되는 날, 다시 혜통이 배우기를 간청했으나 무외는 똑같은 말로 거절했다. 무외의 대답을 듣는 순간, 혜통은 하도 분해서 머리에 화로를 인 채 뜰에 나가 섰다. 조금 있으니 이내 정수리가 터지고 '우르릉 쾅' 하며 천둥치는 소리가 났다. 무외는 그 소리를 듣고 놀라서 뛰어나와 화로를 치우고 터진 이마를 만지며 주문을 외웠다. 터진 곳은 곧 아물었지만 흉터가 남았는데 그 흉터가 '王' 자처럼 생겨 그 때부터 혜통을 왕화상이라 불렀다. 무외는 그제야 혜통의 심지가 굳은 것을 알고 불법의 전수가로 삼아 비법을 가르쳐 주었다.

그 무렵 당나라 황실에서는 공주가 병이 들어 걱정이 이만저만이 아니었

다. 병이 날로 깊어지자 다급해진 당 고종은 무외삼장에게 사람을 보내, 어서 와서 병을 고쳐 달라고 간청했다. 무외는 혜통을 불러 대신 가라고 이르고 임금에게 따로 편지를 써서 안심시켰다.

"이 사람이 비록 동이족(東夷族, 동쪽 오랑캐라는 말로 지난날 중국에서 동쪽에 사는 이민족을 얕잡아 가리키던 말) 사람이긴 하지만 저보다도 더 능력이 있으니 믿고 맡기십시오."

고종은 무외가 직접 오지 않고 웬 젊은 외국 중이 따라온 데 내심 화가 났지만 무외가 추천한 사람인 데다 다른 도리도 없던 터라 일단 환자를 보이게 했다. 그러나 혜통은 환자를 볼 필요는 없고 다만 병실 근처에 조용한 방 하나를 내 달라고 청했다. 고종은 환자를 보지도 않고 뭘 한다는 건가 싶어 더욱 믿을 수가 없었지만, 고집스런 중을 상대로 입씨름하기도 싫어서 방 하나를 내주게 했다.

혜통이 혼자 방으로 들어간 뒤 궁금증이 난 황실 사람들이 몰래 엿보았더니, 혜통은 주머니에서 흰 콩 한 말을 꺼내 은그릇에 담아 놓고는 주문을 외고 있는 것이 아닌가. 그러자 갑자기 흰 콩이 흰 갑옷을 입은 신병(神兵)으로 변해서 병마와 싸우기 시작했다. 한참을 싸워도 흰 병사들은 병마를 물리치지 못하고 오히려 갈수록 밀리는 기세였다. 혜통이 다시 검은 콩 한 말을 꺼내 금그릇에 담아 놓고 주문을 외니 검은 콩은 검은 갑옷을 입은 신병들로 변해 흰 신병들과 함께 힘을 합쳐 싸우기 시작했다. 흑백 두 빛깔의 신병이 한꺼번에 공격해 오자 더 이상 대적할 수 없게 된 병마는 돌연 그 본모습을 드러내 시뻘건 용으로 바뀌어 도망가 버렸다.

황실 사람들은 방 안에서 벌어지는 일에 넋을 빼기고 있다가, 그 순간 공주의 병실에서 터져 나오는 환성에 정신을 차리고 우르르 달려갔다. 공주는 오랜 병마에 시달린 사람 같지 않게 홍조 띤 얼굴에 생글생글 미소를 지으며 걸어 나왔다. 고종은 비로소 혜통의 능력에 감탄하며 거듭 감사의 말을 했다.

한편 혜통에게 쫓겨난 용은 혜통이 자기를 쫓아 낸 데 원한을 품고 그의 본국인 신라로 들어와 사람들을 마구 해치며 돌아다녔다. 당나라에 사신으로 왔던 정공은 이 소식을 급히 혜통에게 전했다.

"스님이 쫓은 독룡이 지금 신라에 들어와 마구 사람들을 해쳐 그 피해가 막심합니다. 빨리 돌아가서 쫓아 내지 않으면 안 됩니다."

그 길로 혜통은 정공과 함께 귀국해서 다시 그 독룡을 내쫓았다. 용은 이번에는 정공 때문에 이렇게 된 것이라 생각하고 정공에게 복수할 마음을 먹었다. 용은 곧 버드나무로 변신해서 정공 집 앞에 뿌리를 내렸다. 버드나무가 원한 품은 용이라는 사실을 꿈에도 모르는 정공은, 그저 버드나무의 무성한 잎이 보기 좋아서 항상 바라보며 몹시 사랑했다.

이 무렵 효소왕이 즉위하여 돌아가신 신문왕의 장례길을 닦고 능을 세우게 되었다. 그런데 정공 집 앞 버드나무가 바로 그 길을 막고 서 있어서 일에 방해가 되었다. 할 수 없이 공사 책임을 맡은 관리가 버드나무를 베어 내려고 하자 정공이 뛰어나오더니 성을 내며 소리쳤다.

"누가 이 나무를 베려 하느냐? 차라리 내 목을 베면 베었지 이 나무는 못 자른다."

물론 이것은 버드나무로 변한 용이 정공에게 마술을 걸어 제정신을 잃게

했기 때문이다 .어쨌든 관리는 이 말을 그대로 왕에게 전했고 임금은 화가 나서 법관에게 명령했다.

"정공이 왕화상과 친하다 하여 그의 신통술을 믿고 왕명을 거역하고 나섰으니, 이는 장차 불손한 일을 꾸미려는 속셈에서 나온 것이다. 그 놈이 스스로 제 머리를 자르라 했으니 마땅히 제 좋은 대로 해 주리라."

끌려온 정공은 그 자리에서 참수당하고 집은 헐어서 연못으로 만들어 버렸다. 왕과 대신들은 또 정공이 왕화상과 절친한 사이였던 만큼 틀림없이 왕화상이 원한을 가질 것이므로 이쪽에서 먼저 그를 처치하는 게 좋겠다고 의견을 모았다. 그래서 즉시 군사들을 풀어 왕화상, 즉 혜통을 잡아 오게 했다.

이 때 혜통은 왕망사에 머물고 있었는데 군사들이 오는 것을 보자 사기병과 붉은 먹을 적신 붓을 들고 지붕 위로 올라갔다. 군사들은 혜통을 보고 사다리를 가져온다, 줄을 맨다며 부산을 떨었다.

그 때 혜통이 큰 소리로 외쳤다.

"너희들은 지금부터 잠자코 내가 하는 것을 보아라."

그러고는 들고 있던 사기병의 목에 붉은 색 금을 삥 둘러 그어 놓고 다시 외쳤다.

"자, 이제 너희들은 서로 상대방의 목을 한 번 보아라."

군사들이 어리둥절해서 서로서로 각자의 목을 살펴보니 모두의 목에 붉은 금이 둘러져 있었다. 군사들은 너무 놀라 어쩔 줄 몰랐다. 그 때 혜통이 다시 말했다.

"내가 만약 이 병목을 자르면 너희들 목도 그대로 끊어지고 말 것이다. 자,

이제 어떻게들 하겠느냐?"

군사들은 모두들 걸음아 날 살려라 하고 도망쳤다. 혜통을 잡으러 갔던 군사들이 목에 붉은 금을 그은 채 돌아와 자초지종을 아뢰니, 왕도 어쩔 수 없음을 알고 한숨지으며 말했다.

"왕화상의 신통력을 사람의 힘으로 어떻게 당해 낼 수 있겠느냐. 내버려 두어라."

이 일이 있고 얼마가 지나 갑자기 공주가 병으로 앓아 누웠다. 온갖 방법을 다 써 보아도 오히려 갈수록 심해지기만 하니 마침내는 혜통의 힘을 빌리지 않을 수 없었다. 왕의 부탁을 받은 혜통은 한나절도 못 돼서 죽어 가던 공주를 일으켜 세웠다. 왕은 크게 기뻐하며 혜통에 대해 그 때까지 갖고 있었던 의심을 다 풀어 버렸다. 혜통은 그제야 정공이 죽게 된 사연을 털어놓았다.

"정공은 원한을 품은 독룡의 주술에 걸려 왕께 거역하고 결국 죽게 된 것입니다. 임금께서는 정공의 충성심을 오해하지 마옵소서."

왕은 "내가 성급하게 충성스러운 신하를 죽였구나." 하고 후회하며 곧바로 노예로 만들었던 정공의 처자식들을 풀어 주었다. 그리고 그 때부터 혜통을 국사(國師)로 받들었다.

한편 용은 정공에게 복수를 한 뒤 기장산으로 들어가 자리를 잡고 더더욱 심하게 횡포를 부렸다. 백성들의 피해가 날로 심해지자 혜통은 더 이상 두고 볼 수가 없어 기장산으로 용을 찾아가 좋은 말로 타일렀다. 용은 처음에는 타이르는 혜통에게 심술을 부리며 들은 척도 안 했지만 하루 이틀 꼼짝도 않고 끈질기게 설득하는 데 감복하여 결국 무릎을 꿇고 말았다. 혜통은 용에게 생

명을 빼앗지 못하도록 하는 불살계(不殺戒)를 주고 내려왔다. 그 후로는 아무도 피해를 입은 사람이 없었다.

또 한 번은 이런 일이 있었다. 신문왕이 등창이 나서 여러 날 고생을 하다가 혜통의 주문으로 병이 나았다. 왕이 기뻐하며 뭐든지 말만 하면 들어주겠노라고 하자 혜통이 말했다.

"폐하께서 전생에 관직에 있으면서 신충이라는 착한 사람에 대한 판결을 잘못하여 그를 노예로 만드신 일이 있습니다. 그 때문에 신충이 원한을 품고 보복을 하고 있습니다. 지금 이 등창도 신충의 저주로 생긴 것입니다. 그러니 신충의 혼을 위해 절을 짓고 명복을 빌어 원한을 풀어 주심이 좋을 줄 아옵니다."

왕은 혜통의 말에 따라 절을 세우고 이름을 신충봉성사라 했다. 절이 완성되자 공중에서 외치는 소리가 들려왔다.

"대왕이 절을 세워 명복을 빌어 주신 덕에 괴로움을 벗고 하늘나라로 가게 되었으니, 원한은 다 풀렸도다."

왕은 다시 한 번 혜통의 통찰에 감탄하고 그 외침이 들린 곳에 기념으로 절원당을 세웠다. 신충봉성사와 절원당은 지금도 남아서 옛 일을 전한다.

앞서 본 밀본에 이어, 명랑스님이 용궁에서 신의 표적을 얻어 여러 차례 이웃 나라 도적 떼의 침입을 막았으며 그 뒤에 혜통이 나타나 사람을 구하고 전생의 원한을 풀어 주는 기적을 보았다. 이리하여 불교 중에서도 밀교가 크게 유행하기에 이르렀다.

여종 육면,
지붕을 뚫고 하늘에 오르다

신라 경덕왕 때 강주(지금의 진주)에서 있었던 일이다.

그 고을의 불교 신자 수십 명이 모여서 극락행을 꿈꾸며 고을 안에 미타 사라는 절을 세우고 1만 일 동안의 기원회를 열었다. 이 때 아간 벼슬을 하는 귀진이라는 사람 집에 육면이라는 여자 종이 있었다. 귀진도 미타사 기원회에 참석하여 기도를 하는데 자기를 따라온 육면이 불당 밖 뜰에 서서 중이 하는 대로 염불을 따라하는 것이 아닌가. 귀진은 괘씸해서 그녀를 불러 야단을 쳤다.

"네가 종 주제에 어디 감히 스님 흉내를 내느냐? 오늘부터 매일 저녁 때까지 벼 두 섬씩을 찧어 놓도록 해라. 시키는 대로 하지 않으면 혼날 줄 알아라."

주인은 밤을 새도 다 찧기 어려운 벼 두 섬을 찧으라고 했으니 이제는 절 근처엔 얼씬도 못하겠거니 하고 생각했다. 그런데 어찌된 일인지 육면은 초저녁 안에 서둘러 방아 찧기를 끝내 놓고는 절에 와서 염불을 하는 것이었다. 속담에 '제 일이 바빠서 주인댁 방아 서두른다.' 는 말이 있으니 육면의 일을 두고 한 말이다.

어쨌든 욱면은 방아 찧고 염불하고 밤낮으로 열심이었다. 나중에는 양 옆에 말뚝을 박아 세우고 노끈을 잡아매어 자기 두 손바닥을 뚫어 꿰어서는 합장을 한 채 좌우로 오락가락 하며 잠시도 쉬지 않았다. 주인 귀진도 이렇게까지 정성을 보이는 데는 두 손을 들고 말았다.

그러던 어느 날, 문득 공중에서 하늘의 외침이 들렸다.

"욱면은 불당에 들어가 염불하라."

사람들은 종과 나란히 앉아 기도한다는 게 내키지 않았지만 하늘의 명이므로 어쩔 수 없이 욱면을 불당에 들어오게 했다. 그리고 얼마 안 있어 서쪽(극락을 가리킴)으로부터 하늘의 음악 소리가 들려오더니 욱면의 몸이 붕 떠올랐다. 모두 깜짝 놀라 쳐다보니 순식간에 욱면은 불당 천장을 뚫고 서편으로 날아가는 것이 아닌가. 서울 교외에 이르자 욱면은 육신의 껍질을 벗어 버리고 부처님의 몸으로 변하여 연꽃 위에 앉아 커다란 광명을 비추면서 서서히 극락세계로 올라갔다. 그 동안 공중에서는 풍악 소리가 그치지 않았다.

그 때 뚫고 나간 불당 천장에는 아직도 구멍이 남아 있다고 전해진다.

이상은 시골에서 전해 오는 얘기이고 《승전》에는 다음과 같이 기록되어 있다.

동량 팔진은 관세음보살의 현신으로 1,000명이 넘는 사람들을 모아 한 패는 힘써 일하게 하고 다른 한 패는 도를 닦게 했다. 그런데 일하는 무리 중의 한 사람이 계를 얻지 못하고 축생도(불교에서 말하는 삼악도(三惡道)의 하나. 삼악도는 악행의 결과로 죽어서 가게 된다는 세 가지 괴로운 세계로 지옥도, 축생도, 아귀도를 말한다.)에 떨어져 부석사의 소가 되었다. 이 소는 절에 살면서 불교 경전을 싣고 다녔기 때문에 경전의 힘으로 다시 아간 귀진의 집 여종으로 태어났다.

종의 이름은 욱면으로, 그녀는 하가산으로 심부름을 갔다가 꿈에 계시를 받고 그 때부터 신앙심을 갖게 되었다. 당시 귀진의 집은 혜숙 스님이 세운 미타사에서 그리 멀지 않은 곳에 있었다. 귀진은 늘 그 절에 가서 기도를 드렸는데, 이 때부터 욱면도 주인을 따라가 절 뜰에서 염불을 하곤 했다.

이렇게 하기를 9년, 그 해 정월 스무 하룻날, 예불을 드리던 욱면이 갑자기 솟아올라 불당 천장을 뚫고 나갔다. 소백산에 이르렀을 때 신발 한 짝이 떨어졌으므로 그 곳에 보리사를 지었다. 산 아래에 이르러 육신을 버리니 거기에 두 번째 보리사를 지었다. 욱면이 날아 올라간 천장에는 열 아름이나 되는 큰 구멍이 뚫렸는데 아무리 큰비가 쏟아지고 함박눈이 내려도 그 구멍으로는 들어오지 않았다.

욱면이 극락 왕생한 뒤 주인 귀진은 그의 집에서 비범한 인물이 났다 하여 '법왕사' 라는 절을 세워 바쳤다. 세월이 흐르면서 법왕사는 폐허가 되었는데 후에 희경대사란 이가 증건에 나섰다. 희경은 몸소 목재를 나르며 거들었는데, 그 때 꿈에 한 노인이 나타나서 삼으로 만든 신과 칡으로 삼은 신 한 켤레씩을 주었다고 한다. 이렇게 해서 5년 만에 공사를 끝내고 법왕사를 다시 일으키니 사람들은 희경을 귀진의 환생이라고 했다.

시골에서 전해 오는 얘기로는 욱면은 경덕왕 때 일이라 했는데 귀진 전기를 보면 애장왕 때 일이라 했으므로, 그렇게 되면 귀진이 60여 년이나 앞서게 된다. 이에 남아 있는 기록을 그대로 실어 전한다.

극락에 간 두 친구

    문무왕 때 광덕과 엄장이라는 두 친구가 있었다. 광덕은 아내와 함께 분황사 서쪽 마을에 살며 신 삼는 일을 했고 엄장은 남악에 암자를 짓고 살면서 크게 농사를 지었다. 둘은 우정이 매우 돈독해서 늘 먼저 극락에 가는 사람은 꼭 서로에게 알려 주자고 다짐했다.

    어느 날 저녁 무렵, 노을은 붉게 타오르고 소나무 그늘이 조용히 짙어 갈 즈음 창 밖에서 엄장을 부르는 소리가 들렸다.

    “여보게 엄장, 나는 이제 (서방정토)로 가네. 자네도 잘 지내다가 하루빨리 날 따라 오게나.”

정토(淨土)란 번뇌로 가득 찬 인간 세상과 달리 부처가 있는 깨끗한 극락세계를 말한다. 서방정토란 《아미타경》에 “여기서 서쪽으로 10만 억 국토를 지나서 하나의 세계가 있으니, 이름을 극락이라고 한다.”는 구절에서 나온 말이다.

    엄장이 놀라서 문을 열고 나가 보니 저 멀리 구름 위에서 하늘의 음악 소리가 들려오고 환한 광명이 땅에까지 뻗쳐 있었다. 이튿날, 날이 밝자마자 엄장은 광덕의 집으로 쫓아갔다. 아니나 다를까, 광덕은 이미 어제 저녁 숨을 거둔 터였다. 엄장은 광덕의 아내와 함께 시신을 거두어 양지 바른 곳에 장사 지냈다.

장례가 다 끝난 뒤 그는 혼자 남은 광덕의 아내에게 은근히 말했다.

"남편도 죽고 없어 적적할 텐데 나와 같이 사는 것이 어떻소?"

광덕의 아내는 선선히 좋다고 응낙했다. 밤이 되어 잠자리에 들자 엄장은 광덕의 아내에게 다가가 껴안으려고 했다. 광덕의 아내는 몸을 피하면서 비웃음을 띠고 말했다.

"거사님이 극락에 가시려는 것은 물고기를 잡으러 나무에 올라가는 것[연목구어(緣木求魚)]과 다를 바가 없구료."

엄장은 같이 살기로 한 여자가 뜻밖의 태도를 보이니 기가 막히기도 하고 이상하기도 해서 물었다.

"광덕은 이미 그렇게 살다가 극락에 갔거늘 나라고 안 될 것이 무엇이오?"

"남편은 저와 10년을 넘게 살았지만 단 하룻밤도 잠자리를 같이 한 적이 없소. 하물며 더러운 짓을 하였을라고요? 그는 매일밤 몸을 단정히 하고 반듯이 앉아서 오직 아미타불을 외며 정성을 다하였소. 그리하여 밝은 달빛이 방으로 쏟아져 들어오면 그 달빛 위에 가부좌를 하고 앉기도 했으니, 이만큼 정성을 기울이고서야 서방정토가 아니면 어디로 가겠소? 대개 천리를 가려는 자는 그 첫걸음을 보면 알 수 있다고 했으니, 지금 스님의 관은 동으로 간다고는 할 수 있을망정 서방정토로 갈지는 알 수 없는 일입니다."

엄장은 부끄러워서 고개를 들 수가 없었다. 광덕의 집을 나온 그는 그 길로 원효대사를 찾아가 극락왕생을 위한 참된 길을 물었다. 원효는 정관법(淨觀

法, 생각의 더러움을 없애고 깨끗한 몸으로 도를 닦아 내외의 현상을 바로 보는 법)을 지어 인도했다. 엄장은 이 때부터 몸을 깨끗이 하고 뉘우쳐 오직 한 마음으로 불도를 닦아 마침내 극락에 올랐다.

엄장을 깨우친 광덕의 아내는 분황사의 노비였는데, 실상은 관세음보살이 중생을 교화하기 위해 변신한 것이라고 한다. 광덕이 지어 불렀다는 〈원왕생가(願往生歌)〉는 죽어 극락에 가고 싶다는 그의 소망을 담고 있다.

> 달님이시여, 이제 서방까지 가셔서
> 무량수전에 사뢰 주소서.
> 다짐 깊으신 세존을 우러러 두 손을 모으고
> 원왕생, 원왕생 그리워하는 이 있다고 사뢰 주소서.
> 아아, 이 몸 남겨 두고 48대원 모두 이루도록 하시옵소서.

문수보살에게 혼이 난 경흥

신문왕 때의 큰스님 경흥은 성이 수(水) 씨로 열여덟에 출가하여 삼장[三藏, 불전을 세 종류로 분류한 것으로 경장(經藏), 율장(律藏), 논장(論藏)을 말한다.]에 통달하였으므로 당대에 명성이 드높았다.

문무왕은 세상을 떠나면서 뒤를 이을 신문왕에게 신신당부했다.

"경흥은 국사가 될 만한 사람이니 내 말을 명심하라."

그래서 신문왕은 즉위하자마자 경흥을 국사로 삼고 경주 삼랑사에 머물게 했다.

언젠가 경흥이 갑자기 병이 나서 한 달 가량을 누워 있을 때였다. 하루는 한 여승이 문병차 와서 《화엄경》에 있는 '착한 벗이 병을 고쳐 준다.'는 이야기를 해 주며 말했다.

"지금 스님의 병환은 근심 때문에 생긴 것입니다. 웃고 즐기시면 곧 나으실 수 있습니다."

그리고는 얼굴을 열한 가지 모양으로 바꿔 가면서 각각의 얼굴에 맞춰 우스꽝스러운 춤을 추기 시작했다. 뛰고 날며 변화무쌍하게 바뀌는 그 모습이

말로 표현할 수 없을 만큼 우스워서 모두들 턱이 빠질 지경이었다. 경흥도 따라서 웃다 보니 어느 사이엔가 병이 다 나았다. 여승은 경흥이 다 나아 웃는 것을 보고는 그대로 밖으로 나가 남항사로 들어가 숨어 버렸다. 사람들이 남항사까지 쫓아가 보니 여승은 어디론가 사라지고 다만 갖고 있던 지팡이만이 **십일면관음보살** 앞에 놓여 있었다. 그 때서야 관음보살이 여승으로 현신해서 경흥의 병을 고쳐 주었음을 알게 되었다.

관음보살의 얼굴 위에, 11면의 얼굴이 또 있다. 각 방향의 얼굴은 구제자로서 지녀야 할 능력을 상징한다. 정상의 1면은 부처의 모습이고, 앞의 3면은 선한 중생을 보고 찬양하는 자비의 모습이다. 좌측 3면은 악한 중생을 보고 동정심에 고통에서 구하려 하는 진노의 모습이다. 미소 짓는 우측 3면은 불도를 실천하는 중생을 권장함을 나타내고, 뒤 1면은 모든 중생을 포용하는 포악과 폭소의 모습이다. 사진은 석굴암의 십일면관음보살상.

하루는 왕이 경흥을 불러 대궐에 들어가게 되었다. 시종들이 동문 밖에 말을 준비해 놓고 기다리는데, 말 안장이며 신과 갓이 화려하기 짝이 없어, 길 가던 사람들이 모두 조심조심 피해 갔다. 그 때 한 거사가 거지나 다름없는 차림을 하고서 손에는 지팡이를 짚고 등에는 광주리를 지고 말 앞에 와서 쉬는 것이었다. 시종들은 모두 고개를 돌려 버렸다. 그런데 자꾸만 어디선가 비린내가 풍겨 시종들이 광주리 속을 들여다보니 생선 말린 것이 들어 있었다.

시종들은 큰 소리로 꾸짖었다.

"승복을 입은 자가 어떻게 이런 더러운 물건을 지고 다니느냐."

"두 다리에 산 고기를 끼고 다니기도 하는데 세 번이나 사고 판 죽은 생선을 등에 진 것이 무슨 흠이 되겠는가."

거사는 이렇게 비웃더니 횡 하고 가 버렸다. 마침 문을 나오던 경흥이 그 말을 듣고 깜짝 놀라서 사람을 시켜 쫓아가게 했다. 거사는 남산으로 올라가더니 문수사 문 앞에 이르러 광주리를 버리고는 갑자기 숨어 버렸다. 쫓아가던 자가 광주리를 들어 보니 소나무 껍질만이 가득했고 지팡이는 문수보살상 아래 놓여 있었다.

경흥은 이 말을 듣고 탄식해 마지않았다.

"문수보살께서 손수 오시어 내 어리석은 행동을 깨우쳐 주셨건만, 내가 못나 죄를 저지르고 말았구나!"

경흥은 그 후로 다시는 말을 타거나 쓸데없는 치장을 하지 않았다.

《보현장경(普賢章經)》에는 일찍이 미륵보살이 "나는 내세에 석가모니의 말씀이 잊혀질 무렵 인도에 다시 태어나 제자들을 인도하리라. 그러나 말 탄 승려는 제외해서 부처님을 뵙지 못하게 할 것이다."라고 말씀하셨다고 쓰여 있다. 그러니 어찌 경계할 일이 아니겠는가?

옷에 음식을 먹인 스님

효소왕 8년(699)의 일이다. 그 해 신라에서는 당나라 황실을 위해 망덕사라는 절을 세우고 기념 법회를 열었다. 왕도 직접 법회에 참가하여 공양을 하는데, 그 때 누추한 모습의 중이 나타나 뜰 아래서 기어드는 목소리로 청했다.

"이 못난 중도 재에 참여하기를 바라나이다."

왕은 그 초라한 모습이 걸렸지만 자비를 베푸는 셈치고 저 끝자리에 앉으라고 허락했다. 재가 파할 즈음 왕은 그 중에게 재미 삼아 말을 걸었다.

"어디서 머물고 있는가?"

"비파암에 있습니다."

"돌아가거든 다른 사람들에게 국왕이 친히 올리는 재에 참석했노라고 떠들고 다니지는 말게."

왕이 하는 말을 들은 중은 빙그레 웃으며 대답했다.

"폐하께서도 다른 사람들에게 진신석가를 공양했다고 말하지는 마옵소서."

말을 마친 중은 허공으로 붕 솟구쳐 올라 남쪽으로 가 버렸다. 왕은 너무나 놀랍고 부끄러워 어쩔 줄 모르다가 언덕으로 올라가 석가가 날아간 방향을 향해 예배하는 한편 사람들을 시켜 찾아가 보게 했다. 한참 만에 돌아온 사자는 남산 삼성곡 바위 위에 석장과 바리만이 남아 있을 뿐, 스님의 자취는 찾을 수가 없었노라고 아뢰었다.

왕은 자신의 경솔함을 자책하면서 비파암 아래에 석가사를 세우고 스님이 사라진 자리에 불무사를 지었다. 그리고 남기고 간 석장과 바리는 두 절에 나누어 모셨는데, 두 절은 지금도 남아 있지만 석장과 바리는 없어지고 말았다.

용수보살이 지은 《지론(智論)》이라는 책에도 이와 비슷한 이야기가 실려 있다.

옛날 옛적 인도 땅 계빈국이라는 나라에 살던 한 스님이 조용한 곳을 찾아 수행을 하다가 일왕사라는 절에 이르렀다. 마침 절에서는 큰 법회를 열고 있는 중이었다. 스님이 "잘 되었다. 요기나 좀 하고 갈까?" 하고 들어가려는데 문지기가 그 옷차림이 낡고 지저분한 것을 보고 들어가지 못하게 가로막았다. 아무리 사정을 해도 문지기는 옷을 갈아입고 오면 모를까 그 차림으로는 안 된다며 막무가내였다. 하는 수 없이 근처 신도 집에서 좋은 옷 한 벌을 빌어 갈아입고 오니 문지기도 더 이상 막지 않았다.

안에 들어서니 사람들이 음식을 차려 놓고 막 식사를 하려는 참이었다. 스님도 한 자리를 차지하고 앉아 음식을 먹는데, 좋은 음식들이 나누어질 때마다 먼저 자기가 입은 옷에 음식을 주는 것이었다. 같이 앉아 있던 사람들이 이 해괴한 행동을 보고는 도대체 왜 그러느냐고 물었다.

스님은 사람들을 둘러보며 이렇게 말했다.

"내가 이 앞에 와서 여러 번 들어가려고 했지만 옷이 누추하다 해서 번번이 거절을 당했소. 그러다가 이 옷 덕분에 무사히 들어와서 이렇게 맛있는 음식을 먹게 되었으니 마땅히 나보다는 이 옷이 먼저 먹어야 하지 않겠소?"

그제야 그 절에 모인 사람들은 모두들 부끄러워 고개를 숙였다. 겉모습만 보고 부처님을 알아보지 못한 효소왕이나 옷에 따라 대접한 일왕사 문지기나 모두 부처를 받들면서도 정작 그 가르침을 잊고 있는 청맹과니(겉으로 보기에는 멀쩡하나 앞을 보지 못하는 사람)가 아니고 무엇이랴.

월명스님의 도솔가

　신라 경덕왕 때 스님 월명은 〈도솔가(兜率歌)〉와 〈제망매가(祭亡妹歌)〉라는 향가를 남긴 분으로 유명하다. 여기 그 이야기를 싣는다.

　경덕왕이 즉위한 지 19년째 되던 해 4월 1일, 갑자기 두 개의 태양이 떠오르더니 열흘 동안이나 사라지지 않았다. 때 아닌 변고에 온 나라 안은 발칵 뒤집히고 왕은 걱정이 태산 같았다.

　그 때 천문을 맡아보는 일관이 아뢰기를, 인연 있는 승려가 나와 부처님께 꽃 공양을 드리며 공덕을 닦으면 재앙이 그치리라 했다. 왕은 이 말을 듣자마자 곧 목욕재계하고 단을 깨끗이 모신 뒤 인연 있는 중이 나타나기를 기다렸다.

　얼마나 되었을까? 저쪽 들판에서 월명이라는 중이 천천히 오는 것이 보였다. 왕은 얼른 그를 불러들여 단을 열고 기도문을 지으라고 말했다.

　그러나 월명은 조심스런 목소리로 왕의 명을 사양했다.

　"저는 그저 향가나 알 뿐 이런 자리에 맞는 범패(여래의 공덕을 찬미하는 노래, 불교

의 의식 음악)는 익숙하지 못합니다."

"그대는 이미 인연 있는 승려로 지목되었으니 향가를 쓰든 범패를 하든 그대의 뜻대로 하오."

왕이 이렇게 말하는 데는 월명도 더 이상 사양할 수가 없었다. 월명은 온 마음을 모아 〈도솔가〉를 지어 부르며 정성으로 기원했다.

　　　오늘 이에 산화가를 불러
　　　뿌린 꽃아, 너희는
　　　곧은 마음이 시키는 그대로
　　　부처님을 모셔라.

이 향가를 다시 시로 풀이하면 이렇다.

　　　용루에서 부른 오늘의 산화가는
　　　청운에 날려 보낸 한 떨기 꽃
　　　정중하고 곧은 마음에서 나온 것이니
　　　멀리 도솔천의 미륵불을 맞으리.

세상 사람들이 이 노래를 〈산화가〉라고 하는데 그것은 잘못이다. 〈산화가〉는 따로 있으며 글이 길어 여기 싣지는 않는다.

월명이 도솔가를 지어 부르자 곧 두 개의 태양 중 하나가 빛을 잃고 자취를 감추었다. 왕은 재앙을 물리친 월명에게 좋은 차(茶) 한 봉지와 수정으로 만든 염주 108개를 하사했다. 그런데 그 순간 궁궐 서쪽 문에서 용모 단정한 어린 동자가 차 그릇과 염주를 받들고 나왔다.

월명은 아마도 대궐 안에서 일하는 아이인가 보다고 생각했는데, 왕은 왕대로 월명이 데리고 다니는 시종인가 보구나 하고 "스님의 시종이 어린데도 참 단정합니다." 하고 인사를 했다. 그제야 서로 모르는 아이인 것을 알고 왕이 이상해서 쫓아가 보게 했다. 궁인이 쫓아가자 동자는 안뜰 탑 속으로 사라지고 차 그릇과 염주만이 대궐 남쪽 벽에 그려진 미륵보살 앞에 놓여 있었다. 그리하여 월명스님의 지극한 정성이 미륵불을 감동시켰음이 온 나라에 알려졌고, 왕은 다시 비단 백 필을 하사하여 더욱 존경하였다.

또 월명은 일찍 죽은 자기 누이를 위해 재를 올리며 향가를 지어 불렀는데, 그 때 갑자기 바람이 불어와 제상 위에 놓인 종이돈을 서쪽으로 날려 보내는 이적(異蹟)이 있었다. '죽은 누이를 제사 지내며 부르는 노래' 라는 〈제망매가〉는 다음과 같다.

생사의 길이 여기 있는데 두려워져서
나는 갑니다라는 말도 못하고 가 버렸느냐.
어느 가을 이른 바람에 여기저기 떨어지는 나뭇잎처럼
한 가지에 나고서도 가는 곳을 모르는구나!
아아, 극락에서 다시 만날 그 날을
나는 도 닦으며 기다리련다.

월명스님은 향가 짓는 솜씨 못지않게 피리도 잘 불었다. 하루는 달이 휘영청 밝은 밤, 사천왕사 대문 앞 길을 거닐며 피리를 불었더니 달이 감동하여 움직임을 멈추었다. 그래서 그 길을 월명리(月明里)라 부르게 되었다.

신라 사람들은 오래 전부터 향가를 즐겨 왔는데 아마 시와 비슷한 것이 아니었을까? 이 때문에 향가를 듣고 천지와 귀신이 감동하여 이적을 보인 일이 한두 번이 아니다.

죽은 지 열흘 만에 다시 살아난 선율

망덕사의 선율스님이 말년에 신도들의 시주를 받아 600권짜리 반야경을 만들다가 일을 다 마치기 전에 끝내 저승사자에게 잡혀 가게 되었다. 염라대왕은 잡혀 온 선율을 보고 물었다.

"너는 인간 세상에서 무슨 일을 하였느냐?"

"저는 말년에 반야경 600권을 다 만들어 두려 했는데 운명이 다해 일을 끝내지 못하고 왔습니다."

염라대왕은 선율의 말을 듣고는 잠시 생각한 끝에 말했다.

"너의 정해진 수명은 다했지만 그런 좋은 일을 다 끝맺지 못하고 왔다니 다시 인간 세상으로 돌아가 마저 완성하고 오라."

그리하여 선율은 저승에서 풀려나 다시 이승으로 돌아오게 되었다. 한시 바삐 이승에 닿으려고 발길을 재촉하는데 갑자기 한 여자가 나타나 울면서 호소했다.

"저 역시 신라 사람입니다. 저는 금강사의 논 한 마지기를 몰래 훔친 부모님의 죄로 해서 저승에 잡혀 온 이래 오랫동안 심한 고통을 겪어 왔습니다.

지금 스님께서 고향으로 돌아가시거든 저의 부모님께 이 사실을 알려 하루라도 빨리 그 논을 돌려주도록 해 주십시오. 또 살아생전에 제가 참기름 한 병은 상 밑에 감추고 곱게 짠 베는 이불 속에 넣어 둔 일이 있습니다. 부디 스님께서 그 기름으로 부처님께 등을 밝혀 주시고, 그 베를 팔아 스님의 경전 사업에 보태 주십시오. 그러면 황천에서라도 덕을 쌓게 되어 이 고통에서 벗어날 수 있을 것이옵니다. 제발 제 소원을 물리치지 마시옵소서."

선율은 그녀의 간절한 애원에 마음이 아파 집이 어디인지 물었다. 여자는 자기 청을 들어줄 것을 알고 머리를 조아리며 말했다.

"저희 집은 사량부에 있는 구원사 서남쪽 마을입니다. 스님만 믿고 저는 물러가겠습니다."

선율은 여자와 헤어져 이승으로 가는 길을 재촉했다. 마침내 죽은 지 열흘 만에 이승으로 돌아와 다시 보니 그 때는 이미 남산 기슭에 묻혔을 때라 사방이 캄캄한 무덤 속이었다.

선율은 무덤 속에서 "나 좀 살려 주오, 망덕사 선율이가 살아났소." 하고 사흘 동안 외쳐 댔다. 무덤 옆을 지나던 목동이 듣고 망덕사에 알려서 마침내 다시 밝은 세상으로 나올 수 있었다. 사람들은 죽은 사람이 열흘 만에 다시 살아온 것을 보고 어떻게 된 일이냐고 야단이었다. 선율이 그간의 일을 죽 설명했지만 모두들 긴가민가하고 잘 믿지를 않았다.

선율은 그야 어찌됐든 자기가 맡은 일이 급해서 서둘러 사량부 구원사 근처로 찾아갔다. 과연 옆 마을에 가 보니 여자의 집이 있는데 사람들 말이 그여자는 죽은 지 15년이나 되었다는 것이었다. 그런데도 참기름과 베는 그대로 보관되어 있었다. 선율은 그녀가 부탁한 대로 기름으로는 부처님께 등을 밝히고 베는 팔아 경전을 만드는 데 보탰다. 그 날 밤 선율 앞에 여자의 혼령이 나타나 알렸다.

"스님의 은덕으로 저는 이제 고통에서 벗어나 극락으로 가게 되었습니다."

이 일을 본 다음에야 사람들은 선율의 말이 그대로 사실인 것을 알고 감탄하여 너도나도 반야경 편찬을 도왔다. 그렇게 해서 완성된 반야경은 지금도 불경을 보관하는 서고에 보관되어 있는데 매년 봄, 가을이면 그 경을 꺼내 읽으며 재앙을 물리친다.

호랑이 처녀를 사랑한 김현

신라에는 해마다 2월이면 초여드레부터 보름까지 서울의 남녀들이 모여 흥륜사 전탑을 돌며 복을 비는 풍속이 있었다. 원성왕 때였다. 그 날 김현이란 총각이 혼자 밤이 깊도록 탑을 돌며 기도하는데, 한 처녀가 염불을 하며 그 뒤를 따라 돌았다. 이미 다른 사람들은 다 돌아가고 오직 둘만이 남아 탑을 돌다보니 어느 샌가 둘은 마음이 통하게 되었다. 두 사람은 그 날 밤 조용한 곳에서 연분을 맺기에 이르렀다.

김현은 혼자 돌아가려는 처녀를 따라 그녀의 집까지 쫓아갔다. 서산 기슭에 이르니 오두막 집 한 채가 있었다. 김현이 처녀를 따라 들어가자 집 안에 있던 한 노파가 깜짝 놀라 처녀에게 물었다.

"너와 함께 온 이 사람이 누구냐?"

처녀는 밖에서 있었던 일들을 숨김없이 다 털어놓았다. 얘기를 듣고 난 노파는 한숨을 쉬며 말했다.

"좋은 일이긴 하지마는 차라리 없었던 편이 나을 텐데 그랬구나. 그러나 이미 엎질러진 물을 탓해서 무엇하겠느냐. 어차피 벌어진 일, 아무도 모르는 곳에 잘 숨겨 주기나 해라. 네 오라버니들이 돌아와서 끔찍한 짓이나 저지르지 않을까 그게 걱정이구나.”

처녀는 어리둥절해 있는 김현을 끌고 가 깊숙한 곳에 숨도록 했다. 잠시 후 오두막 입구가 떠들썩해지면서 보기에도 사나운 호랑이 세 마리가 으르렁거리며 들어왔다. 호랑이들은 쿵쿵거리며 오두막 안을 둘러보더니 사람이 하는 말로 지껄였다.

“집 안에서 비린내가 나는군. 출출하던 참인데 잘 되었다. 얼른 요기부터 해야지.”

노파와 처녀는 일부러 큰 소리로 꾸짖었다.

“너희들 코가 어떻게 된 모양이구나. 비린내는 무슨 비린내가 난다고 정신 나간 소리를 하는 거냐.”

그 때 하늘에서 커다란 목소리가 들려왔다.

“그 동안 너희들은 많은 생명을 해치고도 잘못을 뉘우치기는커녕 오히려 재미있어 하니, 이제 너희 중 한 놈을 죽여서 악행을 벌하리라.”

이 소리를 들은 세 호랑이들은 모두 풀이 죽어 이제는 어쩌나 하고 근심에 잠겼다. 조용히 있던 처녀가 그들에게 말했다.

“세 분 오빠가 멀리 도망가서 지금부터라도 잘못을 뉘우치고 착하게 사시겠다면, 제가 그 벌을 대신 받겠습니다.”

세 호랑이들은 누이동생의 말을 듣자, 살았구나 하고 좋아서 모두 머리를 숙이고 달아나 버렸다. 처녀는 김현이 숨어 있는 곳으로 들어와 말했다.

“처음에 제가 오시지 못하게 막은 것은 도련님께 이런 모습을 보이게 될까

봐 부끄러웠기 때문입니다. 그러나 이제 모든 것이 다 드러난 마당에 무엇을 숨기겠습니까? 이 몸이 비록 도련님과 같은 인간의 족속은 아니지만 하룻밤을 모셨으니 부부가 맺은 결합만큼이나 소중한 것입니다. 허나 이제 제 오빠들의 죄악을 하늘이 미워하여 벌하려 하시니 집안의 재앙을 제가 감당하고자 합니다. 이왕 죽을 목숨, 모르는 사람의 손에 죽는 것보다는 도련님의 칼 아래 쓰러져 그 소중한 인연에 보답함이 좋지 않겠습니까?

내일 제가 거리로 내려가 사람들을 해치며 한바탕 소란을 피우겠습니다. 그러면 틀림없이 임금께서 높은 벼슬과 상을 걸고 저를 잡으라고 할 것입니다. 그 때 도련님은 아무 걱정 마시고 성 북쪽 숲 속으로 저를 쫓아오십시오. 거기서 제가 기다리고 있겠습니다."

김현은 그 얌전한 아가씨가 호랑이라는 말에 놀라고 끔찍했지만 곧 정신을 가다듬고 대답했다.

"사람은 사람과 사귀는 것이 도리이며 다른 족속과 사귀는 것은 평범한 일이 아니오. 이미 그대와 사랑하여 하룻밤을 보냈으니 이는 하늘이 정한 바이오. 그런데 어찌 배필의 죽음을 팔아서 요행으로 한세상의 벼슬과 영화를 구할 수 있겠소?"

"도련님께서는 그런 말씀 마십시오. 지금 제가 젊어서 죽는 것은 하늘의 명이요 저의 소원이며 도련님께는 경사가 될 것이고, 우리 족속에게는 복이 되며 나라 사람들에게는 큰 기쁨일 것입니다. 한 번 죽어서 이렇게 다섯 가지 이로움을 얻을 수 있는데 어찌 그것을 나쁘다 하오리까? 다만 제 소원이 있다면 저를 위해 절을 세우고 불경을 낭송하여 좋은 업보를 빌어 주시는 것입니다. 이렇게만 해 주시면 도련님의 은혜, 죽어도 잊지 않을 것이옵니다."

둘은 서로 붙들고 한바탕 울다가 헤어졌다.

이튿날, 과연 사나운 호랑이 한 마리가 서울 성 안에 들어와 날뛰는데 어찌나 무서운지 아무도 감히 대적할 엄두를 내지 못했다. 원성왕은 영을 내려 "호랑이를 잡는 자에게는 2급 벼슬을 주리라." 하고 내걸었다.

방을 본 김현은 대궐로 들어가 자기가 잡아 오겠다고 아뢰었다. 왕은 모두 겁을 먹고 나서지 않는데 젊은 청년이 용감하게 나선 것을 보고 흐뭇해서 먼저 벼슬을 주고 격려했다. 김현은 단도를 옆에 차고 처녀와 약속한 숲 속으로 들어갔다. 먼저 와 있던 호랑이는 처녀로 변해서 반갑게 웃으며 말했다.

"어젯밤 제가 드린 말씀을 잊지 않으셨군요. 오늘 제 발톱에 상처를 입은 사람들은 모두 흥륜사 된장을 바르고 그 절의 나발 소리를 들으면 깨끗이 나을 것입니다. 부디 도련님은 만수무강 하십시오."

처녀는 말을 마치자마자 김현이 차고 있던 단도를 뽑아 스스로 목을 찔러 죽었다. 김현은 자신을 위해 몸을 바친 그 호랑이 처녀의 시체 앞에 엎드려 소리 높여 울었다. 한참 뒤에 마음을 가라앉힌 김현은 숲에서 나와 "호랑이를 잡았소." 하고 소리쳤다. 그러고는 처녀가 가르쳐 준 대로 그 날 다친 사람들을 치료했더니 상처가 모두 아물었다. 그래서 오늘날에도 호랑이에게 다치면 이렇게 치료한다.

벼슬길에 나아간 김현은 서천가에 호원사라는 절을 짓고 늘 《범망경(梵網經)》을 강하며 호랑이의 명복을 빌었다. 세월이 흘러 죽음이 눈앞에 오자 비로소 김현은 붓을 들어 그 신기한 옛 일을 기록했다. 그제야 사연을 알게 된 세상 사람들은 호랑이가 죽었던 그 숲을 논호림(論虎林)이라 부르며 호랑이의 갸륵한 정성을 기렸다.

중국에도 이와 비슷한 이야기가 전해 내려오는데 그러나 호랑이의 행동은 사뭇 달라 흥미를 끈다.

이야기인즉, 당나라 덕종 때 신도징이라는 사람이 한주 땅 관리로 임명되어 임지로 가게 되었다. 가는 도중 진부현 동쪽 10리쯤 이르렀을 때 휘몰아치는 눈보라로 한 발짝도 더 나아갈 수가 없게 되었다. 피할 곳을 찾아 이리저리 둘러보니 마침 길가 초가집에서 불빛이 새어 나왔다. 추위와 눈보라에 지칠 대로 지친 도징은 염치 불구하고 들어가 보았다. 집 안에는 늙은 부부와 처녀, 세 식구가 불을 쬐며 앉아 있었다. 도징이 인기척을 내자 영감과 할머니가 친절하게 반겨 맞으며 말했다.

"손님께서 눈보라 속을 오시느라고 고생이 많으셨겠습니다. 어서 이쪽으로 와서 몸을 녹이십시오."

도징은 감사의 말을 하며 불 쪽으로 다가가 앉았다. 가까이서 보니 처녀는 열너덧 살이나 되었을까, 비록 머리칼은 헝클어지고 옷은 남루하지만 눈처럼 하얀 살결에 꽃봉오리처럼 피어난 얼굴, 거기에 몸짓 하나하나까지 어울려 도시에서도 보기 드문 아름다운 모습이었다. 불을 쬐며 날씨가 좋아지기를 기다렸지만 날은 이미 저물고 눈보라는 갈수록 심해졌다. 도징은 몸도 노곤하고, 또 아가씨에게 반해서 도무지 가고 싶은 마음이 없었는데, 잘 되었다 싶어서 주인 영감에게 조심스럽게 부탁했다.

"제가 십방현까지 가야 하는데 아직도 갈 길이 멉니다. 괜찮으시다면 여기서 하룻밤 묵어갔으면 합니다."

주인 영감과 할머니는 "집은 누추하지만 원하신다면 그렇게 하십시오." 하며 선뜻 응낙했다.

도징은 말 안장을 내려 잠자리를 폈다. 처녀는 손님이 묵어 가려는 것을 보고는 방에 들어가 얼굴을 매만지고 나왔다. 단장을 하고 보니 처녀의 맵시는 처음보다 더 아름다웠다. 도장은 넋을 잃고 바라보다가 마침내 처녀의 아버지에게 말했다.

"따님이 매우 아름답습니다. 아직 결혼하지 않았다면 감히 청혼을 드립니다."

영감은 빙그레 웃으며 말했다.

"뜻밖에 귀하신 분이 오셔서 거두어 주신다니 참으로 하늘이 정한 연분이 아닌가 합니다. 저희는 대찬성이올습니다."

도징은 사위의 예를 갖추고 다음 날 신부와 함께 임지로 떠났다. 부임하여 살림을 하는 데 봉급이 매우 적었으나 아내는 낯 한번 찡그리는 일 없이 부지런히 집안을 돌보았다. 그 사이 1남 1녀의 귀여운 자식까지 태어나니, 도징에게는 오직 즐거운 마음뿐이었다. 하루는 도징이 자기의 마음을 시로 써서 아내에게 주었다.

벼슬길에 나서니 매복(한나라 사람으로 처자를 버리고 신선이 되었다는 인물)보다 무정했건만
그대 3년 세월은 맹광(중국 동한 때의 유명한 현모양처)을 부끄럽게 한다.

이 애정을 무엇에 비하랴.
시냇가에 노니는 원앙새와 같구나.

아내는 시를 받고 매우 기뻐하며 하루 종일 읊조렸다. 속으로는 화답하는
시를 생각하는 듯했으나 입 밖에 내지는 않았다. 세월이 흘러 임기가 끝나자
도징은 처자를 거느리고 본가로 돌아갈 준비를 했다. 그 때 갑자기 아내가 슬
픈 기색으로 말했다.

"전 날에 주신 시에 이제 화답하겠습니다."

부부의 정도 소중하지만
내 고향이 날로 그립소.
항상 시절이 변하면
백년해로할 마음 저버리게 될까
홀로 근심해 왔나니.

도징은 아내의 시가 무슨 뜻인지 몰라서 고개를 갸웃거리다가 다시 물어
보았지만 그녀는 더 이상 아무 말도 하지 않았다. 드디어 짐을 다 꾸려서 돌
아가는데, 옛날 아내가 살던 오두막집을 지나게 되었다. 인사나 드릴까 하고
들어갔지만 거기엔 이미 아무도 사는 사람이 없었다.

아내는 부모를 그리워하며 날이 저물도록 울기만 했다. 그러다 문득 벽 한
구석에 호랑이 가죽 한 장이 있는 것을 보더니 소리 높여 웃으며 "이 물건이

아직까지 여기 있을 줄 몰랐군." 하고는 휙 뒤집어썼다. 순간 아내는 한 마리 호랑이로 변해서 으르렁거리며 날뛰더니 문을 박차고 나가 버렸다.

도징은 너무 놀라서 아이들을 데리고 한쪽 구석에 피해 있다가 서둘러 아내, 즉 호랑이가 사라진 길로 쫓아갔다. 그러나 이미 호랑이로 변한 아내의 종적은 묘연했고, 숲을 바라보며 몇 날 며칠을 통곡해도 끝내 나타나지 않았다.

아아! 신도징과 김현, 두 사람은 모두 사람 아닌 동물과 사랑하여 아내로 맞은 것은 똑같지만, 사람을 배반하는 시를 남기고 달아나 버린 호랑이는 김현의 호랑이와는 너무도 다르다. 김현이 만난 호랑이는 할 수 없이 사람을 다치게 하긴 했지만 좋은 방법을 가르쳐 주어 다 낫게 했으니 짐승이라도 참으로 어질다 할 것이다. 오늘날 사람의 탈을 쓰고도 짐승만 못한 자가 있으니 어찌 된 일인가.

김현의 얘기를 곰곰이 생각해 보면 단지 성품이 착한 짐승이라기보다는, 김현이 밤늦도록 홀로 남아 정성을 다하는 데 감동한 보살이 호랑이로 변신하여 그에게 복을 내린 것임이 분명하다.

예찬하노라.

> 산 속 형제의 악한 짓을 못 견디어
> 한 마디로 허락하니 아름답구나.
> 가지가지 등한 의리에 죽음도 가벼워
> 숲 속에 몸을 던지니 떨어지는 꽃잎과 같아라.

노래로
왜적을 물리친 융천

　신라 진평왕이 다스리던 시절, 하루는 세 화랑이 낭도들을 거느리고 금강산으로 놀러 가려 했다. 그런데 바로 그 무렵 혜성이 나타나 별들의 운행을 어지럽히는 일이 발생했다. 화랑들은 보통 일이 아니다 싶어 금강산 유람을 중지하려 했다. 융천스님이 그것을 보고는 걱정 말라 하며 노래를 지어 불렀다.

　　옛날 동해 바닷가 건달바성(신기루 같은 것을 말함)을
　　바라보고
　　왜군이 왔다고 봉화를 올린 변방이 있어라.
　　세 화랑이 산 구경 가려 하니 달도 부지런히 등을 켜고
　　별들도 길을 밝히는데
　　그 별을 보고 혜성이다 아뢴 사람이 있어라.
　　아아, 달은 저 아래로 떠갔더라.
　　이보아, 무슨 혜성이 있을꼬.

노래를 부르자 혜성의 변괴는 즉시 사라지고 몰래 침범해 오던 왜구도 놀라서 돌아가 버렸다. 진평왕은 크게 기뻐하며 화랑들을 금강산에 보내 잘 놀게 했다.

융천이 지은 이 노래는 〈혜성가(彗星歌)〉라 하는데 지금도 불려진다.

옷을 벗어
여자를 구해준 스님

신라 40대 애장왕 때 일이다. 황룡사에 정수(正秀)라는 스님이 있었다. 어
느 겨울 날, 그는 **삼랑사** (三郞寺)에 갔다가 돌아오는 길
에 천엄사 절 문 밖에서 거지 여인이 눈더
미 속에 쓰러져 있는 것을 보았다. 날
은 이미 저물어서 겨울 밤 바람이
살을 에는데 그 여인은 혼자 길
가에서 아이를 낳다가 기진맥진
해서 쓰러진 것이었다.

정수가 가까이 다가가 보니
여인은 갓 태어난 핏덩이를 꼭 껴안
은 채 시퍼렇게 얼어 죽어 가고 있었
다. 그대로 두었다가는 금방 죽을 판이라
정수는 여인을 품에 안고 자기 체온을 나누어
주었다. 얼마나 지났을까, 시퍼렇게 얼었던 볼에 생기가 돌면서 여인이 정신

삼랑이라는 이름은 3인의 화랑에서 유
래된 듯하다. 경주시 성건동 서천 강가에
있었던 절로 현재는
당간지주만이 삼랑사
터에 남아 있다. 부처
나 보살의 그림을 달
아 두는 장대를 당간,
이것을 양쪽에서 지탱
해 주는 두 돌기둥을
당간지주라고 한다.

을 차렸다. 그러고는 자기를 살린 것이 바로 스님인 것을 알고 고맙고 부끄러워 어쩔 줄 몰라 했다. 정수는 자기가 입고 있던 옷을 벗어 잘 덮어 주고, 알몸으로 황룡사로 돌아와 거적을 덮고 밤을 지새웠다.

바로 그 날, 한밤중에 대궐 위 하늘에서 외치는 소리가 들려왔다.

"황룡사의 정수를 국사에 봉하라."

왕은 하늘의 소리에 잠이 깨어 급히 사람을 시켜 알아보게 했다. 궁인이 황룡사로 가 보니 한 스님이 벌거벗은 몸에 거적만 덮은 채 떨고 있었는데 그가 바로 정수였다. 왕은 자초지종을 알고 깊이 감동하여 정수를 맞아들여서 국사로 모셨다.

구름을 타고 다닌 낭지

삽량주(지금의 양주)에 있는 영취산에는 이상한 승려가 있어서 수십 년을 혼자 숨어 살았는데 그가 누구이며 어디서 왔는지 아는 이가 없었다.

문무왕이 즉위할 무렵, 이량공이라는 사람의 집에 어린 종이 살고 있었다. 지통이라는 이름의 그 종이 일곱 살 나던 해 어느 날, 마당을 쓸고 있는데 어디선가 까마귀 한 마리가 날아오더니 이렇게 말했다.

"영취산으로 가서 낭지대사의 제자가 되어라."

이 말을 들은 지통은 그 길로 출가하여 영취산으로 낭지를 찾아갔다. 영취산 어귀에 이르러 나무 아래서 잠시 쉬고 있는데 갑자기 이상하게 생긴 사람이 나타나 말했다.

"나는 보현대사(보현보살)이다. 이제 네게 계(戒)를 주려고 왔다."

그는 지통에게 계를 주고 곧 사라져 버렸다. 지통은 계를 받고 나서 심신이 가뿐하고 머리가 깨이는 것을 느꼈다. 다시 일어나 발길을 재촉하는데 앞에서 한 승려가 걸어왔다. 지통은 그에게 다가가 물었다.

"스님, 이 산에 낭지스님이란 분이 계시다는데 혹시 어디 계신지 아시는지

요?"

그 승려는 빙그레 웃으며 "어째서 낭지를 찾느냐?" 하고 되물었다. 지통이 까마귀 만난 일을 죽 얘기하자 승려는 반가워하며 말했다.

"내가 바로 낭지다. 방금 나에게도 까마귀가 날아와서는, 성스러운 아이가 이 곳으로 오고 있으니 나가 영접하라 하기에 이렇게 맞으러 나온 것이다. 신령한 까마귀가 너에게는 내게 가라고 일깨워 주고, 나더러는 너를 맞으라 했으니 아마도 산신령이 몰래 돕는가 보다."

지통은 너무나 감격해서 눈물을 흘리며 입문의 예를 드렸다. 낭지가 계를 주려 하므로 지통은 조금 전에 보현대사란 분에게서 계를 받았다고 말했다. 이 말을 들은 낭지는 감탄을 금치 못했다.

"참으로 장하구나. 너는 이미 대사로부터 **오계**를 다 받았구나. 나는 지금껏 저녁마다 지성으로 기도하며 만나 뵙기를 염원했지만 아직도 뵙지를 못했는데, 너는 이미 직접 계를 받았으니 네가 나보다 훌륭하다."

불교에서 신도들이 지켜야 하는 다섯 가지 규범. 살아 있는 생명을 죽이지 말라, 남의 물건을 훔치지 말라, 정당하지 않은 성관계를 갖지 말라, 거짓말을 하지 말라, 술 마시지 말라이다.

그리고 지통이 직접 계를 받은 나무를 기려 보현수라 이름 지었다.

지통이 "법사께서 이 곳에 머무신 지 얼마나 되셨습니까?" 하고 물으니, 낭지는 "법흥왕 14년에 여기 발을 들여놓았는데 지금 얼마나 되는지 모르겠군." 하고 답했다. 그 말대로라면 그 때 이미 135년이 지난 것이었다. 지통은 후에 의상대사의 집으로 가서 득도하고 불교 교화에 크게 이바지했다.

지통뿐 아니라 원효도 낭지를 찾아뵙고 가르침을 들었다. 지통과 원효, 두 분은 다 성인들이신데 이런 분들이 사사했다면 낭지의 도가 어느 만큼 높았는지 짐작할 만하다.

낭지스님의 높은 경지는 다음과 같은 일화에서도 볼 수 있다.

낭지는 이따금 구름을 타고 중국 청량산으로 가서 여러 승려들과 함께 설법을 듣고 오곤 했다. 그 곳 승려들은 낭지가 왔다 갔다 하는 것을 보고 이웃에 사는 중이려니 했을 뿐, 멀리 신라 땅에 살리라고는 꿈에도 생각하지 못했다.

그런데 하루는 청량산의 주지스님이 거기 모인 승려들에게 "여기 사는 이를 제외하고 다른 절에서 온 중들은 자기가 있는 곳의 이름난 꽃이나 기이한 식물을 가져와 바치시오." 하고 명했다. 낭지는 구름을 타고 돌아가 이튿날 영취산에서 자라는 진기한 나뭇가지 하나를 갖다 바쳤다. 주지가 이것을 보고 고개를 갸웃거리며 말했다.

"이 나무는 범어로는 '달리가'라 하고 여기 말로 하면 '혁목'이라 하는데 오직 인도와 해동의 두 영취산에만 있는 것이다. 지금 이것을 가져온 것을 보면 이분은 틀림없이 성자이겠구나."

주지는 낭지의 차림새를 살펴보고 그가 해동, 즉 신라의 영취산에서 왔음을 알았다. 이 일로 해서 그 곳 중들은 낭지의 신통력에 고개를 숙였고 나라 안팎에 이름이 나게 되었다. 그 때부터 신라에서는 낭지가 사는 암자를 혁목암이라 부르기 시작했는데, 지금 혁목사 북쪽에 있는 옛 터가 바로 그 자리다.

연희,
연꽃 때문에 세상에 나가다

원성왕 때 연희스님은 세상에 이름이 알려져 수행이 어지러워지는 것을 싫어했다. 그래서 일찌감치 영취산으로 숨어 들어가, 암자를 짓고 매일 《법화경(法華經)》을 읽으며 혼자 수행을 계속 했다.

그의 유일한 즐거움은 뜰 앞 연못에 핀 연꽃 두어 송이를 돌보는 것이었다. 신기하게도 그의 연꽃은 사시사철 시들지 않고 늘 그대로의 아름다움을 자랑했다. 어쩌다 우연히 암자에 들렀던 사람들이 이 신기한 연꽃 이야기를 한 마디 두 마디 하는 사이에 소문은 당시 국왕이었던 원성왕의 귀에까지 들어가게 되었다. 왕은 연꽃의 그러한 기적은 연희스님의 높은 덕이 반영된 것이라 여겨, 곧 그를 불러 국사로 봉하고자 했다.

연희는 이 소식을 듣고 조용한 생활도 끝장이구나 싶어 암자를 버리고 더 깊은 산으로 도망쳤다. 서령 바위를 넘어가는 길에 연희는 밭을 갈고 있던 한 늙은이와 마주쳤다. 늙은이는 쟁기질을 멈추고 연희에게 물었다.

"스님은 어디로 가시는 길이기에 그처럼 서두르십니까?"

"나는 그 동안 혼자 은거하여 평화로운 생활을 보냈답니다. 그런데 지금

나라에서 잘못된 소문을 듣고 나를 벼슬로 얽어매려 한다기에 피해 가는 길입니다."

늙은이는 연희의 대답을 듣더니 빈정거리듯 이렇게 말했다.

"여기서도 스님을 팔 만할 텐데 굳이 멀리까지 팔러 가십니까? 스님이 이름 팔기를 싫어한다는 것도 진심이 아닌가 보구려."

연희는 늙은이의 말에 기가 막혀 대꾸도 하기 싫었다. 일부러 모욕을 주어 화나게 하려는 심보에 신경 쓸 필요는 없다고 생각하고 그대로 발길을 재촉했다. 두어 마장(십 리나 오 리 미만의 거리를 이르는 단위)쯤 갔을까? 시내를 건너려는데 빨래를 하던 한 노파가 "스님 어디 가십니까?" 하고 또 물어 왔다. 연희는 앞서 말한 그대로 대답했다. 그러자 노파가 다시 물었다.

"앞에서 어떤 사람을 만난 일이 있지 않습니까?"

"아, 한 늙은이가 묻길래 대답해 줬더니 오히려 빈정거리며 내게 모욕을 주지 뭡니까. 별 이상한 노인네를 다 봤소."

노파는 연희가 흥분해서 지껄이는 것을 물끄러미 바라보더니 말했다.

"그 노인이 바로 문수보살이시라오. 그런데 그분의 말씀을 안 듣다니 웬일이오?"

자기가 성내고 무시한 그 늙은이가 문수보살이라니, 연희는 기절초풍할 지경이었다. 즉시 되돌아가 아까 늙은이를 만났던 곳으로 달려갔다. 그러고는 머리를 조아리며 잘못을 사죄했다.

"성자를 못 알아 뵈고 제가 죽을 죄를 지었나이다. 성자의 말씀을 어찌 감히 듣지 않겠나이까. 그래서 이렇게 돌아왔나이다. 그런데 좀 전에 제가 만난 그 할머니는 누구입니까?"

"그분은 변재천녀(辯才天女, 말재주가 뛰어난 여신으로 사람을 잘 설득하며 복을 가져다 준다고 함)이니라."

연희가 고개를 들었을 때는 이미 늙은이, 즉 문수보살은 어디론가 사라지고 보이지 않았다. 연희는 다시 암자로 되돌아왔다. 잠시 뒤 왕의 사자가 연희를 국사에 봉한다는 조서를 들고 찾아왔다. 연희는 자신의 운명이 국사의 지위를 받지 않으면 안 되게 되었음을 깨닫고, 은거 생활을 청산하고 사자를 따라 대궐로 들어갔다.

이로부터 연희가 늙은이와 만난 곳을 문수점이라 하고, 노파를 만난 시냇가를 아니점이라 불렀다.

찬미하노라.

> 세상에선 어진 이가 오래 숨지 못하고
> 주머니 속 송곳은 감추기 어려운 것.
> 끝내 숨지 못한 건 뜰 아래 늘 푸른 연꽃 때문
> 첩첩산중이 깊지 않은 탓이 아니었네.

잣나무에 두고 한 약속

효소왕이 아직 왕위에 오르기 전이었다. 그는 신충이라는 어진 선비와 대궐 마당에 있는 잣나무 아래에서 바둑을 두곤 했다. 어느 날 바둑을 두다가 불현듯 신충에게 말했다.

"이렇게 그대가 옆에 있으니 내가 항상 마음 든든하오. 훗날 내가 왕위에 올랐을 때 만일 그대를 잊는다면 이 잣나무가 알 것이오."

신충은 감격해서 벌떡 일어나 절했다.

몇 달 뒤 드디어 효소왕이 왕위에 올랐다. 왕은 즉위를 기념해서 여러 공신들에게 벼슬과 상을 내렸다. 효소왕과 친분이 있던 이들은 앞다투어 자기를 내세웠지만 신충은 조용히 물러나 왕의 분부를 기다렸다. 왕은 하도 여러 사람을 챙기다 보니 조용히 있던 신충은 그만 잊어버리고 말았다.

신충이 보니 자기는 공신 명단에서 빠져 있었다. 그는 왕이 즉위하자마자 자신을 벌써 잊어버린 데 실망하여 〈원가(怨歌)〉라는 시를 지어 옛날의 그 잣나무에 붙였다.

뜰의 잣나무는 가을에도 시들지 않으니
너를 어찌 잊으랴 하시던
우러러보던 얼굴이 계시온데,
달 그림자가 옛 못의
흐르는 물결 원망하듯
얼굴이사 바라보나
세상도 싫은지고.

그런데 신충이 시를 붙이자 싱싱하던 잣나무는 갑자기 누렇게 시들어 버렸다. 왕이 마당을 내다보니 잣나무가 갑자기 시들어 버렸는지라 이상해서 옆에 있던 시종에게 가서 살펴보게 했다. 시종은 곧 돌아와 신충이 써 붙인 시를 바쳤다. 왕이 그제야 옛날의 약속을 기억하고 깜짝 놀랐다.

"나랏일에 바쁘다 하여 하마터면 소중한 신하를 잃을 뻔했구나!"

곧바로 신충을 불러와 벼슬을 주고 사과하니 잣나무도 금방 싱싱하게 되살아났다.

신충은 효소왕 때뿐 아니라 그 뒤를 이은 경덕왕 때도 측근에서 왕을 모시며 두 임금의 총애를 받았다. 벼슬길에 나아간 지도 수십 년이 지난 어느 날, 신충은 가까운 친구 둘과 함께 벼슬을 사퇴하고 나와 그 길로 지리산으로 들어갔다. 경덕왕은 여러 차례 사람을 보내 다시 관직에 오르도록 설득했지만 그는 끝내 사양하고 승려가 되었다. 그리고는 왕을 위해 단속사라는 절을 세우고 그 곳에서 죽을 때까지 대왕의 복이나 빌겠노라 하니, 왕도 더 이상 어

쩌지 못하고 허락했다.

단속사 남쪽에는 속휴(俗休)라는 마을이 있는데 이는 물론 속세와 인연을
끊은 신충의 일에서 유래한 이름이다. 그러나 지금은 와전되어 소화리라고
부른다.

속세와 인연을 끊겠다는 신충의 결연한 뜻을 '단속사(斷俗寺)'라는 이름에서 느낄 수 있다. 본래 큰 규모의 절이었는데, 이름 때문에 사람의 발길이 끊기고 쇠하게 되었다는 설도 전해져 내려온다. 천년 세월을 버텨 온 석탑만이 절터에 남아 있다.

영재,
노래로 도적 떼를 깨우치다

영재스님은 성품이 익살스럽고 활달해서 엄숙하게 무게를 잡기보다는 신도들을 재미있게 해 주면서 부처님께로 이끌었다. 게다가 향가도 잘 지어서 늘 사람들이 따랐다.

늘그막에 이제는 산 속에 은거하여 마지막으로 한번 수행에 전념해 보리라 하고는 지리산으로 떠났다. 대현령 고개를 막 넘어서려는데 숲 속에서 60명이 넘는 도적 떼가 튀어나왔다. 도적들은 시퍼런 칼을 휘두르며 영재를 위협했다. 바랑이며 옷을 아무리 뒤져도 돈 될 만한 것이 하나도 없자 도적들은 화가 나서 영재를 죽이려 들었다. 그러나 영재는 칼날이 목에 닿아도 얼굴색 하나 변하지 않고 태평스럽기만 했다.

도적들은 도리어 무섭기도 하고 이상하기도 해서 "대체 스님 이름이 뭐요?" 하고 물었다. 영재라는 이름을 들은 도적들은 아는 체를 하며 말했다.

"아, 그 향가 잘 하고 재미있다는 영재스님이로군! 이렇게 만난 것도 인연인데 스님 향가 솜씨나 좀 들어 봅시다."

영재는 도적들의 부탁을 받고 즉석에서 이렇게 노래했다.

제 마음의 모든 형상 모르려 하던 날

멀리 지나치고 이제는 숨어서 가고 있노라.

오직 그릇된 파계승을 두려워할 모습으로 또다시 돌아가리.

이 칼이사 받고 나면 좋은 날이 새리라.

아, 오직 요만한 선으로는

새 집이 안 되느니(도적의 칼에 죽는 정도의 일로는 극락에 갈 수 없다는 의미이다).

도적들은 이 노래를 듣고 감동해서 되려 자기들이 갖고 있던 비단 두 필을 선사했다. 영재는 웃으면서 사양했다.

"주는 뜻은 고마우나, 재물은 지옥으로 가는 근본임을 깨닫고 깊은 산 속에 숨어 일생을 보내려는 사람에게 이것이 무슨 소용이겠는가?"

그러고는 비단을 땅바닥에 던져 버렸다. 도적들은 이 말을 듣고 재물을 훔치며 살아온 자신들의 인생이 너무나 보잘것없음을 깨달았다. 순간 모두들 지녔던 칼이며 창을 내던지고 그 자리에서 머리를 깎고 영재를 따라 나섰다. 영재는 이들을 거느리고 지리산 골짜기에 숨어 다시는 세상에 나오지 않았다. 당시 그의 나이 아흔으로 원성왕 때 일이다.

세상을 등진
충신 물계자

신라 10대 내해왕 때였다. 즉위한 지 17년째 되던 해에 보라국, 고자국, 사물국 등 주변의 8개국이 힘을 합쳐 국경을 침범해 왔다. 왕은 내음태자와 일벌장군에게 군사를 주어 나가 싸우게 했다. 신라군은 여덟 나라의 연합군을 맞아 용맹스럽게 싸워 모두 항복시키고 개선했다.

그 때의 싸움에서 가장 앞장서 적을 물리친 것은 물계자라는 젊은 장수였다. 그러나 평소 물계자를 싫어했던 태자는 그가 전투에서 세운 공로는 빼놓고 보고하지 않았다. 결국 그보다 훨씬 처지는 자들은 모두 상을 받았건만 물계자는 아무것도 받지 못한 채 뒷전으로 밀렸다. 그런데도 그는 아무런 불평도 하지 않았다.

물계자의 공을 잘 아는 한 친구가 하도 답답해서 그에게 말했다.

"이번 싸움에서 이길 수 있었던 건 모두 자네가 있었기 때문인데 정작 상은 다른 사람에게만 가고 자네는 아무도 알아주지 않으니 참으로 어이가 없군. 이 모두가 태자가 자네를 미워해서이니 자네도 태자가 원망스러울 테지?"

이 말에 물계자는 빙그레 웃으며 대답했다.

"위로 임금님이 계시거늘 어찌 신하 된 자를 원망하겠는가?"

그러자 친구가 다시 물었다.

"그러면 임금님께 사실을 아뢰는 것이 좋지 않겠나?"

그러나 물계자는 "공을 자랑하고 이름을 다투면서 자기를 드러내고 남을 덮어 가리는 것은 뜻 있는 선비가 할 짓이 아니네. 오직 최선을 다하고 때를 기다릴 뿐일세." 하고 아무도 원망하지 않았다.

몇 년 뒤, 이번에는 골포국 등 3개국의 왕들이 직접 군사를 거느리고 신라의 갈화(지금의 울주)로 쳐들어왔다. 이번에는 내해왕이 몸소 군사를 이끌고 나가 막았다. 치열한 접전 끝에 세 나라의 군대는 모두 피해 달아나 버렸다. 물계자는 이번 전투에서도 수십 명의 적군을 베며 혁혁한 공로를 세웠다.

그러나 전쟁이 끝나고 상을 내릴 때가 되자 물계자는 전처럼 뒷전으로 밀려나고 말았다. 집에 돌아온 물계자는 아내에게 말했다.

"나는 위태로움을 보면 목숨을 바치고 어려움을 당해선 몸을 잊고 생사를 돌보지 않는 것이 바로 임금을 섬기는 도리요 충성이라고 들었소. 이제까지 있었던 보라국과 갈화국과의 싸움은 진실로 나라의 어려움이요, 임금님의 위태로움이었소. 그런데도 나는 몸을 잊고 목숨을 바치는 용맹이 없었으니 그 불충을 무엇으로 막으리오. 이미 불충으로 임금을 섬겨 돌아가신 조상님께도 누를 끼쳤으니 효마저 저버린 셈이오. 내 이제 충효를 다 잃은 마당에 무슨 낯으로 사람들을 대할 수 있겠소!"

물계자는 이렇게 말하고는 즉시 머리를 풀어 헤치고 거문고를 둘러맨 채

집을 떠나 사체산으로 들어갔다. 그는 산 속에 숨어 대나무의 본성을 슬퍼하는 노래를 짓고, 시냇물을 애절한 울음소리에 비겨 거문고를 타며 살았다. 그 후로 물계자를 본 사람은 아무도 없었다.

여섯 번째 여행

탑과 불상 이야기 1

불국사를 지은 김대성

신문왕 때 일이다. 모량리에 사는 경조라는 한 가난한 과부에게 아들 하나가 있었다. 그녀는 아들 하나에 희망을 걸고 근근이 살아가고 있었다. 그 아이는 날 때부터 머리통이 크고 정수리가 평평해서 마치 성(城)처럼 보였다. 그래서 모두들 큰 성과 같다고 대성(大城)이라 불렀다.

어머니 경조는 이 아들 하나를 어떻게든 잘 키워 보려고 애썼지만 워낙 가난한 살림이라 갈수록 먹고 살기가 어려워질 뿐이었다. 생각다 못한 어머니는 그 마을에서 가장 큰 부자인 복안의 집에 하녀로 들어갔다. 복안은 그녀의 사정이 딱한 것을 아는지라 얼마간의 밭을 떼 주어 살림 밑천으로 삼게 했다. 그 날부터 대성 모자(母子)는 복안의 집 행랑채에 살게 되었다.

어느 날 대성의 어머니가 복안의 집안일을 거들고 있는데 점개라는 스님이 찾아와 흥륜사에서 법회를 하니 시주를 하라고 권했다. 복안은 선뜻 베 50필을 시주했다. 점개는 시주를 받고 축원했다.

"이 댁 양반이 보시(布施, 자비심으로 절이나 가난한 사람 등에게 재물이나 불법을 베풂)를 좋아하시니 신이 항상 보살펴 주실 것이오. 하나를 보시하면 그 만 배를 얻어 길이 편안하고 장수하게 되리다."

대성이 밖에서 들어오다가 이 말을 들었다. 그는 얼른 어머니께 쫓아가서 말했다.

"어머니, 제가 문 밖에서 스님이 축원하는 말을 들으니 하나를 보시하면 그 만 배의 복을 받는다고 합니다. 생각해 보면 우리가 지금 이렇게 고생하는 것도 전생에 좋은 일을 한 것이 없어서인가 봐요. 그러니 지금 또 보시를 안 하면 다음 생에도 가난을 면치 못할 것이어요. 보시해서 훗날 복을 받을 수 있도록 하는 게 어떨까요?"

대성의 어머니는 그 말이 맞다 하고 스님에게 밭을 시주하겠노라고 말했다. 점개는 깜짝 놀라며 말렸다.

"그 밭은 신도님이 가진 전부인데 다시 한 번 생각해 보시오."

그러나 대성 모자는 부득불 가진 밭 전부를 시주하겠노라고 했다. 점개스님도 감동해서 더 이상 만류하지 않고 돌아갔다.

이런 일이 있고 얼마 후 갑자기 대성이 시름시름 앓더니 그냥 죽고 말았다. 어머니 경조는 슬픔을 억누르며, 부디 내세에는 좋은 집안에 태어나기를 기원했다. 바로 그 날, 그러니까 대성이 죽은 날 밤에 당시 신라의 재상이던 김문량의 집에는 하늘의 소리가 들려왔다.

"모량리에 사는 대성이란 아이가 지금 너의 집에 태어나리라."

김문량의 집에서는 깜짝 놀라 즉시 모량리에 가서 그런 아이가 있는지 알아보았다. 아니나 다를까, 대성이란 아이가 살았는데 바로 그 날 죽었다는 것이었다. 모두들 참으로 이상한 일이구나 하고 놀라워했다.

그런데 바로 그 날 김문량의 아내가 임신을 해서 하루하루 배가 불러 갔다. 열 달이 지나 마침내 문량의 아내는 사내아이를 낳았다. 이상한 일은 아이가 왼손을 꼭 쥐고 태어나서 아무리 펴려고 해도 펴지질 않는 것이었다.

일주일이 지나서야 아이가 손을 폈다. 손에는 대성(大城)이란 두 글자가 새겨진 금쪽이 쥐어져 있었다. 문량은 하늘의 계시가 그대로 맞았음을 알고 아이 이름을 대성이라 짓고 전생의 어머니인 경조를 집으로 데려와 함께 살도록 했다.

세월이 흘러 대성은 어엿한 대장부가 되었다. 그는 틈만 나면 활을 메고 이 산 저 산을 다니며 사냥을 즐겼다. 하루는 토함산에 올라가 곰 한 마리를 잡았다. 곰을 짊어지고 산을 내려오니 산 아래 마을 사람들은 모두 장사라고 칭찬했다. 의기양양해진 대성은 마을 사람들과 어울려 술판을 벌이다가 그 날 밤 거기서 묵게 되었다.

그런데 그 날 밤 꿈에 낮에 죽인 곰이 귀신으로 변해 나타나서는 원한에 사무친 목소리로 울부짖었다.

"내가 너에게 해를 입힌 적이 없거늘 너는 어째서 나를 죽였느냐! 나도 너를 잡아먹을 테다."

곰 귀신은 시뻘건 아가리를 벌리고 달려들었다. 대성은 두 손을 모아 싹싹 빌며 제발 용서해 달라고 애걸했다. 귀신이 말했다.

"네가 잘못했다고 하니 내 한 번은 용서하마. 대신 나를 위해 절을 지어 줄 수 있겠느냐?"

대성은 얼른 세우겠노라고 맹세했다. 꿈을 깨 보니 어찌나 식은땀을 흘렸는지, 요 위가 흥건했다. 대성은 그 날로 활을 부러뜨려 버리고 다시는 사냥질을 하지 않았다. 그리고 곰을 잡았던 산기슭에 장수사라는 절을 지어 죽은 곰의 명복을 빌었다.

이후로 대성은 마음에 깊이 깨달은 바가 있어 불교에 귀의하였다. 대성은 이승의 부모를 위해서 불국사를 창건하고, 또 전생의 부모를 위해 석굴암을 세웠다. 한 몸으로써 전생과 후생, 두 세상의 부모에게 효성을 바친 일은 그 옛날에도 없던 일이니, 착한 보시의 영험이 아니고 무엇이겠는가?

바로 그가 부모를 위해 불국사를 세울 때 일이다. 석불을 조각하는데 불상을 안치할 탑 뚜껑을 만들기 위해 커다란 돌을 다듬다가 그만 돌이 세 조각으로 쪼개져 버렸다. 그렇게 조심을 했건만 난데없이 돌이 깨져 버리니 분통이 터질 지경이었다.

방으로 들어와 분을 삭이다 깜빡 잠이 든 대성은, 꿈에 하늘에서 신이 내려와 그 뚜껑을 완성해 놓고 들어가는 것을 보았다. 잠을 깬 대성은 하도 생생해서 꿈인지 생시인지 분간이 가지 않았다. 그래서 나가 보니 꿈에서 본 대로 탑 뚜껑이 완성되어 있는 것이 아닌가. 대성은 곧장 남쪽 고개로 달려 올라가 향나무를 불사르며 하늘에 감사 기도를 올렸다. 그 때부터 이 고개를 향령이라 부르게 되었다.

불국사의 구름다리나 돌탑, 돌과 나무를 다듬고 새긴 그 솜씨는 어느 절에서도 볼 수 없는 훌륭한 것이다. 김대성의 효성과 기도가 하늘에 닿은 까닭이리라.

수로왕비가
싣고 온 파사석탑

금관성(지금의 김해) 호계사에 있는
파사석탑(婆娑石塔)에는 이런 얘기
가 전해진다. 옛날 금관가야가 이
지방을 다스리던 시절의 일이다.
금관가야를 세운 수로왕이 인도
아유타국의 공주를 왕비로 맞은
사연은 앞에서 이미 보았고, 바로
그 허황옥 왕비가 낭군을 찾아올
때 애기이다.

부모의 명을 받은 허 왕비는 하늘이
점지한 낭군을 찾아서 배를 타고 긴 여행길에
올랐다. 그런데 출발한 지 얼마 안 되었을 때, 잔잔하던
바다에 갑자기 돌풍이 몰아치며 집채만 한 파도가 금방이라도 배를 집어삼킬
기세로 달려들기 시작했다. 배는 오도 가도 못하고 파도에 휩싸여서 기우뚱

수로왕비가 파신(파도의 신)의 노
여움을 잠재우기 위해 함께 싣고 왔다는 탑.
5층까지만 남아 있다. 조각이 기이하고 붉
은 빛이 도는 희
미한 무늬 같은
것이 돌에 남아
있다. 이러한 돌을
우리 나라에서는
볼 수 없다는 점
을 들어, 허황옥
설화의 타당성을
주장하기도 한다.

거리기만 했다. 도저히 더 이상 항해를 계속할 수 없다고 생각한 공주는 뱃머리를 돌려 고향으로 돌아왔다.

부왕은 되돌아온 딸을 보고 깜짝 놀라서 연유를 물었다.

"떠난 지 얼마 안 돼서 갑자기 파도가 거세지고 돌풍이 불어 도저히 항해를 계속할 수가 없었어요."

"으음, 잔잔하던 바다에 갑자기 파도가 쳤다니 이건 바다의 신이 노한 탓이구나. 내가 파사탑을 줄 테니 배에 싣고 가거라. 네가 무사히 도착하도록 신이 보호해 주실 것이다."

그러고는 부왕은 파사탑을 내주었다. 과연 배에 탑을 실은 뒤로는 파도도 잠잠해져서 배는 순풍에 돛을 달고 무사히 목적지까지 갈 수 있었다.

그러나 허 왕비가 도착했을 당시는 아직 불교가 전래되기 전으로 이 땅에 절을 세우고 불교를 받드는 일이 없었다. 왕비는 파사탑을 모실 절이 없는 것을 알고 탑을 다른 보물과 함께 대궐 창고 안에 잘 보관해 두었다.

그로부터 약 400년이 지나 8대 진지왕 때, 비로소 금관성 자리에 파사탑을 모시고 절을 세웠다. 탑은 네모 반듯한 5층이며 기기묘묘한 조각이 아름답다. 탑을 이룬 돌에는 엷은 붉은 색 무늬가 있고 성질이 매우 연해서 우리 나라에서 나는 돌과는 다르다.

고구려의 영탑사

옛날 고구려에는 보덕스님이란 분이 있었다. 보덕은 늘 평양성 안에서 살며 도성 사람들에게 불경을 전파했다. 하루는 어떤 산골에서 늙은 중이 찾아와 자기가 사는 곳에 가 불경을 강의해 달라고 청하는 것이었다. 보덕은 바쁜 자기 일과를 제쳐두고 먼 산골까지 가는 게 내키지 않았다. 그래서 이런저런 핑계를 대며 거절했지만, 그 늙은 중도 어찌나 끈질긴지 끝내 보덕이 두 손을 들고 말았다.

보덕은 이왕 가기로 했으니 열심히 하리라 마음먹고 성심껏 준비를 했다. 산골 법회에 온 보덕은 그리 많지 않은 청중임에도 열과 성을 다해서 열반경 40여 권을 강의했다. 모두들 그의 성실한 강의에 감복하여 고마움을 표했고, 보덕 자신도 새로운 경험에 마음이 뿌듯했다.

돌아오는 길에 보덕은 평양성으로 곧장 가지 않고 성 서쪽 대보산에 있는 동굴로 들어가 참선을 하기 시작했다. 번잡한 도성 생활로 잃었던 신심을 새로 하고 싶었기 때문이다.

보덕이 가부좌를 틀고 참선에 들어갔을 때 홀연히 석장 지팡이를 짚은 신

령이 나타났다. 그리고 신령은 놀라는 보덕에게 말했다.

"오늘부터 이 곳에 머물도록 하라."

보덕이 어리둥절해하자 신령은 짚고 있던 석장 지팡이를 보덕 앞에 내려 놓고서 그 땅을 가리키며 말했다.

"이 땅 밑을 파 보면 팔각으로 된 7층 석탑이 있으리라."

보덕이 시키는 대로 그 자리를 파 보니 과연 8면 7층의 석탑이 나왔다. 보덕은 신의 계시에 따라 그 곳에 영탑사라는 절을 짓고 죽을 때까지 그 절에 머물며 도를 닦았다.

황룡사의 불상

옛날 인도의 대향화국이란 나라를 다스리던 아육왕은 부처님보다 100년 늦게 태어났다. 그는 직접 부처님께 공양하지 못한 것을 한탄하다가 마침내 불상을 만들기로 작정했다. 금과 쇠를 녹여 불상 만들기를 시도한 지 세 번, 그러나 번번이 불상 주조는 실패로 돌아갔다.

왕이 애가 타서 어쩔 줄 모르니 왕비와 신하들도 덩달아 나서서 애를 쓰건만 유독 태자만은 이 일에 관여할 생각을 하지 않았다. 불상이 만들어지지 않아 안 그래도 기분이 좋지 않았던 아육왕은 태자를 불러 힐책했다.

"너는 명색이 태자이면서 이런 일을 보고도 팔짱만 끼고 있다니 대체 어찌 된 일이냐? 무슨 생각을 하고 있는지 말이나 해 봐라."

태자는 조용히 대답했다.

"아버님, 이 일은 아버님이나 우리 나라가 혼자 애를 쓴다고 될 일이 아닙니다. 여러 나라의 힘을 모아 공덕을 쌓아야만 될 일이니 지금이라도 그렇게 하십시오."

아육왕은 태자의 말을 듣고 '과연 그렇겠구나.' 하고 고개를 끄덕였다. 그

340

리하여 불상을 만들려고 모아 놓은 금과 쇠를 배에 싣고 그간의 사연을 편지에 적어 함께 실어 보냈다. 배는 망망대해를 타고 큰 나라와 500개의 중간 나라, 그리고 1만 개의 작은 나라와 8만 마을을 두루 돌아다니며 불상 주조에 갖은 애를 다 썼다. 그러나 어디에서도 불상은 끝내 만들어지지 못했다.

마지막으로 배가 닿은 곳은 동방의 작은 나라 신라였다. 당시 신라는 진흥왕이 다스리던 시절로, 불교를 깊이 믿고 있던 왕은 즉위한 지 14년째 되던 해에 황룡사 창건에 착수해서 17년 만인 569년에 비로소 절을 완성했다. 그리고 얼마 안 있어 이 배가 도착한 것이었다.

이상한 배 한 척이 사포(지금의 울주 곡포)에 닿았다는 소식을 듣고서 관리가 가서 살펴보니 배 안에는 금과 쇠가 가득하고 한 통의 편지가 놓여 있었다. 관리는 자초지종을 써서 배에 있던 편지와 함께 임금에게 올렸다. 편지는 아육왕이 보낸 것으로 이렇게 쓰여 있었다.

"인도의 아육왕은 황금 7만 푼과 누런 쇠 5만 7,000근을 모아 석가의 삼불상을 만들려 했으나 이루지 못하고 배에 실어 띄어 보내며 축원하노라. 부디 인연 있는 땅에 이르러 장륙존상의 존귀한 모습으로 이루어지이다. 여기 견본으로 부처 하나와 보살상 둘을 실어 보낸다."

황룡사의 거대한 불상, 장륙존상은 1238년 몽골 침입 때 소실되어 아쉽게도 그 모습을 알 수 없다. 그러나 황룡사 터에 남아 있는 받침돌은 앉은 모습의 크기가 육 척이나 되었다는 거불의 장중함을 짐작케 한다. 또 3개의 받침돌로 보아 삼존불입상이었을 것으로 추정된다.

진흥왕은 사자를 보내 배가 도착한 하곡현 사포 근처의 좋은 땅을 골라서 동축사라는 절을 세우게 하고 견본으로 보내 온 삼불상을 안치했다. 그리고 황금과 쇠는 서울로 실어 와 문잉림에서 주조하기 시작했다. 불상은 큰 어려움 없이 단번에 완성되었다. 완성된 장륙존상과 두 보살상은 얼마 전에 완공된 황룡사에 모셨다.

이듬해에는 장륙존상이 발꿈치까지 눈물을 흘려 땅이 한 자나 젖는 이변이 일어났는데, 바로 국왕의 죽음을 알린 것이었다.

후에 자장법사가 중국 오대산에 유학 가서 문수보살에게서 계시를 받았는데 그 때 문수보살이 다음과 같은 얘기를 들려주었다.

"너희 나라에 있는 황룡사는 석가불과 가섭불(석가모니불의 바로 전 세상의 부처님)이 설법하시던 곳으로 그분들이 좌선하시던 반석이 아직도 거기에 있다. 때문에 천축의 무우왕(아육왕을 가리킴)이 누런 쇠 약간을 모아 바다에 띄워 보낸 것이다. 그것이 1300여 년이 지난 오늘에야 너희 나라에 닿아 불상을 이루어 그 절에 모셔지게 되었으니, 이는 부처님의 거룩한 인연이 그렇게 시킨 것이다."

장륙존상이 완성된 뒤 동축사에 안치했던 삼불상도 황룡사로 옮겨 왔다. 황룡사의 기록에 따르면, 황룡사는 진평왕 5년(584)에 금당(金堂, 절의 중심이 되는 불당으로 본존상을 모신다.)이 조성되었고 그 절의 첫 주지는 진골 출신의 환희스님이었다 한다. 고려 고종 때 몽고의 침입을 겪고 나서 큰 불상과 두 보살상은 모두 불에 타 녹아 버리고 이제는 작은 석가상만이 남아 있다.

황룡사9층탑

앞서도 자장법사가 문수보살의 계시를 받은 얘기를 했지만 바로 그 때 일이다. 문수보살은 불교의 이치를 전해 주면서 이런 말을 덧붙였다.

"너희 나라 왕족은 바로 천축의 찰리종(고대 인도의 4계급 중 둘째 계급이었던 무사 계급)으로 이미 불법을 깨닫고 계시를 받은 자이다. 그런 특별한 인연이 있으므로 다른 오랑캐 족속과는 다르다. 그러나 산천이 험준해서 사람들의 성질이 조급하고 잘못된 사도(邪道, 바르지 못한 도리)를 많이 믿는다. 그 때문에 하늘이 이따금 재앙을 내리기도 하는 것이다. 그러나 나라 안에 고명한 중들이 있기에 임금과 신하들이 편안하고 백성들이 화평한 것이다."

말을 마친 문수보살은 곧바로 사라졌다. 자장은 감격하여 눈물을 흘리며 물러나왔다.

또 한 번은 자장이 중국의 태화지라는 연못가를 지날 때였다. 어디에선가 한 신령스러운 사람이 나타나 물었다.

"그대는 어찌하여 이 곳까지 왔는가?"

"불도를 깨치기 위해 왔습니다."

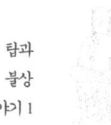

탑과
불상
이야기 1

대답을 들은 그 사람은 합장하고 절하며 다시 물었다.

"그대의 나라에는 어떤 어려운 점이 있소?"

"우리 나라는 북으로는 말갈, 남으로는 왜국과 인접해 있으며, 고구려와 백제, 두 나라가 번갈아 침입하니 이런 이웃 나라들의 횡포로 백성들이 고통을 받고 있습니다."

그러자 그는 이렇게 말하는 것이었다.

"지금 그대의 나라는 여왕을 모시고 있소. 여자가 임금이니 덕은 있으나 위엄은 없으므로 이웃 나라들이 넘보는 것이오. 그대는 하루빨리 고국으로 돌아가 나라의 힘이 되도록 하시오."

"고국에 돌아가 무엇을 어떻게 하면 힘이 되리이까?"

"황룡사의 호법룡(불교를 보호하는 용)은 바로 나의 맏아들인데 신의 명령을 받고 그 절을 호위하고 있는 것이오. 지금 본국으로 돌아가면 절 안에 9층탑을 세우도록 하오. 그리하면 이웃 나라들이 모두 항복하고 동방의 아홉 나라가 조공해 올 것이며 나라가 길이 평안하리라. 탑을 세운 뒤에 팔관회(불교의 8계명을 받드는 행사)를 베풀고 죄인들을 석방하면 외적들이 감히 해치지 못할 것이오. 그리고 경기 지방 남쪽 해안에 자그마한 절을 짓고 내 복을 빌어 준다면 나 또한 그 은덕을 갚으리라."

부처의 힘으로 외국의 침략을 막아 나라를 지킨다는 뜻에서 세운 황룡사 9층 목탑. 현재는 국립경주박물관에 그 모형이 복원되어 있다.

말을 마친 신령은 자장에게 옥을 바치고는 이내 사라져 버렸다.

자장은 선덕여왕 즉위 12년 되던 해, 당 황제가 하사한 불경과 불상, 가사 등을 가지고 고국으로 돌아왔다. 자장은 돌아오자마자 황룡사 9층탑 건립을 왕에게 건의했다. 선덕여왕은 대신들과 이 일을 논의했다. 모두들 탑을 세우는 것은 좋은 일이지만 신라에 있는 장인들만 가지고는 어려우니 기술이 뛰어난 백제에서 장인을 초빙해 오자고 의견을 모았다. 선덕여왕은 신하들의 의견을 따라서 사자를 백제로 보내 금은보화를 주고 솜씨 좋은 장인을 데려오도록 했다.

백제에서는 그 청을 받아들여 아비지(阿非知)라는 장인을 신라로 보냈다. 아비지는 명을 받고 와서 공사를 시작했다. 이간 용춘이 200명의 보조 장인을 거느리고 아비지의 지시에 따라 공사를 진행했다.

드디어 첫 번째 절 기둥을 세우기로 한 날, 아비지는 자기의 고국인 백제가 멸망하는 꿈을 꾸었다. 꿈이 너무나 생생한 것이 아무래도 자기가 맡은 공사가 신라에는 이롭되 백제에는 좋지 못한 일인 것만 같았다. 이런 의심이 생기고 보니 공사를 맡아 할 마음도 순식간에 사라져서 아비지는 잠자리에서 일어나자마자 감독관 용춘을 찾아갔다. 아비지는 절 기둥을 세울 준비로 정신이 없는 용춘에게 말했다.

"어젯밤 꿈자리가 뒤숭숭한 것이 집에 무슨 일이 생긴 것 같습니다. 아무래도 당장 고향으로 돌아가야겠습니다."

용춘은 갑작스러운 아비지의 말에 놀라 어찌할 바를 몰랐다. 바로 그 때였다. 돌연 땅이 진동하고 사방이 캄캄해지더니 황룡사 금당 문이 열리며 한 노

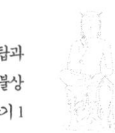

승이 기골이 장대한 장사 하나를 거느리고 나왔다. 눈 깜짝할 사이에 노승과 장사는 절 기둥을 세우고는 어디론가 사라져 버렸다.

아비지는 이 광경을 보고 부처님의 뜻을 깨달았다. 마음을 바꾼 그는 다시 전처럼 열심히 공사에 매달려 마침내 거대한 9층탑을 완성시켰다.

기록에 따르면 쇠받침 위로 높이가 42척이고 그 아래가 183척이라 하니, 그 어마어마한 규모를 알 만하다. 자장은 오대산에서 받아 온 사리 100개를 이 탑 기둥과 통도사 불단, 그리고 대화사 탑에 나누어 모셨다.

9층탑을 세운 뒤로 천지가 태평해지고 삼국이 하나로 통일되었으니 탑의 영험이 아니고 무엇이겠는가! 고구려 왕이 신라를 치려다가 "신라에는 세 가지 보물이 있어 침범할 수가 없다." 하며 황룡사 장륙존상과 9층탑, 진평왕의 천사옥대를 꼽은 것만 보아도 알 수 있다. 옛날 중국의 주나라에는 아홉 솥[구정(九鼎)]이 있어서 감히 초나라가 넘보지 못했는데 바로 이와 같은 일이다.

우리 나라의 이름 난 학자 안홍은 《동도성립기(東都成立記)》라는 글에서 황룡사 9층탑의 의미를 이렇게 설명했다.

"…… 용궁 남쪽 황룡사에 9층탑을 세우면 이웃 나라의 침략을 막을 수가 있으리라 하여 탑을 세웠다. 1층은 일본, 2층은 중국, 3층은 오월, 4층은 탁라, 5층은 응유, 6층은 말갈, 7층은 단국, 8층은 여적, 9층은 예맥을 가리킨다."

9층탑은 워낙 몸체가 컸던 탓에 여러 번 벼락을 맞아 그 때마다 고쳐 지었는데, 고려 고종 16년(1238) 겨울, 몽고의 침략으로 탑과 절과 장륙존상을 모신 전각들이 모두 불에 타 없어졌다.

사불산과 굴불사

죽령 고개에서 동쪽으로 100리쯤 가면 우뚝 솟은 높은 산이 있다. 진평왕이 다스리던 시절, 어느 날 사방 한 길이나 되는 커다란 돌이 하늘에서 그 산꼭대기로 떨어졌다. 붉은 비단에 싸인 그 돌의 사면에는 석가여래가 조각되어 있었다.

왕이 소식을 듣고 달려가 보니 참으로 신기하고 장엄한지라 돌을 우러러 예배하고 곧 그 옆에 '대승사' 라는 절을 세웠다. 그러고는 법화경을 외우는 스님에게 절을 맡겨 항상 돌을 깨끗이 보존하고 분향을 끊이지 않게 했다. 이때부터 그 산을 역덕산(亦德山) 또는 사불산(四佛山)이라 했다. 후에 절을 돌보던 스님이 죽어 장사 지냈더니 그 무덤 위에서 연꽃이 돋아 나왔다.

세월이 흘러 경덕왕 때였다. 하루는 왕이 백률사(이차돈을 기념해서 세운 절)를 찾아가는 길에 사불산 밑을 지나게 되었다. 그런데 산 아래 땅 속에서 염불하는 소리가 들려왔다.

왕이 놀라서 땅을 파 보게 했더니 커다란 돌 하나가 나왔다. 놀라운 것은

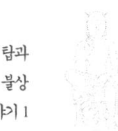

이 돌에도 사면을 둘러 (**사방불**)(四方
佛)이 새겨져 있는 것이었다. 왕은 이
기적을 기념해서 그 자리에 절을 세
우고 부처를 팠다는 뜻에서 굴불사라
이름 붙였다. 지금은 이것이 잘못 전
해져서 굴석사라고들 한다.

동서남북 사방에 있는 부처로,
여기서는 경주 굴불사 터에 있는 굴불
사지석불상을 말한다. 바위의 서쪽에는
아미타여래불, 동쪽에는 약사여래불, 북
쪽에는 미륵
불, 남쪽에는
석가모니불이
새겨 있다.

오색 담요 위에 세운 만불산

경덕왕이 다스리던 무렵, 당시 당나라의 대종황제는 유달리 불교를 숭상했다. 경덕왕은 이 소문을 듣고 신라에서 가장 솜씨 좋은 장인을 불러 오색 빛깔의 담요를 짜게 했다. 그러고는 나무를 조각하고 구슬과 옥으로 장식해서 높이가 한 길이나 되는 산을 만들어 그 위에 놓았다.

산에는 기암괴석에 계곡과 동굴을 만들고, 곳곳마다 춤추고 노래하는 인형이며 여러 나라의 산천 모양을 꾸몄다. 창으로 미풍이 불기라도 하면 벌이며 나비가 날아들고 새들이 춤추는데 얼핏 보아서는 진짜인지 가짜인지를 구별할 수 없을 정도였다.

그리고 그 한가운데에 1만 불상을 모셨는데 불상들의 머리가 어떤 것은 큰 기장 낱알만 하고 어떤 것은 꼭 콩 반쪽만 했다. 그럼에도 곱슬머리 흰 머리털이며 눈썹과 눈이 분명해서 그 아기자기하고 정교한 솜씨는 말로 표현할 수 없을 정도였다. 거기에 금과 옥으로 오색 수실 달린 양산이며 과일나무, 각양각색의 화초들을 꾸며 놓고 곳곳에 정자와 누각을 세워 놓았다.

또 산을 빙 둘러 1,000여 개의 중 인형을 세워 놓고 쇠북과 고래 모양의 종

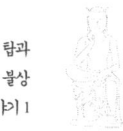

치는 방망이까지 달아 놓았다. 바람이 불어 종이 울리면 산돌이 하던 중들이 모두 엎드려 절하도록 기계 장치를 해 놓았으니 참으로 그 신기한 형상을 무엇에 비유할 수 있으랴!

당 황제는 이 만불산을 받고 "신라의 재주는 하늘의 솜씨이지 사람의 솜씨가 아니다." 하고 칭찬을 연발했다.

사월 초파일에는 거리의 중들을 대궐 안으로 불러들여 만불산을 예찬케 했는데, 구경하는 사람들마다 그 정교한 솜씨에 감탄하여 머리를 숙였다.

중생사의 관음보살

《신라고전(新羅古典)》에 전하는 얘기이다.

옛날 중국의 어느 왕에게는 총애하는 한 여자가 있었다. 그 미모가 너무나 뛰어나서 왕은 나라 안에서 제일 가는 화가를 불러 그녀의 모습을 그리게 했다. 화가가 왕명을 받고 그림을 그리는데 실수로 붓을 떨어뜨려 배꼽 아래 붉은 점이 찍히고 말았다. 깜짝 놀란 화가는 지우려고 애썼지만 아무리 해도 지워지질 않았다. 나중에는 원래 붉은 점이 있는 게 아닌가 의심이 생겨 그대로 그려서 바쳤다.

왕은 그림을 보고 말했다.

"얼굴이나 모습은 실제와 아주 흡사하지만, 배꼽 아래 있는 점은 몸 속의 비밀인데 어떻게 알고 이것까지 그렸느냐?"

이렇게 되니 화가는 실수를 했다고 할 수도 없고, 알고 그렸다고 할 수도 없어 아무 소리를 못했다. 왕은 불같이 화가 나서 화가를 옥에 가두고 극형에 처하려 했다. 그 때 승상이 나서서 말했다.

"저 화가는 마음이 착하고 정직하기로 소문난 사람인데, 일이 이렇게 된

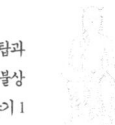

데는 필경 무슨 곡절이 있을 것이옵니다. 부디 폐하께서 깊이 통찰하시어 한 번 더 기회를 주심이 좋을 줄 압니다."

왕은 승상의 간언을 듣고 잠시 생각하더니 이렇게 말했다.

"그가 정말 어질고 정직하다면 내가 간밤 꿈에 누구를 보았는지 그 모습을 그려 바치도록 해라. 만약 맞으면 놓아 줄 것이로되 조금이라도 틀리면 용서치 않으리라."

이 말을 들은 화가는 곧 십일면관음보살상을 그려 바쳤다. 왕은 그림을 보고 깜짝 놀랐다. 간밤 꿈에서 본 관음보살이 틀림없었던 것이다. 그제야 왕은 화를 풀고 화가를 놓아 주었다. 화가는 아무 잘못도 없이 공연한 의심을 받고 고초까지 겪고 보니 그 나라에 정이 뚝 떨어져서 친구인 박사 분절을 찾아가 말했다.

"내가 들으니 이웃 신라는 불교를 숭상한다는군. 그대만 좋다면 함께 그 나라로 가서 불사를 닦고 싶으이. 그렇게 해서 그 어진 나라를 도울 수 있다면 우리에게도 좋은 일이 아니겠는가?"

분절도 대찬성이었다. 둘은 곧바로 배를 타고 신라로 왔다. 두 사람은 도착하자마자 중생사

사람들의 간절한 바람을 잘도 들어주었던 중생사의 영험한 관음보살상은 어디로 갔을까? 경주 낭산 기슭에 자리 잡은 중생사는 문무왕 대에 창건되었다 하는데, 지금의 사찰은 1940년대에 옛 터에 복원한 것이다. 이 곳에서 동쪽으로 조금 가다 보면 바위에 새겨진 낭산마애삼존불을 만날 수 있는데, 두건을 쓴 독특한 모습의 본존불이 흥미롭다. 이는 또 어느 신라인의 바람과 손길이 닿은 것일까?

에 관음보살상을 그려 모셨다. 이 관음상은 솜씨도 솜씨려니와 특별한 영험이 있어서 그 앞에 기도하고 복을 받은 사람이 한둘이 아니었다.

그 중 하나가 대학자 최승로의 탄생에 얽힌 얘기이다.

신라 말의 혼란스런 시대였다. 최은함이라는 사람이 있었는데 오랫동안 자식이 없어 걱정이 태산 같았다. 그러던 중 중생사 관음보살이 영험하다는 소문을 듣게 되었다. 최은함은 그 날부터 매일매일 중생사 관음보살상 앞에 엎드려 기도했다. 은함의 기도가 통했는지 얼마 후 부인의 몸에 태기가 있더니 마침내 아들이 태어났다.

그런데 아이가 백일도 채 지나기 전에 후백제의 견훤이 서울로 쳐들어와 성 안은 온통 혼란의 도가니였다. 은함은 아기를 안고 관음상에게 달려와서 고했다.

"이웃 나라 군사들이 갑자기 쳐들어와서 일이 급하게 되었습니다. 어린 것을 데리고 있다가는 둘 다 무사할 수 없을 듯하옵니다. 진실로 보살님께서 주신 아이라면, 그 한없는 자비로움으로 보살펴 주시옵소서. 그리하여 우리 부자가 살아서 다시 만날 수 있도록 도와 주시옵소서."

은함은 눈물을 흘리며 새삼 고하고 아이를 강보에 싸서 불상 아래 감추어 두었다. 떨어지지 않는 발길을 돌리는데 등 뒤에서는 아이 울음소리가 들리는 듯, 당장이라도 돌아가고 싶은 마음을 억누르며 떠났다.

보름쯤 지나 후백제군은 물러갔다. 은함은 부랴부랴 중생사로 쫓아와서 불상 밑을 살펴보았다. 거기에는 방금 목욕이라도 한 듯 살결이 뽀얗고 통통

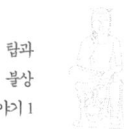

해진 아이가 젖내를 풍기며 웃고 있었다. 은함은 관음보살의 가호에 감격해서 거듭거듭 머리를 조아리고 아이와 함께 돌아왔다.

아이가 총명해서 하나를 가르치면 둘을 알았으며 생각 또한 깊어서 학문이 날로 발전했다. 이 아이가 바로 고려 시대의 대학자 최승로이다.

또 하나의 얘기는 고려 성종 11년(992)의 일이다.

하루는 중생사 주지 성태가 보살 앞에 꿇어앉아 혼자 중얼거렸다.

"소승은 오랫동안 이 절에 살면서 정성껏 예불을 올리며 밤낮으로 게으름을 피운 적이 없습니다. 그러나 이 절에 있는 논밭에선 제대로 나는 것이 없어서 더 이상 공양을 올리기도 어렵게 되었습니다. 그래서 다른 곳으로 옮겨 가려고 하직 인사를 올리러 왔습니다."

그 날 성태는 잠결에 얼핏 관음보살의 목소리를 들었다.

"대사는 아직 떠나지 말고 이 곳에 더 머물도록 해라. 내가 시주를 받아서 공양에 쓸 비용을 마련해 주리라."

잠에서 깬 성태는 깊이 깨닫고 그대로 머물러 더욱 정성껏 부처님을 모셨다. 그런 지 13일이 지난 어느 날이었다. 처음 보는 사람 둘이 말과 소에 짐을 잔뜩 싣고 중생사로 찾아왔다. 성태가 나가 무슨 일이냐고 묻자 두 사람은 이렇게 대답했다.

"우리는 금주(김해) 땅에서 온 사람들입니다. 며칠 전 한 스님이 우리 마을에 오셔서 경주 중생사에서 왔는데 공양거리가 없어 왔노라기에, 이웃 사람들이 시주를 걷어 쌀 여섯 섬과 소금 네 섬을 마련했답니다. 여기 싣고 온 것

이 바로 그것입니다."

성태는 이상해서 "이 절에선 시주하러 간 스님이 없는데 잘못 안 모양이로군." 하고 말했다. 그러자 두 사람은 고개를 갸우뚱거리며 다시 말했다.

"요전에 왔던 그 스님이 우리를 저기 우물가까지 데리고 왔는데 무슨 말입니까? 그 스님이 거기까지 와서는 절이 얼마 멀지 않으니 먼저 가서 기다리겠노라 해서 우리는 뒤따라온 것입니다."

성태는 문득 떠오르는 바가 있어서 두 사람을 법당 안으로 데리고 들어갔다. 둘은 법당 안에 있는 관음보살상을 쳐다보고는 깜짝 놀라며 감탄을 금치 못했다.

"이분이 바로 그 스님이구려."

이 일이 알려지면서 그 후로는 쌀과 소금이 해마다 떨어지는 일이 없게 되었다.

한번은 중생사 대문에서 불이 났다. 온 동리 사람들이 달려와 불을 끄는 것을 도왔다. 사람들은 불이 법당으로 옮겨 붙어 관음보살상을 태울까 봐 서둘러 법당 안으로 들어갔다. 그런데 법당 안에 모셔져 있던 보살은 어디로 갔는지 보이지 않았다. 사람들이 깜짝 놀라 살펴보니 보살상은 절 뜰에 나와 서 있었다. 서로들 누가 꺼냈냐고 물었지만 모두들 모른다는 것이었다. 그제야 사람들은 보살의 신령스러운 힘을 깨닫고 또 한 번 경탄했다.

관음보살의 영험은 이런 일에만 나타나는 것이 아니었다.

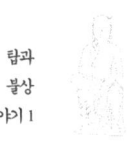

고려 명종 때(1173) 일이다. 당시 중생사 주지는 점숭스님이 맡아보았는데, 그는 글을 읽을 줄 모르지만 성품이 순수하고 늘 예불에 정성을 쏟았다.

하루는 어떤 중이 중생사에 들렀다가 그 절의 고색창연한 아름다움에 반해 여러 날을 머물렀다. 이 중이 가만히 보니 유서 깊은 절에 비해 주지는 문자 속도 깊지 못한 순박한 시골 사람에 불과한지라, 딴 생각을 품게 되었다. 그는 마침내 점숭의 자리를 빼앗으려고 천사에게 호소했다.

"이 절은 나라에서 은혜를 빌고 복을 기원하는 곳이니 마땅히 글을 아는 자가 맡아 보아야 합니다."

천사가 듣고 보니 그럴 듯해서 점숭을 시험해 보려고 법당으로 불러들여 불경을 거꾸로 내주고 읽어 보게 했다. 점숭은 그대로 덥석 받아들고 줄줄 거침없이 읽어 내려갔다. 천사가 탄복해서 이번에는 방으로 불러와 다시 읽어 보라고 했다. 점숭은 입을 봉한 채 한 마디도 못했다.

그것을 본 천사는 "대사는 진실로 보살님의 가호를 받고 있는 사람이오." 하고 그대로 주지 일을 맡아보게 했다.

이 일은 당시 중생사에 머물며 불교 공부를 하던 김인부가 마을 노인들에게 얘기해서 알려진 것이다.

신라의 보물을 구한
백률사 관음상

경주 북쪽에 금강령이라는 산이 있는데, 백률사는 그 산 남쪽 기슭에 자리 잡고 있는 절이다. 이 절에는 누가 언제 만들었는지 알 수 없는 관세음보살상이 하나 있었는데, 영험이 있기로 유명했다. 세상에서는 백률사 섬돌 위에 있는 발자국 흔적을 두고, 이 보살님이 일찍이 도리천에 올라갔다 내려와 법당으로 들어가면서 디딘 것이 아직까지도 그대로 남아 있다고들 한다. 또 어떤 이들은 그 발자취는 관음보살이 화랑 부례랑을 구해 돌아올 때 남긴 자취라고 한다.

관음보살이 부례랑을 구해 온 얘기란 바로 이런 내용이다.

신라 32대 효소왕 때 일이다. 효소왕은 화랑 중에서도 지혜롭고 용맹스럽기로 유명한 사찬 대현의 아들 부례랑을 국선으로 삼아 1,000명이 넘는 화랑들을 지휘하게 했다. 부례랑은 1천 낭도들과 호형호제하며 지냈는데, 그 중에서도 안상이란 화랑은 가장 친한 벗으로 늘 붙어다녔다.

효소왕이 즉위한 지 2년째 되던 해 이른 봄, 부례랑은 화랑들을 거느리고

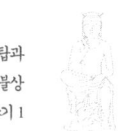

금란(지금의 강원도 통천)으로 놀러 갔다가 원산 근처에서 그만 말갈족 도적 떼에게 붙잡혀 갔다. 그러자 따라갔던 화랑들은 모두 혼비백산해서 돌아왔으나 오직 안상만은 혼자서 그 뒤를 추격해 갔다.

효소왕은 보고를 받고 몹시 놀랐다.

"선대 임금께서 얻으신 신비의 피리와 거문고가 궁궐 안에 모셔져 있거늘 국선이 갑자기 오랑캐의 도적 떼에게 잡혀 가다니 이게 어찌된 일인가? 도대체 어찌해야 좋을지 모르겠구나."

바로 그 때 피리와 거문고가 보관되어 있는 천존고 위로 이상한 구름이 덮히기 시작했다. 왕은 보통 일이 아니구나 싶어 얼른 보물창고 속을 검사해 보게 했다. 아니나 다를까! 그 안에 간직해 두었던 피리와 거문고, 두 국보가 어디로 사라졌는지 보이지 않았다.

"내가 이다지도 덕이 없더란 말인가. 어제는 국선을 잃고 오늘은 또 나라의 보물을 잃었으니 이제 무슨 낯으로 백성들을 볼꼬!"

왕은 천존고의 경비를 맡은 다섯 관리를 가두고, 온 나라에 현상문을 내걸었다.

"거문고와 마술피리를 찾아오는 자에게는 한 해 동안의 세금에 해당하는 상을 주리라."

그러나 아무 소식도 없는 가운데 어느 새 시간은 흘러 5월이 되었다. 부례랑의 부모는 매일 백률사 관음보살상 앞에 나아가 저녁 기도를 올렸다. 그러던 어느 날, 엎드려 기도하다 고개를 들어 보니 홀연 향을 피운 단 위에 그렇게도 찾던 거문고와 피리가 놓여 있는 것이었다. 게다가 불상 뒤에는 아들 부

358

레랑이 친구 안상과 함께 환하게 웃으며 서 있었다. 부례랑의 부모는 기절할 만큼 놀라고 기뻐서 어쩔 줄 몰랐다. 한참 만에야 정신을 차린 부모가 어떻게 된 일이냐고 묻자 부례랑은 이렇게 대답했다.

"저는 붙잡혀 간 날부터 그 나라 대도구라의 집 목동이 되었습니다. 매일 매일 대오라니 들판에서 소를 치는데 하루는 단정하게 생긴 스님 한 분이 두 손에 거문고와 피리를 들고 와서는 제게 '고향 생각이 나느냐?' 하며 위로해 주더군요. 저는 저도 모르게 그 앞에 꿇어앉아 '임금님이나 어버이 그리운 것이야 어찌 다 말로 할 수가 있겠습니까?' 했지요.

그랬더니 그 스님은 '그러면 나를 따라오너라.' 하면서 해변으로 저를 데리고 갔습니다. 거기 가 보니 안상이 기다리고 있는 것이 아니겠어요. 스님은 갖고 있던 피리를 두 쪽으로 갈라서 우리 둘을 각각 한 쪽씩 나누어 타게 한 다음, 자신은 거문고를 타고서 바다를 건너 순식간에 여기까지 오게 되었지요."

소식을 들은 왕은 급히 사람을 보내 맞아 오게 했다. 부례랑은 거문고와 마술피리를 가지고 대궐로 들어갔다. 왕은 금은으로 만든 그릇과 비단, 논과 밭을 백률사에 시주하여 관세음보살의 은혜에 보답했다. 또 전국에 대사령을 내려 죄수들을 풀어 주고 관리들의 벼슬을 올려 주었을 뿐 아니라 백성들의 세금을 3년간 면제해 주었다.

왕은 부례랑을 대각간으로 임명하고 아버지 대현에게는 태대각간이라는 높은 벼슬을 주었으며 끝까지 부례랑과 함께한 안상은 대통으로 삼았다. 그리고 갇혔던 관리 5명을 모두 석방하고 지위도 올려 주었다.

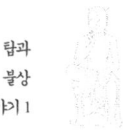

그런데 다음 달인 6월 12일과 17일, 계속해서 혜성이 나타나는 이변이 일어났다. 천문을 보는 관리가 아뢰기를 "이는 거문고와 피리에게 작위를 봉하지 않은 까닭입니다."라고 했다. 왕은 깜짝 놀라서 신비의 피리에게 '만파식적'에서 한층 높여 '만만파파식적'이라는 칭호를 내렸다. 그러자 즉시 혜성은 사라졌다.

이 밖에도 백률사 관음보살상에 얽힌 신기한 얘기가 많지만, 너무 번잡해지므로 다 적지 않는다.

부처님 사리 모시기에 얽힌 이야기

《국사》에 의하면 진흥왕 때 중국 양나라에서 사신을 보내 부처님의 사리 몇 개를 가져온 적이 있고, 또 선덕여왕 때 자장법사가 당나라에서 귀국하면서 부처님의 두개골 뼈와 어금니, 그리고 사리 100개와 부처님이 입었던 가사 한 벌을 가져왔다고 한다.

자장법사는 이 사리들을 황룡사 탑과 태화사 탑, 그리고 통도사 불단에 나누어 봉

스님들의 시신을 화장한 후 유골에서 추려 낸 구슬 모양의 작은 결정체, 사리. 본래 부처나 성자의 유골을 말했는데 오늘날에는 그 의미가 확대되었다. 사리를 숭배하는 신앙은 인도 불교의 초기부터 성행했던 불탑 숭배와 그 궤를 같이 한다. 석가모니 입멸 후 유골을 8등분하여 각지에 탑을 세워 그 속에 안치했다고 한다. 사리는 석가모니의 유골인 불사리(佛舍利)와 그의 정신적 유산인 불경을 비롯해 치아, 손톱, 머리카락, 옷 등을 포함해 부르는 법사리(法舍利)로 나누기도 한다.

《삼국유사》의 기록과 같이 우리 나라에는 자장법사가 선덕여왕 때 당에서 사리를 들여옴으로써 사리 신앙이 퍼져 나가게 되었다고 하는데, 이후 정교하고 다양한 사리구(사리 용기와 함께 봉안되는 공양물을 통틀어 일컫는 말)가 많이 만들어졌다. 감은사지동탑사리장엄구는 통일신라 시대 공예 기술의 정수를 보여 주는 것으로 그 정교함과 화려함이 놀랍다. 사리를 안치는 내함과 이를 덮는 외함으로 구성되어 있는데, 외함의 네 벽면에는 사리를 수호하는 사천왕상이 새겨져 있다.

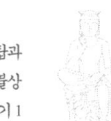

안했는데, 그 중에서도 통도사 불단의 사리에 대해서는 여러 이적들이 전한다. 통도사 불단은 두 층으로 되어 있고 위층 한가운데에 마치 가마솥을 엎어놓은 모양의 돌뚜껑이 놓여 있다.

고려가 건국될 무렵이었다. 한 지방관이 통도사를 방문했다가 이것을 보고 호기심이 동해서 불단에 공손히 예배를 드린 뒤 돌뚜껑을 들어 보았다. 놀랍게도 함 속에는 커다란 구렁이가 똬리를 틀고 앉아 있었다. 지방관은 너무 놀라서 얼른 뚜껑을 덮어 버렸다.

얼마 후 새로 부임한 지방관이 오더니, 또 그 돌뚜껑을 들어 보려고 했다. 주위 사람들의 만류에도 아랑곳없이 돌뚜껑을 들어올리는 순간, 그는 깜짝 놀라 그대로 내려놓고 말았다. 그 속에는 큼직한 두꺼비가 눈을 끔벅끔벅하며 앉아 있었던 것이다. 이런 일이 있고부터는 누구도 감히 그 돌뚜껑을 들어올릴 생각을 안 했다.

그런데 근자에 와서 상장군 김리생과 시랑 유석이 왕명을 받고 강동(낙동강 동쪽) 지역을 시찰하러 갔다가 통도사에 들러 그 돌뚜껑을 들춰 보려 한 일이 있었다. 절에 있던 승려들은 옛날 일을 얘기하며 말렸지만 두 사람은 군사들을 시켜 기어이 돌뚜껑을 들어 냈다. 그 안에는 작은 돌함이 있고 함 속에는 유리통이 있었는데, 바로 그 유리통 속에서 4개의 부처님 사리가 영롱하게 빛나고 있었다. 주위에 있던 승려들과 군사들은 이것을 보고 너나할것없이 엎드려 경배했다. 유공이 자세히 살펴보니 유리통에 조그마한 흠집이 있었다. 유공은 얼른 자기가 갖고 있던 수정함으로 바꿔 사리를 모셨다.

그러면 옛 기록에는 100개의 사리를 세 곳에 나누었다 했는데, 지금 4개 뿐인 것은 어찌된 일일까? 허나 사리란 보는 사람에 따라 숨었다 나타났다 하는 것이니 많아 보일 때도 있고 적어 보일 때도 있는 것이요, 이상한 일이 아니다.

전하는 말로는 사리를 나누어 봉안했던 황룡사 9층탑이 벼락을 맞아 불타 자, 같은 날 통도사 불단의 돌뚜껑 동쪽 면에 큰 얼룩이 생겼다고 하는데 지금도 그대로 있다.

신라 문성왕 때 당나라에 사신으로 갔던 원홍이 돌아오면서 부처님의 어금니를 가져왔다는데, 지금은 어디 있는지 아는 이가 없다. 그 후 고려 조에 들어와서 사신 정극영, 이지미 등이 송나라에 갔다 오면서 부처님 어금니를 가져왔는데 이것은 지금 대궐 안채에 봉안되어 있다.

부처님 어금니에 대해서는 다음과 같은 전설이 있다. 옛날 의상대사가 당 나라에 유학하여 종남산 지상사의 지엄스님을 찾아갔을 때 얘기이다.

지상사 이웃에는 선율스님이 살았는데 그는 늘 하늘의 공양을 받았고, 또 법회를 열 때마다 하늘의 주방에서 음식을 보내 오곤 했다. 어느 날 그 스님은 음식을 대접하겠다며 의상을 초대했다. 의상이 가서 기다리는데 그 날따라 하늘의 공양이 늦어져 한참을 기다려도 오지 않았다. 하는 수 없이 의상은 빈 밥그릇을 들고 돌아갔다. 의상이 돌아간 직후에 하늘의 사자가 도착했다. 선율스님이 오늘따라 왜 이리 늦었냐고 물으니 하늘의 사자가 답했다.

"골짜기 어귀를 신의 군사들이 가득 메워 막고 있는 바람에 들어올 수가

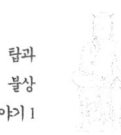

없었습니다."

선율스님은 그제야 신의 군사들이 의상을 호위하고 있음을 깨닫고 "나보다 한 수 위구나." 하고 감탄했다. 그는 하늘에서 가져온 공양을 그대로 두었다가 이튿날 의상과 지엄, 두 스님을 청해 대접하면서 어제 들은 얘기를 자세히 전했다. 선율과 지엄이 의상의 덕을 찬양하려 하자 의상은 조용히 손을 내저어 막으며 말했다.

"스님께서는 이미 옥황상제로부터 존경을 받고 계십니다. 제가 들으니 제석궁(帝釋宮)에는 부처님의 치아 40개 중 어금니 1개가 있다고 합니다. 우리를 위해 스님께서 그 어금니를 인간 세상에 내려보내 인간을 복되게 해 주시도록 옥황상제께 청해 보심이 어떻겠습니까?"

선율스님은 선뜻 응낙했다. 그리하여 옥황상제는 7일(도리천에서 7일은 인간 세상에서는 700년이다.)을 기한으로 하여 부처님의 어금니를 의상에게 보내 주었다. 의상은 그 어금니를 당나라 궁궐 안에 봉안해 두었다.

그 후 당나라를 이어 송나라가 들어섰을 때였다.

송나라 휘종대에 이르러 나라 안에는 도교가 크게 유행하였는데, 그 때 사람들 사이에선 "금인(金人)이 나라를 멸망시킨다."는 예언이 돌아다녔다. 휘종은 그 예언을 듣고 불같이 화를 내며 '금인'이 누구인지 알아보라고 성화를 했다. 도교에 현혹된 천문관은 도교를 발전시킬 양으로 왕에게 거짓 보고를 했다.

"금인이란 불교를 말합니다. 장차 불교가 나라를 망치고 말 것입니다."

왕은 그 말에 속아서 불교를 뿌리뽑기로 작정했다. 그리하여 승려들은 때

죽음을 당하고 경전은 불태워졌으며, 절들은 문을 닫거나 폐허로 변해 버렸다. 그래도 당나라 때부터 전해 오던 부처님의 어금니는 함부로 없애지 못하고 인연 있는 곳으로 흘러가도록 작은 배에 담아 바다에 띄워 보냈다.

바로 그 무렵 송나라에 도착한 고려의 사신들은 이 얘기를 듣고 뇌물을 잔뜩 싸들고 그 배의 책임자를 찾아갔다. 책임자는 뇌물 보따리에 눈이 휘둥그레져서 부처님 어금니를 몰래 고려 사신에게 전해 주고 빈 배로 띄워 보냈다.

사신들이 돌아와 부처님 어금니를 바치니 왕은 기뻐서 어쩔 줄 몰라 했다. 왕은 그 어금니를 대궐 안 작은 전각에 봉안해 놓고 항상 자물쇠로 잠가 두었으며 밖에는 향을 피우고 등을 밝혔다. 그러나 뒷날 몽고의 침입을 받아 강화도로 천도하게 되었을 때, 경황 중에 이 어금니 챙기는 것을 잊어버렸다. 난리가 끝나고 5년 후 궁중을 샅샅이 뒤졌지만 도무지 찾을 수가 없었다.

당시의 궁궐 일지를 조사해 보니 "이백전이 부처님 어금니를 넣어 둔 함을 받았다."는 기록이 있었다. 당장 이백전을 불러 물었다. 이백전은 집에 돌아가서 자기가 모아 둔 기록을 찾아보겠노라고 했다. 얼마 후 이백전은 "김서룡이 함을 받아 갔다."는 증서를 갖고 왔다. 김서룡은 자기는 할 말이 없다며 묵묵부답이었다. 왕은 노발대발하여 천도하던 때부터 이 때까지 5년 동안 전각을 지키던 자들을 가두고 심문해 보았지만 소득이 없었다.

그로부터 사흘 뒤, 한밤중에 김서룡의 집 담장 안으로 뭔가를 던지는 소리가 들렸다. 서룡이 깜짝 놀라 달려가 보니, 바로 그렇게 찾던 어금니 함이었다. 원래 그 함은 다섯 겹으로 되어 있어서 가장 안쪽에는 침향함이 있고, 다음은 순금함, 그 다음에는 백은함, 다음에는 유리함, 그리고 맨 바깥에 나전

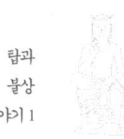

함이 있었는데 다 없어지고 유리함뿐이었다.

김서룡은 함을 들고 대궐로 뛰어왔다. 대신들은 김서룡과 경비하던 자들을 모두 극형에 처해야 한다고 주장했으나, 부처님의 일로 많은 사람들이 다치는 것은 옳은 일이 아니라 하여 모두 죽음을 면했다.

일이 이렇게 되니 임금은 한시름을 놓고 신하들에게 말했다.

"짐은 부처님의 어금니를 잃어버린 뒤로 네 가지 의심을 품었다오. 첫째는 옛날에 정했던 7일 기한이 다 차서 하늘로 올라갔는가 했고, 둘째는 신령스러운 물건인 만큼 나라가 어지러워지자 인연이 있는 평화로운 땅으로 옮겨간 것은 아닌가 했소. 셋째는 재물을 탐낸 소인배들이 훔쳐 가서 보물함만 갖고 치아는 개천에 버리기라도 하지 않았을까 한 것이고, 넷째는 도둑이 물건을 훔쳤다가 팔 수도 자수할 수도 없어 그냥 집 안에 감춰 두고 있는 건 아닌가 했다오. 이제 보니 네 번째 의문이 맞았구려."

그러고는 그 동안의 걱정과 감격이 어우러져 목 놓아 울었다. 모여서 있던 백관들도 모두 눈물을 흘렸으며 개중에는 이마를 지지고 팔뚝을 태우며 굳은 신심을 보이는 자들도 많았다.

그 후 고려 원종 11년(1270)에 다시 난리가 나서 강화도로 천도했는데, 그때의 전란은 전보다 훨씬 심했다. 이 난리통에도 십감선사가 위험을 무릅쓰고 부처님 어금니 함을 들고 나와 피해를 면할 수 있었다. 그는 지금 빙산사(경북 의성군 빙산에 있던 절)의 주지로 있다.

원종 21년 임금은 국청사 금탑을 수리하고 거기에 부처님 어금니와 낙산사의 수정염주, 그리고 여의주를 모두 이 금탑 속에 넣어 봉안했다. 나도 이

때 모임에 참석해서 직접 부처님 어금니라는 것을 보았는데, 그 길이가 세 치 쯤 되었다. 무극(無極)이 쓴다.

시대마다 독특한 탑 이야기

왜 절에는 탑이 있을까? 탑은 사리 신앙을 바탕으로 발생한 불교의 특별한 조형물이다. 인도에서 석가모니의 열반 후 화장을 하여 사리를 얻게 되었고, 이 사리를 봉안하기 위하여 쌓은 것이 바로 불탑이 되었다. 탑은 각 나라의 자연환경과 건축기술에 따라 독특한 양식을 지니며 전파되었다. 무덤 양식에서 기원한 것으로 보이는 인도의 탑은 그릇을 뒤집어 놓은 듯한 모습인 데 비하여, 중국을 위시한 북방 불교 계통의 탑들은 목조 누각과 같이 여러 층을 쌓은 탑이다. 또 황토가 풍부한 중국에서는 전탑(벽돌탑)을, 나무가 많은 일본에서는 목탑을, 화강암이 풍부한 한국에서는 석탑을 많이 만들었다. 탑은 그 시기마다 변화·발전해 왔는데 삼국과 고려의 특징을 간략히 살펴보면 다음과 같다.

삼국의 불탑은 목탑에서 출발하는데, **고구려**의 목탑은 주로 팔각다층탑이 세워져 백제나 신라의 목탑과 구별된다. 오늘날 현존하는 것은 없지만 청암리 절터, 정릉사터 등에서 규모가 큰 팔각목탑의 자취가 확인되었다. 또 《삼국유사》에도 보덕스님이 평양 대보산에서 8면 7층의 석탑을 발견하고 그 자리에 영탑사를 세웠다는 이야기가 나온다.

백제는 삼국 중 그 기술이 가장 뛰어났다고 한다. 아쉽게도 백제의 목탑은 현재 남아 있는 것이 없는데, 최고의 목탑으로 손꼽히는 신라의 황룡사 9층목탑 역시 실은 백제의 아비지와 기술자들의 손을 빌린 것이라 한다. 한편 삼국 시대 말기에 들어 산천에 널려 있는 화강암을 활용한 석탑이 등장하기 시작한다. 미륵사지 석탑은 목탑의 형식을 살려 만든 석탑으로, 목탑에서 석탑으로 변화하는 과정을 잘 보여 준다. 낮은 2층 기단 위에 석재를 목재와 같이 잘게 나누어 짜 맞추면서 기둥을 세워 내부 공간을 만들고, 기둥 위로 처마를 구성하는 방식 등이 목탑과 비슷하다. 이러한 기법은 정림사지 5층석탑(사진)에서 더욱 세련되게 발전한다. 석재 맞춤이 미륵사지 석탑에 비해 간결하고 전체적으로 짜임새와 균형이 뛰어나, 목탑을 토대로 한 새로운 석탑 양식이 형성되었음을 보여 준다.

신라에서도 7세기 들어 석탑이 선보이는데, 현재 남아 있는 것으로는 분황사 석탑이 있다. 이 탑은 중국의 전탑을 모방하여 돌을 일일이 벽돌처럼 잘라 포개고 짜 맞춘 것이 특징이다.

통일신라 시대에는 문화적 융합이 이루어지면서 의성탑리 5층석탑(위의 사진)과 같이 백제적 요소(목탑 양식)와 신라적 요소(전탑 양식)가 결합된 석탑이 나타난다. 기단과 탑신에 기둥을 세우고 석재를 짜 맞춘 목탑 양식에, 지붕은 층단형으로 처리한 전탑 양식을 따르고 있다. 이후 기단이 2층으로 강화되고 층이 올라갈수록 탑신이 과감히 줄어들면서 규모가 작으나 안정된 탑으로 정착되는데, 이러한 특징은 감은사지석탑과 고선사지삼층석탑을 거쳐 불국사 3층석탑에서 완성된다. 불국사 3층석탑(아래 사진)은 안정감과 상승감을 동시에 느끼게 해 주는, 균형미가 돋보이는 탑이다.

고려 시대의 석탑은 통일신라 시대에 비해 기단과 탑신의 폭이 좁아지고 층수가 많아진 기다란 형태이다. 남계원 칠층석탑(위의 사진)은 안정감이 감소된 반면 상승감이 더해진 고려 시대 탑의 특징을 보여 준다. 한편 고려 시대에는 탑신 전체에 불보살상이나 여러 가지 무늬를 새기는 등 다양한 갈래의 이형석탑이 나타나는데, 현재 보존을 위해 국립중앙박물관 실내에 놓여 있는 경천사지 10층석탑(아래 사진) 또한 그 한 예이다. 이 탑은 흰 대리석을 재료로 하여 기단으로부터 탑의 꼭대기까지 온통 불보살, 운룡, 동물 등을 새겨 넣고 탑신마다 지붕에는 목조 건물의 온갖 부재를 세밀하게 표현하여 마치 석조 공예품을 보는 듯한 착각을 불러일으킨다.

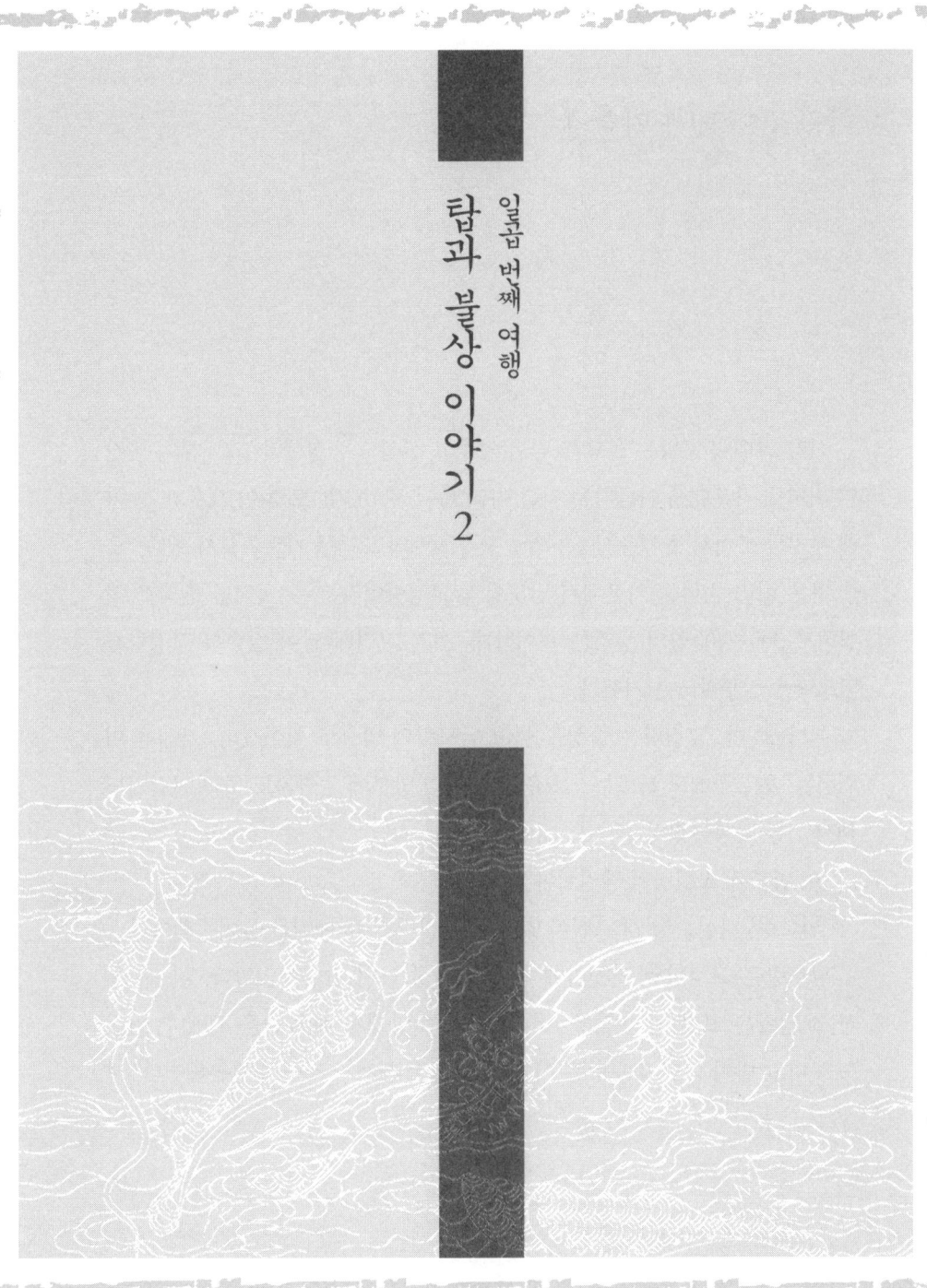

일곱 번째 여행

탑과 불상 이야기 2

화랑으로 현신한 미륵불

신라 24대 진흥왕은 불교를 믿어 받들고 신선도 숭상했다. 그리하여 민간의 처녀들 가운데서 아름다운 자를 가려 뽑아 원화(原花)로 높여 세우고 그 아래 무리를 모아서 효제충신(효성·우애·충성·신의)의 도리를 가르치고자 했다.

왕은 여러 처녀들 가운데서 남모랑과 교정랑이라는 두 처녀를 원화로 선발하고 300~400명의 무리를 지휘하게 했다. 그런데 날이 갈수록 교정랑은 남모랑을 질투하고 시기했다.

어느 날 밤, 교정랑은 술상을 들고 남모랑의 방으로 찾아갔다. 자신을 미워하는 줄은 꿈에도 모르는 남모랑은 뜻밖의 방문에 놀랍기도 하고 반갑기도 해서 얼른 맞아들였다.

"이 밤중에 교정랑이 웬일이야?"

"남모랑, 사실은 내게 고민이 있다우. 괜찮다면 내 얘기를 들어주겠어?"

남모랑은 교정랑의 거짓말에 속아서 술상을 마주하고 앉았다. 한 잔 두 잔, 교정랑은 고민을 털어놓는 척하면서 남모랑에게 계속 술을 권했다. 거절도 못하고 받아 먹던 남모랑은 어느 새 완전히 취해서 정신이 몽롱해졌다. 교

정랑은 취한 남모랑에게 바깥바람을 쐬는 게 좋겠다며 북천 시냇가로 유인해 데려갔다. 찬 밤공기에 어느 정도 정신을 차린 남모랑이 돌아보니 교정랑이 살기등등한 눈으로 커다란 돌을 들고 서 있는 것이었다.

"교정랑! 왜 그러고 있지?"

"흥, 보면 모르겠어? 항상 네가 눈엣가시였는데…… 에잇!"

남모랑은 교정랑의 돌을 맞고 그 자리에서 쓰러지고 말았다. 교정랑은 남모랑을 쳐죽인 뒤 그대로 묻어 버렸다. 이튿날 아침, 남모랑의 무리들은 남모랑이 보이지 않자 이곳 저곳으로 찾아다녔다. 그러나 날이 저물고, 또 다음 날이 되어도 남모랑의 모습은 보이질 않았다. 무리들은 슬피 울다가 결국 뿔뿔이 헤어지고 말았다.

그런데 남모랑이 죽던 날 밤, 교정랑이 취한 남모랑을 부축해서 북천으로 데려가는 것을 본 사람이 있었다. 그는 교정랑이 남모랑을 죽인 것을 알고 동요를 지어서 거리의 아이들에게 가르쳐 주었다. 아이들이 부르는 노래를 들은 원화의 무리들이 이상해서 북천으로 가 보니, 과연 남모랑의 처참한 시체가 있었다. 무리들은 화가 나서 즉시 교정랑을 죽여 버렸다.

사건의 전말을 들은 진흥왕은 당장 원화 제도를 폐지해 버렸다. 여러 해가 지난 뒤, 왕은 국가 발전을 위해서는 청년들의 훈육이 중요하다고 생각하여 이번에는 남자들로 이루어진 화랑도를 만들었다. 즉, 좋은 집 자제들 중에서 덕행 있는 자를 뽑아 화랑으로 삼고 그 무리들을 지도하는 화랑을 국선에 세웠다. 맨 처음 국선은 설원랑으로 이 때부터 화랑 국선이 시작되었다.

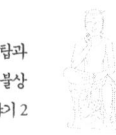

그 후 진지왕 때에 이르러서였다. 경주 흥륜사에 진자(眞慈)라는 중이 있었는데 매일 아침 저녁으로 법당의 미륵불상 앞에 나아가 똑같은 기원을 했다.

"미륵불이시여, 부디 화랑이 되시어 세상에 나오소서. 제가 항상 가까이에서 거룩하신 모습을 모시며 시중들겠나이다."

그는 날이 갈수록 더욱 정성을 다해 기도했다. 그러던 어느 날 밤, 꿈에 어떤 중이 나타나더니 이렇게 알려 주었다.

"그대는 지금 곧 웅천(지금의 공주) 수원사로 가 보아라. 거기 가면 미륵선화를 만나볼 수 있으리라."

꿈에서 깬 진자는 기뻐 어쩔 줄 몰랐다. 그는 당장 짐을 꾸려 가지고 웅천 수원사로 떠났다. 그의 정성과 기쁨이 얼마나 컸던지 한 걸음을 뗄 때마다 꼭 한 번씩 합장배례(두 손바닥을 마주 대고 절함)를 할 정도였다.

드디어 열흘 만에 수원사 앞에 당도하니 문 밖에 수려하게 생긴 젊은이가 서 있다가 반가이 맞아들였다. 그를 따라 객실로 올라간 진자는 공손히 머리 숙여 인사하고 물었다.

"도령과 나는 평소 알지도 못하는 사이인데 어찌 이처럼 따뜻이 맞아 주시오?"

"저도 스님과 마찬가지로 서울에서 왔습니다. 스님께서 먼 길을 오셨기에 위로 드린 것뿐입니다. 그럼, 편히 쉬십시오."

젊은이는 밖으로 나가더니 다시 오지 않았다. 나중에 찾아보았지만 어디로 갔는지 모습이 보이지 않았다. 진자는 우연히 훌륭한 젊은이를 만났구나 했을 뿐, 별로 이상하게 여기지는 않았다. 진자는 곧 수원사 중들에게 자기가 꾼 꿈 얘기며 여기 온 뜻을 말하고 부탁을 했다.

"얼마 동안 머물면서 미륵선화를 기다렸으면 합니다."

수원사 중들은 하도 허황된 말이라 어이가 없었지만 그가 워낙 진지하게 나오는 바람에 이렇게 일러 주었다.

"여기서 남쪽으로 가면 얼마 멀지 않은 곳에 천산이라는 곳이 있소. 그 곳은 예부터 성현들이 머물러 있어 영험이 많다던데 그리로 가 보는 것이 어떻소?"

진자는 좋아라 하고 천산으로 달려갔다. 산 아래 이르자, 산신령이 노인으로 변해서 그에게 다가왔다.

"무슨 일로 여기까지 왔소?"

"미륵선화를 뵙고 싶어서 왔습니다."

"아니, 좀 전에 수원사 문 밖에서 이미 미륵선화를 뵙고도 또 여기까지 왔단 말이오?"

진자는 이 말을 듣고 너무 놀라 펄쩍 뛰었다. 너무나 낙심한 그는 그 길로 흥륜사로 되돌아왔다.

한 달쯤 지났을까? 진지왕이 떠도는 소문을 듣고 그를 불렀다. 자초지종을 다 듣고 나서 왕이 물었다.

"성인은 빈말을 하는 법이 없소. 그 도령이 스스로 서울 사람이라고 했다면서 왜 도성 안을 찾아보지 않은 것이오?"

진자는 그 날부터 여러 사람들과 함께 서울 안의 집이라는 집은 다 찾아다녔다. 날이 저물 무렵, 기운이 다 빠져서 영묘사 근처를 지나는데 길가 나무 아래 수려한 용모의 한 소년이 노닐고 있었다.

"이분이 미륵선화다!"

진자는 가까이 다가가 소년에게 물었다.

"도령의 집은 어디며 성은 무엇이오?"

"제 이름은 미시인데 어릴 때 부모님이 다 돌아가셔서 성은 알지 못합니다."

진자는 소년을 가마에 태워 왕에게 데리고 갔다. 왕은 그 소년을 경애하여 받들며 국선으로 삼았다.

미시화랑은 다른 화랑들과 화목하고 예의가 발라 뭇 사람들에게 커다란 감화를 주었다. 그렇게 7년이 지난 어느 날, 그는 홀연히 사라지더니 다시는 나타나지 않았다. 진자의 슬픔은 말로 표현할 수 없을 정도였다. 그러나 가까이 모시며 미륵선화의 사랑과 교화를 받은 그는 그 가르침을 이어받아 정성껏 도를 닦았는데, 말년에 그 역시 종적을 감추고 사라져 버렸다.

지금 나라 사람들이 신선을 가리켜 '미륵선화'라 하고 중매 서는 이를 '미시'라고 하는 것은 모두 여기서 나온 풍습이다. 또 옛날 진자가 미시랑을 만났던 영묘사 길가 나무는 도령을 만났다는 뜻으로 견랑(見郎)이라 하며, 세간에서는 사여수(似如樹)라고도 한다.

관세음보살, 노힐부득과 달달박박을 시험하다

신라 구사군 북쪽에 있는 백월산은 수백 리에 걸쳐 뻗은 큰 산인데, 여기에는 이런 전설이 전해 온다.

옛날 옛적에 당나라 황제가 연못을 하나 팠다. 그런데 매달 보름 직전 달빛이 휘영청 밝을 때면 연못 속에 산 그림자 하나가 비치는데 거기에 사자 모양의 바위가 꽃 사이로 은은히 보이는 것이었다. 황제는 궁정화가를 시켜 이 모습을 똑같이 그리게 했다. 그러고는 천하를 뒤져서라도 이 그림과 똑같은 산을 찾아오라고 명했다.

명을 받은 사자는 나라 안을 다 뒤져도 찾지 못하고는 마침내 신라에 왔다가 백월산을 보게 되었다. 그런데 그 산은 커다란 사자바위가 있는 것 하며, 영락없는 그림 속의 산이었다. 그래도 연못에 비치는 그 산인지 알 수 없었으므로 사자는 신 한 짝을 벗어 사자바위 꼭대기에 걸어 놓고 돌아왔다.

당나라로 돌아온 후 보름이 되어 연못 속에 산 그림자가 어리는데, 과연 신한 짝도 비치는 것이었다. 황제는 신기해하며 그 산에 백월산이라는 이름을 내렸다. 그런데 그 후로 다시는 연못에 산 그림자가 나타나지 않았다고 한다.

바로 이 백월산 동남쪽에 자리한 선천촌이라는 마을에 노힐부득과 달달박박이라는 두 젊은이가 살고 있었다. 두 사람은 생김새부터가 기골이 장대하여 비범해 보였으며 늘 속세를 벗어나려는 뜻을 품고 있던 터라 곧 정다운 벗이 되었다.

나이 스물이 되자 그들은 드디어 마을 고개 너머 법적방에 가서 승려들과 함께 수도 생활을 했다. 그 곳에서 수행을 한 지 얼마 되지 않아 치산촌 법종곡의 승도촌에 있는 옛 절이 수도하기에 썩 좋다는 말을 듣고 곧 그리로 갔다. 노힐부득은 희진암에서 기거했고 달달박박은 유리광사에서 살았다.

두 사람은 모두 중이었지만 처자식을 거느리고 있었다. 그들은 가족과 함께 농사를 지으면서 욕심 없는 청빈한 생활을 계속했다. 그러면서도 틈만 나면 머리를 맞대고 앉아 세상살이의 덧없음을 얘기하며 수도에 정진할 날을 꿈꾸었다. 어느 날 밤늦도록 서로의 생각을 얘기하던 끝에 둘은 마침내 마음을 굳히게 되었다.

"기름진 땅에 풍년이 들어 많은 이익을 보게 되면 좋지만 옷과 밥이 마음먹기에 따라 생겨서 저절로 배부르고 따뜻한 것만은 못하고, 아내와 더불어 가정을 이루고 사는 것이 좋기는 하지만 연화장 세계의 부처님과 노니는 것에 비하랴. 하물며 불법을 배우면 부처가 되고 도를 닦으면 득도를 함에 있어서랴. 우리는 이미 머리를 깎고 중이 되었으니 마땅히 이 속세의 인연을 끊어 버리고 더없이 높은 도를 이루어야 할 일이다. 어찌 한낱 티끌 같은 세상사에 빠져서 속인들처럼 지내겠는가."

둘은 날이 밝는 대로 가족들과 헤어져 깊은 산중으로 들어가 수행에 전념하기로 했다. 그 날 밤이었다. 꿈에 서쪽 하늘로부터 백호광(부처의 양 미간에 희고 빛나는 가는 털이 있는데 끊임없이 광채를 내뿜는다고 한다.)이 비쳐 오더니 그 빛 속에 금빛 팔이 내려와 두 사람의 이마를 어루만지는 것이었다. 두 사람은 꿈에서 깨자 마자 서로에게 꿈 얘기를 했다. 그런데 놀랍게도 두 사람의 꿈이 완전히 똑같았다. 둘은 '부처님이 우리의 뜻을 알고 계시를 내리셨구나.' 하고 감격했다.

마침내 두 사람은 가족에게 작별을 고하고 백월산 무등곡으로 들어갔다. 달달박박은 산 북쪽 고개 사자바위 위에 판잣집을 짓고 들어앉았고, 노힐부득은 동쪽 고갯마루 시내가 흐르는 바위 틈에 방장(승려가 사는 집)을 지어 거처했다. 그래서 달달박박의 판잣집은 판방이라고 하고, 노힐부득의 바위 옆 집은 뇌방이라고 불렀다. 두 사람은 각각 암자에 틀어박혀 노힐부득은 열심히 미륵불을 구하고 달달박박은 종일 아미타불을 염송했다.

그렇게 3년이 채 안 된 사월 초파일 날이었다. 해질 무렵, 갓 스물이나 되었을 성싶은 어여쁜 아가씨가 달달박박의 암자로 찾아왔다. 그녀는 묘한 향기를 풍기면서 이런 노래로써 하룻밤 잠자리를 청했다.

> 해 저문 산중에 걸음은 더디고
> 길은 낯설고 인가는 없네.
> 오늘밤 이 암자에서 묵고자 하오니
> 자비로운 스님이여 노여워 마오.

그러나 달달박박은 한 마디로 거절했다.

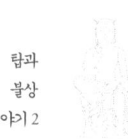

"절이란 청정을 지키는 것이 그 근본이니 당신 같은 여자가 가까이할 곳이 아니오. 더 이상 지체 말고 어서 빨리 다른 곳으로 가시오."

달달박박이 문을 닫고 들어가 버리자 여자는 발길을 돌려 노힐부득이 있는 남쪽 암자로 찾아갔다. 그녀는 앞서와 같이 하룻밤 머물기를 청했다. 노힐부득이 난처한 얼굴로 물었다.

"그대는 이 밤에 어디서 오시었소?"

"모든 것이 고요한 허공과 같은데 어찌 오고 감이 있겠습니까? 다만 스님의 염원이 깊고 덕행이 높으시다기에 깨달음을 얻도록 도와 드리고자 합니다."

그러고는 다음과 같은 게송을 지어 불렀다.

> 첩첩산골에 달은 저물고
> 가도 가도 인가 하나 없네.
> 대나무 소나무 그늘은 더욱 깊은데
> 시냇물 소리는 오히려 맑구나.
> 재워 달라 청함은 길 잃은 때문이 아니오
> 높으신 스님을 인도하려 함인 것.
> 부디 소청만 들어주시고
> 누구인지는 묻지 말아 두오.

노힐부득은 게송을 듣고 놀라며 말했다.

"여기는 부녀자가 더럽힐 곳이 아니오. 하지만 중생의 뜻을 따르는 것도 수행하는 자의 임무인 것. 더구나 날도 저문 깊은 산 속에서 쫓아낼 수야 있겠소."

노힐부득은 암자 한쪽에 그녀의 잠자리를 만들어 주었다. 밤이 깊어지자 노힐부득은 더욱 정신을 가다듬고 희미한 등불 아래서 조용히 염불을 계속했다. 그런데 한밤중에 갑자기 여자가 노힐부득을 불렀다.

"스님, 제가 불행히도 해산을 하려고 합니다. 해산할 자리를 좀 만들어 주십시오."

노힐부득은 식은땀을 흘리는 여자의 모습이 안쓰러워 얼른 불을 밝히고 해산할 준비를 했다. 그녀는 아이를 낳자마자 이번에는 목욕을 하고 싶다고 졸랐다. 노힐부득은 갈수록 태산이구나 싶었지만 피와 땀이 뒤범벅된 여자를 보니 거절할 수가 없었다. 곧 목욕통을 준비하고 더운 물을 끓여 목욕 준비를 해 주었다.

그러나 여자는 자기 몸을 씻을 기운도 없는지 통 속에 가만히 앉아 있기만 했다. 하는 수 없이 노힐부득은 소매를 걷어붙이고 그녀의 몸을 씻기기 시작했다. 그러자 놀랍게도 통 속의 물이 점점 금빛으로 변하면서 그윽한 향내가 풍기는 것이었다. 노힐부득은 속으로 '허어! 참으로 이상한 일이로구나.' 하고 놀라움을 금치 못했다.

그 때 여자가 노힐부득의 팔을 잡아끌며 권했다.

"스님도 이 물에서 함께 목욕하세요."

노힐부득은 어안이 벙벙해져서 벌떡 일어섰다. 그러나 여자는 옷을 잡고

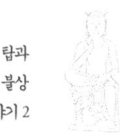

탑과
불상
이야기 2

놓지 않았다. 노힐부득은 얼떨결에 목욕탕 속으로 들어갔다. 그런데 웬일일까? 목욕물에 몸을 담그는 순간, 문득 정신이 상쾌해지고 살갗이 금빛으로 변하는 것이었다. 옆을 돌아보니 어느 새 연꽃 모양의 좌대가 생겨나 있었다. 여자는 노힐부득에게 그 연화대를 가리키며 말했다.

"그대는 이 위에 올라앉으시오. 나는 관세음보살인데 대사가 성불할 수 있도록 돕기 위해 왔었소."

말을 마치자 여자는 온데간데없이 사라져 버렸다.

한편 달달박박은 여자를 보내 놓고서 혼자 속으로 생각했다.

'그 여자는 틀림없이 노힐부득에게 갔을 테지. 그렇다면 오늘밤 노힐부득은 파계했을 것이 분명해. 내가 가서 비웃어 주어야겠군.'

달달박박은 의기양양해서 노힐부득을 찾아갔다. 그런데 뜻밖에도 노힐부득은 온몸이 금빛으로 찬란히 빛나며 미륵불이 되어 연화대에 앉아 있는 것이었다. 달달박박은 저도 모르게 허리를 조아려 예배하고 나서 물었다.

"도대체 어떻게 해서 이렇게 되었나?"

노힐부득은 간밤의 사연을 자세히 얘기해 주었다. 달달박박은 탄식을 금치 못했다.

"아아, 내가 스스로 마음을 묶어 관세음보살님을 만나는 행운을 얻고도 이를 놓치고 말았구나! 스님이 현명하여 나보다 먼저 성불하셨으니 원컨대 옛 정을 생각해서 내게도 기회를 주시오."

노힐부득은 달달박박을 위로하며 말했다.

"통 속에 물이 아직 남아 있으니 그대도 목욕을 하오."

달달박박이 남은 금빛 물에 목욕했더니 그 또한 아미타불이 되었다.

백월산 아랫마을에 사는 이가 노힐부득의 암자를 찾아왔다가 두 불상이 마주 앉아 있는 것을 보고 깜짝 놀라 달려 내려갔다. 마을 사람들은 이 놀라운 소식을 듣고 앞다투어 달려와서는 참배했다. 모두들 참으로 있기 힘든 드물고 드문 일이라고 감탄을 연발했다. 두 성인은 모여든 사람들에게 진리를 설법해 주고는 구름을 타고 가 버렸다.

경덕왕이 즉위해서 이 일을 전해 듣고 백월산에 큰 절을 세우고 이름을 백월산 남사(南寺)라 했다. 절은 7년 만에 완성되었다. 금당에는 미륵불상을 안치하고 강당에는 아미타불상을 안치했는데, 이 때 목욕통에 남은 물이 부족해서 고루 바르지 못했기 때문에 아미타불상에는 얼룩진 자국이 있다.

이 일을 찬양하노라.

〈달달박박〉
깊은 산 바위 앞에 문 두드리는 저 소리
어느 길손이 날 저물어 찾아왔느뇨
남쪽 암자 가까우니 그리로 가시고
나의 뜰 푸른 이끼 밟아 더럽히지 마오.

〈노힐부득〉
해 저문 골짜기를 어찌 가라 하리오.
남쪽 창 아래 자리 있으니 머문들 어떠리

밤늦도록 백팔염주 혜고 또 혜지만
염불소리 시끄러워 잠 못 들까 걱정이네.

〈성스러운 낭자〉
소나무 그늘 10리 길을 혜매어
한밤중에 등을 찾아 시험하러 오시니
세 차례 목욕하고 하늘이 밝을 무렵
두 아이 낳아 놓고 서쪽으로 가셨네.

천수관음보살, 눈을 뜨게 하다

경덕왕 때 일이다. 한기리라는 마을에 희명이란 여자가 살았는데, 그녀의 아이가 다섯 살 되던 해에 갑자기 눈이 멀어 아무것도 보지 못하게 되었다. 좋다는 약은 다 써 보았지만 아무 소용이 없었다.

희명은 답답한 나머지 하루는 아이를 안고 분황사를 찾아갔다. 분황사 좌전 북쪽 벽에는 천수관음보살의 모습이 그려져 있었다. 희명은 자애로운 그 모습에 감동하여 그림 앞에 무릎을 꿇고 노래를 지어 부르며 정성껏 기도했다. 얼마나 그랬을까, 갑자기 옆에 있던 아이가 소리쳤다.

"어머니, 관음보살님의 모습이 보여요!"

천수관음보살이 그 정성스러운 기도에 응답한 것이다. 그 때 부른 노래는 다음과 같다.

무릎을 꿇고 두 손 모두어
천수관음보살님께 비옵니다.
천 개의 손에 천 개의 눈을 가지셨으니

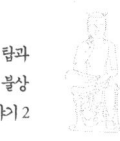

그 중 하나만 덜어 둘 다 없는 내게
하나라도 주시옵소서.
아아, 내게 주신다면
그 자비 얼마나 클꼬.

낙산사 관음보살, 두 번이나 원효를 희롱하다

의상대사가 처음 당나라에서 돌아왔을 때였다. 의상은 동해 바닷가에 있는 어떤 굴 속에 관음보살이 계시다는 얘기를 들었다. 그래서 그 곳 이름을 낙산이라고 했다. 낙산이라는 이름은 관음보살이 머물러 있다는 인도 보타낙가산에서 따온 것이다.

의상은 7일 동안 목욕재계하고서 불법을 수호하는 신령들의 호위를 받으며 굴 안으로 들어갔다. 의상이 굴 안에 들어가 참배하자 갑자기 허공에서 수정염주 한 벌이 떨어졌다. 의상은 염주를 받아들고 감격에 겨워 한동안 서 있다가 나왔다.

그런데 이번에는 동해 용왕이 나타나더니 여의주 한 알을 바쳐 왔다. 의상은 수정염주와 여의주를 소중히 모셔 놓고 다시 7일간을 재계한 뒤 굴 안으로 들어갔다. 의상이 배례하자 비로소 관음보살이 참모습을 드러냈다. 관음보살은 감동으로 몸을 떨고 서 있는 의상에게 일렀다.

"바로 이 자리 위의 산꼭대기에서 한 쌍의 대나무가 솟아날 것이다. 그 곳에 법당을 짓는 것이 좋으리라."

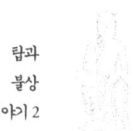

의상이 계시를 받고 나와서 산꼭대기로 올라가 보니 과연 대나무 한 쌍이 땅에서 솟아나 있었다. 그는 곧 그 곳에 불당을 짓고 관음상을 만들어 모셨다. 그러자 대나무는 도로 없어져 버렸다. 의상은 바로 그 곳이 관음보살이 머무는 곳임을 깨닫고 절 이름을 낙산사라 했다. 그리고 수정염주와 여의주를 낙산사 불전에 안치해 두고 떠났다.

그 후 원효대사가 순례차 낙산사를 찾아갔다. 가는 도중 남쪽 들녘에 이르렀을 때였다. 흰 옷을 입은 한 여인이 논 가운데서 벼를 베고 있었다. 원래 자유분방하고 장난을 좋아하는 원효인지라 그냥 지나치지 않고 "그 벼를 좀 얻어 갑시다." 하고 농담을 건넸다. 여인은 전혀 부끄러워하는 기색도 없이 "벼가 흉년이 들어 드릴 것이 없소." 하고 역시 농담조로 대꾸했다. 원효는 무안해서 얼른 자리를 떴다.

얼마를 걸어 다리 밑 시냇가에 이르니 한 여인이 월경대를 빨고 있었다. 원효는 다가가서 마실 물을 청했다. 그러자 여인은 아무렇지도 않은 듯 빨래를 빨고 난 물을 떠 주는 것이었다. 원효는 기겁을 해서 그 물을 쏟아 버리고 손수 깨끗한 물을 찾아 마셨다. 그 때 옆에 서 있던 소나무 위에서 파랑새 한 마리가 날아오더니 "스님은 그만 단념하고 가세요." 하고는 후드득 날아가 버렸다. 원효가 놀라서 둘러보니 그 소나무 아래 신 한 짝이 벗겨져 있었다. 원효는 '이상한 일도 다 있군.' 하고 그 곳을 떠나 낙산사로 갔다.

마침내 낙산사에 도착하여 관음상 앞에 나아가 배례를 드리려니까 바로 아까 소나무 아래 벗겨져 있던 신의 나머지 한 짝이 거기 있는 것이었다. 그제야 원효는 앞서 만난 여인들이 다름 아닌 관음보살이었음을 깨달았다.

이 때부터 사람들은 그 소나무를 관음송이라 불렀다. 원효는 관음보살님이 계시다는 굴을 찾아가 참모습을 뵈려 했으나 갑작스레 풍랑이 일어 결국 들어가 보지 못하고 떠났다.

세월은 흘러 신라 말엽이 되었다. 그 무렵 범일이라는 스님이 있어 당나라 유학길에 올랐다. 당나라에 도착한 그는 명주 지방에 있는 개국사를 찾아갔다. 범일이 개국사 법회에 참여해서 보니 맨 끝자리에 왼쪽 귀가 떨어지고 없는 한 승려가 앉아 있다가 아는 척을 했다.

"저도 신라에서 온 사람입니다. 제 고향은 익령현(강원도 양양을 가리킴) 덕기방이랍니다. 후일 스님이 고국에 돌아가시거든 꼭 저를 위해 거처를 마련해 주십시오."

범일은 처음 보는 중이 그런 부탁까지 하는데 어안이 벙벙해졌지만 한쪽 귀도 없는 그 모습이 애처로워 그냥 승낙하고 말았다.

고국을 떠나온 지 10여 년, 드디어 범일은 불법을 얻어 귀국길에 올랐다. 고국에 돌아오자마자 그는 굴산사를 짓고 불교 전파에 힘썼다. 그럭저럭 10년 세월이 흐른 어느 날 밤 꿈에, 예전에 개국사에서 만났던 그 중이 창문 아래 와서 말했다.

"지난날 개국사에서 약속한 바가 있거늘 어찌해서 아직 시작도 않고 있는 것이오?"

범일은 깜짝 놀라 깨었다. 그는 당장 종자 수십 명을 데리고 익령현으로 가서 그 중이 사는 곳을 수소문했다. 나중에 낙산 아랫마을을 찾아가 이 집

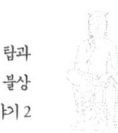

저 집 물어 보고 다니는데 한 여인이 고개를 갸우뚱하며 말하는 것이었다.

"내 이름이 덕기인데 무슨 일이오?"

그 때 여인의 여덟 살 난 아들이 밖에서 놀다 뛰어들어왔다. 아이는 호들 갑을 떨며 으스댔다.

"어머니, 저와 노는 애들 중에는 금빛 동자도 있어요."

범일은 이 말을 듣고 반색을 하며 그 동자를 만난 곳으로 데려다 달라고 부탁했다. 아이는 신이 나서 자기가 항상 나가 논다는 마을 어귀 돌다리 아래로 그를 데리고 갔다. 범일이 다리 아래 이곳 저곳을 살펴보는데, 물 속에 뭔가가 있는 것이었다. 가까이 가서 꺼내 보니 그것은 놀랍게도 석불이었다. 석불은 왼쪽 귀가 떨어져 나가고 없는 것부터 모든 생김새가 전에 본 승려하고 똑같았다. 그 석불은 다름 아닌 정취보살(해탈의 길로 빨리 들어서게 한다는 보살)의 상이었다. 범일은 자신에게 일어난 이적에 감사하며 즉시 불전을 지을 자리를 점쳤다. 낙산 위쪽이 좋다고 나왔으므로 그 곳에 법당 세 칸을 짓고 그 석불을 봉안했다.

100여 년 뒤에 들불이 일어나 낙산까지 번졌는데 관음보살상과 정취보살상이 안치되어 있는 두 성전만이 화재를 면했을 뿐 다른 것들은 모두 타 버렸다. 그 후 몽고군이 침략해 오자 두 보살상과 함께 의상대사가 받았던 염주와 여의주를 양주성으로 옮겼다. 그러나 얼마 안 가 파죽지세로 밀고 내려오는 몽고군에게 양주성마저 함락당할 위기에 빠졌다. 그 혼란을 틈타서 주지 아행은 은으로 만든 함에 수정염주와 여의주를 담아 몰래 갖고 도망치려 했다. 이 때 걸승이라는 절의 노비가 이것을 보고 아행을 덮쳐 은함을 빼앗은 뒤,

땅 속 깊이 묻었다. 그는 하늘을 우러러보며 이렇게 맹세했다.

"만일 내가 이 전쟁통에 죽음을 면치 못한다면 이 두 보물은 영원히 이 세상에 나타나지 않을 것이니 아무도 알지 못할 것이다. 그러나 만일 내가 죽지 않고 살아남는다면 두 보물을 나라에 바치리라."

마침내 양주성은 함락되고 주지 아행은 몽고군에게 죽음을 당했다. 그러나 한갓 노비에 불과했던 걸승은 목숨을 건졌다. 전쟁이 끝나고 몽고군이 물러가자 그는 두 보물을 파내어 명주성에 바쳤다. 몇 년 동안 두 보물은 명주성 창고에 보관되어 왔다. 그러던 중 고려 고종 45년 10월, 당시 불교계의 큰스님이던 각유가 임금에게 진언했다.

"낙산사의 두 보물은 나라의 신성한 보배입니다. 전날 양주성이 함락될 때 절의 노비 걸승이 땅 속에 묻어 두었다가 후에 명주성에 바쳐서, 그 때부터 지금까지 성 창고 안에 보관되어 왔습니다. 그러나 그렇게 귀한 보물을 명주성에 맡겨 둔다는 것은 옳은 일이 아닌 듯합니다. 이제라도 대궐 안 보물 창고로 옮겨 보관함이 마땅한 줄 압니다."

임금은 이 말을 듣고 "옳다!" 하고는 곧 야별초군 열 명을 보내 그것을 가져오게 했다. 고종은 무사히 보물을 가져온 열 명에게 각각 은 한 근과 쌀 다섯 섬씩을 내려 공로를 치하했다.

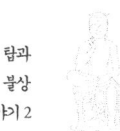

조신의 하룻밤 꿈

　신라 시대였다. 당시 도성 안에는 세규사라는 절이 있었는데 그 절의 농장
은 명주 날리군에 있었다. 절에서는 조신(調信)이라는 젊은 중을 농장의 관리
인으로 보냈다. 농장에 파견된 조신은 단조로운 절 생활로부터 벗어나 마을
사람들과 어울리면서 점차 속세의 일상생활에 재미를 붙이기 시작했다.

　더구나 젊은 승려의 마음을 들뜨게 한 것은 명주 태수 김흔의 딸이었다.
어느 날, 농장 근처로 들놀이를 나온 그녀를 본 순간부터 조신은 그 아름다움
에 완전히 넋을 잃고 말았다. 조신은 그녀 생각이 날 때마다 낙산사 관음보살
앞에 나아가 제발 그녀와 맺어질 수 있도록 해 주십사 하고 간절히 기도했다.

　이러기를 수년, 조신이 말 한 마디 못하고 남몰래 짝사랑에 애태워 왔건만
그녀는 다른 남자에게 시집을 가고 말았다. 조신의 수년간의 소망은 산산조
각이 나 버렸고, 그는 울면서 낙산사 관음보살에게 달려갔다. 조신은 보살상
을 붙잡고 왜 기도를 들어주지 않았느냐고 소리치며 원망하고 슬퍼했다.

　몇 시간이나 흘렀을까, 날은 이미 저물고 그는 몸도 마음도 지쳐 그대로
쓰러져 얼핏 잠이 들고 말았다. 그 때 문득 법당문이 열리더니 시집갔다는 그

처녀가 방긋 웃음을 띠며 들어오는 것이었다.

"저는 일전에 스님의 모습을 멀리서 뵈온 뒤로 잠시도 잊은 적이 없습니다. 그러나 제 마음을 알리지도 못하고 애만 태우다가 부모님 말씀을 거역할 수 없어 마지못해 남에게 시집을 가고 말았답니다. 하지만 도저히 안 되겠기에 스님과 죽어서라도 함께 묻히고자 이렇게 돌아왔습니다."

조신은 기뻐서 어쩔 줄 몰랐다. 그 길로 둘은 손을 맞잡고 함께 고향으로 돌아갔다. 40여 년이 흘렀다. 그 사이 아이는 다섯이나 태어났지만 늘어난 것이라곤 자식뿐, 살림은 갈수록 궁색해져 이제는 텅 빈 방 한 칸뿐이었다. 고향 땅에서는 더 이상 얻어먹을 수도 없게 된 조신은 처자식을 이끌고 전국을 돌아다니며 유랑생활을 하기 시작했다.

유랑생활 10년 만에 옷은 메추리 깃털처럼 발기발기 떨어져서 몸조차 제대로 가릴 수가 없었고, 급기야 명주 해현 고개를 지나던 길에 열다섯 살 난 큰아이를 굶어 죽이고 말았다. 부부는 남은 네 아이와 우곡현에 이르러 길가에 움막을 짓고 살았다. 부부는 이미 늙고 병든 데다 굶주림에 지쳐 자리에서 일어나지도 못했다. 열 살 난 딸아이가 이 집 저 집에서 얻어오는 음식으로 그나마 굶어 죽지 않고 사는 것이 다행이라면 다행이었다. 그러나 그 아이마저 밥동냥을 갔다가 동네 개에게 물려 처참한 몰골로 울면서 돌아오니 기가 탁 막힐 뿐이었다. 우는 아이를 뉘어 놓고 눈물을 흘리던 아내는 갑자기 정색을 하고 말했다.

"제가 당신을 처음 만났을 땐 얼굴도 곱고 나이도 젊었으며 먹고 입는 것도 어려움을 몰랐습니다. 맛있는 음식을 함께 나눠 먹고 따뜻한 옷을 함께 지

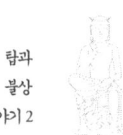

탑과
불상
이야기 2

어 입으며, 50년 세월을 정말 행복하게 살았습니다. 어느 부부가 우리처럼 정이 깊고 사랑이 있겠습니까?

그러나 나이가 먹을수록 병은 더욱 깊어지고 춥고 배고픔도 날로 심해지는데, 이제는 남들도 방 한 칸, 간장 한 병 빌려 주는 법이 없습니다. 그 동안 남의 집 문 앞에서 쌓은 수치만도 태산과 같거늘 아이들은 여전히 춥고 배고파 웁니다. 사는 게 이 모양이니 부부간의 사랑이 다 무슨 소용이겠습니까? 예쁜 얼굴과 미소도 풀잎의 이슬처럼 덧없고 향기롭던 언약도 바람에 날리는 버들가지와 같습니다. 당신에게는 내가 있는 것이 짐이요, 내게는 당신이 있으면 걱정만 많아집니다.

곰곰이 생각해 보면 지난날의 즐거움이 다 오늘의 괴로움을 낳은 근본이었습니다. 어찌 하여 우리 둘이 이 지경에 이르렀는지 생각해 보면 가슴이 멥니다. 어쨌든 여러 마리의 새가 모여 있다 다 굶어 죽기보다는 차라리 짝 없는 난새가 짝을 부르는 것이 낫지 않겠습니까? 물론 형편이 좋을 때는 친하다가 나빠지면 버리는 것은 인정상 못할 일이지만, 사람이 가고 머무는 것이 뜻대로만 되는 것도 아니요, 헤어지고 만나는 것은 운명에 달린 일입니다. 그러니 이제 그만 헤어져 각자의 길을 가도록 합시다.”

조신은 아내의 말을 듣고 속으로는 무척 반가우면서도 겉으로는 마지못한 듯 그러자고 승낙했다. 둘은 마침내 네 아이를 둘씩 갈라 데리고 헤어졌다. 붙잡고 울다가 손을 놓고 돌아서 막 길을 떠나려 할 때, 조신은 꿈에서 깨어났다.

어느 새 밤은 깊어 썰렁한 법당 안에는 조그만 등불만이 어스름하게 흔들리고 있었다. 날이 밝고 보니 하룻밤 사이에 머리털이 하얗게 세어 있었다. 조신은 한동안 멍해서 넋을 놓고 앉아 있었다. 마치 100년간의 고생을 다 겪은 듯, 속세의 삶을 동경하던 탐욕과 애증은 눈 녹듯이 사라져 버렸다.

그제야 조신은 관음보살의 성스러운 모습을 우러르며 참회의 기도를 올렸다. 그는 행장을 꾸려 해현 고개를 떠났다. 꿈 속에서 굶어 죽은 아이를 묻었던 자리를 찾아보았더니 놀랍게도 돌미륵이 나왔다. 조신은 돌미륵을 깨끗이 씻어서 근처 절에 모셔 놓고, 즉시 서울 세규사로 돌아가 농장의 관리인을 그만두었다. 그 날부터 그는 자신이 갖고 있던 모든 재산을 다 털어 정토사라는 절을 세우고 오직 선행을 쌓는 데만 열중했다.

생각해 보면 어찌 조신스님의 꿈만 그러하겠는가. 세상 모든 사람들이 속세의 즐거움만을 좇아 버둥거리며 애쓰지만 이는 다 꿈에서 깨지 못한 것뿐이리라.

만어산의
부처그림자

옛날 기록에 따르면 만어산(경남 밀양에 있음)은 예전에 자성산 혹은 아야사산 이라 부르던 곳으로 가야국 바로 옆에 있었다.

수로왕이 하늘에서 내려와 가야를 다스리던 시절, 나라 안에 옥지(玉池)라 는 연못이 있었다. 이 옥지에는 사람들에게 해를 입히는 독룡이 살고 있었다. 독룡은 만어산에 살고 있던 다섯 나찰녀(羅刹女, 사람 잡아먹는 악귀)와 친해져 늘 서 로 왔다 갔다 하며 지냈다. 이들은 이따금 한 번씩 번개와 비를 내렸는데 그 바람에 4년 동안 가야국에서는 한 알의 곡식도 거둘 수가 없었다.

수로왕이 온갖 주술을 써서 이들의 행패를 막으려 했지만 도저히 이룰 수 가 없었다. 왕은 마침내 부처님 앞에 머리를 조아리고 설법을 청했다. 부처님 의 설법을 들은 나찰녀들은 그 자리에서 불교에 귀의했다. 그 후로 어떤 피해 도 없었음은 물론이고, 동해의 물고기들과 용들이 돌로 변해서 쇠북 소리를 내는 기적도 일어났다.

고려 명종 11년(1180) 처음으로 만어사를 창건하였는데, 이 때 보림스님이

올린 글에 이렇게 쓰여 있다.

"이 산의 기이한 자취 중에는 인도에서 전해지는 부처 그림자의 이적과 똑같은 일이 세 가지 있다. 첫째는 산 근처에 독룡이 살고 있다는 사실이요, 둘째는 때때로 강가에서 구름이 일어 산꼭대기까지 이르는데 그 구름 속에서 음악 소리가 들린다는 것이며, 셋째는 부처 그림자가 있는 서북쪽으로 반석이 있어 항상 물이 괴어 마르지 않는데, 이 곳이 부처님의 가사를 빨던 곳이라 한 것이다."

내가 직접 가서 참배해 보니 또한 공경할 것이 두 가지가 있었다. 하나는 동굴 속의 돌들이 대부분 금과 옥 소리를 내는 것이요, 둘은 멀리서 보면 부처님의 그림자가 나타나는데 가까이 다가서면 스러져, 보이기도 하고 보이지 않기도 하는 것이다.

《관불삼매경(觀佛三昧經)》이라는 책에도 비슷한 얘기가 전해진다.

옛날 야건가라국이라는 나라에서 있었던 일이다. 그 나라의 아야사산 남쪽에는 악귀들이 사는 굴이 있었는데 다섯 악귀들은 여자 용으로 변해 독룡과 친하게 지냈다. 이들은 툭하면 우박을 내리고 횡포를 부려서 나라에는 기근과 질병이 4년 동안이나 계속되었다. 왕이 천지신명께 기도하며 제사를 지냈지만 아무 효과가 없었다. 그 때 한 지혜로운 바라문(네 계급으로 나뉘었던 고대 인도의 신분 계급 중 첫째 계급. 가장 높은 지위인 승려 계급이다.)이 있다가 왕에게 아뢰었다.

"가비라국(석가모니가 태어난 나라) 정반왕의 왕자가 성불해서 석가모니라 부른답니다. 그분께 도움을 청함이 어떻겠습니까?"

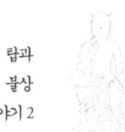

왕이 이 말을 듣고 기뻐서 부처님에게 예배드리며 말했다.

"이제 부처님 세상이 되었는데도 어째서 이 나라에는 오시지 않으십니까?"

부처님은 왕의 청을 들어주기로 하고 여섯 가지 신통력을 갖춘 제자들을 거느리고 그 곳으로 갔다. 부처님이 이마에서 광채를 내며 일만이나 되는 천신들을 부처로 만들어 거느리고 나타나니, 용과 악귀들은 그 위엄에 눌려서 엎드려 예배했다. 부처의 설법을 듣고 감동한 용은 합장하며 간청했다.

"바라옵건대 부처님께서 항상 이 곳에 계셔 주소서. 만일 부처님께서 계시지 않는다면 저희들은 또 악한 마음이 생겨서 죽어도 깨달음을 얻을 수 없을 것이옵니다."

그 때 범천왕[梵天王, 우주만물의 창조신으로 사바 세계(불교에서 말하는, 온갖 번뇌가 존재하는 인간 세계)를 주재함]이 있다가 부처님께 예배하며 청했다.

"부처님께서는 미래 세계의 모든 중생을 생각하시고 이 작은 용만을 위하지 마옵소서."

옆에 있던 천신들도 모두 이구동성으로 간청했다. 용이 칠보로 만든 대를 가져와 부처님께 바치자 부처가 말했다.

"이 대는 필요 없으니 너는 다만 악귀들이 있던 석굴이나 내게 보시하여라."

용은 너무나 기뻐하며 그대로 따랐다. 부처님은 용을 위로하며 이렇게 말했다.

"내가 이제 네 청을 받아들여 네 굴 속에서 1500년을 앉아 있으리라."

순간 부처님은 몸을 솟구쳐 돌 속으로 들어갔다. 돌은 맑은 거울처럼 변해서 마치 사람의 얼굴이 보이는 것 같았다. 모든 용들이 나와 돌을 통해 비치는 부처님의 모습을 보며 합장하고 즐거워했다. 석벽 속에 가부좌를 하고 앉은 부처님의 모습은 멀리서 보면 나타나고 가까이 가면 나타나지 않았으며, 여러 천신들이 그 그림자에 공양하니 그림자가 또한 설법했다. 또 부처님이 바위 위를 밟으시면 금과 옥이 구르는 소리가 났다고 전한다.

보천,
왕위를 버리고 오만 보살을 모시다

절에서 전해 오는 얘기에 오대산을 문수보살이 머무신 곳이라 했는데, 이는 자장법사로부터 시작된 것이다.

자장이 처음 당나라에 갔을 때였다. 그는 문수보살의 진신(眞身)을 보려고 대화지라는 못 옆의 문수보살상 앞에서 정성껏 기도를 올렸다. 하루, 이틀, 사흘……. 그렇게 7일이 지났을 때 문득 꿈에 부처님이 나타나 네 구절의 게송을 주었다. 놀라 깨어서 생각해 보니 구절은 그대로 기억이 났지만 모두 범어라서 무슨 뜻인지 알 수가 없었다.

이튿날 아침, 밤새 그 시구(詩句)를 가지고 씨름하다 지쳐 멍하니 앉아 있는데, 한 중이 붉은 비단에 금박이 박힌 가사 한 벌과 바리때 하나, 그리고 부처님의 머리뼈 한 조각을 들고 와서 자장에게 물었다.

"스님은 어째서 그렇게 수심에 잠겨 있습니까?"

"꿈에 부처로부터 네 구절의 게송을 받았으나 범어여서 그 뜻을 풀 수 없어 그렇습니다."

낯선 승려는 그 자리에서 게송 네 구절의 뜻을 풀어 설명해 주고, 또 자기

가 들고 온 가사며 도구들을 건네주며 말했다.

"이것은 석가모니가 쓰시던 도구이니 그대가 잘 보호해 간직하시오. 그리고 그대의 본국에 가면 명주 땅 오대산에 일만 문수보살이 머무르고 있으니 찾아가 뵙도록 하오."

승려는 말을 마치자마자 홀연히 사라져 버렸다. 자장은 곳곳의 유적지를 순방하고 얼마 후 본국으로 돌아갈 채비를 했다. 그 때 대화지에서 용이 나타나 재를 올려 달라고 청했다. 7일 동안 공양을 하고 나자 용이 일러 주었다.

"예전에 게송을 풀이해 준 승려가 바로 문수보살의 진신입니다."

그 후의 일이다. 신라 정신왕(아마도 신문왕의 와전인 듯하다.)에게는 보천과 효명이라는 두 왕자가 있었다. 보천과 효명 두 형제가 하루는 각각 1,000여 명의 무리를 거느리고 하서부로 향했다. 그 곳에서 하룻밤을 머물고 이튿날은 성오평으로 떠났다. 성오평에서 며칠 동안 유람을 한 두 형제는 속세를 벗어나기로 은밀히 약속하고, 어느 날 저녁 아무도 몰래 오대산으로 들어갔다. 부하들은 어찌할 바를 모르고 이곳 저곳을 찾아 헤매다가 그냥 돌아가고 말았다.

두 왕자가 산을 오르는데 문득 저 앞에서 푸르른 연꽃 한 송이가 피어났다. 보천은 그 자리에 암자를 짓고 머물렀다. 그리하여 그 암자를 보천암이라 한다. 동생 효명은 그 곳에서 동북쪽으로 600여 보 떨어져, 역시 푸른 연꽃이 피어난 곳에 암자를 짓고 부지런히 도를 닦았다.

어느 날 둘이 함께 봉우리에 올라 참선을 하는데, 동쪽 만월산에 일만 관음의 진신이, 남쪽 기린산에는 일만 지장보살이, 서쪽 장령산에는 일만 대세

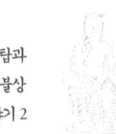

지보살(아미타불을 모시는 보살)이, 그리고 북쪽 상왕산에는 500 대아라한이 나타나고, 가운데 풍로산에는 일만 문수보살이 나타났다. 둘은 이 놀라운 광경 앞에 말문이 막혀 그저 수없이 절만 올렸다.

그 날부터 매일 새벽이면 문수보살이 진여원에 이르러 서른여섯 가지 형상으로 변신하며 나타났다. 어떤 때는 부처로, 어떤 때는 보물구슬로, 또 어떤 때는 부처의 눈이나 손으로, 어떤 때는 금항아리 혹은 푸른 연꽃, 혹은 천둥번개로……. 두 왕자는 매일매일 골짜기의 맑은 물을 길어서 차를 달여 공양하고 밤이 되면 각자 암자로 돌아가 도를 닦았다.

그 무렵, 궁중에서는 정신왕과 그 아우가 왕위 다툼을 벌여 정치가 어지러워지기 시작했다. 백성들은 그들을 쫓아내고 네 사람의 장군을 보내 산으로 들어간 두 왕자를 모셔 오게 했다. 장군들이 오대산으로 들어와 먼저 효명의 암자 앞에 도착하여 만세를 부르니 오색구름이 7일 동안이나 하늘을 덮었다. 신라 백성들이 모두 그 구름을 보고 몰려와서 두 왕자를 모셔 가려 했다. 그러나 보천은 울면서 끝내 가지 않겠다고 거절하는 바람에 효명태자만을 모시고 돌아와 왕위에 올렸다.

혼자 남은 보천은 열심히 도를 닦으며 언제나 신령스러운 골짜기의 물을 길어 마셨으므로 늘그막에는 몸이 공중을 날아다녔다. 하루는 유사강 밖 울진국 장천굴로 날아갔다가 풍광이 좋아서 그대로 눌러앉아 아침 저녁으로 '수구다라니'를 외며 지냈다. 그렇게 며칠이 지났을 때 갑자기 굴의 신이 나타나 말했다.

"내가 이 굴에 머문 지 2000년이나 되었지만 수구다라니의 진리를 들은 것은 처음입니다. 부디 보살계를 주시기 바랍니다."

보천은 신에게 보살계를 주었다. 그런데 이튿날 아침 눈을 떠 보니 어젯밤까지 있던 굴이 형체도 없이 사라져 버리고 없었다. 보천은 너무나 놀랍고 신기해서 20일을 더 머물며 기도하다가 오대산으로 돌아왔다.

그 후로 50년간을 한결같이 수행하니, 나중에는 도리천의 산이 하루 세 번씩 꼬박꼬박 찾아와서 설법을 들었고 40명의 성인이 늘 공중에서 호위했다. 또 그가 들고 다니는 석장 지팡이가 매일 세 번씩 소리를 내며 방 안을 세 바퀴씩 돌아다녔으므로 이것을 신호로 삼아 수업을 했다.

보천은 세상을 떠날 즈음, 장차 나라를 위해 불교계가 해야 할 행사들을 일일이 기록해 두기도 했다.

오대산 월정사

오대산 (월정사)는 자장법사가 문수보살의 진신을 보려고 산기슭에 짓고 살았던 움막에서 유래한다. 그 후에 신효거사라는 이가 여기 와서 머물렀는데 그에게는 다음과 같은 재미있는 일화가 있다.

신효거사는 고향인 공주에서 홀어머니를 모시고 살았다. 어머니를 봉양하는 그의 지극한 정성은 그 고을 사람치고 모르는 이가 없었다. 그런데 늙으신 그의 어머니는 끼니때마다 상에 고기가 올라오지 않으면 수저도 들지 않으셨다. 넉넉지 못한 살림살이에 노상 고기를 사다 해 드릴 수 없어 신효거사는 직접 활을 메고 산과 들을 돌아다니며 고기감을 구했다.

자장율사가 신라 선덕여왕 12년(643)에 지었다는 월정사. 이 곳의 적멸보궁(사진)은 자장보살이 당나라에 가서 문수보살의 계시를 받고 돌아와 세웠다는 전설이 있는 곳으로, 우리 나라 5대 적멸보궁 중 하나이다. 5대 적멸보궁은 경상남도의 통도사, 오대산의 월정사, 설악산의 봉정암, 영월의 법흥사 그리고 정선의 정암사를 말한다. 적멸보궁은 석가모니의 진신사리를 모시는 전각으로, 불상을 따로 모시지 않고 불단만 있는 것이 특징이다.

하루는 논둑을 걷다가 다섯 마리의 학이 있는 것을 보았다. 그는 얼른 활을 겨누어 쏘았다. 그러나 학들은 깃 하나를 떨어뜨린 채 날아가 버렸다. 떨어진 학의 깃을 집어 들고 보니 투명하리 만큼 맑고 흰 것이 아름답기 그지없었다. 그는 장난삼아 그 깃을 눈에 대고 주위 사람들을 죽 둘러보았다. 그런데 이게 웬일인가? 깃을 통해 보이는 것은 사람이 아니라 모두 짐승이지 않은가. 신효는 너무나 놀랍고 끔찍해서 그냥 집으로 돌아와 자기의 넓적다리 살을 베어 어머니께 드렸다.

이런 일이 있은 뒤 그는 출가하여 중이 되었다. 또 살던 집을 희사하여 절로 삼았는데, 지금의 효가원이 바로 그 곳이다.

고향 사람들이 짐승으로 보인 뒤로 더 이상 그 곳에 살 수가 없었던 신효는 고향을 떠나 하솔(강릉의 옛이름인 아슬라를 가리키는 듯하다.) 지방으로 갔다. 그 곳에 이르러 학의 깃을 눈에 대고 사람들을 보니 여기에는 그래도 사람 모습 그대로 보이는 이가 많았다. 신효는 이 곳에서 살아야겠다고 마음먹고 머물 곳을 찾아 나섰다. 여기저기 돌아다니며 적당한 장소를 찾는데, 나이 많은 한 부인이 걸어오는 것이 보였다.

신효는 그 부인에게 다가가 물었다.

"이 지방에 수도하며 살기에 적당한 곳이 어디 없을까요?"

부인은 기다렸다는 듯이 선뜻 대답했다.

"서쪽 고개를 넘어가면 북쪽으로 향한 골짜기가 있는데 그 곳이 좋을 것이오."

신효가 머리 숙여 인사하고 고개를 들었을 땐, 이미 그 부인은 어디론가

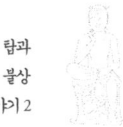

사라지고 보이지 않았다. 그제야 신효는 '아, 관음보살이 나타나 내게 교시를 주셨구나!' 하고 깨닫고 곧장 일러 준 데로 찾아갔다. 그 길로 신효는 자장법사가 처음 띳집을 지었던 곳으로 들어가 도를 닦기 시작했다.

그렇게 얼마가 지났을 때였다. 하루는 다섯 명의 승려가 그를 찾아와서 물었다.

"그대가 가져온 가사 한 폭은 지금 어디 있는가?"

신효는 난데없이 이 사람들이 무슨 말을 하는가 싶어서 어리둥절해했다. 승려들은 다시 말했다.

"그대가 집어 들고 사람들을 바라본 학의 깃이 바로 그것이다."

신효는 이 말을 듣고 깜짝 놀라서 얼른 깃을 내주었다. 한 승려가 깃을 받아들고 자기가 입고 있는 가사의 떨어져 나간 부분에 갖다 대었다. 놀랍게도 깃은 떨어져 나간 부분에 꼭 들어맞는 것이었다. 신효는 이들이 돌아간 뒤에야 비로소 그들이 오류성중(五類聖衆)의 화신임을 깨달았다.

월정사는 신효거사 이후에 신의스님이 와서 그 곳에 암자를 세우고 머물렀으며 그 뒤 유연스님이 와서 수도하면서 점차 큰 절이 되었다. 절에 있는 오류성중과 9층 석탑은 모두 거룩한 성인의 자취이다. 풍수지리를 하는 사람의 말로는 국내의 명산 중에서도 이 곳이 가장 좋은 곳으로 불교가 길이 흥할 자리라고 한다.

영취사,
어미 꿩의 모성애

　지금 부산 동래구 자리에 있는 영취사는 신라 신문왕 때 세워진 것으로 거기에는 이런 사연이 있다.

　신문왕 3년(683)의 일이다. 당시의 재상 충원공이 하루는 온천에 갔다 오는 길에 굴정역 동지야(屈井驛 桐旨野)에서 잠시 쉬게 되었다. 일행 중에 꿩 사냥을 매우 좋아해서 교외로 나갈 때면 언제나 매를 빼놓지 않고 가져오는 사람이 있었다. 그 날도 그 사람의 어깨 위에는 사냥 매가 날카롭게 눈을 빛내며 사방을 훑어보고 있었다. 그 때 길가 숲에서 후드득 하고 꿩 몇 마리가 날아올랐다. 매는 주인이 놓아주자마자 순식간에 꿩을 쫓아 날아갔다.

　사람들은 잡았네 못 잡았네 야단법석을 떨며 내기를 하고는, 새들이 날아간 곳으로 가 보았다. 충원공도 호기심이 일어 매의 방울 소리를 쫓아 따라가 보았다. 일행이 굴정현 관청의 북쪽 우물가에 이르니 매가 나뭇가지 위에서 우물을 들여다보며 앉아 있었다. 꿩이 어디 있나 둘러보던 사람들은 우물 속을 본 순간, 모두 그 자리에 얼어붙은 듯 멈춰 서고 말았다. 매의 사나운 발톱에 상처를 입은 꿩이 우물 속에서 새끼 두 마리를 감싸 안은 채 떨고 있었던

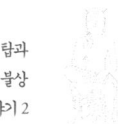

것이다. 핏빛으로 물든 우물물과 그 가여운 꿩의 모습에 매도 측은했는지 더 이상 공격하지 않고 바라보고만 있었다.

충원공은 이 광경을 보고 마음에 깊이 깨달은 바가 있어 곧 지관을 불러 그 자리를 점쳐 보게 했다. 지관은 점을 쳐 보더니 절을 지으면 좋은 자리라고 말했다. 충원공은 곧장 서울로 돌아가 왕에게 자초지종을 아뢰고 절 건립을 건의했다. 왕도 꿩의 지극한 모성애에 감동하여 원래 그 자리에 있던 관청을 옮기고 절을 짓도록 했다. 이 절이 바로 영취사이다.

문수사 석탑

오대산 문수사의 마당 한쪽에는 석탑 하나가 서 있다. 탑의 모양이나 오래된 정도로 보아 신라 때 세워진 것이 분명하다. 비록 솜씨는 정교하지 않지만 소박한 아름다움이 눈길을 끌 뿐 아니라, 무엇보다도 헤아릴 수 없이 많은 기적을 낳은 탑이다. 그 중에서도 한 가지, 옛날 노인들이 말씀해 주신 얘기 가운데 이런 것이 있다.

옛날 옛적 연곡현(지금의 강릉 지방) 사람들이 하루는 배를 타고 앞바다로 고기잡이를 나갔다. 바다는 잔잔하고 바람도 선선해서 고기 잡는 데는 최적의 날씨였다. 그런데 언제부터인가 탑 그림자 하나가 나타나서 계속 배를 따라다니는 것이었다. 고기들은 미끼를 보고 몰려왔다가도 그 탑 그림자를 보고는 모두 놀라 흩어져 달아났다. 이러기를 몇 시간, 어부들은 난데없이 나타난 탑 그림자 때문에 고기 한 마리도 잡지 못하고 빈손으로 돌아와야만 했다.

어부들이 너무나 분해 배에서 내리자마자 탑 그림자를 쫓아가 보니, 그것은 바로 문수사의 석탑이었다. 화가 난 어부들은 한바탕 도끼를 휘두르고 가

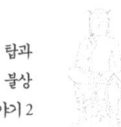

버렸다. 이 탑의 네 모서리가 모두 떨어지고 없는 것은 이 때 도끼에 찍혔기 때문이라고 한다.

나는 문수사에 갔다가 이 얘기를 듣고 크게 감탄했다. 그런데 이상한 것은 보통 탑은 절 마당 한가운데 있는 법인데 이 석탑은 뜰의 동쪽으로 치우쳐 있는 것이었다. 누구에게 물어 볼까 하고 둘러보니 옆의 작은 현판에 그렇게 된 사연이 적혀 있었다.

"처현스님이 이 절 주지로 있을 때 치우쳐 있던 탑을 뜰 한가운데로 옮겨 두었는데 그 후로 30여 년 동안 아무런 영험도 없었다. 하루는 어떤 지관이 좋은 터를 찾아다니다가 이 곳을 와서 보고는, '이 뜰 한 가운데 자리는 탑을 안치할 만한 데가 아닌데 어째서 동쪽 방향으로 옮기지 않을까!' 하고 탄식하는 것이었다. 승려들은 그제야 왜 그 동안 이적이 없었는지를 깨닫고 탑을 원래 자리로 옮겨 놓았으니 바로 지금의 자리이다."

나는 이상한 일을 좋아하는 사람이 아니지만, 부처님의 위력이 이렇게 빨리 자취를 나타내어 만물을 이롭게 함을 보고서 그 제자 된 자가 어찌 잠자코 있을 수 있겠는가. 그래서 고려 의종 10년(1156), 백운자가 이 일을 기록해 둔다.

여덟 번째 여행

삼국 시대의 효자들 이야기

어머니를
극락에 모신 효성

　진정스님은 출가하기 전 군대에 소속되어 있었다. 집이 어찌나 가난하던지 나이가 찼으나 장가도 못 가고 틈틈이 품을 팔아서 홀어머니를 봉양했다. 집 안에 재산이라고는 다리 부러진 솥 하나가 전부였다.

　그러던 어느 날, 근처 절에서 중이 나와 절에서 쓸 쇠붙이를 시주하고 다녔다. 진정의 어머니도 집에 있는 유일한 재산이자 쇠붙이인 그 솥을 들고 나가 시주했다. 막상 시주를 하고 나니 아들에게 말할 일이 은근히 걱정되었다. 저녁때가 되어 아들이 돌아오자 어머니는 주저주저하며 그 날 일을 털어놓았다. 그러나 진정은 기쁜 얼굴로 말했다.

　"부처님께 시주하셨다니 정말 잘 하셨어요. 비록 솥은 없어졌지만 그게 뭐 대수로운 일인가요?"

　그러고는 솥 대신 질 항아리에 밥을 지어 어머니를 봉양했다.

　하루는 군대에서 사람들이 옹기종기 모여 얘기하는 것을 보았다. 무슨 일이기에 저러나 하고 가까이 가서 들어 보니, 한 군졸이 태백산에서 의상대사의 설법을 듣고 감동한 얘기를 하는 중이었다. 진정은 자신도 모르게 얘기에

빨려 들어갔다.

그 날 저녁 집에 돌아온 진정은 어머니에게 말했다.

"어머니를 다 모신 뒤에는 의상대사를 찾아가 머리를 깎고 불도를 공부해야겠어요."

그랬더니 뜻밖에도 어머니는 이렇게 말하는 것이었다.

"불법은 만나기 어렵고 인생은 짧은 것인데, 나를 봉양하고 난 뒤라면 너무 늦지 않겠느냐? 그보다는 내가 죽기 전에 네가 도를 깨우쳤다는 소식을 듣는 것이 열 번 낫겠다. 이것저것 어렵게 생각하지 말고 지금이라도 빨리 가는 것이 좋겠다."

"늙으신 어머님께 오직 저 하나만이 있을 뿐인데 어떻게 어머니를 두고 출가를 하겠습니까?"

"애야, 그런 말 말아라. 나를 위하느라고 출가를 못한다면 그건 나를 지옥에 떨어지게 하는 것이다. 아무리 살아생전에 고량진미로 봉양을 한다한들 그래서야 어찌 효도라고 하겠느냐? 나야 남의 집 문 앞에서 얻어먹더라도 천수(天壽, 타고난 수명)를 누릴 것이니 네가 정말 효도를 하겠거든 행여 그런 말 말아라."

진정이 묵묵히 앉아만 있자 그의 어머니는 벌떡 일어나서 곡식 자루를 다 쏟아 냈다. 쌀 일곱 됫박, 그것이 남아 있는 곡식의 전부였다. 어머니는 그 쌀을 몽땅 씻어서 밥을 지어 놓고 진정에게 말했다.

"네가 밥을 해 먹으면서 가자면 아무래도 길이 더딜 것 같아 내가 다 지었다. 지금 내가 보는 앞에서 한 됫박 분을 먹고 나머지는 싸서 가져가거라. 어

서어서 서둘러 떠나도록 해라."

진정은 어머니의 깊은 마음에 눈물을 삼키며 말했다.

"어머니를 버리고 출가하는 것만도 사람의 자식으로 차마 못할 짓인데, 하물며 며칠 동안 어머님이 잡수실 죽거리마저 다 가져간다면 하늘과 땅이 저를 뭐라고 하겠습니까?"

진정이 세 번을 사양하니 어머니는 세 번을 다시 권했다. 결국 더 이상 어머님의 뜻을 거스를 수 없었던 진정은 그 날 밤 태백산으로 수행의 길을 떠났다. 사흘 만에 태백산에 당도하여 머리를 깎고 의상의 제자가 되었다.

입산 수도한 지 3년, 어느 날 어머님이 돌아가셨다는 부고가 날아왔다. 부고를 받은 진정의 가슴은 천 갈래 만 갈래 찢어지는 것 같았지만 묵묵히 가부좌를 하고 앉아 선정(禪定, 명상으로 정신을 하나로 모으는 불교의 수행법)에 들어가서 7일 만에야 일어났다.

진정은 스승에게 어머님의 혼령을 좋은 곳으로 인도할 일을 의논했다. 진정의 지극한 효심과 그 어머니의 훌륭한 신앙심을 잘 아는 의상은 곧 제자들을 거느리고 소백산 추동으로 가서 초목을 엮어 움막을 짓고 90일 동안 《화엄경》을 강했다.

90일간의 법회가 끝나는 날, 진정의 꿈에 어머니가 나타나서 말했다.

"나는 이미 극락에 태어났으니 걱정하지 말아라."

이 때 의상이 한 설교를 추려서 책으로 만든 것이 지통이 지은 《추동기(錐洞記)》이다.

자식을 묻은 손순

　손순은 모량리 사람인데 아내와 함께 남의 집 품팔이를 해서 늙으신 홀어머니를 봉양했다. 가난한 살림이다 보니 어머니 한 분께만 밥을 지어 드릴 뿐 다른 식구들은 죽으로 때우곤 했다. 손순의 어린 아들은 밥 때만 되면 할머니 밥상 앞에 버티고 앉아 노상 할머니의 밥을 빼앗아 먹곤 했다. 매일 그런 일이 계속되니 손순은 어머니 뵙기가 송구스러워 어쩔 줄 몰랐다. 마침내 마음을 굳게 먹고 아내에게 말했다.

　"여보, 아이는 다시 얻을 수 있지만 어머니는 다시 구할 수가 없소. 저 애가 늘 어머니의 밥을 빼앗아 먹으니 어머님이 얼마나 시장하시겠소? 차라리 저 애를 몰래 묻어 버리고 어머님을 배고프지 않게 모십시다."

　아내는 터져 나오는 울음을 참으면서 고개를 끄덕였다. 밤이 깊어 어머니도 아이도 잠이 들자 손순은 아이를 업고 아내와 함께 마을 북쪽 들판으로 나갔다. 눈물을 흘리면서 흙을 파내는데 문득 손에 뭔가가 잡혔다. 깜짝 놀라 파 보니 뜻밖에도 너무나 훌륭한 돌종이 나오는 것이었다.

　시험삼아 옆에 있는 나무에 걸어 놓고 쳐 보았다. 조용한 밤하늘에 은은한

종소리가 울려 퍼지는데 일찍이 들어 보지 못한 아름다운 소리였다. 손순의 아내가 기뻐하며 말했다.

"이처럼 신기한 보물을 얻은 것도 이 아이의 복인 듯하니 묻지 말고 데려가도록 해요."

손순도 그렇게 생각되어 아이와 돌종을 지고 집으로 돌아왔다. 그 날부터 종을 대들보에 매달아 두고 아침 저녁으로 한 번씩 치는데, 그 소리가 대궐에까지 퍼져 갔다. 대궐 안에 있던 흥덕왕이 이 소리를 듣고 신하들에게 말했다.

"서쪽 교외에서 이상한 종소리가 들려오는데 아주 멀리서 들려오는 그 소리가 비할 데 없이 맑고 청아하구나. 예사 종이 아닌 듯하니 얼른 가서 알아보도록 하라."

왕의 명을 받고 가 보니 모량리 손순의 집 대들보에 돌종이 걸려 있는데 바로 거기서 나는 소리였다. 그 종을 구하게 된 경위를 들은 사자가 돌아와 왕에게 그대로 보고했다. 왕은 감탄을 금치 못했다.

"옛날에 곽거가 자식을 묻으려 하매 하늘이 금솥을 내려 치하했는데, 지금 손순이 자식을 묻으려 하니 땅이 돌종을 솟아나게 했구나. 하늘과 땅이 두 효자를 다 함께 살피신 것이 아니고 무엇이랴."

흥덕왕은 손순의 효성을 표창해서 집 한 채를 하사하고 해마다 벼 오십 섬씩을 주도록 했다.

손순은 살던 집을 희사해서 절을 짓고 이름을 홍효사라 했다. 들에서 얻은 돌종은 이 절에 소중히 모셨는데, 진성여왕 때 후백제군이 쳐들어오는 난리를 겪고 나서 어디론가 없어지고 말았다.

가난한 여인의 효성

진성여왕 때 화랑 효종랑이 하루는 포석정에 놀러 가기로 했다. 시간이 되어 같이 가기로 한 친구들이 다 모였는데, 두 친구만이 뒤늦게 헐레벌떡 뛰어왔다. 효종랑은 기분이 상해서 왜 이렇게 늦었느냐고 짜증 섞인 목소리로 물었다. 그러자 두 친구는 기다렸다는 듯이 대답했다.

"사실은 오다가 참 마음 아픈 광경을 보았다네. 분황사 동쪽 마을에 이르렀을 때였네. 스물이 갓 넘었을 한 처녀가 눈먼 어머니와 부둥켜안고 목놓아 울고 있길래 마을 사람들에게 물어 보았지.

사람들 말이 그 처녀는 집에 밭떼기 하나도 없이 너무나 가난해서 음식을 빌어다가 어머니를 봉양해 왔다는군. 그런데 올해는 흉년이 들어 남의 집에 가서 손을 내밀기도 어렵게 되자, 마침내 어머니 몰래 남의 집에 몸을 팔아 종이 되었다네. 몸값으로 곡식 삼십 석을 받은 처녀는 그것을 주인집에 맡겨 놓고 해가 지면 쌀을 갖고 돌아와서 밥을 지어 드리고 다음 날 새벽이 되면 다시 주인집에 가서 일을 하곤 했다네.

그렇게 며칠이 지났는데 어제는 드디어 눈먼 어머니가 '예전에는 찬밥을

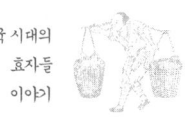

먹어도 마음이 편했는데 요즘에는 따뜻한 쌀밥을 먹어도 속이 찌르는 것처럼 아프니 웬일이냐?’ 하고 물었다는군. 딸이 할 수 없이 그간의 일을 말하니 어머니는 통곡하며 애통해하고, 처녀도 자기가 어머니 배나 부르게 할 줄 알았지 마음 편하게 못해 드린 것을 알고 그렇게 슬퍼한다는 것이야. 참, 그 정경을 보고 있노라니 마음이 어찌나 안되었던지. 그래서 늦고 말았네.”

효종랑은 잠자코 고개를 떨구고 듣더니 곧 곡식 백 석을 처녀 집으로 보내주었다. 얘기를 들은 효종랑의 부모도 옷을 보내고 화랑 1,000명은 벼 천 석을 거두어 보냈다. 진성여왕은 뒤늦게 이 사실을 알고 쌀과 집을 하사하고 군졸들을 보내 도둑을 지키게 했다. 그리고 그 마을에 정문(旌門, 아름다운 행동을 표창하는 기념 구조물)을 세워 효양리(孝養里)라 했다.

후에 두 모녀는 집을 희사하여 절을 만들고 절 이름을 양효사라 했다.

■ 연표(年表)

연도	고조선	기타
기원전		
2333	환웅천왕의 아들 단군왕검이 평양성(혹은 아사달)에 도읍을 정하고 국호를 조선(朝鮮)이라 함.	
2000	이 무렵 만주에서부터 청동기문화가 시작되었다고 함.	
800	수도를 왕검성으로 옮김.	송화강을 중심으로 부여(扶餘)가, 한반도 중남부에는 삼한족에 의해 진국(辰國)이 세워짐.
400년경		진국을 떠난 이주민들이 서(西) 일본으로 진출함.
195	요동(遼東)의 위만(衛滿)이 조선에 망명해 옴.	
194	위만은 왕검성을 공격하여 새 왕조(위만조선)를 세움.	고조선의 준왕은 남쪽 한(韓)으로 달아나 한왕을 칭함.
110	우거왕은 진국과 중국 한(漢)나라와의 통교를 방해함.	
109	위만조선과 한나라 간에 전쟁이 일어남.	
108	• 위만조선의 이계상 삼은 우거왕을 죽이고 한나라에 항복, 이로써 위만조선은 멸망함. • 한은 낙랑 · 임둔 · 현도 · 진번의 한사군(漢四郡)을 설치함.	고구려 족의 소국이 성립됨.
82		• 고구려족의 소국, 임둔 · 진번군을 축출함. • 한나라는 한사군을 낙랑군과 현도군으로 재편. • 고구려의 소국, 현도군을 공격하여 축출함. • 한나라는 요동지역에 현도성을 쌓고 이리로 옮김.

연도	신라	고구려	백제	기타
69	신라 시조 박혁거세가 탄생했다 함.			
59				천제 해모수가 흘승골성(訖升骨城)에 내려와 북부여를 세움.
58		동부여에서 훗날 고구려를 세운 주몽이 태어남.		
57	혁거세 거서간 즉위. 국호를 서라벌(徐羅伐)이라 함.			
50	왜국이 신라 변방을 침입했다가 물러감.			
41	신라 혁거세왕은 왕비 알영			

연도	신라	고구려	백제	기타
	과 함께 6부를 순행하고 뽕나무 농사를 권함.			
39	변한이 신라에 항복해 옴.			
37	금성(金城)을 쌓음.	● 고구려 시조 주몽(朱蒙)이 졸본부여에서 즉위하여 국호를 고구려, 성을 고(高)씨라 함. ● 당시 고구려에서는 10월에 동맹(東盟)이라는 행사를 개최함.		부여에서는 영고(迎鼓)를, 동예에서는 무천(舞天)을 행함.
27	신라의 도공이 왜에 건너가 신라식으로 도자기를 제작함.			
19	석탈해(昔脫解)가 탄생했다고 함.	동명성왕이 죽고 아들 유리왕이 즉위함.		
18			비류·온조 형제가 졸본부여에서 내려옴. 온조는 위례성(경기도 광주)에 백제국을 건국함.	
17		이해 10월 왕비를 잃은 유리왕은 「황조가(黃鳥歌)」를 지음.		
16			북쪽 국경을 침범한 말갈을 격파함. 낙랑과 화친을 맺음. ● 낙랑과의 화친이 깨짐. ● 말갈의 침입을 다시 막음.	
6				부여 대소왕은 고구려에 인질을 요구, 듣지 않자 치려 했으나 물러감.
5 기원후			도읍을 한산(漢山)으로 옮김.	
3		도읍을 졸본에서 국내성 (통구)으로 옮김.		
4	● 혁거세왕이 죽고 남해 차차웅이 즉위함. ● 7월에는 수도를 습격한 낙랑군을 격퇴함.			

연도	신라	고구려	백제	기타
8			마한을 공격해서 병합함.	
12		흉노 정벌 문제로 중국 신(新)나라와 분쟁함.		
13		부여의 침공을 격퇴함.		
14	• 해변의 민가를 침략한 왜구를 격퇴함. • 낙랑이 수도 금성을 습격함.	양맥(梁貊)을 멸하고 한의 고구려현을 쳐서 빼앗음.		
15			동서의 2부를 더 둠.	
16			옛 마한의 장군이 우곡성에서 반란을 일으켰으나 곧 평정됨.	
18	고구려에 속했던 7개 소국이 신라에 속함.	유리왕이 죽고 내무 신왕이 즉위.		
21		부여 정벌을 위한 원정 개시.		
22		• 부여의 대소왕을 죽임. • 이 해 7월에 왕의 종제 (從弟)가 만여 명의 백성을 이끌고 항복함.		대소왕의 동생이 왕위에 올라 갈사국(曷思國)을 세움.
24	유리이사금이 즉위함.			
26		개마국(蓋馬國), 구다국(句茶國)을 복속시킴.		
28	• 이 무렵 〈도솔가(兜率歌)〉를 지음. • 쟁기와 보습 등이 보급됨.			
32	6부의 이름을 고치고 17관등제를 시행함.	호동왕자와 낙랑공주가 혼인함.		
42				가락국의 시조 수로왕이 즉위, 금관가야를 건국함.
49		중국 한나라의 침입을 격퇴, 요하지역을 장악함.		
55		후한의 침입을 막고자 요서지방에 10성을 쌓음.		
56		동옥저를 정벌하여 병합함.		
57	유리이사금이 죽고 탈해이사금이 즉위함.			

연도	신라	고구려	백제	기타
63			땅을 개척해서 낭자곡성(娘子谷城)까지 넓힘.	
65	탈해왕은 시림에서 김알지를 얻음. 그리고 시림을 계림(鷄林)으로 고쳐 이를 국호로 삼음.			
66			64년에 이어 다시 신라의 와산성(蛙山城)을 공격함.	
67	국내 행정구역을 주(州)와 군(郡)으로 나누고 각각 주주(州主)와 군주(郡主)를 둠.			
68		갈사국왕의 손자 도두(都頭)가 투항해 옴.		
70			신라를 침공함.	
75			신라의 와산성을 쳐서 빼앗음.	
76	빼앗겼던 와산성을 다시 찾음.			
77	신라군은 가야군과 황산진구(黃山津口)에서 싸워 대승을 거둠.			
89			지진이 일어나서 집이 무너지고 많은 사람이 죽음.	
96				가야, 신라의 남쪽 변경을 침공함.
97	신라왕이 가야를 치려 했으나 가야왕이 사신을 보내 용서를 구하므로 그만둠.			
101	금성 동남쪽에 월성(月城)을 쌓고, 왕이 그리로 옮겨 감.			
105		후한의 요동 6현을 공격했으나 격퇴됨.	신라에 강화를 요청하여 화평이 성립됨.	
108	삼국이 모두 심한 가뭄으로 고통을 겪음.			
115	가야를 공격하다가 황산하에서 패함.			
118		예맥과 함께 후한의		

연도	신라	고구려	백제	기타
121		현도군을 공격함. ● 후한이 침입해 왔으나 왕의 아우 추성이 대파함. ● 선비족과 함께 요대현(遼隊縣)을 공격, 요동태수를 죽임. ● 12월에는 마한 · 예맥과 연합하여 현도성을 공격했으나 부여와 합세한 후한의 저항으로 철수하고 맘.		
122		마한 · 예맥과 함께 요동을 침. 이 때도 부여는 요동을 도움.		
125	말갈이 북쪽 변경을 침입, 백제에 원군을 요청함.		신라가 말갈의 침략을 받고 군사를 청하자 다섯 장군 에게 군사를 주어 돕게 함.	
132			북한산성을 쌓음.	
138	금성에 정사당(政事堂)을 설립함.			
140	말갈의 침입에 대비하여 장령(長嶺)에 목책을 세움.			
146		후한 요동군 서안평을 공격해서 대방현령을 죽임.		
157	연오랑 · 세오녀 부부가 일본으로 건너가 왕이 됨.			
166			● 개루왕 때 도미와가의 아내가 고구려로 도망함 (도미전설). ● 이 해에 개루왕이 죽고 초고왕이 즉위함.	
170			신라의 변경을 침략함.	
172		후한의 침략군을 좌원 (坐原)에서 격퇴함.		
179		신대왕 죽고 고국천왕이 즉위함.		

연도	신라	고구려	백제	기타
184		후한의 요동태수가 침략해 왔으나 왕이 직접 나가서 격퇴함.		
189			신라와 구양(狗壤)에서 싸웠으나 패함.	
190		좌구려 등이 모반을 꾀함.		
191		좌구려의 모반을 평정함. 을파소를 국상(國相)에 임명해 정사를 맡김.		
194		을파소는 진대법(賑貸法)을 실시함.		
197		고국천왕이 죽고 산상왕이 즉위함. 왕의 형이 난을 일으켰으나 패해서 죽음.		
199			신라 변경을 침공함.	가야 수로왕이 죽음.
209		도읍을 국내성에서 환도성으로 옮김.		
212	● 가야의 왕자를 볼모로 함. ● 보라국 · 고자국 · 사물국 등 8국이 침입. ● 〈물계자가(勿稽子歌)〉 만들어짐.			
214	백제 침입에 대응해서 백제의 사현성을 깨뜨림.		● 말갈이 침입함. ● 초고왕이 죽고 구수왕이 즉위함.	
216			말갈의 침략군을 사도성에서 대파함.	
217		후한에서 천여 가구가 투항해 옴.		
218	장산성에 침입한 백제군을 격퇴함.			
229	큰 지진이 발생함.		말갈이 우곡성에 들어와 노략질함.	
230	● 내해이사금 때 〈사내락 (思內樂)〉이 지어짐. ● 내해이사금 죽고 조분이사금이 즉위함.			

연도	신라	고구려	백제	기타
232	왜인이 금성에 침입함.			
234		위(魏)나라와 화친을 맺음.		
242		요동의 서안평을 공격함.		
245	고구려의 공격을 받고 나아가 쳤으나 패함.			
246		위나라의 침략으로 환도성을 점령당함.		
247		평양성을 쌓음.		
259		위나라 침략군을 양맥곡으로 맞아 대파함.		
260			6좌평과 관위 16품을 정함.	
261	백제가 화해를 청했으나 거절함.			
264		승려 아도가 대궐로 와서 불법 행하기를 청함.		
278			신라 괴곡성을 포위 공격함.	
284			아직기(阿直岐), 일본에 가서 일본 태자의 스승이 됨.	
285			박사 왕인(王仁)이 《논어》와 《천자문》을 일본에 전함.	
298			후한과 맥인(貊人)의 침공을 받아 책계왕 죽고 분서왕이 즉위함.	
300	낙랑·대방의 유민들이 투항해 옴.	사치를 일삼아 온 봉상왕이 국상의 반란으로 쫓겨나고 미천왕이 즉위함.		
302		현도군을 습격하여 8천 명을 사로잡음.		
304			낙랑군의 서현을 공격하여 빼앗음. 그 해 10월 분서왕이 낙랑의 자객에게 피살되고 비류왕이 즉위함.	
307	신라를 국호로 사용하기 시작함.			
314		대방군을 공격하여 점령함.		

426

연도	신라	고구려	백제	기타
315		현도성을 공격하여 점령함.		
342		중국 연나라의 왕이 환도성을 공격, 미천왕의 시체를 가져감.		
343		왕의 동생은 진기한 물건을 들고 연나라를 찾아가 미천왕의 시체를 돌려받음.		
346	금성에 침입한 왜병을 격퇴함.			
360			《서기(書記)》 1권을 편찬함.	
369			고구려 고국원왕이 침략해 왔으나 치양에서 격파함.	
371		고국원왕이 전사하고 소수림왕이 즉위함.	평양성을 공격해 고국원왕이 죽음. 두 나라 간 대립이 격화됨.	
372		전진(前秦)의 승려 순도가 불교를 전파함. 교육기관 태학(太學)이 설립됨.		
373		율령반포.		
374		동진(東晋)의 승려 아도가 옴.		
375		불교가 공인됨.	• 고흥이 《서기》를 편찬함. 왕인이 일본에 한문을 전수함. • 근구수왕이 즉위함.	
384		고국양왕이 즉위함.	• 침류왕이 즉위함. • 동진에서 승려 마라난타가 와서 불교를 전파함.	
385		6월에 요동과 현도군을 함락했으나 11월에 후퇴함.		
391		• 광개토왕 즉위함. • 평양에 9사(寺)를 창건함.	말갈과 고구려의 공격을 받음.	
392	실성을 고구려에 볼모로 보냄.	• 백제를 쳐서 10성을 빼앗음. • 거란을 공격함.		
400		5만 보병과 기병으로 백제·가야·왜의		

연도	신라	고구려	백제	기타
		연합군을 격파함.		
402	왜와 우호관계를 맺고 내물왕의 왕자 미사흔을 볼모로 보냄.			
405		• 요동성을 침공한 후연(後燕)의 군대를 격퇴함. • 북위의 승려 담시(曇始)가 불교를 전함.	왕인이 왜에 한문문화를 전함.	
410		동부여를 통합함.		
412	내물마립간의 아들 복호가 고구려에 볼모로 감.			
413		광개토왕 죽고 장수왕 즉위함.		
417	눌지가 실성마립간을 죽이고 즉위함.			
418	• 박제상, 왕의 아우 복호를 고구려에서 구출해 옴. • 가을에는 미사흔이 왜국에서 탈출해 옴. 그러나 박제상은 왜국에서 죽음. • 〈치술령곡(鵄述嶺曲)〉이 만들어짐.			
433	백제의 화친 제의를 수락함.		신라에 사신을 보내 화친함.	
449		중원고구려비를 건립함.		
450		고구려 장수가 변방에서 사냥하다가 신라의 성주에게 살해됨. 고구려는 즉시 신라의 서부를 침입했으나 신라가 사죄하므로 중지함.		
452				가야, 수로왕과 허왕비의 명복을 빌기 위해 왕후사 (王后寺)를 지음.
458	눌지마립간 때 고구려에서 묵호자가 건너와 불교를 전파함.			

연도	신라	고구려	백제	기타
475		백제의 수도 한성(漢城) 함락, 개로왕을 죽임.	고구려의 침입으로 개로왕이 전사함. 문주왕이 즉위해서 수도를 웅진(공주)으로 천도함.	
479	백결선생이 〈방아타령〉을 지음.			
490	• 비라성을 증축함. • 처음으로 시장을 개설함.		국경에 침입한 북위군 수십만을 대파함.	
494	고구려와 살수에서 싸우다 패하자, 백제가 구원병을 보냄.	부여왕이 항복해 옴.		부여, 물길(勿吉)의 공격으로 멸망함. 왕실은 고구려에 투항함.
499			기근으로 농민 봉기가 일어나고 2천여 가구가 고구려로 이주함.	
501	지증왕은 사자를 파견해서 배필을 구함.		탄현에 책(울타리)을 세워 신라의 공격에 대비함.	
502	• 순장을 금지함. • 처음으로 소를 사용하는 우경법(牛耕法)을 실시함.			
503	국호를 '신라'로, 존호를 '왕'으로 고침.		말갈이 고목성을 공격했으나 격퇴당함.	
505	• 주·군·현을 정함. • 처음으로 얼음을 저장해서 사용함.			
512	하슬라주 군주 이사부가 우산국(울릉도)을 정벌함.			
514	지증왕 죽고 법흥왕 즉위, 이 때부터 시호법(諡號法)을 사용하기 시작함.			
520	율령을 반포하고 백관의 공복(公服)을 제정함.			
523			무령왕 죽고 성왕 즉위함. 시호법(諡號法)을 실시함.	
527	• 이차돈이 순교함. • 불교를 공인하고 살생을 금함. • 흥륜사와 영취사를 창건함.			

연도	신라	고구려	백제	기타
528	화엄사를 창건함.			
532	금관가야(가락국)를 통합, 이 곳에 금관군을 둠.			금관가야의 구형왕, 신라에 항복함(금관가야 멸망).
536	처음으로 연호를 사용, 건원(建元)이라 함.			
538	백률사를 창건함.		•성왕은 도읍을 사비(泗沘)로 옮기고 국호를 남부여(南扶餘)로 고침. •일본에 불교를 전수함.	
545	거칠부 등에게 명하여 《국사(國史)》를 편찬함.		일본을 위해 장륙불상을 주조함.	
549	승려 각덕(覺德)이 양나라 사신과 함께 부처님 사리를 가져옴.			
551	•고구려를 공격해서 죽령 이북 10군을 취함. •가야의 악사 우륵이 이주함.	신라·백제 연합군이 침공해 옴.	신라군과 연합하여 고구려를 쳐서 한강 하류 지역을 점령함.	
552		•장안성을 쌓음. •왕산악이 칠현금을 개조해서 현금(거문고)을 만들고 백여 곡을 작곡함.	•금동석가상과 미륵석불, 불경을 일본에 보냄. •노리사치계 등이 일본에 불교를 전함.	
553	•신궁을 황룡사로 고침. •백제의 한강 하류 지역을 공격해서 한산주를 설치, 나제동맹이 깨짐.	북제(北齊)의 공격을 받은 거란인 일만여 가구가 투항해 옴.		
554			•성왕, 신라의 관산성을 공격하다 전사함. •일본에 역(曆)박사·오경박사·의학박사를 보냄. 담혜 등 승려 9명도 일본에 감.	
555	북한산을 순시하고 진흥왕순수비를 세움.			
556	혜명대사, 갑사를 창건함.			
562	대가야를 통합, 이로써 가야는 모두 멸망함.		신라의 변경을 공격함.	

연도	신라	고구려	백제	기타
574	황룡사 장륙상을 주조함.			
576	원화제도 시작됨.			
579	• 진평왕이 즉위함. • 옥대를 만듦.		지혜가 안흥사 벽에 53불을 그림.	
588			건축가 · 미술가 · 승려 등을 일본에 보내 부처님 사리를 전하고 비조사를 건립함.	
590		• 온달, 신라의 아차성에서 전사함. • 수나라에 대비해 국방을 강화함.		
598		• 말갈병을 이끌고 요서를 공격함. • 30만 대군을 이끌고 침입한 수 문제를 요하에서 격퇴함.		
599	〈서동요〉가 불러짐.		• 지명법사가 수덕사와 금산사를 건립함. • 살생을 금함.	
600		이문진이 역사서 《신집 (新集)》 5권을 편찬함.	왕흥사를 창건함.	
610		승려 담징과 법정을 일본에 보내 지 · 묵 · 수차(紙 · 墨 · 水車) 등을 전하고 법룡사 금당의 벽화를 그림.		
612		수나라는 113만 대군으로 2차 침입. 요동성을 포위하고 살수까지 진격했으나 을지문덕이 살수에서 섬멸해 버림 (살수대첩).		
613		수 양제는 3차 침입을 시도했지만 실패함.		
618	백제를 공격함.	수나라 4차 침입했으나 격퇴함. 이 해 수나라는 멸망함(당나라 건국).		
624		당나라에서 도사(道士)가		

연도	신라	고구려	백제	기타
		와서 『노자』를 강술함.		
625	고구려가 조공길을 막는다고 당에 호소함.			
627	당나라에 사신을 보내 백제 침략을 호소함.		• 신라 서쪽 지방의 2성을 함락시킴. • 당나라는 백제와 신라의 화해를 조정함.	
631		동북쪽 부여성에서 동남해에 이르는 천리장성 축조를 시작함(16년 후 완성).		
632	〈혜성가〉를 지음.			
636	자장, 당나라에 유학 감.		신라의 독산성을 공격했으나 실패함.	
642		연개소문은 영류왕 죽이고 보장왕 옹립, 정권을 장악함.	신라의 대야성을 점령함.	
645	• 자장, 통도사를 세우고 계율종을 폄. • 황룡사 9층탑을 완성함. • 당나라군과 함께 고구려를 공격함.	• 당나라가 10만 대군으로 침입해 옴. • 양만춘 지휘 아래 안시성 포위한 당 침략군을 격퇴함.	신라를 공격해서 전해에 빼앗겼던 7성을 탈취함.	
647	• 경주 첨성대를 건립함. • 선덕여왕을 이어 진덕여왕이 즉위함.	당의 2차 침입군을 격퇴함.		
648	김춘추와 아들 인문은 당에 가서 백제 정벌을 요청함.	당의 3차 침입을 물리침.	개심사를 창건함.	
649	• 백제 침입을 물리침. • 중국 의관을 입기 시작함.		신라의 7성을 공격해서 뺏음.	
650	• 진덕여왕은 당에 〈태평송〉을 지어 바침. • 당나라의 연호를 사용하기 시작함.	승려 보덕이 도교 숭상에 반발하여 백제로 이주함.		
651	• 품주를 집사부로 고침. • 국학(國學)을 설치함. • 불영사를 창건함.			
654	• 태종 무열왕이 즉위함. • 원효는 〈무애가〉,	신성에서 거란군을 대파함.		

연도	신라	고구려	백제	기타
	〈양산가〉를 지음.			
655	고구려 · 백제 · 말갈 연합군의 공격으로 33성을 뺏기자 당나라에 구원 요청.	귀단수(貴湍水)에서 당나라 군대에게 패배함.		
656			좌평 신충, 의자왕에게 충언하다 죽음을 당함.	
658		설인귀가 이끄는 당군을 맞아 요동에서 전투를 벌임.		
660	• 김유신, 소정방의 당군과 합세하여 백제를 공격함. • 7월에 의자왕이 항복하여 웅진성을 점령함.		• 나당 연합군의 공격받고 황산벌에서 전투, 패배함. 여기서 계백이 전사함. • 웅진성으로 도망갔던 의자왕은 결국 항복함. 왕과 백성 만여 명이 당으로 잡혀감(백제 멸망). • 당도 백제 땅에 5도독부를 설치함.	
661	• 문무왕이 즉위함. • 신라왕, 고구려 정벌을 위해 출병함. • 원효는 분황사에서 법성종을 폄.	• 압록강에서 당나라군과 격전, 당나라군이 평양성을 포위함.	• 복신 · 도침 등은 일본에 체류 중이던 왕자 부여풍을 옹립키로 하고 부흥운동을 전개함.	
662	• 탐라가 항복해 옴. • 김유신을 평양에 보내 당군을 도움.	연개소문은 당군을 사수(蛇修)에서 격파함.	• 백제 부흥군은 당군에게 패배함.	
663			• 백제 부흥군은 일본 구원군과 합세해서 나당연합군에 대항했으나 완패하고, 주류성이 함락됨. • 왕자 풍은 고구려로 망명함.	
666	한림 등을 당에 보내 고구려 정벌군을 요청함.	연개소문이 죽고 아들 형제 간에 불화가 일어남.		
667	신라왕은 30명의 장군을 이끌고 고구려 총공격에 나섬.	설인귀, 이적(李勣) 등이 이끄는 당군이 침입하여 17성을 빼앗음.		
668	• 나당연합군은 수도	• 나당 연합군이 평양성을		

연도	신라	고구려	백제	기타
669	평양성을 함락함. • 신라는 대동강 이남 지역을 통합함.	포위. 9월 21일 보장왕은 항복 요청(고구려 멸망). • 보장왕과 백성 20만 명이 당나라로 강제 이주함. 당은 평양에 안동도호부를 설치함.		
670	당과의 대립이 격화되면서 신라 · 백제 · 고구려 유민이 연합해 당 침략에 대항함.			

연도	통일신라			발해
676	• 당군과 20여 회 싸워 마침내 기벌포(금강 하구)에서 당군을 격파함. 대동강 이남에서 당군을 몰아내고 삼국통일을 완성함. • 의상은 부석사를 창건하고 화엄종을 폄.			
679	사천왕사를 창건함.			
681	• 신문왕이 즉위함. • 광덕이 〈원왕생가〉를 지음. • 대왕암에 문무왕릉을 조성함. • 이 무렵 설총이 〈화왕계(花王戒)〉를 지음.			
682	• 국학(國學)을 개편함. • 감은사를 창건함. • 만파식적을 만듦.			
687	• 전국을 9주 5소경으로 편성함.			
692	• 효소왕이 즉위함. • 승려 도징(道證)이 당에서 돌아와 〈천문도〉를 바침. • 설총은 이두를 정리함.			
696				요서의 흘흘중상(乞乞仲象), 태백산(백두산) 동북쪽으로 근거지를 옮기고 고구려 유민과 속말말갈을 통합함.
698				대조영은 천문령에서 당군을 격파, 나라를 세워 진(辰)이라 하고 돌궐과 통교함.
702	• 김대문이 〈화랑세기〉와 〈고승전〉을 지음. • 의상대사가 죽음.			
713				국호를 발해로 고치고 수도를 동모산 동북쪽의 상경에 둠. 동은 동해, 서는 거란, 남은 이하(泥河)를 경계로 하여 사방 2천 리, 10여 만 호에 달함.
726				흑수말갈과 당을 공격,

434

연도	통일신라	발해
		강국이 됨(해동성국海東盛國).
727	• 혜초가 서역을 거쳐 당으로 들어와 《왕오천축국전》을 쓴 듯함. • 처음으로 일본에 사신을 보냄.	
733		당이 신라와 연합하여 발해를 공격함.
737	• 성덕왕 때 〈헌화가〉가 지어짐. • 효성왕 즉위 초에 신충이 왕을 원망하는 〈원가〉를 지음.	연등석탑을 세움.
747	• 집사성의 중시를 시중으로, 전대등을 시랑으로 고치고 국학을 확충함.	
751	김대성이 불국사를 창건함.	
756		수도를 상경 용천부(영안)로 옮김.
757	• 관리들의 월봉제를 폐지하고 녹읍을 줌. • 백월산 남사를 창건함.	
759	• 국학을 대학감으로 개칭, 중앙관호를 중국식으로 대폭 정비함. • 사면석불을 건립함.	
760	월명, 〈도솔가〉 〈제망매가〉를 지음. 충담은 〈찬기파랑가〉와 〈안민가〉를 지음.	
764	• 승려 진표가 금산사에서 법상종을 폄. 또 금산사 금당에 미륵장륙상을 주조함. • 백월산 남사금당에 미륵소상을 봉안함.	
765	• 경덕왕 때 굴불사 사면석불을 만듦.　• 〈수천수관음가〉와 〈산화가〉가 지어짐. • 혜공왕이 즉위함.	
768	당나라 사신 고음(顧愔)이 《신라국기》 1권을 지음.	
770	진표가 목연사를 창건함. 성덕왕 신종(에밀레종)을 주조함.	
779	• 김유신묘에서 울음 소리가 들려 제사를 지냄. • 왕경에 지진이 일어나 백여 명이 사망함.	
780	김양상과 김경신이 모반, 혜공왕이 시해됨. 김양상이 선덕왕으로 즉위함.	
786	일본왕이 만파식적이 있다는 말을 듣고 침입을 포기함.	도읍을 동경용천부 (혼춘琿春)로 옮김.
788	처음으로 독서출신과를 설치함.	
794		성왕이 즉위하여 수도를 다시 상경용천부로 옮김.
798	• 승려 영재가 〈우적가(遇賊歌)〉를 지음. 또 이 무렵 〈신공사뇌가〉가 지어짐. • 『화엄경』 40권을 번역 출간함.	
809	김언승이 난을 일으켜 애장왕을 죽이고 헌덕왕을 옹립함.	
822	웅천주도독 김헌창은 반란을 일으켜 국호를 장안(長安)이라 하고 연호를 경원이라	

연도	통일신라	발해
	함. 그러나 난은 곧 평정되고 김헌창은 자살함.	
825	김헌창의 아들 김범문이 지휘하는 농민군이 평양에 도읍하여 반란을 일으키고 북한산주를 공격하였으나, 실패로 끝남.	고승조 등 103명을 일본에 파견함.
828	● 장보고는 완도에 청해진을 일으켜 대사로 임명됨. ● 김대렴이 당에서 차의 종자를 가져와 지리산에 심음.	
830		선왕 때 해북제군(海北諸郡)을 토벌하여 영토를 확장, 해동성국으로 불림.
836	● 흥덕왕이 죽자 왕의 아우 균정과 조카 제륭이 왕위를 다툼. 결국 제륭(희강왕)이 균정을 죽이고 즉위함. ● 흥덕왕 때 〈앵무가〉가 불리워짐. 손순이 자식을 땅에 묻으려다 석종을 얻음.	
838	● 상대등 김명이 반란을 일으켜 희강왕은 자살하고 민애왕이 즉위함. ● 김양이 청해진에서 장보고의 군사를 이끌고 우징을 추대하며 군사를 일으킴.	
839	● 우징과 김양의 군대는 민애왕을 피살하고 우징이 신무왕으로 즉위함. 장보고를 감의군사에 봉함. ● 신무왕이 죽고 문성왕이 즉위함.	
845	● 문성왕은 장보고의 딸을 왕비로 삼으려다 신하들의 반대로 그만둠. ● 해 3개가 동시에 나타남.	
846	장보고는 청해진에서 반란을 일으켰으나 자객 염장에게 피살됨.	
851	● 청해진 없애고 주민을 벽골군으로 옮김. ● 견당사 원홍, 불경과 부처 어금니를 가져옴.	
860	헌안왕은 맏딸을 김응렴(경문왕)에게 시집보냄.	
864	왕은 감은사에서 바다에 망제(望臍)를 지냄.	
867	승려 보조가 송광사를 세움.	
874	최치원이 당나라에서 과거에 급제함.	
879	● 최치원이 당에서 〈토황소격문(討黃巢檄文)〉을 지음. ● 이 무렵 〈처용가무〉가 유행함.	
880	경주의 전성기로 '성안에 초가집은 하나도 없고 노래와 피리 소리가 가득찼다.'고 함.	
887	효녀 지은에게 표창함.	
888	● 위홍과 대구화상은 향가를 수집해서 향가집 《삼대목》을 지음. ● 왕거인이 투옥됨.	
889	● 원종과 애노가 사벌주에서 농민 봉기를 일으킴. ● 견훤과 양길도 각각 무리를 모음.	
891	양길 휘하의 궁예가 지휘하는 농민군이 강원도 남부지역을 점령함.	

연도	통일신라		발해
892	견훤, 완산(전주)에서 농민 봉기를 일으켜 무진주(광주)를 점령함.		
894	최치원이 시무 10조를 올림.		

연도	통일신라	고려	후백제	발해
895		궁예가 스스로 개국군(開國君)을 칭하고 후고구려를 세움. 왕건은 궁예 밑에 들어가 철원군 태수가 됨.		
896		신라의 2현을 점령하고 발어참성을 쌓아 왕건을 성주에 임명함.		
898		도읍을 송악(개성)으로 옮김.		
899	최치원은 면직되어 가야산 해인사에서 은둔함.	북원의 양길, 궁예를 공격하다가 대패함.		
900			견훤이 스스로 왕이라 칭하고 완산주(전주)에 후백제를 세움.	
901		궁예는 국호를 고려라 하고 스스로 왕을 칭함.	신라의 대야성을 공격했으나 실패함.	
904		궁예는 국호를 마진(摩震), 연호를 무태(武泰)라 함.		
905		• 도읍을 철원으로 옮기고 연호를 성책으로 고침. • 평양 성주가 투항해 옴.		
906		왕건이 이끄는 군대가 사화진에서 견훤군을 물리침.		
907			신라의 일선군 이남 10여 성을 빼앗음.	
911		궁예는 국호를 태봉으로 다시 고침.		
913		왕건은 파진찬 겸시중의 직위에 임명되었으나 화를 두려워하여 외직(外職)을 구함.		

연도	통일신라	고려	후백제	발해
915		궁예는 자신의 비행을 말한 부인과 두 아들을 죽임.		거란의 할저(轄底)가 투항해 옴.
918		왕건이 궁예 아래 장군들의 추대를 받아 왕위에 오름. 국호를 고려라 함. 궁예는 도망가다가 피살됨.	중국의 오월에 사신 보냄.	
919		송악으로 도읍을 옮기고 평양성을 축성함.		거란, 요양고성을 수축하고 발해인을 이주시킴.
920	고려와 서로 사신을 보내 교류함.		• 고려에 사신을 보내고 공작부채와 죽전(竹箭)을 선물함. • 신라의 진례군에 출진했으나 고려의 구원을 듣고 물러남.	
921		• 흑수말갈의 추장이 투항해 옴. • 대흥사를 창건함.		
922	명주장군 순식이 고려에 투항함.	서경(평양)에 관부 설치하고 재성(在城)을 쌓음.		
924			신라의 조물성을 공격함.	• 거란, 발해의 요동을 공격함. • 발해도 거란을 쳐서 요주자사를 죽임.
925		후백제의 연산진과 임존군을 공략함.	신라의 20여 성을 점령함.	신덕 등 500여 명이 고려에 투항함.
926			고려에 있던 조카 진호가 급사하자 인질 왕신을 죽이고 고려에 침입함.	거란이 수도 상경을 포위하자 항복함. 발해의 103성이 모두 점령됨. 발해가 멸망함.
927	• 견훤, 왕경(王京)에 침입. • 경애왕이 자살하고 경순왕이 즉위함. • 최치원이 《신라수이전》 《계원필경》을 지음.	후백제의 강주 등을 함락함.	• 신라의 수도를 침입해서 경애왕을 죽게 하고 경순왕을 세움. • 고려에 국서를 보내 강화를 청함.	
928		견훤에게 답서를 보냄.	고려의 악곡성을 공략함.	
931		• 왕건, 신라의 금성을 방문. 임해전에서 잔치를 벌임. • 신라왕에게 예물을 보냄.		

연도	통일신라	고려	후백제	발해
934			후백제의 웅진 등 30여 성이 고려에 항복.	발해의 세자 대광현이 수만 백성을 이끌고 고려에 투항.
935	• 경순왕이 고려에 항복함 (신라 멸망). • 태자는 개골산으로 들어가 죽을 때까지 마의초식 (麻衣草食)함. • 《망국애가(亡國哀歌)》가 지어짐.	경순왕을 정승으로 삼고 경주를 식읍으로 하사함.	견훤의 아들 신검은 견훤을 금산사에 유폐하고 왕이 됨. 6월, 견훤은 탈출하여 고려에 투항함.	
936		• 9월, 신검의 군대를 대파하고 전국을 통일함. • 태조 왕건은 《정계(政誡)》 1권과 《계백요서 (誡百僚書)》 8편을 친히 만들어 반포함.	• 견훤의 사위, 박영규가 고려에 투항함. • 9월, 신검은 일리천에서 고려군에 패배하고 항복함 (후백제 멸망). • 견훤이 죽음.	

■ 세계표(世系表)

위만조선(衛滿朝鮮)

(1)위만왕(衛滿王, 기원전 194(?)~) ──────── □ ──────── 우거왕(右渠王, 기원전 108)

부여(夫餘)

(1)해모수(解慕漱, 기원전 59(?)~) ──── 부루왕(扶婁王) ──── 금와왕(金蛙王, 기원전 37경)─┐

┌─ 대소왕 (帶素王, 기원후 21) ------ □ [시왕(始王, 3경)]------ 위구태왕(尉仇台王)─┐
└─ □ [갈사왕(曷思王, 기원후 22~)]

└─ 간위거왕(簡位居王, 244경) ──────── 마여왕(麻余王)──── 의려왕(依慮王, ~285)─┐

└─ □ [의라왕(依羅王, 286~)]---------- 현왕(玄王, 346경) ------------┐

└─ 여위왕(餘尉王, 384경)]-------------- □ (~494)

가락(駕洛) = 금관가야(金官加耶)

김씨(金氏)

(1)수로왕(首露王, 42~199) ──────────── (2)거등왕(居登王, 199~253)─┐

└─ (3)마품왕(麻品王, 253~291) ──────── (4)거질미왕(居叱彌王, 291~345)─┐

└─ (5)이시품왕(伊尸品王, 345~407) ──── (6)좌지왕(坐知王, 407~421)─┐

└─ (7) 취희왕(吹希王, 421~451) ──────── (8)질지왕(銍知王, 451~492)

```
── (9) 겸지왕(鉗知王, 492~521)──────── (10)구형왕(仇衡王, 521~562)────────────┐

┌─ 세종(世宗)
├─ 무득(茂得)
└─ 무력(茂力)──────── 서현(舒玄)──────── 유신(庾信)
```

대가야(大加耶)

```
이비사지(천신) [夷毗詞之(天神)]
            ‖  (결혼) ───────────── 이진아고(伊珍阿鼓, 42(?) ~ ) ─ ─ ─ ─ ─ ─ ─┐
정견모주(산신) [正見母主(山神)]                                              ¦
                                                                          ¦
┌─ 하지왕(荷知王, 479경) ─ ─ ─ ─ ─ ─ ─ 이뇌왕(異腦王, 522경) ─ ─ ─ ─ ─ ─ ─ ─┘
│
└─ (16)도설지왕(道設智王, ~562)
```

고구려(高句麗)

고씨(高氏)

```
(1)동명왕(東明王, 기원전 37~19) ──────────── (2)유리왕(儒璃王, 기원전 19~기원후 18) ───┐

┌─ (3)대무신왕(大武神王, 18~44)──────── (5)모본왕(慕本王, 48~53)
├─ 여진(如津)
├─ (4)민중왕(閔中王, 44~48)            ┌─ (6)태조왕(太祖王, 53~146)
└─ 재사(再思)                        ├─ (7)차대왕(次大王, 146~165)
                                     └─ (8)신대왕(神大王, 165~179)────────┐

┌─ (9)고국천왕(故國川王, 179~197)
├─ 발기(發岐)
├─ (10)산상왕(山上王, 197~227) ──────── (11)동천왕(東川王, 227~248)
└─ 계수(灟須)
```

```
┌─ 중천왕(中川王, 248~270) ──────────┬─ □
├─ 예물(預物)                        ├─ (13)서천왕(西川王, 270~292) ────────────
└─ 사구(奢句)                        ├─ 달가(達賈)
                                     ├─ 일우(逸友)
                                     └─ 소발(素勃)

┌─ (14) 봉상왕(烽上王, 272~300)
└─ 돌고(咄固) ──────────────────── (15)미천왕(美川王, 300~331) ────────────

┌─ (16)고국원왕(故國原王, 331~371) ──── ┬─ (17)소수림왕(小獸林王, 371~384)
└─ 무(武)                              └─ (18)고국양왕(故國壤王, 384~391) ──────

┌─ (19)광개토왕(廣開土王, 391~413) ──── ┬─ (20)장수왕(長壽王, 413~491) ─── 조다(助多) ─┐
                                       └─ □ ────────────────────────── 승간(升干) ─┘

┌─ (21)문자왕(文咨王, 491~519) ────── ┬─ (22)안장왕(安藏王, 519~531)
                                      └─ (23)안원왕(安原王, 531~545) ──────

┌─ (24)양원왕(陽原王, 545~559) ──────── (25)평원왕(平原王, 559~590) ────────

┌─ (26)영양왕(嬰陽王, 590~618)
├─ (27)영류왕(榮留王, 618~642)
└─ 태양(太陽) ───────────────────── (28)보장왕(寶藏王, 642~668)
```

백제(百濟)

부여씨(扶餘氏)

```
┌─ (1)온조왕(溫祚王, 기원전 18~기원후 28) ─── (2)다루왕(多婁王, 28~77) ───────

┌─ (3)기루왕(己婁王, 77~128) ──────── ┬─ (4)개루왕(盖婁王, 128~166)
                                      └─ 질(質)
```

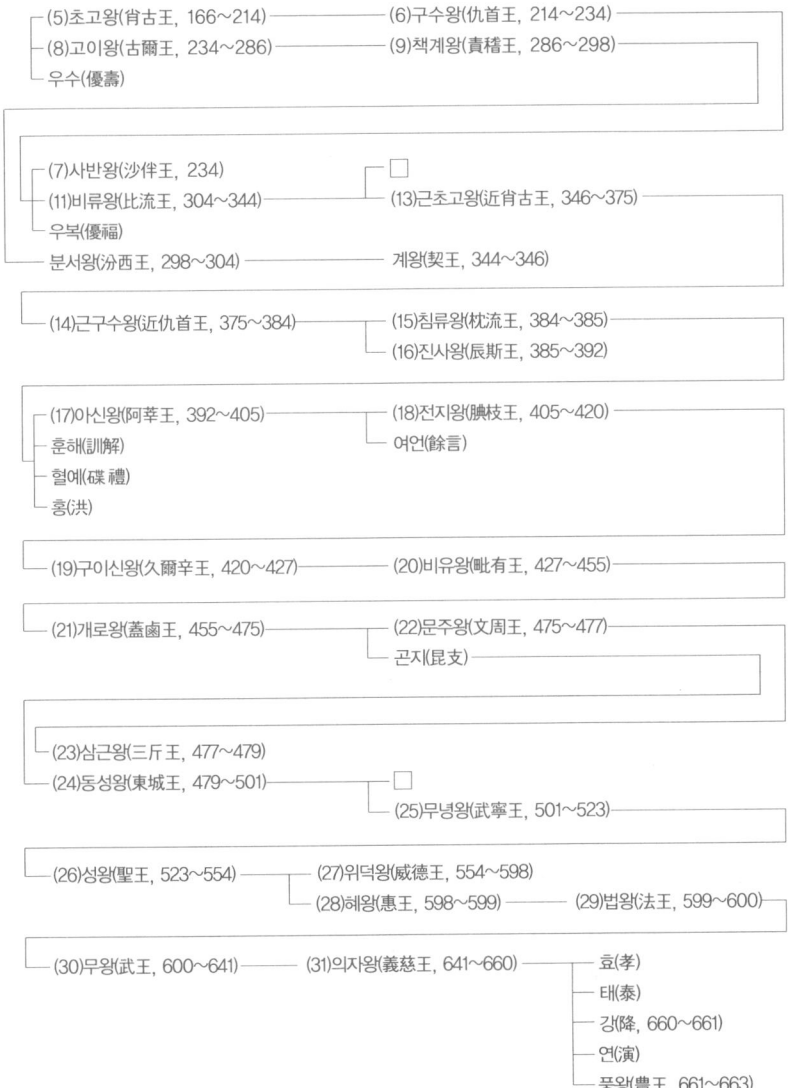

(5)초고왕(肖古王, 166~214) ──────── (6)구수왕(仇首王, 214~234) ────

(8)고이왕(古爾王, 234~286) ──────── (9)책계왕(責稽王, 286~298) ──

우수(優壽)

(7)사반왕(沙伴王, 234)

(11)비류왕(比流王, 304~344) ──────── (13)근초고왕(近肖古王, 346~375)

우복(優福)

분서왕(汾西王, 298~304) ──────── 계왕(契王, 344~346)

(14)근구수왕(近仇首王, 375~384) ──────── (15)침류왕(枕流王, 384~385)

(16)진사왕(辰斯王, 385~392)

(17)아신왕(阿莘王, 392~405) ──────── (18)전지왕(腆枝王, 405~420)

훈해(訓解) ──── 여언(餘言)

혈예(碟禮)

홍(洪)

(19)구이신왕(久爾辛王, 420~427) ──────── (20)비유왕(毗有王, 427~455)

(21)개로왕(蓋鹵王, 455~475) ──────── (22)문주왕(文周王, 475~477)

곤지(昆支)

(23)삼근왕(三斤王, 477~479)

(24)동성왕(東城王, 479~501)

(25)무녕왕(武寧王, 501~523) ────

(26)성왕(聖王, 523~554) ──── (27)위덕왕(威德王, 554~598)

(28)혜왕(惠王, 598~599) ──────── (29)법왕(法王, 599~600)

(30)무왕(武王, 600~641) ──── (31)의자왕(義慈王, 641~660) ──── 효(孝)

태(泰)

강(降, 660~661)

연(演)

풍왕(豊王, 661~663)

충승(忠勝)
충지(忠志)

신라(新羅)

박씨(朴氏)

(1)혁거세거서간(赫居世居西干, 기원전 57~기원후 4) ———— (2)남해차차웅(南解次次雄, 4~14)

(3)유리이사금(儒理尼師今, 24~57) ———— (5)파사이사금(婆娑尼師今, 80~112)
내노(奈老)   (7)일성이사금(逸聖尼師今)
아효부인(阿孝夫人)

(6)지마이사금(祗麻尼師今, 112~134)
(8)아달라이사금(阿達羅尼師今, 154~184)

석씨(昔氏)

———————— (4)탈해이사금(脫解尼師今, 57~80) ———— 구추(仇鄒)
(박씨의 아효부인과 결혼)

(9)벌휴이사금(伐休尼師今, 184~196) ———— 골정(骨正)
이매(伊買)

(11)조분이사금(助賁尼師今, 230~247) ———— (14)유례이사금(儒禮尼師今, 284~298)
걸숙(乞淑)
광명부인(光明夫人)
(12)점해이사금(沾解尼師今, 247~261)
(10)내해이사금(奈解尼師今, 198~230) ———— 간노(干老)
이음(利音)

(15)기림이사금(基臨尼師今, 298~310)
(16)흘해이사금(訖解尼師今, 310~356)

444

김씨(金氏)

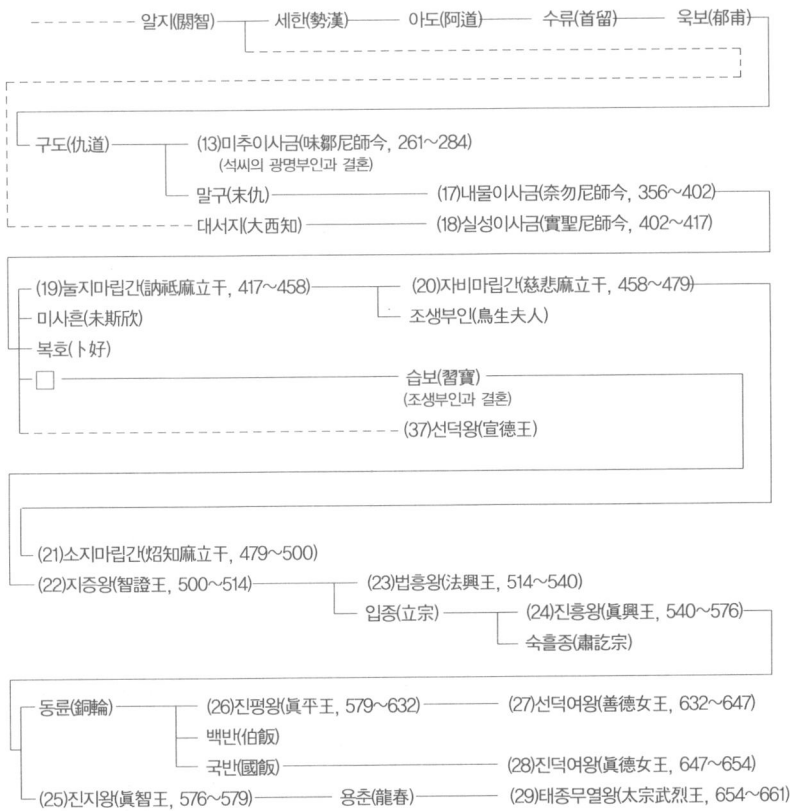

- - - - - - - - - 알지(閼智) ── 세한(勢漢) ── 아도(阿道) ── 수류(首留) ── 욱보(郁甫)

구도(仇道) ── (13)미추이사금(味鄒尼師今, 261~284)
                          (석씨의 광명부인과 결혼)
            말구(末仇) ──────────── (17)내물이사금(奈勿尼師今, 356~402)
     ── 대서지(大西知) ────────── (18)실성이사금(實聖尼師今, 402~417)

(19)눌지마립간(訥祗麻立干, 417~458) ────── (20)자비마립간(慈悲麻立干, 458~479)
미사흔(未斯欣)   조생부인(鳥生夫人)
복호(卜好)
□ ──────────────────── 습보(習寶)
                          (조생부인과 결혼)
- - - - - - - - - (37)선덕왕(宣德王)

(21)소지마립간(炤知麻立干, 479~500)
(22)지증왕(智證王, 500~514) ────── (23)법흥왕(法興王, 514~540)
                     입종(立宗) ────── (24)진흥왕(眞興王, 540~576)
                                     숙흘종(肅訖宗)

동륜(銅輪) ────── (26)진평왕(眞平王, 579~632) ────── (27)선덕여왕(善德女王, 632~647)
         백반(伯飯)
         국반(國飯) ────────────── (28)진덕여왕(眞德女王, 647~654)
(25)진지왕(眞智王, 576~579) ──────── 용춘(龍春) ────── (29)태종무열왕(太宗武烈王, 654~661)

통일신라(統一新羅)

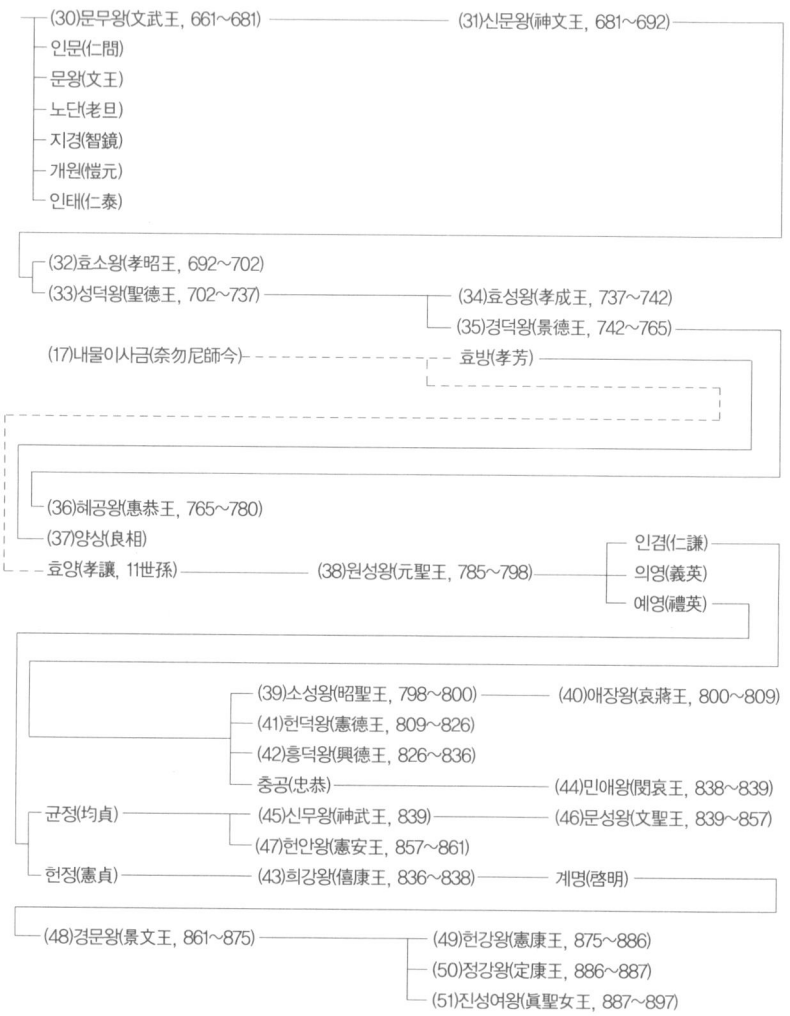

(30)문무왕(文武王, 661~681) ── (31)신문왕(神文王, 681~692)
인문(仁問)
문왕(文王)
노단(老旦)
지경(智鏡)
개원(愷元)
인태(仁泰)

(32)효소왕(孝昭王, 692~702)
(33)성덕왕(聖德王, 702~737) ── (34)효성왕(孝成王, 737~742)
(35)경덕왕(景德王, 742~765)

(17)내물이사금(奈勿尼師今) ── 효방(孝芳)

(36)혜공왕(惠恭王, 765~780)
(37)양상(良相)
효양(孝讓, 11世孫) ── (38)원성왕(元聖王, 785~798)
인겸(仁謙)
의영(義英)
예영(禮英)

(39)소성왕(昭聖王, 798~800) ── (40)애장왕(哀蔣王, 800~809)
(41)헌덕왕(憲德王, 809~826)
(42)흥덕왕(興德王, 826~836)
충공(忠恭) ── (44)민애왕(閔哀王, 838~839)
균정(均貞)
(45)신무왕(神武王, 839) ── (46)문성왕(文聖王, 839~857)
(47)헌안왕(憲安王, 857~861)
헌정(憲貞)
(43)희강왕(僖康王, 836~838) ── 계명(啓明)
(48)경문왕(景文王, 861~875) ── (49)헌강왕(憲康王, 875~886)
(50)정강왕(定康王, 886~887)
(51)진성여왕(眞聖女王, 887~897)

446

```
┌─ 계아태후(桂娥太后)
├─ (52)효공왕(孝恭王, 897~912)
└─ 의성왕후(義成王后)

    효종(孝宗) ──────────────────── (56)경순왕(敬順王, 927~935)
    (계아태후와 결혼)
```

박씨(朴氏)

```
(8)아달라이사금(阿達羅尼師今)- - - - - - - - - - - - (53)신덕왕(神德王, 912~917)─┐
                                      (의성왕후와 결혼)                      │
┌─────────────────────────────────────────────────────────────────────────┘
├─ (54)경명왕(景明王, 917~924)
└─ (55)경애왕(景哀王, 924~927)
```